la

Pièces brillantes

DU MÊME AUTEUR

DANS LA MÊME COLLECTION

Antigone.

Médée.

Œdipe ou le Roi boiteux.

Pièces brillantes.
- *L'Invitation au château.*
- *Colombe.*
- *La Répétition ou l'Amour puni.*
- *Cécile ou l'École des pères.*

Pièces grinçantes.
- *Ardèle ou la Marguerite.*
- *La Valse des toréadors.*
- *Ornifle ou le Courant d'air.*
- *Pauvre Bitos ou le Dîner de têtes.*

Pièces roses.
- *Humulus le muet.*
- *Le Bal des voleurs.*
- *Le Rendez-vous de Senlis.*
- *Léocadia.*

Pièces noires.
- *L'Hermine.*
- *La Sauvage.*
- *Le Voyageur sans bagage.*
- *Eurydice.*

Pièces costumées.
- *L'Alouette.*
- *Becket ou l'Honneur de Dieu.*
- *La Foire d'empoigne.*

Nouvelles Pièces grinçantes.
- *L'Hurluberlu ou le Réactionnaire amoureux.*
- *La Grotte.*
- *L'Orchestre.*
- *Le Boulanger, la Boulangère et le Petit Mitron.*
- *Les Poissons rouges ou Mon père, ce héros.*

Pièces baroques.
- *Cher Antoine ou l'Amour raté.*
- *Ne réveillez pas Madame.*
- *Le Directeur de l'Opéra.*

Pièces secrètes.
- *Tu étais si gentil quand tu étais petit.*
- *L'Arrestation.*
- *Le Scénario.*

Pièces farceuses.
- *Chers Zoiseaux.*
- *La Culotte.*
- *Épisode de la vie d'un auteur.*
- *Le Nombril.*

☆

Trois comédies de Shakespeare

Comme il vous plaira. Un conte d'hiver. La Nuit des rois

(*Traduction de Nicole et Jean Anouilh.*)

Jean Anouilh

PIÈCES BRILLANTES

L'Invitation au château

¶

Colombe

¶

La Répétition ou l'Amour puni

¶

Cécile ou l'École des pères

La Table Ronde

33, rue Saint-André-des-Arts, Paris 6e

ISBN 978-2-7103-3043-1.

www.editionslatableronde.fr

L'INVITATION AU CHÂTEAU

[1947]

PERSONNAGES

HORACE FRÉDÉRIC	} ses fils.	*Michel Bouquet*
MADAME DESMERMORTES, leur tante		*Betty Daussmond*
LADY DOROTHÉE INDIA, leur cousine		*Katherine Kath*
DIANA MESSERSCHMANN		*Édith Vignaud*
MESSERSCHMANN, riche financier, père de Diana		*Robert Vattier*
PATRICE BOMBELLES, son secrétaire		*Maurice Éric*
ROMAINVILLE, homme du monde		*Marcel Pérès*
ISABELLE, petite danseuse de l'Opéra		*Dany Robin*
SA MÈRE		*Madeleine Geoffroy*
MADEMOISELLE CAPULAT, lectrice de Mme Desmermortes		*Marcelle Arnold*
JOSUÉ, maître d'hôtel		*Henri Gaultier*

La pièce a été créée au Théâtre de l'Atelier le 5 novembre 1947, dans une mise en scène d'André Barsacq, avec une musique de Francis Poulenc.

PREMIER ACTE

Un jardin d'hiver rococo – des peluches jaunes, des plantes vertes, des vitres, du fer forgé – largement ouvert sur un parc. Entrent Josué, le maître d'hôtel, et Horace. Il a un gros cigare, l'air d'un jeune viveur.

HORACE. – Et cette nuit, la même chose ?

JOSUÉ. – J'ai le regret de devoir le dire à monsieur Horace, oui.

HORACE. – Il a encore couché sous ses fenêtres ?

JOSUÉ. – Oui, monsieur Horace. Depuis cinq jours, que nous le voulions ou non, c'est un fait : la chambre de M. Frédéric est dans le massif de rhododendrons sur la face sud de l'aile gauche, au pied de la statue de Calliope. Le jardinier trouve chaque matin ses fleurs saccagées, la femme de chambre, le lit intact. Je calme l'un et l'autre depuis cinq jours. Je me dépense, je me multiplie, mais je connais mon monde : le torchon brûle sous le boisseau. Un jour ou l'autre, ils parleront et Madame saura.

HORACE. – Vous avez déjà été amoureux, Josué ?

JOSUÉ. – Je suis au service de Madame depuis plus de trente ans, monsieur Horace. Et d'ailleurs maintenant je suis trop vieux.

HORACE. – Et avant ?

JOSUÉ. – J'étais trop jeune.

HORACE. – Moi, mon cher, j'ai juste l'âge et j'ai souvent été amoureux. Mais aussi stupidement que mon frère, jamais.

JOSUÉ. – M. Frédéric aime comme un jeune homme.

HORACE. – Il a pourtant le même âge que moi.

JOSUÉ. – Selon la loi, qui veut que de deux jumeaux, l'aîné soit le second venu, M. Frédéric est même l'aîné. Mais la loi a beau dire, Monsieur a tout de même vu le jour avant M. Frédéric.

HORACE. – Je suis né dix minutes avant mon frère, c'est vrai. Mais je ne pense pas que ce soit cette légère avance qui m'ait mûri. Frédéric se conduit comme un enfant.

JOSUÉ. – Cette jeune demoiselle le mènera loin.

HORACE. – Pas si loin que cela, Josué ! J'ai mon plan.

JOSUÉ. – Si monsieur Horace a son plan, je suis tranquille.

HORACE. – Pas un mot mon cher. Je me suis levé tôt ce matin, parce que je suis décidé à agir. Le jour qui vient nous réserve d'étranges surprises. Cette aube nous promet du nouveau. Quelle heure est-il ?

JOSUÉ. – Midi, monsieur Horace.

HORACE. – Nous serons fixés à midi trente.

Il sort. Au même moment entre Frédéric. C'est le même acteur.

FRÉDÉRIC. – Josué !

JOSUÉ. – Monsieur Frédéric ?

FRÉDÉRIC. – Mlle Diana est-elle descendue ?

JOSUÉ. – Pas encore, monsieur Frédéric.

FRÉDÉRIC. – Ai-je l'air fatigué, Josué ?

JOSUÉ. – Si Monsieur me permet d'être franc, oui, Monsieur a l'air fatigué.

FRÉDÉRIC. – Vous vous trompez, Josué, je n'ai jamais passé une si bonne nuit !

JOSUÉ. – Je me dois d'avertir Monsieur que le jardinier a l'intention de poser des pièges à loups dans les rhododendrons, la nuit prochaine.

FRÉDÉRIC. – Qu'il les pose. Je m'étendrai dans les zinnias.

JOSUÉ. – Quant à la femme de chambre qui s'occupe de l'aile gauche, elle n'a pas été sans manifester sa surprise. Elle est venue me trouver toute désemparée...

FRÉDÉRIC. – Qu'elle se calme, Josué. Vous lui recommanderez dorénavant de défaire d'abord mon lit le matin en s'y étendant au besoin elle-même...

JOSUÉ, *indigné*. – Oh ! Monsieur Frédéric...

FRÉDÉRIC. – Pourquoi pas ? elle est charmante. Et puis de le refaire quand il sera défait. Ainsi tout sera dans l'ordre.

JOSUÉ. – Bien monsieur Frédéric.

Il sort.
Entre Diana. Frédéric se précipite au-devant d'elle.

FRÉDÉRIC. – Diana ! Quelle joie de vous revoir ! Hier est si loin !

DIANA *s'arrête et le regarde*. – Est-ce vous ?

FRÉDÉRIC, *avec un reproche tendre*. – Oh ! Diana. Comment pouvez-vous me demander ?...

DIANA. – Ah ! non. Vous avez repris vos yeux de petit chien perdu. C'est bien vous. Vous aviez l'air si triomphant que j'ai cru un moment que c'était votre frère.

FRÉDÉRIC. – Si vous me préfériez Horace, je mourrais...

DIANA. – Cher Frédéric ! Croyez bien que cela ne pourrait arriver que par inadvertance. Vous vous ressemblez tellement !

FRÉDÉRIC. – Nos cœurs ne se ressemblent pas.

DIANA. – Non, c'est vrai. Mais supposez que je sois seule dans le parc un soir ; les branches craquent derrière moi, c'est votre pas : des bras m'enveloppent, ce sont vos bras ; des lèvres me pressent, ce sont vos lèvres... Vous comprenez qu'il me reste vraiment trop peu de temps pour savoir si le cœur correspond bien à cet ensemble.

FRÉDÉRIC. – Mais Diana, je ne vous ai jamais embrassée ainsi dans le parc !...

DIANA. – Vous en êtes bien sûr, Frédéric ?

FRÉDÉRIC. – Diana ! Mon frère profite odieusement de notre ressemblance. Il me trahit. Il faut que je le trouve, il faut que je lui parle !...

DIANA *éclate de rire et l'arrête.* – Cher Frédéric ! Cher bouillant, petit, Frédéric ! C'était seulement une supposition. Personne ne m'a jamais embrassée dans le parc.

FRÉDÉRIC. – Pouvez-vous me le jurer ?

DIANA. – Certainement Frédéric. Je puis étendre la main, cracher sur les tapis de madame votre tante. Si vous connaissez d'autres signes pour dénoncer la vérité, dites-les-moi.

FRÉDÉRIC *baisse la tête.* – Pardon, Diana. Je vous crois, bien entendu.

DIANA *le regarde.* – Le petit chien dont vous avez les yeux, est tout à fait perdu, cette fois. Il ne retrouvera jamais son chemin.

FRÉDÉRIC. – Si mon frère vous aimait, je me tuerais.

DIANA. – Oh ! Frédéric, ce serait terrible. On ne pourrait jamais savoir vraiment lequel de vous deux serait mort.

Elle rêve un petit peu.

DIANA. – Tout de même cela serait bien commode pour votre frère. Il n'aurait qu'à aller à l'enterrement, bien triste et puis après, me dire doucement à l'oreille : « Chut ! ne le répétez pas, c'est moi. Tout le monde se trompe ; c'est Horace qui s'est tué. » Qu'est-ce que vous voudriez que je réponde ?

FRÉDÉRIC. – Mais Diana vous ne pourriez pas vous tromper une minute ! Si moralement je ressemblais aussi à Horace, je serais Horace.

DIANA, *rêveuse.* – C'est vrai.

FRÉDÉRIC, *la regarde un instant, puis crie.* – C'est Horace que vous aimez, Diana ! Adieu.

DIANA *le retient.* – Êtes-vous fou ? Je le déteste ! Embrassez-moi.

FRÉDÉRIC, *éperdu.* – Diana !

DIANA. – Embrassez-moi, cher petit chien perdu, que je vous montre votre route.

FRÉDÉRIC. – Je vous aime.

DIANA. – Moi aussi, je vous aime Frédéric !

Il l'embrasse.

DIANA, *quand c'est fini.* – Vous êtes bien sûr, n'est-ce pas, que vous n'êtes pas Horace ? Je le crois capable de tout !

Ils sont sortis. Entrent Lady India et Patrice Bombelles.

PATRICE BOMBELLES. – De tout, de tout, de tout. Je le crois capable de tout.

LADY INDIA. – Mais mon cher, comment pourrait-il soupçonner quelque chose ? Nous avons pris tellement de précautions.

PATRICE BOMBELLES. – C'est un garçon qui joue un double jeu. Hier il a ricané. Cela je l'ai entendu nettement, il a ricané sur mon passage. Pourquoi aurait-il senti le besoin de ricaner sur mon passage si ce n'est qu'il est au courant de tout ?

LADY INDIA. – Quand croyez-vous avoir entendu ce ricanement ?

PATRICE BOMBELLES. – Hier soir, sur la terrasse, après le dîner.

LADY INDIA. – Hier soir ? Nous étions ensemble. Il s'était étranglé avec la fumée de son cigare. Il ne ricanait pas, il toussait.

PATRICE BOMBELLES. – Il toussait pour nous dissimuler qu'il ricanait, ma chère. C'est une toux dont je n'ai pas été dupe un seul instant.

LADY INDIA. – D'ailleurs pourquoi ce jeune homme qui ne m'est rien, pourrait-il se permettre de ricaner en apprenant notre liaison, Patrice ?

PATRICE BOMBELLES. – C'est un garçon dont je vous conseille de vous méfier. D'abord cette façon de tellement ressembler à son frère.

LADY INDIA. – Il n'y peut rien.

PATRICE BOMBELLES. – Un véritable gentleman n'aurait jamais permis l'équivoque. Lui, il en joue, il copie les costumes de son frère.

LADY INDIA. – Mais non, c'est Frédéric qui copie les siens.

PATRICE BOMBELLES. – C'est la même chose ! Chez moi, ma chère, nous étions neuf frères...

LADY INDIA. – Dieu ! Et ils vous ressemblaient tous ?

PATRICE BOMBELLES. – Aucunement.

LADY INDIA. – Ce que vous ne me ferez jamais croire, c'est que ce garçon soit capable de parler à Romuald.

PATRICE BOMBELLES. – De parler, non. Mais de risquer des à-peu-près, des bouts rimés, des anecdotes, quand nous sommes tous au salon ; de sourire, on ne sait pourquoi, à table – de ricaner, comme hier soir, en faisant semblant de s'étrangler avec la fumée de son cigare sur les terrasses. Oui, je l'en crois parfaitement capable.

LADY INDIA. – S'il s'en tient à ces signes, Romuald lui, est bien incapable d'en pénétrer jamais le sens ! C'est un benêt.

PATRICE BOMBELLES *a un geste.* – C'est un tigre ! Et vous ne devez pas oublier que si vous êtes sa maîtresse, moi, je suis son secrétaire intime. Nous dépendons tous les deux étroitement de ce magnat.

LADY INDIA, *avec reproche.* – Cher, bien cher... Vous employez des mots.

PATRICE BOMBELLES. – Magnat ?

LADY INDIA. – Non.

PATRICE BOMBELLES. – Secrétaire intime ?

LADY INDIA. – Non.

Elle est contre lui.

LADY INDIA. – Patrice, cher, je suis *votre* maîtresse ; et si je permets, c'est vrai, à Romuald de s'occuper de régler mes factures et de venir me baiser la main chaque soir, vous ne devez pas oublier qu'il ne m'est rien et que vous m'êtes tout.

PATRICE BOMBELLES, *affolé*. – Dorothée !... Dans ce jardin d'hiver...

LADY INDIA. – Nous sommes en été...

PATRICE BOMBELLES. – Ce n'est pas pour l'hiver. C'est pour les vitres. On nous voit de partout.

LADY INDIA. – Tant mieux ! Je suis folle ! J'adore le danger. J'adore tout ce qui est fou. Vous ai-je raconté ce soir, à Monte-Carlo, où j'ai été dans un petit bistrot louche du port, toute nue sous ma cape, avec tous mes diamants, seule au milieu de ces brutes avinées...

PATRICE BOMBELLES. – À Monte-Carlo ?

LADY INDIA. – Oui, c'était un petit tabac où les croupiers du baccara venaient boire clandestinement des bocks entre deux parties. Je voyais les larges mains de ces hommes frémir... Ah ! qu'il vienne, qu'il nous surprenne, qu'il nous massacre !... Il verra comme je le cravacherai de mon mépris... Ce sera magnifique !

PATRICE BOMBELLES. – Oui.

LADY INDIA. – D'ailleurs c'est un mouton. Que peut-il ?

PATRICE BOMBELLES *soupire*. – Tout au monde, dans les sulfates... Et par contrecoup, hélas...

LADY INDIA. – Cher ! Cher ! L'amour est toujours le plus fort.

PATRICE BOMBELLES. – Oui, Dorothée.

LADY INDIA. – Et puis vous ne devez pas oublier, Patrice, que vous êtes un homme du meilleur monde, que je suis Lady India et que c'est nous qui sommes bien bons, en fin de compte, de nous occuper un peu de ce ramasseur d'argent.

Ils sont sortis.

Entrent Mme Desmermortes – poussée sur son fauteuil à roulettes par sa lectrice, Mlle Capulat – et Horace.

MADAME DESMERMORTES. – Tant d'argent Horace ?

HORACE. – Plus encore, ma tante.

MADAME DESMERMORTES. – Qu'est-ce qu'il en fait ?

HORACE. – Il mange des nouilles à tous les repas, sans beurre et sans sel, il boit de l'eau.

MADAME DESMERMORTES. – C'est admirable. Et Dorothée le ruine ?

HORACE. – Elle essaie. C'est impossible.

MADAME DESMERMORTES, *se rappelant soudain la présence de sa lectrice.* – Vous êtes une mauvaise langue, Horace. Vous oubliez que je suis votre tante et la tante de Dorothée. Et une femme d'un certain âge. Mademoiselle Capulat, allez donc me chercher mon mouchoir.

Quand elle est sortie.

Tout de bon, vous croyez qu'il l'entretient ?

HORACE. – Carrément.

MADAME DESMERMORTES. – C'est monstrueux, c'est humiliant, Horace.

HORACE. – Sur ce pied-là c'est peut-être encore monstrueux, mais cela cesse d'être humiliant, ma tante.

MADAME DESMERMORTES. – Une Grandchamp ! Et par moi, une Desmermortes ! Si Antoine était encore de ce monde il en mourrait. Horace, les gens sont si méchants, n'est-il pas scandaleux pour le monde que j'aie invité ce nabab en même temps que Dorothée ? On va dire que je tiens la chandelle... Moi, en tout cas, je le dirais.

HORACE. – N'oubliez pas que vous avez invité Romuald Messerschmann et sa fille à la demande de Frédéric, ma tante. Frédéric se fiance demain à Diana.

MADAME DESMERMORTES. – C'est juste. Un autre gogo, ton frère. Aller se toquer de cette fille au point de lui demander sa main. Quand il était petit il avait toujours l'air si triste, si résigné, en venant me tendre son front au jour de l'an. Je l'appelais Iphigénie. Le vois-tu livré, un beau matin, en jaquette de mariage, à cette demoiselle Diana Messerschmann et à ses millions ?

HORACE. – Non, ma tante.

MADAME DESMERMORTES. – Avec toi, au moins, le sacrifice aurait eu du piquant. J'aime bien quand c'est le mouton qui risque de dévorer le grand prêtre. Avec lui, cela ne sera même pas drôle. Il sera affreusement mouton comme ton père.

HORACE. – Si ce mariage se fait, ma tante !

MADAME DESMERMORTES *soupire.* – Et qui pourrait le faire rater maintenant ?

HORACE. – Peut-on savoir ?

MADEMOISELLE CAPULAT *rentre.* – Voici votre mouchoir, Madame !

MADAME DESMERMORTES. – Merci, ma toute bonne. Poussez-moi donc vers le soleil.

Entrent Messerschmann et Romainville.

Ah ! Bonjour mon bon Romainville ! Bonjour monsieur Messerschmann ! Avez-vous passé une bonne nuit ?

MESSERSCHMANN. – Je ne dors jamais, madame.

MADAME DESMERMORTES. – Moi non plus. Il faudra que nous nous donnions rendez-vous ! Nous bavarderons pendant qu'ils dormiront et nous dirons du mal d'eux tous. Cela tuera le temps. – Il est dur à tuer, l'animal. – Je suis très méchante, monsieur Messerschmann, et vous ?

MESSERSCHMANN. – On dit que je le suis aussi, madame.

MADAME DESMERMORTES. – Quel bonheur ! Nous nous dirons des méchancetés. Cela sera très amusant. Poussez voyons, poussez ma toute bonne ! Je vous ai dit que je voulais aller au soleil ! Monsieur Messerschmann, mon maître d'hôtel m'a dit que vous ne mangiez que des nouilles ?

MESSERSCHMANN. – C'est exact, madame, sans beurre et sans sel.

MADAME DESMERMORTES. – Il paraît aussi que vous êtes un bon ami de Dorothée.

MESSERSCHMANN. – Lady India m'honore de son amitié.

MADAME DESMERMORTES. – Dorothée, des insomnies et des nouilles à tous les repas ! Et j'ai lu hier dans un magazine que vous étiez un des heureux de la terre...

Ils sont sortis. Romainville essaie de sortir de biais, en évitant Horace.

HORACE *le rattrape.* – Elle sera là au train de midi trente.

ROMAINVILLE. – Non.

HORACE. – Je vous affirme que si.

ROMAINVILLE. – Quelle imprudence ! Je suis malade. Vous êtes sûr que vous n'êtes pas fou ?

HORACE. – Sûr. Et vous ?

ROMAINVILLE. – Moi, je ne suis pas sûr. Et si je refusais de céder à ce chantage ?

HORACE. – C'est le scandale, Romainville.

ROMAINVILLE *se met en colère.* – Mais quel scandale sacrebleu ? Mes relations avec cette jeune fille sont irréprochables.

HORACE. – Si je dis à ma tante : Romainville, pour égayer un peu votre invitation de ce printemps, a fait venir sa petite amie à l'auberge de Saint-Flour où il va la voir trois fois par semaine, en cachette, que répondrez-vous ?

ROMAINVILLE. – Que c'est faux ! Que je m'intéresse à cette jeune fille comme je m'intéresse à tous les arts. Est-ce ma faute si je suis une sorte de mécène ?

HORACE. – Non.

ROMAINVILLE. – Cette enfant avait besoin de prendre l'air, avant de recommencer son travail à l'Opéra. Elle était pâlotte, – comprenez-moi, Horace – elle était extrêmement pâlotte. N'importe qui aurait agi comme moi. C'est une question de bon cœur. Je lui ai dit : « Venez passer quelques jours en Auvergne avec votre mère. » Qui pourrait me reprocher, sacrebleu, de vouloir faire prendre un peu l'air à une jeune fille pauvre qui en a besoin ? Madame votre tante qui me tape tous les ans pour ses comités charitables ?

HORACE. – À une jeune fille pauvre qui a besoin de prendre l'air, personne. Mais à votre maîtresse, Romainville... Vous connaissez ma tante.

ROMAINVILLE. – Mais cette jeune fille n'est pas ma maîtresse, sacrebleu ! Je vous assure qu'elle ne l'est pas du tout.

HORACE. – Qui vous croira ?

ROMAINVILLE. – Tout le monde, puisque c'est la vérité.

HORACE. – Quelle importance cela peut-il avoir que ce soit la vérité, mon bon Romainville, puisque cela n'en a pas l'air.

ROMAINVILLE. – Alors, selon vous, la vérité, ce n'est rien ?

HORACE. – Rien mon cher, sans les apparences.

Une cloche. Il l'entraîne.

Allons tranquillement déjeuner. Elles seront là d'un moment à l'autre. Josué est prévenu, il me fera signe. Je viendrai leur dire deux mots et au café, il annoncera officiellement à ma tante que votre nièce vient d'arriver.

ROMAINVILLE. – Et si ma véritable nièce arrive par le même train ?

HORACE. – Je lui ai déjà télégraphié pour vous que l'invitation de ma tante était momentanément décommandée.

ROMAINVILLE. – C'est un traquenard ! Et tout cela parce que vous m'avez surpris buvant une innocente orangeade avec cette petite, chez le pâtissier de Saint-Flour !

HORACE. – Exactement !

ROMAINVILLE. – Vous êtes le diable.

HORACE. – À peu près.

ROMAINVILLE. – Quel dessein poursuivez-vous donc ?

HORACE. – Un vaste et sombre dessein.

Une seconde cloche.

C'est le deuxième coup. Passons à table, mon cher Romainville. Vous ne tarderez pas à le savoir.

Ils sortent. La scène reste vide un instant, puis Josué introduit Isabelle et sa mère, avec leurs valises.

JOSUÉ. – Si ces dames veulent se donner la peine de s'asseoir. Je vais prévenir M. Horace de leur venue.

Il sort.

LA MÈRE. – Quel luxe ! Quel raffinement ! Quelle somptuosité ! Voilà une atmosphère, mon enfant, dans laquelle je me sens véritablement redevenir moi-même !

ISABELLE. – Oui, maman.

LA MÈRE. – Il y a des êtres qui ne peuvent respirer que dans le luxe. Si on leur enlève le luxe, ils s'étiolent.

ISABELLE. – Oui, maman.

LA MÈRE. – Tu ne dois pas oublier Isabelle, que ton grand-père était le premier négociant en papiers peints de la ville. Nous avons eu jusqu'à deux domestiques en même temps, sans compter les ouvrières, bien entendu. Et rappelle-toi qu'à ton âge, ta grand-mère ne m'aurait jamais permis de sortir seule.

ISABELLE. – Oui, maman.

LA MÈRE. – J'étais suivie à trois pas par ma bonne. À trois pas. C'était magnifique.

ISABELLE. – Oui, maman.

LA MÈRE. – As-tu vu ce maître d'hôtel ?

ISABELLE. – Oui, maman.

LA MÈRE. – Cette noblesse, cette voix feutrée à la fois extrêmement polie et légèrement méprisante, cette attitude.

Elle répète, ravie, et mime :

Si ces dames veulent se donner la peine de s'asseoir. Je vais prévenir M. Horace de leur venue. De leur venue ! Le choix des termes !

Elle se rassoit.

Ah ! mon enfant ! Je rêve pour toi d'un maître d'hôtel semblable !

ISABELLE. – Oh ! tu sais, maman...

LA MÈRE. – Si, si. Je rêve pour toi de tout ce que la vie ne m'a pas donné. Je ne dis rien, tu sais, mais parfois je souffre... Tu crois que cela ne me fend pas le cœur quand je vois tes petits doigts se rougir chaque jour à notre vaisselle ?

ISABELLE *cache ses doigts, soudain honteuse.* – Je t'en prie, maman.

LA MÈRE. – Oh, je sais ! Tu es moins sensible que moi. Je sais aussi que je ne t'aide pas autant que je le devrais, bien sûr, dans tous ces petits travaux... C'est que c'est véritablement au-dessus de mes forces. D'abord, j'ai une impossibilité matérielle : mon piano. Je dois mes mains à mon art. Et puis, je n'ai pas été élevée comme toi, moi. J'ai été élevée dans tous les raffinements du confort. Tu as toujours connu la gêne, mon pauvre petit, tu ne peux pas savoir ! Toi, tu retrousses tes manches, tu chantes quelque chose, et hop ! En un clin d'œil c'est fait, tu n'y penses plus.

ISABELLE. – Il faut bien, maman.

LA MÈRE. – Je t'admire. Moi avec mon passé, avec tous mes rêves perdus, j'en serais absolument incapable... Ah ! Isabelle ! Je rêve pour toi d'un autre avenir – d'un avenir de luxe et de beauté où ta maman aurait une petite place. Tu es artiste, tu es jolie, moins fine que moi peut-être – cela c'est ton père – moins classique, en somme, mais piquante. Tu dois plaire, tu dois sûrement plaire, mon enfant. Que peut bien te vouloir ce jeune homme ?

HORACE *entre.* – Vous êtes exactes, je vous remercie.

LA MÈRE. – Cher monsieur, je considère l'exactitude comme la première vertu. Ai-je tort ?

HORACE *lui baise la main.* – Non, madame. Et voici Mlle Isabelle.

Il la regarde.

Je ne m'étais pas trompé.

LA MÈRE. – C'est une charmante enfant.

HORACE. – Mieux que charmante, madame.

LA MÈRE. – M. Romainville a dû vous parler d'elle.

HORACE, *sans cesser de regarder Isabelle.* – Il m'en a beaucoup parlé en effet, madame.

LA MÈRE. – C'est un de nos bons amis parisiens.

HORACE. – Oui, je sais. Est-ce que cette aventure vous amuse au moins, mademoiselle ? C'est la première condition.

LA MÈRE. – Elle est folle de joie !

ISABELLE. – M. Romainville nous a seulement dit que vous nous invitiez pour ce soir au château.

HORACE. – Pas autre chose ?

ISABELLE. – Non, monsieur.

LA MÈRE. – Le bon ami a sans doute voulu laisser toute la surprise à la petite !

HORACE. – Et qu'avez-vous pensé qu'on pourrait bien vous demander dans ce château ?

ISABELLE. – Je ne sais pas. De danser sans doute. Je suis danseuse.

HORACE. – Pas seulement de danser.

LA MÈRE. – Pas seulement de danser ? Mais savez-vous, cher monsieur, que vous commencez à m'intriguer follement ?

HORACE. – On donne ici ce soir un bal. J'ai besoin que vous y assistiez et que vous y soyez très belle, plus belle que toutes les autres.

ISABELLE. – Moi ?

HORACE. – Oui. Vous avez peur ?

ISABELLE. – Un peu. Je ne suis pas très belle et puis...

HORACE. – J'ai téléphoné ce matin à Paris. Roeseda Sœurs m'envoie ce soir un choix de robes et ses meilleures essayeuses. Au premier coup d'archet des violons, vous serez prête.

ISABELLE. – Mais que faudra-t-il que je fasse ?

HORACE. – Rien que briller ici toute la nuit comme un petit papillon éphémère. À l'aube on vous délivrera. Bien entendu, madame, cela sera un cachet comme un autre, et la robe lui restera.

LA MÈRE *minaudant*. – Oh ! Mais nous n'avons pas pensé une minute...

HORACE *la coupe*. – Moi, si, je l'ai pensé. Maintenant, il faut que je retourne à table où mon absence serait remarquée. Je regrette de ne pas pouvoir assouvir votre curiosité tout de suite. Voilà Josué qui va vous montrer vos chambres. On vous y servira ce premier repas... Je vous demande de n'en pas bouger. Personne ne doit encore connaître votre présence au château. Dès que cela me sera possible je monterai vous dire ce que j'attends de vous.

Il sort. Josué empoigne les valises.

JOSUÉ. – Si ces dames veulent bien avoir l'obligeance de me suivre.

LA MÈRE. – Oui, mon ami. Quel garçon distingué, quel véritable gentilhomme ! As-tu vu ma chère, comme il m'a baisé la main ? Hé bien, ma petite, tu rêves ?

ISABELLE. – Non, maman. C'est celui-là qui s'appelle Horace ? C'est celui-là qui a voulu que nous venions au château ?

LA MÈRE. – Oui, ma chère. Il est beau n'est-ce pas ? Allons, avance. Le maître d'hôtel nous attend. Où es-tu, ma chère, dans la lune ?

ISABELLE, *sortant derrière elle, d'une étrange voix.* – Oui, maman.

LE RIDEAU TOMBE.

DEUXIÈME ACTE

On entend les violons s'accorder quand le rideau se lève. Même décor, c'est le soir. Debout au milieu de la pièce, Isabelle dans sa robe de bal. Dans un fauteuil, en habit, fumant son cigare, Horace qui l'examine.

HORACE. – Avancez de quelques pas. Tournez. Retournez-vous. Vous êtes parfaite. Vous tremblez ?

ISABELLE. – J'ai peur.

HORACE. – De quoi, mon Dieu, d'un bal ?

ISABELLE. – De la nuit qui vient, des violons qui s'accordent, de ce château plein de gens inconnus qui s'habillent pour cette fête, de ce mystère, de tout.

HORACE. – De moi aussi ?

ISABELLE. – Surtout de vous.

HORACE. – Vous croyez que je vais vous entraîner dans une histoire épouvantable ? Romainville vous a dit beaucoup de mal de moi ?

ISABELLE. – Oui, monsieur.

HORACE. – Et naturellement vous l'avez cru ?

ISABELLE, *doucement*. – Non.

HORACE. – Vous avez eu tort mademoiselle. Quand vous saurez ce que j'ai machiné ce soir, vous penserez que je suis peut-être encore plus méchant que ne l'imagine Romainville. Seulement il ne faut pas avoir peur des gens méchants, mademoiselle, ce sont de pauvres diables comme les autres. Les imbéciles seuls sont vraiment redoutables !

Entre Romainville.

Ah ! Mon cher, nous parlions de vous ! Comment vous sentez-vous ce soir ?

ROMAINVILLE. – De plus en plus mal. Cette fête qui me réjouissait est maintenant un supplice pour moi. Je ne peux pas concevoir ce qui a pu vous pousser à vouloir cette présentation ridicule.

HORACE. – Romainville a peur que vous vous trompiez de fourchette et qu'en vous voyant attaquer le foie gras avec le couvert à poisson, toute la table se lève en criant : « Imposture ! Ce ne peut pas être sa vraie nièce ! » Faites quelques pas, ma chère, tournez. Regardez-la, Romainville. N'êtes-vous pas flatté d'avoir une nièce pareille ? Entre nous, comment est votre vraie nièce, mon cher ? Il me semble l'avoir rencontrée chez les Berquin.

ROMAINVILLE. – Mon Dieu, c'est une jeune personne un peu disgraciée. Elle a le nez assez fort. Mais elle est pleine des plus belles qualités morales...

HORACE. – Alors vous la présenterez à ma tante, un matin, à son ouvroir et elle y fera merveille. Mais pour un bal, Romainville... Il vous fallait une nièce de bal !...

Regardez cette jeune fille dans ce tulle. Vous ne pouviez rien trouver de plus transparent, de plus éphémère, de plus gracieux, de plus fait pour un bal, un unique bal de printemps...

ROMAINVILLE *considère gravement Isabelle.* – Tenez-vous droite. Ne donnez pas leur titre aux gens à qui on vous présentera. Attendez que les personnes d'un certain âge vous interrogent.

HORACE. – Vous divaguez, mon cher. Mademoiselle savait tout cela en naissant. Ma tante, qui a le sens de la qualité, ne s'y est pas trompée une minute. Elle lui a donné une chambre sur le jardin. Ce sont les plus agréables. Si elle lui avait moins plu, je suis sûr qu'elle l'aurait mise sur le parc.

ROMAINVILLE. – Mais moi je suis sur le parc !...

HORACE *éclate de rire.* – Vous voyez bien, Romainville...

LA MÈRE *entre, minaudante.* – On peut entrer ? On peut entrer ? Je ne peux plus tenir, il faut que je voie la robe.

HORACE *va à elle, contrarié.* – Il était convenu que vous resteriez dans votre chambre, madame. Il ne faut pas risquer qu'on vous rencontre.

LA MÈRE. – Je me suis glissée comme une ombre. Je me meurs de curiosité. Quel charme ! Quelle élégance ! Tiens-toi droite. Quel bon goût ! Je suis sûre que c'est M. Horace qui l'a choisie !

HORACE. – Non, madame, c'est votre fille.

LA MÈRE. – Non. Non. Non. Je ne veux pas croire que vous n'y êtes pour rien. Ou alors c'est que la petite a deviné vos goûts et qu'elle l'a choisie pour vous plaire.

ISABELLE. – Maman !

LA MÈRE. – Tourne-toi. Encore. Tiens-toi droite. Cette enfant, cher monsieur, me surprend chaque fois moi-même. Habillée, on dirait qu'elle est maigre : déshabillée, elle est presque dodue. Raspoutini, son maître à l'Opéra, dit que, tout simplement, c'est parce qu'elle est bien faite. Le fait est – ce n'est pas parce que je suis sa mère – elle a des jambes admirables. Le cher ami qui l'a vue tant de fois en tutu vous le dira.

ROMAINVILLE, *gêné*. – Hum ! Moi, je la trouve encore très pâlotte. Mais nous lui donnons des fortifiants. Des fortifiants.

LA MÈRE. – Pâlotte ? Regardez-la, médisant. Elle est rose comme une fleur !

ROMAINVILLE. – Hum ! Le grand air de la campagne lui a déjà fait du bien. Ah ! la campagne, la campagne ! La joie saine...

LA MÈRE. – Parlons-en ! Elle meurt d'ennui à la campagne ! Elle est comme moi. Nous sommes deux petites fleurs de serre, deux Parisiennes, deux artistes. Nous ne poussons pas en pleins champs. Seulement le cher ami a tant insisté.

ROMAINVILLE. – La santé avant tout. La santé avant tout.

LA MÈRE. – Vous êtes un vilain despote ! Cher monsieur, il est d'une exigence avec ses amis ! Il ne peut pas supporter qu'on le quitte. Quand il a été invité ici, il a fallu que la petite vienne.

ROMAINVILLE. – Je la trouvais pâlotte ! Alors, je me suis dit, ma foi...

LA MÈRE. – Mais oui, mais oui. Enfin ! On vous pardonne parce qu'on sait bien que c'est par amitié.

C'est comme lorsque vous avez voulu qu'elle fasse de la natation...

ROMAINVILLE, *de plus en plus gêné.* – Tout le monde devrait savoir nager.

LA MÈRE. – Il venait lui-même à la piscine pour la voir. Une fois, il a failli tomber à l'eau tout habillé.

ROMAINVILLE, *hors de lui.* – C'est ce qui vous prouve que tout le monde devrait savoir nager ! Mais nous bavardons, nous bavardons... et Horace doit avoir des instructions à donner à Isabelle. Je suis sûr que vous seriez curieuse de voir l'arrivée des voitures, chère amie ? Si vous veniez dans ma chambre ? On voit tout. Elle est au nord, mais on voit tout.

LA MÈRE. – C'est cela. C'est cela. Nous les laissons. Chut ! Ce n'est pas que je ne brûle aussi de connaître le mystère. Mais la petite me racontera demain. Allez. Je vais me cacher comme un vilain gros papillon de nuit qui n'a pas droit aux lumières de la fête.

ROMAINVILLE, *la poussant, excédé.* – C'est cela. Comme un vilain gros papillon de nuit. Venez. J'entends les premières voitures.

HORACE. – Et on vous montera à souper.

LA MÈRE. – Une croûte, allez, une croûte et un verre d'eau pour la pauvre Cendrillon. Amuse-toi bien petite chanceuse ! Moi aussi j'ai eu vingt ans. Et il n'y a pas si longtemps de cela... Elle est charmante !

Elle est sortie, entraînée par Romainville.

HORACE *regarde Isabelle et dit doucement.* – Et toute rouge.

ISABELLE. – J'ai honte.

HORACE. – Il ne faut pas.

ISABELLE. – C'est facile à dire. Mes joues brûlent. Mes yeux piquent. J'ai une grosse boule de mie de pain dans la gorge et envie d'être morte.

HORACE. – Moi, je la trouve très amusante votre mère.

ISABELLE. – Moi aussi peut-être qu'elle m'amuserait...

Elle s'arrête.

HORACE. – C'est une artiste ?

ISABELLE. – Elle donne des leçons de piano.

HORACE. – Si vous aviez déjà écouté ce qu'on appelle une dame « bien », essayer de faire valoir sa fille dans une vente de charité, vous ne vous indigneriez plus. Madame votre mère est la discrétion même.

ISABELLE. – Je ne suis pas dodue. Je ne suis pas maigre non plus. Je n'ai pas de jambes admirables. Je veux partir.

HORACE. – Avant mon bal, c'est impossible !

ISABELLE. – J'ai honte.

HORACE. – Entre nous, ma chère, pourquoi ? Parce que cette fête, ce mystère ont excité un peu l'imagination de votre maman ? Parce qu'elle s'est figuré que j'étais amoureux de vous et qu'elle essaie de vous jeter à ma tête ? C'est bien naturel... Je suis très riche, j'ai un beau nom, vous pensez que depuis que je suis bon à marier, c'est un air que j'ai entendu. Ainsi, si c'est pour moi que vous avez honte, ne soyez plus rouge je vous prie. C'est un air qu'on m'a trop chanté. Je ne l'entends plus.

ISABELLE, *doucement.* – Moi je l'entends encore...

HORACE. – C'est vrai. Je parle un peu légèrement de ces choses. Cela doit être assez désagréable en effet pour vous. Excusez-moi.

ISABELLE *se retourne soudain.* – Qu'avez-vous pensé pour Romainville ?

HORACE, *un peu sec.* – Je n'ai rien à penser au sujet de Romainville, mademoiselle. Romainville est un homme charmant, plein de délicatesse et d'égards, j'en suis sûr. Je vous ai rencontrée avec lui dans une pâtisserie de Saint-Flour, je vous ai trouvée ravissante, et j'ai imaginé que vous pourriez m'être utile, ici, ce soir. C'est tout.

ISABELLE. – Je voudrais que vous sachiez au moins...

HORACE. – Je ne veux rien savoir de plus, mademoiselle.

ISABELLE *dit doucement d'une petite voix battue.* – Alors si vous ne voulez rien savoir, c'est différent... Croyez-vous que je suis idiote ? J'ai pleuré, mon rimmel coule. Il faut que je recommence tout. Vous m'excusez un instant ?

HORACE. – Je vous en prie.

Il fait signe à Josué qui passe.

Josué !

JOSUÉ. – Monsieur Horace ?

HORACE. – Personne ne se doute de rien ?

JOSUÉ. – Personne, monsieur Horace. Les essayeuses de la maison de couture sont reparties sans avoir été vues, le bottier non plus. D'ailleurs avec le monde que nous avions au château pour les derniers préparatifs du bal...

HORACE. – Vous surveillerez la maman.

JOSUÉ. – Oui, monsieur Horace. Je demande pardon à Monsieur, mais elle m'a échappé tout à l'heure. J'ai aussi la responsabilité de la fête de ce soir...

HORACE. – Je sais, Josué, que vous ferez votre possible. D'ailleurs tant qu'elle se contentera de faire la navette entre sa chambre et ce salon – cette aile est encore déserte – c'est sans danger. Mais quand le bal sera commencé, je crains des excentricités de sa part.

Il fait le geste de fermer une porte à clef.

Cric, crac.

JOSUÉ. – Bien monsieur Horace. Et si la dame se mettait à hurler ? Il faut tout prévoir, monsieur Horace.

HORACE. – Vous lui direz que c'est moi qui ai exigé qu'on l'enferme et vous lui promettrez deux cents francs de plus.

JOSUÉ. – Je demande pardon à Monsieur... Monsieur croit que cela sera assez pour calmer cette dame ?

HORACE. – Certainement mon vieux.

À Isabelle qui rentre pendant que Josué sort.

Hé bien, ce petit malheur ?

ISABELLE. – Il est réparé.

HORACE. – Comme c'est commode de pouvoir sortir une minute, refaire son sourire, son œil et venir reprendre la conversation au point où on l'avait laissée !... Nous manquons beaucoup de ces petits bâtons, nous autres.

Il regarde l'heure.

Il est bientôt 10 heures, mademoiselle. Votre maquillage est au point, votre robe vous va à ravir, les premières voitures glissent déjà sur le sable devant le perron, les violons frottent leur archet de colophane. Il va être temps que je vous parle.

ISABELLE. – Enfin !

HORACE. – J'ai voulu vous connaître un peu mieux avant de le faire. À une sotte, j'aurais raconté une autre histoire, quelque merveille de magazine avec du pittoresque, de l'attendrissement, de la romance. C'est d'ailleurs dans ce sens que j'avais préparé mon petit laïus quand je vous avais demandé de venir, hier soir. On va toujours au conventionnel c'est plus facile. Or, il se trouve une fois sur mille, que le conventionnel se dérobe et on reste tout bête avec son intelligence à son bras comme un parapluie dont on ne pensait pas avoir besoin. Tant pis pour moi. Je vais être obligé d'improviser.

ISABELLE. – Je vous demande pardon.

HORACE. – Pas du tout. C'est moi qui ai manqué de psychologie. J'aurais dû vous juger au premier coup d'œil. Vous n'êtes pas sotte, vous êtes naïve. Vous n'êtes pas romanesque, vous êtes tendre. Vous n'êtes pas dure, vous êtes exigeante. Tout est presque pareil et c'est le contraire. Cela m'apprendra à mal regarder les jeunes filles à la terrasse des pâtisseries. J'avais tout prévu, sauf que vous m'écouteriez avec ce petit œil lucide.

ISABELLE. – S'il vous dérange, je peux le fermer.

HORACE. – N'en faites rien. Il va nous faire gagner beaucoup de temps. Grâce à lui je vais pouvoir passer les préambules et aller droit au fait. Voilà, mademoiselle : j'ai un frère, un frère que j'aime beaucoup et qui est amoureux à en mourir d'une jeune fille très belle et très riche en l'honneur de laquelle le bal de ce soir est donné.

ISABELLE. – Et elle, elle ne l'aime pas ?

HORACE. – Elle lui est officiellement fiancée ; elle lui donne ses lèvres deux ou trois fois par jour suivant les règles d'une stratégie amoureuse qui m'échappe. Je suppose qu'elle lui abandonne aussi de temps en temps, en pensant à autre chose, un coin ou un autre de sa jolie peau un peu froide. Elle lui fait toutes les petites scènes qu'il faut faire, elle lui dit même qu'elle l'aime, mais elle ne l'aime pas, non.

ISABELLE. – Elle en aime un autre ?

HORACE. – En vérité, mademoiselle, je la crois bien incapable de jamais aimer. Mais comme c'est une petite personne multimillionnaire et trop gâtée, attentive au moindre souffle de ses désirs, elle s'est figuré – oui – qu'elle était amoureuse de quelqu'un.

ISABELLE. – Et ce quelqu'un ?

HORACE. – Vous l'avez deviné, c'est moi. Vous me direz que c'est une folle et que mon frère vaut mille fois mieux que moi.

ISABELLE. – Comment est-il ?

HORACE. – Diable ! C'est vrai ! Vous voyez comme ces récits arrêtés d'avance sont toujours bêtes. J'allais oublier de vous dire l'essentiel : nous sommes jumeaux, mademoiselle.

ISABELLE. – Vous vous ressemblez ?

HORACE. – Au physique, comme il n'est pas permis honnêtement de se ressembler. Cette plaisanterie de mauvais goût qui dure depuis trop longtemps a donné lieu à tous les quiproquos possibles et imaginables. Elle est éventée, vidée, assommante. Voilà cent ans que le coup des jumeaux ne fait plus rire personne et singulièrement plus nos amis... Mais, moralement, – vous voyez que nous sommes en plein dans la plus mauvaise convention théâtrale – moralement, nous sommes le jour et la nuit : mon frère est bon, sensible, tendre, intelligent et je suis une brute. Mais c'est tout de même moi qui suis aimé.

ISABELLE. – Et vous ?

HORACE. – Moi ?

ISABELLE. – Vous l'aimez aussi, cette jeune fille ?

HORACE. – Je n'aime personne, mademoiselle. C'est ce qui va me permettre d'organiser en toute sérénité d'esprit la petite comédie de ce soir. Car j'ai résolu que ce serait moi, ce soir, qui organiserais la comédie. Oui, décidément, nous nous laissons trop faire, ma chère. Le destin dispose, nous brasse, nous fait glisser sur une pelure d'orange, ou sans plus de raisons nous gratifie d'un billet gagnant à la loterie, d'un ami sincère ou d'une femme aimable – entre deux crampes... Et nous sommes là à recevoir ces pourboires avec des courbettes, en bafouillant éternellement « trop heureux, merci, trop heureux, que votre volonté soit faite ! ». Nous sommes trop négligents... Je comprends cela en politique. Il faut se laisser gouverner comme on se laisse couper les cheveux – par d'autres, tant bien que mal. Attacher trop d'importance à l'argent qu'on vous prend ou aux gestes qu'on fait exiger de vous, dans les rues, par des gendarmes, c'est l'attitude la plus futile, la plus inconsidérée qui soit. Mais permettre au destin de vous conduire, lui tolérer des maladies, des passions ridicules, des catastrophes, des familiarités. Cela, c'est grave, mademoiselle, c'est impardonnable. Je ne sais pas si vous me suivez très bien ?

ISABELLE. – Je me suis perdue au moment des gendarmes, monsieur.

HORACE. – Je m'explique. Je trouve l'homme trop modeste. Il se laisse mener alors que c'est presque toujours à lui de décider et qu'il est pratiquement indomptable. L'amour, la maladie, la bêtise, il a trouvé commode d'appeler tout : fatalité. Moi, je ne connais que la mort, ma chère. La mort est franche, la mort est nette. C'est une imbécile, mais je lui tire mon chapeau. Elle sait ce qu'elle veut... Mais pour le reste je réponds : « Je ne veux pas le savoir ! » comme mon adjudant pendant la guerre...

Il rêve un peu.

Je ne veux pas le savoir ! Ça, c'était un homme ! Vous ne me suivez plus du tout ?

ISABELLE. – C'est-à-dire je vous perds, je vous rattrape, je vous reperds. J'espère que vous m'attendrez au tournant.

HORACE *lui prend le bras.* – Nous y sommes, ne nous quittons plus. Mon frère est malheureux, mademoiselle, et il va être bafoué. Mais, il aime probablement cette Diana Messerschmann et son bonheur – peut-on savoir ce que c'est que le bonheur ? – c'est peut-être d'être malheureux par elle. D'autre part, il est sans doute dans l'ordre normal des choses que cette jeune fille, à qui le Ciel a dispensé tous les dons, outre les millions de son père, triomphe tranquillement au bal de ce soir... Seulement voilà, je ne sais pas ce que j'ai, j'ai dû mal me réveiller ce matin – je ne me sens pas d'humeur à supporter l'ordre normal des choses aujourd'hui... Alors tant pis pour la fatalité ! Moi aussi je suis aveugle, moi aussi j'ai des caprices, moi aussi je suis tout-puissant. Je réponds : « Je ne veux pas le savoir » comme mon adjudant. Je prends tout sur moi et je brouille les cartes... Et ce qui va se passer ce soir, je puis vous assurer que ce n'était pas du tout écrit. Voilà ce que j'attends de vous.

ISABELLE. – Oui, mon capitaine !

HORACE. – D'abord, m'obéir en tout, me regarder toujours au cours de cette fête. Je ne vais pouvoir vous donner maintenant que les grandes lignes. Le détail devra s'improviser tout à l'heure, pendant le bal. N'ayez pas peur. Vous ne serez jamais seule. J'apparaîtrai sous une tenture comme dans les mélos, je serai derrière l'ottomane où vous vous assiérez avec votre cavalier, sous la nappe du buffet, dans l'ombre du jardin. Je serai partout, vous surveillant toujours, vous dictant vos consignes. Le problème est simple. Il faut d'abord faire en sorte ce soir, que tout le bal ne s'occupe que de vous.

ISABELLE, *éperdue*. – Vous vous faites beaucoup d'illusions sur moi, monsieur ! Je ne saurai jamais...

HORACE. – Moi je saurai. Ne vous occupez de rien, soyez vous-même. Répondez ce qui vous passe par la tête. Riez si vous avez envie de rire. Si vous avez envie d'être seule, laissez tout le monde soudain. Je me charge d'expliquer tout, de rendre tout aimable, extravagant, surnaturel... Je vais pendant toute la soirée faire semblant d'être amoureux de vous.

ISABELLE, *heureuse*. – C'est vrai ?

HORACE. – Et vous allez, pendant toute la soirée, faire semblant d'être amoureuse de mon frère.

ISABELLE. – Mais si votre frère aime cette jeune fille, il ne me regardera même pas !

HORACE. – Peut-être bien, il est si bête ! Mais, même s'il ne regarde que Diana, il ne pourra pas ne pas lire dans les yeux de Diana, au coin de la bouche de Diana, dans tout ce qu'il aime de Diana que vous êtes ravissante. Je la connais, elle est affreusement jalouse. En constatant votre triomphe elle va se mettre à verdir, devenir laide en un instant.

ISABELLE. – Votre frère ne l'en aimera que plus !

HORACE. – Vous croyez ? Comme on se fait de jolies idées de l'amour à l'Opéra ! Soyez tranquille, j'ai bâti tout un scénario. C'est vous que mon frère aimera. Il ne s'agit que de le tirer d'un songe. Il va, il suit cette jeune fille qui est le contraire de ce qu'il peut aimer, il croit qu'il l'aime ; il dort et il souffre en dormant. Nous allons le faire dégringoler de la gouttière.

ISABELLE. – Et s'il en meurt ?

HORACE. – Mademoiselle, on ne meurt pas d'amour.

ROMAINVILLE *entre en trombe.* – Ah ! vous êtes là ? Je vous cherchais. Catastrophe !

HORACE. – Comment catastrophe ?

ROMAINVILLE *s'assoit, ravi.* – Mon cher, tous vos projets sont à l'eau. Dieu merci !

HORACE. – Qu'est-ce que vous racontez ?

ROMAINVILLE. – Comme je ramenais votre mère au bercail, me fiant à l'obscurité des corridors – crac ! à un tournant, nous tombons sur la Capulat. C'est la lectrice de sa tante.

HORACE. – Hé bien, vous êtes passés ?

ROMAINVILLE. – Moi, je suis passé. Mais savez-vous ce qu'elles ont fait, ces deux folles ? Elles se sont jetées dans les bras l'une de l'autre en pleurant. Il paraît qu'elles ont fait du piano ensemble au Conservatoire de Maubeuge. Il y a vingt ans qu'elles se croyaient mortes : pas du tout, elles vivent ! Je n'ai même pas pu intervenir. Elles se serraient convulsivement les bras, elles se racontaient leur vie. Dieu merci, elles parlaient toutes les deux en même temps : elles ne vont pas se comprendre tout de suite. Quoi qu'il en soit, il ne nous reste plus qu'une issue : la fuite !

À Isabelle :

Montez vous déshabiller. Je dirai que vous avez eu un malaise, que nous avons reçu un télégramme, que votre grand-mère était dans le coma et que je n'ai pas voulu troubler la fête, enfin je dirai quelque chose. Moi aussi j'ai de l'imagination ! Nous n'avons pas une minute à perdre. Montez vous déshabiller !

HORACE. – Ne montez pas, je vous le défends !

LA MÈRE *frappe et entre, mutine.* – Coucou ! Vous savez la bonne surprise !

HORACE *va à elle.* – Oui. Qu'avez-vous fait ? Qu'avez-vous dit ?

LA MÈRE. – Ah ! mon enfant, comme l'amitié est une douce chose ! T'ai-je assez parlé de Géraldine Capulat ? Je la croyais morte : elle vit, la chère âme ! Ce que je lui ai dit, cher ami, mais tout, tout. Mon mariage malheureux, ma carrière artistique brisée, enfin tous mes espoirs déçus. Ah ! mes amis ! Vous ne pouvez pas savoir ce que Géraldine a été pour moi ! Toutes deux blondes, toutes deux follement romanesques : on nous prenait pour les deux sœurs.

HORACE. – Mais comment lui avez-vous expliqué votre présence au château ?

LA MÈRE. – Mais le plus simplement du monde ! Me croyez-vous donc capable d'être prise de court, cher monsieur ? Je lui ai dit que je faisais partie de l'orchestre.

HORACE *et* ROMAINVILLE. – Ouf !

LA MÈRE. – Seulement elle ne m'a pas cru. Je jouais de malheur. Il paraît que ce sont des nègres. Alors vous savez ce que j'ai fait ? J'ai la plus entière confiance en Géraldine. Je lui ai fait jurer sur notre ancienne amitié de garder à jamais le secret et je lui ai tout dit.

HORACE *et* ROMAINVILLE, *épouvantés.* – Tout ?

LA MÈRE. – Tout.

ROMAINVILLE, *à Isabelle.* – Montez vous déshabiller tout de suite !

HORACE. – Mais enfin quoi, tout ? Vous ne savez rien.

LA MÈRE. – Non, mais vous savez comme je suis romanesque ! Une grande enfant. Je suis incorrigible. J'ai brodé tout un conte bleu !

ROMAINVILLE. – Un conte bleu ?

HORACE. – Quel conte bleu ?

LA MÈRE. – Un vrai conte couleur d'azur ! Ah ! Je sens que vous allez me gronder !

HORACE. – Mais à la fin, qu'avez-vous pu dire ?

LA MÈRE. – Rien, des folies, des mots, des rêves ! J'ai dit que vous étiez amoureux de la petite et que vous l'aviez fait passer pour la nièce de Romainville afin de l'introduire au château.

ISABELLE *crie, rouge de honte.* – Qui t'a permis, maman ?

ROMAINVILLE. – Malheureuse ! Mon cher Horace, à l'heure qu'il est, votre tante sait tout. Je ne sais pas ce que vous allez faire, moi je décampe. Tant pis, je ne la reverrai pas de ma vie ! Montez vous déshabiller, vous !

HORACE *va pour sortir.* – Il faut aller trouver Capulat. Il faut obtenir qu'elle ne dise rien.

À la porte, il se heurte à Mme Desmermortes poussée dans son fauteuil par Capulat. On cache la Mère comme on peut.

MADAME DESMERMORTES. – Où courez-vous, mon cher Horace ? Je viens voir ma jeune invitée. Pourquoi la cachez-vous dans ce petit coin noir ? Mes compliments, mon bon ami.

ROMAINVILLE *sursaute.* – Vos compliments ! Quels compliments ?

MADAME DESMERMORTES. – Elle est charmante, Romainville !

ROMAINVILLE. – Non !

MADAME DESMERMORTES. – Comment non ?

ROMAINVILLE. – Enfin, si !

MADAME DESMERMORTES. – Comment va-t-elle ?

ROMAINVILLE. – Très mal, justement. Un malaise.

MADAME DESMERMORTES. – Que me chantez-vous ? Elle est toute rose. Une danse la guérira.

ROMAINVILLE, *qui ne sait plus ce qu'il dit.* – Elle a peur de recevoir un télégramme !

MADAME DESMERMORTES. – Quelle drôle de peur ! Comme elle a une jolie robe ! C'est votre cadeau, mon tout bon ?

ROMAINVILLE. – Certes non !

MADAME DESMERMORTES. – Vous êtes contente de votre chambre, mon enfant ? J'ai pensé qu'elle vous plairait. Demain matin vous aurez le soleil la première. Cela vous amuse au moins, ce bal ?

ISABELLE. – Oh oui, madame !

MADAME DESMERMORTES. – Qui m'a dit que c'était votre premier bal ?

ROMAINVILLE. – Ce n'est pas moi !

MADAME DESMERMORTES. – C'est toi Horace ? Non, c'est vrai, tu ne la connais pas. On vous a présentés au moins ?

HORACE. – Oui ma tante, on nous a présentés.

MADAME DESMERMORTES. – Elle est ravissante, n'est-ce pas ?

HORACE. – Ravissante.

MADAME DESMERMORTES. – Alors pourquoi ne l'invites-tu pas ? On joue la première valse.

HORACE. – Ma tante, j'allais l'inviter.

À Isabelle :

Mademoiselle, est-ce que vous voulez bien m'accorder cette valse ?

Sortant en valsant avec Isabelle, il passe près de Romainville à qui il jette :

Elle bluffe. Elle ne sait rien.

ROMAINVILLE. – Elle sait tout.

MADAME DESMERMORTES, *qui les regardait partir.* – Elle est fine, jolie, racée. Comment se fait-il, Romainville, que vous ne m'en ayez jamais parlé ?

ROMAINVILLE *bafouille, malheureux.* – À vous dire vrai, ma chère amie, c'est un oubli que je ne m'explique pas moi-même...

MADAME DESMERMORTES, *qui a fait signe à Capulat de la pousser vers le bal.* – En somme si je comprends bien, c'est une Dandinet-Dandaine par les femmes ?

ROMAINVILLE. – Hé oui, mais...

MADAME DESMERMORTES. – Elle est donc apparentée aux Rochemarsouin ?

ROMAINVILLE. – Si l'on veut !

MADAME DESMERMORTES. – Si elle tient aux Rochemarsouin, c'est qu'elle est aussi Cazaubon.

ROMAINVILLE. – Cela va de soi.

MADAME DESMERMORTES. – Le pauvre Antoine qui était Cazaubon par les Marsus et les Villeville lui serait donc un peu quelque chose, s'il vivait ?

ROMAINVILLE. – Oh ! si peu ! Et puis, enfin, il est mort !

MADAME DESMERMORTES. – Mais moi je suis encore vivante, Romainville ! Et j'aime y voir clair dans ces questions de parenté. Il faut absolument que je situe cette petite. Voyons, vous dites que sa mère, qui était une Fripont-Minet, est morte.

ROMAINVILLE. – Morte !

MADAME DESMERMORTES *commence.* – La cousine de sa mère donc, une de Laboulasse...

ROMAINVILLE *la coupe.* – Morte aussi.

MADAME DESMERMORTES. – L'aînée ? Celle que j'ai connue en pension, mais la cadette ?

ROMAINVILLE. – Morte, morte !

MADAME DESMERMORTES. – Comment, les deux ?

ROMAINVILLE. – Les deux !

MADAME DESMERMORTES. – Et du côté de son père. Du côté des Dupont-Pitard ?

ROMAINVILLE. – Tous morts !

MADAME DESMERMORTES. – Pauvre petite ! Mais c'est une hécatombe autour d'elle !

ROMAINVILLE, *sortant, allègre.* – Un charnier !

Ils sont passés. En sortant, Capulat a laissé tomber sa longue écharpe mauve. La Mère sort de sa cachette avec des précautions de grosse souris. Capulat réapparaît, pousse un petit cri en voyant la Mère et se précipite.

CAPULAT. – J'ai dit que j'avais oublié mon écharpe !

Elles sont dans les bras l'une de l'autre.

LA MÈRE. – Géraldine ! C'est un beau rêve !

CAPULAT. – Ah ! Josyane ! C'est un roman !

LA MÈRE. – Il l'adore ! As-tu vu comme il la regardait, ma chère ?

CAPULAT. – C'est le Prince Charmant. Il est follement riche !

LA MÈRE. – Et beau comme la nuit ! Il faut que tu m'aides, ma chère, la pauvre petite en mourrait !

CAPULAT. – Je ferai tout, je ferai tout pour ton enfant, Josyane ! Ah ! toutes nos folies de Maubeuge, tu te souviens ? La pâtisserie Marius Labonne !

LA MÈRE. – Et les glaces de chez Pinteau !

CAPULAT. – Et notre premier morceau à quatre mains, le soir de la fête des veuves ? *La Valse des petites taupes.*

Elle se met à chanter.

Do, si, la, sol, fa, mi, ré, do.

LA MÈRE. – Un succès, ma chère, un succès !

CAPULAT. – Et le sous-préfet était là !

LA MÈRE, *chantant à son tour. – Si, ré, si, sol, si, sol, ré, mi, fa, sol.*

CAPULAT *enchaîne. – Ré, do, si, ré, mi, la, do dièse !*

ENSEMBLE, *elles achèvent, tête contre tête, mêlant leurs anglaises. – La, si, do, ré, do, la, sol, la, sol, fa, mi, ré, do !*

L'orchestre attaque sa valse reprenant les dernières notes. Elles restent un instant bercées, tête contre tête, puis Capulat se détache et s'éloigne, furtive, envoyant des baisers avec son écharpe. Elle a disparu comme un sylphe. La Mère, les yeux mi-clos, la tête penchée sur ses mains, commence à valser toute seule. Josué paraît, il s'avance vers elle, avec précaution comme un chasseur de papillons. Elle sort en valsant sans le voir. Il sort derrière elle.

LE RIDEAU TOMBE.

TROISIÈME ACTE

Derrière le rideau baissé, brillante musique de bal. Au lever du rideau sur la scène des couples tournoient ; la danse finie, ils s'éloignent.

Mme Desmermortes entre en scène dans son fauteuil poussé par Capulat.

CAPULAT, *après un temps.* – Le bal bat son plein.

MADAME DESMERMORTES, *avec humeur.* – Qu'il le batte ! Je m'ennuie comme une vieille tapisserie. Je n'ai jamais aimé danser, mais depuis que je suis clouée à cette chaise, je trouve cela extravagant ! Vous avez jamais aimé cela, vous ma bonne ?

CAPULAT *minaude.* – J'ai eu vingt ans.

MADAME DESMERMORTES. – Ah ! bah ! quand cela ? Moi je vous ai toujours connu le même âge.

CAPULAT. – Ha ! Madame, avant d'être chez Madame, quand j'étais chez M. le baron.

MADAME DESMERMORTES. – Chez le baron ou chez moi c'est tout comme. Vous êtes une bonne fille, Capulat, mais – je ne vous apprends rien – vous êtes laide. Quand on est laid, on n'a jamais vingt ans.

CAPULAT. – On n'en a pas moins un cœur !

MADAME DESMERMORTES. – Ah ! ma toute bonne. Cet instrument-là sans les autres ne sert à rien. Mais ne me faites pas dire de bêtises... Vous avez tout de même été heureuse, Capulat, digne et respectée. Pour une fille comme vous, c'est la meilleure part.

CAPULAT. – Il y a des soirs – des soirs de bal comme celui-ci – où il y a dans l'air quelque chose d'inexprimable...

MADAME DESMERMORTES. – Je sais ma chère. Ne l'exprimez pas. Cela ne vous irait point et de toute façon il est trop tard. Et puis, vous n'avez pas fait une si mauvaise affaire. Il vous reste le bon Dieu à vous. Une vie d'ennui, c'est un placement.

CAPULAT. – Oh ! Madame !

MADAME DESMERMORTES. – Vous irez vous asseoir sur les bons fauteuils à sa droite et moi j'irai d'abord griller à petit feu pendant deux ou trois mille ans. Bah ! cela passe vite !...

CAPULAT. – La miséricorde du Seigneur est infinie, Madame.

MADAME DESMERMORTES. – Il faut tout de même bien qu'il tienne ses promesses, sans quoi les justes, comme vous, qui ont tout misé là-dessus, seraient volés comme dans un bois. J'ai toujours rêvé du jour du Jugement dernier. Un bruit court parmi les bienheureux : « Il paraît qu'il pardonne aussi aux autres ! » Alors cela les met dans une telle rage, cela leur remue tellement la bile d'un seul coup qu'ils ne peuvent plus se retenir, ils éclatent en imprécations épouvantables et ils sont damnés à l'instant même. Avouez que cela serait comique !

CAPULAT. – Oh ! Vous ne pouvez pas penser cela, Madame !...

MADAME DESMERMORTES. – Bah ma chère !... Je puis tout penser. C'est bien le moins maintenant que je ne peux plus rien faire. Poussez-moi donc plus près de la porte que je voie un peu tous ces fous se trémousser. C'est la nièce de Romainville qui danse avec mon neveu ?

CAPULAT. – Oui, Madame.

MADAME DESMERMORTES. – Elle a une fraîcheur inattendue cette fillette au milieu de toutes ces futures petites dames comme il faut. Il n'y a qu'elle qui n'a pas l'air de jouer la comédie. Pourquoi Romainville ne la montrait-il pas ?

CAPULAT. – Ah ! Madame ! Je lui trouve pour ma part un charme, une distinction, une grâce, comment vous dire ?...

MADAME DESMERMORTES, *qui regarde la salle.* – Comme vous voudrez, ma bonne, je ne vous écoute pas. Vous savez ce que je pense ? Qu'il faudrait que nous nous amusions aussi ce soir, toutes les deux. Qu'est-ce que nous pourrions bien imaginer pour animer un peu cette soirée ?

CAPULAT. – Un cotillon ?

MADAME DESMERMORTES. – Un cotillon, un cotillon ! C'est bien de vous. C'est ce qu'on peut rêver de plus niais, ma chère ! Ah ! que ce bal est donc bête... Regardez-les tourner. Ils croient qu'ils s'amusent et ils ne pensent tous qu'à leur petite vanité et à leurs petites affaires. Le monde n'est plus drôle, il est temps de partir ! J'ai connu des bals inouïs de mon temps. En 1902 à Biarritz, le duc de Médino-Solar était amoureux fou de Lady Forgotten. Vous savez ce qu'il fit ma chère ? On donnait une redoute jaune, il vint en vert : c'était la couleur des yeux de sa maîtresse. Naturellement personne ne comprend. Le règlement de la redoute était formel, on veut lui interdire l'entrée. C'était un Espagnol ma chère, un homme terrible, il ne donne pas un mot d'explication, il tue l'huissier. Bien entendu, la fête continue. Leurs Altesses les Infants devaient l'honorer de leur présence. Les organisateurs décident même – toujours à cause des Altesses – que l'incognito restera respecté. Mais tous les policiers avaient des dominos jaunes. Ils vous invitaient à danser avec des regards et des moustaches terribles sous les masques. Seulement, comme ils n'invitaient que les dames, ils n'ont jamais pu retrouver le duc. Le lendemain il passait la frontière et se faisait tuer par un taureau à la grande course de Madrid. Voilà qui était vivre !...

CAPULAT. – Ah ! Madame. Qui sait si des événements tout aussi romanesques ne se déroulent pas ici même en ce moment !

MADAME DESMERMORTES. – Dans ce bal ? Vous rêvez ma bonne !

CAPULAT. – Ah, Madame ! Si un jeune homme, beau, riche, follement épris, avait imaginé pour introduire ici celle qu'il aime... Mais chut !... J'en ai trop dit ! J'ai promis le secret.

MADAME DESMERMORTES. – Vous divaguez, Capulat. Quel jeune homme ?

CAPULAT. – Pas seulement un jeune homme. Une amie chère, un peu de jeunesse retrouvée ! Ah ! Madame, au déclin d'une vie sans azur, un cœur romanesque éclate quelquefois d'être mêlé de près à un conte de fées !

MADAME DESMERMORTES. – Quel cœur, quel conte de fées ? Capulat, je ne vous suis pas.

CAPULAT. – Imaginez Madame, une intrigue troublante, un amour plus fort que les barrières sociales et que le scandale, une passion pure comme la mort, un travesti. Une mère tremblante qui se cache et voit son enfant triompher sans que jamais – jamais, touchante et sainte femme ! – elle puisse dire son nom. Ah ! les larmes me viennent, Madame, pardon !

MADAME DESMERMORTES. – Mais Capulat, expliquez-vous, mille tonnerres, au lieu de me pleurer sur la tête ! Quelle mère tremblante, quel amour ?

CAPULAT. – Non ! Chut ! J'en ai trop dit ! J'ai promis le secret !

MADAME DESMERMORTES. – Quel secret ?

CAPULAT. – Au plus profond de mon cœur, Madame, enfoui, brûlant, comme un diamant ! Elle l'aime, il l'adore, il est riche, elle est pauvre ! Il la déguise et l'introduit dans ce château. C'est magnifique !

MADAME DESMERMORTES. – Qui ?

CAPULAT. – Et tout le bal conquis ne s'occupe que d'elle. On chuchote le nom, on demande qui c'est. Elle passe comme une reine. Elle triomphe ! Chère petite ! Chère enfant des amours maubeugeois ! Ah pardon ! Pardon ! c'est trop ! En moi quelque chose se brise !

MADAME DESMERMORTES, *sévère.* – Capulat ! Voilà vingt ans que vous êtes ma demoiselle de compagnie et vous ne m'avez jamais rien dit de drôle, mais je vous ai toujours comprise. Pour une fois que vos propos m'intriguent, j'exige de vous comprendre encore ou je vous chasse de mon service. Expliquez-vous !

CAPULAT. – Non. Chut ! J'en ai trop dit ! J'ai promis le secret ! Plutôt la misère, plutôt la mort ! C'est cela, la mort ! Tuez-moi Madame, plutôt, tout de suite. Je souffre.

MADAME DESMERMORTES. – Qui vous parle de vous tuer ? Capulat, je suis votre maîtresse. J'ai l'habitude d'être obéie sans en arriver à cette extrémité. D'ailleurs, je vous ai toujours donné mes vieilles robes. Vous me devez tout.

CAPULAT *éclate en sanglots.* – Je sais, je sais cela Madame ! Deux devoirs s'affrontent en moi ! Ah ! Madame, nous étions deux amies, deux pianistes ! Jours heureux ! Insouciance d'oiseaux ! Une amie, que dis-je ?

une sœur. Je la croyais morte, je la pleurais. Je la retrouve. Elle me dit qu'elle faisait partie de l'orchestre ! C'étaient des nègres, je m'étonne. Alors elle avoue, elle me confie le cher secret. Le fol amour de ce jeune homme pour sa fille ; la pieuse supercherie du bon ami !

MADAME DESMERMORTES. – Quel bon ami ?

CAPULAT. – Monsieur Guy-Charles Romainville, âme d'élite !...

MADAME DESMERMORTES. – Qu'est-ce qu'il a fait ?

CAPULAT. – Sa nièce n'est pas sa nièce ! L'amour, l'amour l'a voulu ! Un jeune homme qui vous est proche !... Mais chut ! j'en ai trop dit ! J'ai promis le secret !

MADAME DESMERMORTES. – À qui ?

CAPULAT. – À la bien chère, sur sa tête, sur l'amitié des jours passés ! Plutôt mourir ! Mais ces violons ! Ah ! ces violons, Madame, je suis folle...

MADAME DESMERMORTES. – C'est ce qui me semble ma fille. Poussez-moi donc jusqu'à ma chambre. Nous n'entendrons plus les violons et vous me direz les détails.

CAPULAT *se jette à genoux et lui baise la main.* – Ah ! Madame ! Vous êtes bonne ! Ah ! Madame ! Vous pouvez tout ! Un mot de vous et les barrières tombent. L'amour triomphe et la pauvre mère humiliée peut enfin dire : « C'est mon enfant ! »

MADAME DESMERMORTES. – Nous verrons cela. Poussez ma bonne et expliquez-vous posément. Vous disiez que la nièce de Romainville...

CAPULAT. – N'est pas sa nièce, Madame. Votre neveu l'aime à mourir. Il a voulu, le cher enfant, – je me permets de l'appeler ainsi – qu'elle soit la reine du bal. Il a fait venir une robe de Paris, il a supplié sa sainte mère, mon amie...

MADAME DESMERMORTES. – Mon neveu ? Quel neveu ? Frédéric ?

CAPULAT. – Non Madame. M. Horace. Mais chut ! J'en ai trop dit ! J'ai promis le secret !

Elles sont sorties.

Entrent Lady India et Patrice Bombelles dansant un tango mexicain.

PATRICE BOMBELLES. – Sur le parc, ma chère, on m'a mis sur le parc. En plein nord. Brutalement, en plein milieu de l'après-midi, sans même m'avertir on a déménagé mes valises. Il paraît qu'on ne m'a pas trouvé. Mais je n'en suis pas dupe. Je n'ai pas quitté le billard. On ne m'a pas trouvé parce qu'on n'a pas voulu me trouver. C'est un coup monté, ma chère.

LADY INDIA. – À qui a-t-on donné votre chambre ?

PATRICE BOMBELLES. – À la nièce de Romainville. Vous savez, cette petite qui a de jolis yeux. Mais cette jeune fille est un prétexte. La véritable raison est qu'il nous a vus hier et qu'il veut m'éloigner de votre appartement.

LADY INDIA. – Vous brodez, mon cher, vous brodez. Il lui aurait fallu mettre ma tante dans son jeu. C'est impossible.

PATRICE BOMBELLES. – Tout est possible avec lui. Je lui ai vu offrir un pot-de-vin à l'archevêque de Cantorbéry.

LADY INDIA. – Et il l'a accepté ?

PATRICE BOMBELLES. – Non.

LADY INDIA. – Et d'abord comment avez-vous pu voir qu'elle avait de jolis yeux ?

PATRICE BOMBELLES. – Qui, chère amie ?

LADY INDIA. – Cette nièce de Romainville.

PATRICE BOMBELLES *bat en retraite.* – Je n'ai jamais prétendu qu'elle avait de jolis yeux, Dorothée.

LADY INDIA. – Prenez garde, Patrice ! Mon amour pour vous est une chose exclusive et terrible. Si je savais que vous avez seulement regardé une autre femme, je vous abattrais comme un chien.

PATRICE BOMBELLES. – Dorothée !

LADY INDIA. – J'ai une conception sauvage et totale de l'amour. Ainsi vous voyez si vous dites vrai et si Romuald a réussi à nous faire changer de chambre parce qu'il a surpris notre baiser de l'autre soir. Je comprends fort bien qu'il songe à vous détruire. Je vais être franche, Patrice, je serais déçue qu'il ne le fît pas. Et vous ?

PATRICE BOMBELLES. – C'est-à-dire que dans un certain sens, chère amie...

LADY INDIA. – Je trompe Romuald, c'est entendu, mais j'ai besoin d'avoir pour lui la plus exigeante estime. L'homme que j'aime doit être noble et courageux, mais l'homme que je trompe aussi. Il y a ainsi des êtres d'essence supérieure qui ne peuvent vivre qu'en beauté. Je suis de ceux-là. J'ai besoin de chiens de race, d'objets rares, d'hommes de premier plan autour de moi. Enfin Patrice, fier et susceptible comme vous l'êtes, avouez que vous seriez terriblement mortifié si la passion n'arrachait pas à Romuald un cri sauvage ?

PATRICE BOMBELLES. – C'est-à-dire, Dorothée...

LADY INDIA. – Non. Non. Un homme comme vous ne peut désirer qu'une femme déjà farouchement aimée. Ah ! rien de tiède, Patrice, entre des êtres comme nous ! Brûlons intensément ! Les autres sont peut-être là pour vivre, nous, nous sommes sur cette terre pour brûler.

PATRICE BOMBELLES. – Oui, Dorothée.

LADY INDIA. – D'ailleurs nous sommes bien bons de nous soucier de lui ; qu'il nous ruine. Moi j'adorerais être pauvre ! Seulement, je voudrais être vraiment pauvre. Tout ce qui est excessif m'enchante. Et puis, il doit certainement y avoir une grande poésie dans la misère, n'est-ce pas Patrice ?

PATRICE BOMBELLES. – Certainement.

LADY INDIA. – Comme cela serait amusant ! Je te ferais ta vaisselle, je cuirais, mon cher, pour toi. Je demanderais à Roeseda Sœurs de me faire des petits tabliers très drôles. (Il n'y a qu'elle, tu sais, qui pourrait me réussir ça.) Oh ! rien qu'un bout d'étoffe, une fronce, mais son chic ! Nous aurions des petites casseroles, des petits balais. Tu travaillerais dans une usine. (Avec mes relations au Comité des Forges, tu penses que je te trouverais tout de suite une place de métallo.) Tu rentrerais le soir harassé de fatigue et sentant très mauvais. Ce serait délicieux ! Je vous laverais, cher, avec une petite éponge. Ah ! que c'est beau, que c'est beau d'être pauvre ! Mais qu'il vienne !... Qu'attend-il ? Son argent me brûle. Je lui rendrai tout, tout de suite – sauf les perles.

Messerschmann est entré et s'arrête n'osant les aborder.

PATRICE BOMBELLES, *au comble de la terreur.* – Attention le voilà ! Bas les pattes !

LADY INDIA. – La peur vous égare Patrice !

PATRICE BOMBELLES. – Vous ne me plaisez pas. Vous ne m'avez jamais plu. Vous ne pouvez pas me plaire.

LADY INDIA. – Comment ?

PATRICE BOMBELLES. – Je ne suis avec vous que par pure convenance. C'est clair, vous m'ennuyez. D'ailleurs, je bâille.

Il bâille.

LADY INDIA. – Patrice, je vous défends bien ! Prenez mon bras. Narguons-le au contraire... Sortons en dansant très ostensiblement ce tango.

PATRICE BOMBELLES. – Vous êtes folle !

LADY INDIA. – Quand la brute sommeille, il faut l'attaquer aux banderilles.

Haut, sortant dansant le tango avec lui :

Avez-vous vu des courses de taureaux, cher ami ?

PATRICE BOMBELLES, *haut.* – Oui, chère amie, mais je n'aime pas cela !

LADY INDIA, *bas.* – Tenez-vous droit. N'ayons pas l'air de l'avoir vu. Qu'il ne sache pas encore si nous savons qu'il sait.

PATRICE BOMBELLES, *sortant tremblant et s'embrouillant dans les figures.* – Oui, mais s'il ne savait pas encore, Dorothée. Ne croyez-vous pas qu'en ayant l'air de trop savoir qu'il sait, nous risquons peut-être un peu inconsidérément qu'il sache ?

Ils sont sortis. Messerschmann va les suivre. Il appelle Josué qui passait.

MESSERSCHMANN. – Mon ami !

JOSUÉ. – Monsieur ?

MESSERSCHMANN. – Ces deux personnes en longeant cette terrasse, s'en vont bien vers les serres, n'est-ce pas ?

JOSUÉ. – Oui Monsieur. Puis-je me permettre de prendre les ordres de Monsieur pour le souper de cette nuit ?

MESSERSCHMANN. – Des nouilles.

JOSUÉ. – Sans beurre ?

MESSERSCHMANN. – Et sans sel.

JOSUÉ. – Bien Monsieur.

MESSERSCHMANN *fait un pas. Il se ravise.* – Dites-moi, mon ami.

JOSUÉ. – Monsieur.

MESSERSCHMANN. – En descendant cet escalier, je rejoins bien les serres par le verger, n'est-ce pas ?

JOSUÉ. – Oui Monsieur. Mais si Monsieur cherchait à rejoindre les deux personnes de tout à l'heure, je prends la liberté de dire à Monsieur que j'ai suivi ces deux personnes du regard tout en prenant les ordres de Monsieur. Elles sont rentrées dans le corps du bâtiment par la petite porte du fond de la terrasse. Ces deux personnes sont donc très probablement remontées aux étages par le petit escalier intérieur.

MESSERSCHMANN. – Ah bien !

JOSUÉ *continue, impassible.* – Pour remettre un peu d'ordre dans leur toilette, sans doute, Monsieur.

MESSERSCHMANN, *soupire.* – Sans doute, oui. Merci.

Il va sortir d'un autre côté. Josué s'incline, lui rappelant.

JOSUÉ. – Sans beurre.

MESSERSCHMANN *soupire, sortant, sombre.* – Et sans sel.

Il est sorti. Josué sort de son côté. Les couples dansant une valse ont à nouveau envahi la scène. Frédéric traverse, rêveur, la foule des danseurs. Il semble chercher quelqu'un. Isabelle le suit de loin. Sur la fin de la danse, Frédéric rentre, toujours cherchant, par une autre porte. Il voit Isabelle derrière lui. Ils restent seuls, un peu gênés sur la scène déserte.

ISABELLE. – Excusez-moi.

FRÉDÉRIC. – Pourquoi mademoiselle ?

ISABELLE. – J'ai l'air de vous suivre. J'entrais par hasard.

FRÉDÉRIC. – Je le pense bien.

ISABELLE. – Un beau soir.

FRÉDÉRIC. – Oui, très beau.

Un silence. On entend la musique du bal. Ils ne savent pas quoi se dire.

Vous avez une très jolie robe.

ISABELLE. – Oui, très jolie.

Un temps encore, soudain elle demande :

Vous y croyez, vous ?

FRÉDÉRIC. – À quoi ?

ISABELLE. – Aux fantômes.

FRÉDÉRIC. – Un peu, pourquoi ?

ISABELLE. – Vous avez l'air du fantôme de votre frère à qui il serait arrivé quelque chose de très triste.

FRÉDÉRIC. – C'est tout à fait cela.

ISABELLE. – Vous êtes beau, vous êtes jeune, vous êtes riche. Qu'est-ce qu'il peut bien vous arriver de triste ?

FRÉDÉRIC. – D'être beau, comme vous dites, d'être jeune, d'être riche et que cela ne me serve à rien. Excusez-moi.

Il s'incline.

Mademoiselle.

ISABELLE. – Monsieur.

Frédéric est sorti dans le jardin. Une petite ritournelle peut-être. Horace surgit par l'autre porte.

HORACE. – C'est parfait !

ISABELLE. – Je ne sais pas quoi lui dire. Je me sens honteuse devant lui.

HORACE. – Excellent !

ISABELLE. – Il va se demander pourquoi je le suis partout, pourquoi j'essaie toujours de lui adresser la parole.

HORACE. – C'est ce que je veux.

ISABELLE *tombe assise.* – Je n'en peux plus.

HORACE, *sévère.* – Il est minuit et vous êtes engagée jusqu'à l'aube, mademoiselle. Debout ! D'ailleurs vous êtes bonne et c'est une bonne action que vous faites de remonter un peu ce pauvre garçon. Je vous assure que vous ne le regretterez pas... Bravo ! Regardez-le avec ces grands yeux-là. Vous êtes une comédienne, étonnante. Où avez-vous trouvé ce regard ?

ISABELLE. – C'est le mien.

HORACE. – Compliments ! Posez-le sur lui toute la soirée. Il ne peut pas ne pas être touché.

ISABELLE, *doucement.* – Sur lui ce ne sera peut-être pas le même.

HORACE. – Quelque chose d'approchant suffira. Cher petit frère ! Il a tellement peu l'habitude d'être regardé gentiment. Attention, le voilà qui revient. Vous voyez bien qu'il a envie de vous parler. Du sang-froid, de l'imagination. Je vous écoute.

Il disparaît. Frédéric rentre.

FRÉDÉRIC. – Mon frère vous cherchait tout à l'heure.

ISABELLE. – Je ne sais pas.

FRÉDÉRIC. – D'habitude, quand mon frère cherche une jeune fille, elle le sait.

ISABELLE. – Vraiment, je ne l'ai pas remarqué.

FRÉDÉRIC. – N'est-ce pas qu'il est beau, mon frère ?

ISABELLE. – Oui. Très beau.

FRÉDÉRIC. – Nous nous ressemblons comme deux gouttes d'eau, mais il n'y a que les hommes qui s'y trompent. Les femmes savent toujours quand c'est lui. À quoi peuvent-elles le voir ?

ISABELLE. – Je ne sais pas.

FRÉDÉRIC. – Je crois que lui ne les regarde pas, c'est pour cela. Vous avez une très jolie robe.

ISABELLE. – N'est-ce pas ? Il n'est pas seulement beau.

FRÉDÉRIC. – Qui ?

ISABELLE. – Votre frère.

FRÉDÉRIC. – Oui. Il est très intelligent, bien plus que moi. Très courageux aussi, très intrépide. Toujours prêt à marcher sur les corniches ou à mettre ses mains dans le feu. Je ne crois pas cependant qu'il puisse faire une toute petite chose, tous les jours, pendant très longtemps. Je ne crois pas qu'il puisse aimer. C'est peut-être pour cela qu'on l'aime. Il est très dur. Il est très bon d'ailleurs aussi.

ISABELLE. – Il vous aime beaucoup. Il ne voudrait pas que vous ayez mal.

FRÉDÉRIC. – Oui, cela l'agace. Ce n'est peut-être pas parce qu'il m'aime beaucoup, mais cela l'irrite de me voir souffrir. Il n'aime pas que l'on souffre. Surtout d'amour.

Il se lève.

Je vous assure qu'il vous cherche, mademoiselle. Je cherche justement une jeune fille de mon côté. Si je le rencontre en la cherchant, voulez-vous que je lui dise que vous êtes là ?

ISABELLE. – Vraiment, non. Merci.

FRÉDÉRIC. – Il est beaucoup plus amusant que moi.

ISABELLE. – Je suis très bien près de vous. Restez, je vous en prie.

FRÉDÉRIC *la regarde étonné et tombe assis près d'elle en soupirant.* – Oh ! que c'est triste !

ISABELLE, *un peu surprise.* – Qu'est-ce qui est triste ?

FRÉDÉRIC. – Excusez-moi. Ce n'est pas très poli ce que je vais vous dire et c'est peut-être même un peu méchant, et je ne voudrais pas être méchant, mais si c'était cette jeune fille que je cherche en vain dans ce bal qui m'avait dit ce soir ce que vous venez de me dire, je crois bien que je serais mort de bonheur.

ISABELLE *sourit gentiment.* – Alors, il vaut mieux que ce soit moi qui l'ai dit.

Elle se lève.

D'ailleurs ce n'est ni impoli ni méchant et c'est un sentiment que je comprends très bien, moi aussi.

FRÉDÉRIC *se lève aussi.* – Vous êtes bonne. Excusez-moi tout de même. Mademoiselle.

ISABELLE. – Monsieur...

Il est sorti. Horace entre aussitôt, par la même porte, de très mauvaise humeur.

HORACE. – Ah ! non, mademoiselle, non ! Je ne vous ai pas engagée pour cela !

ISABELLE. – Qu'ai-je fait ?

HORACE. – Ces soupirs, cet air de dire que vous aussi, vous seriez mieux avec un autre ! Que ce soit la dernière fois. On vous paie pour jouer un rôle, hé bien ! ma chère, jouez-le. Et sans honte. Il n'y a pas de sot métier. Le seul point c'est de le bien faire.

ISABELLE, *doucement.* – Arrêtez-vous.

HORACE. – Pourquoi ?

ISABELLE. – Si vous me parlez encore sur ce ton, je vais pleurer.

HORACE. – Excellent ! Je n'osais pas vous le demander, les larmes forcées ont toujours quelque chose de grotesque. Mais, si vous pleurez de vous-même, excellent. Le cher petit frère va fondre.

ISABELLE. – Pourquoi n'avez-vous pas de cœur ?

HORACE. – Parce que mon frère en a trop, mademoiselle. Nous sommes nés en même temps. Il s'est fait entre nous un partage. J'ai eu autre chose, il a eu tout le cœur.

ISABELLE. – Vous le voyez pourtant que je suis malheureuse ?

HORACE. – Délicieusement. Vous avez une façon d'être malheureuse qui attendrirait un rocher. Avez-vous une sœur jumelle dont vous avez pris tout le cœur, vous aussi ?

ISABELLE. – Je vous déteste.

HORACE. – J'y compte bien ! Dites du mal de moi avec mon frère. Ayez des déluges d'attendrissement tous les deux. C'est dans mon plan.

ISABELLE. – Vous ne pensez pourtant pas que c'est pour votre robe, pour votre cachet de danseuse que je vous obéis ce soir ?

HORACE. – Mais non, chère petite âme, je ne pense rien d'aussi laid.

ISABELLE. – Cela m'est égal, votre frère. Cela m'est égal de le guérir, égal d'être élégante et que tout le bal me regarde. J'ai l'habitude d'abord que les hommes me regardent, même quand je ne suis pas aussi bien habillée. Vous croyez que c'est amusant ?

HORACE. – Non, mon petit cœur, c'est affreusement triste. Vous êtes la plus malheureuse du monde. Ne vous retenez donc plus, laissez-vous aller.

ISABELLE. – C'est laid, c'est obscène, les regards des hommes ! Cela se pose sur vous comme des chenilles, comme des limaces, cela se glisse partout.

HORACE. – Fi ! Quelle horreur ! Et comme je vous comprends d'être désespérée. Pleurez, pleurez mon petit rat. Là, c'est bien. Vous voyez comme c'était facile.

ISABELLE, *pleurant*. – Je vais avoir les yeux rouges. C'est malin !

HORACE. – C'est inespéré !

Il se jette soudain à genoux et déclame, assez faux d'ailleurs :

Ah ! Isabelle, chère Isabelle ! Moi aussi je souffre, moi aussi je meurs !

ISABELLE *s'arrête de pleurer*. – Qu'est-ce que vous faites ?

HORACE. – Il revient. Gardez la pose. Je veux qu'il me trouve à vos pieds.

ISABELLE. – Oh ! C'est indigne !

HORACE, *à genoux*. – Oui ma chère. Mon cœur déborde ! J'en suis couvert ! C'est une inondation de cœur ! Vient-il vers nous ?

ISABELLE. – Oui. Levez-vous, je vous en supplie.

HORACE. – Je tente un grand coup. Tant pis ! Je vous embrasse !

Il la prend dans ses bras et l'embrasse. Elle se laisse aller avec un petit cri.

ISABELLE. – Monsieur Horace !

Elle demande soudain :

Pourquoi tant pis ?

HORACE *s'incline devant elle, très froid.* – Excusez-moi. Il le fallait.

Il se sauve. Elle tombe en larmes sur le canapé.

ISABELLE. – Oh ! J'ai trop honte !

FRÉDÉRIC *entre.* – Mais vous pleurez ?

ISABELLE. – Oui.

FRÉDÉRIC. – Vous devriez pourtant être contente, mon frère vient de vous embrasser. D'habitude les autres rient, elles sont rouges et elles ont soudain envie de bouger, de danser, de parler très fort. Vous, vous êtes toute pâle et vous pleurez.

ISABELLE. – Oui.

FRÉDÉRIC. – Je m'excuse. C'est peut-être moi qui l'ai fait fuir ?

ISABELLE. – Non.

FRÉDÉRIC. – Ne soyez pas malheureuse. Il y a bien assez de moi dans ce bal. D'ailleurs je ne sais pas pourquoi. Je crois que je ne pourrais pas supporter que vous soyez malheureuse.

ISABELLE. – Laissez-moi.

FRÉDÉRIC. – Mademoiselle, je sais que le chagrin des autres ne console pas beaucoup, mais je vais vous dire quelque chose tout de même, quelque chose dont je suis presque sûr, depuis hier. Je crois que cette jeune fille ne m'a choisi que parce qu'elle ne pouvait pas épouser mon frère. Elle s'est dit : « Puisque l'autre ne me veut pas, prenons celui-là qui est son image. »

ISABELLE. – Si c'était vrai, cela serait bien laid.

FRÉDÉRIC. – C'est tout de même une chance. Elle aurait pu ne pas me choisir du tout. D'ailleurs, j'ai l'habitude. Quand nous étions petits, que mon frère faisait une bêtise et que la gouvernante ne pouvait pas le prendre, c'était aussi moi qu'elle punissait. Je suis une sorte de figurant. Ce n'est jamais très vrai ce qui m'arrive.

ISABELLE. – Vous aussi ?

FRÉDÉRIC. – Pourquoi, moi aussi ? Vous êtes une vraie jeune fille, vous. Et je ne voudrais pas vous faire un compliment trop fade – ce n'est pas le moment – je suis sûr qu'on ne vous confond pas.

Isabelle regarde au loin. Elle s'est raidie. Elle fait des signes de dénégation à quelqu'un dans la coulisse. Finalement, elle s'écrie.

ISABELLE. – Ce n'est pas à cause de lui que je pleure, monsieur !

FRÉDÉRIC. – Comment ?

ISABELLE. – C'est à cause de vous !

FRÉDÉRIC. – Mais mon frère vous a embrassée.

ISABELLE. – Il m'a forcée ! Ce n'est pas votre frère que j'aime !

FRÉDÉRIC. – Mais qui est-ce ?

ISABELLE *lui crie soudain.* – C'est votre frère, mais bon, mais tendre et un peu triste et capable d'amour. C'est votre frère, mais c'est vous !

Elle en a dit trop ; elle se sauve avec un petit cri :

Oh !

FRÉDÉRIC *pousse aussi un petit cri désemparé.* – Oh !

Et il sort de son côté. Horace rentre traînant Isabelle.

HORACE. – Très bien ! Mais il ne fallait pas vous sauver. C'est la première fois qu'on lui dit qu'on l'aime, pauvre petit lapin. Regardez-le, cela lui a donné envie de courir. Brusquons les choses. La jalousie tout de suite tant que c'est chaud ! Un troisième jeune homme est amoureux de vous !

ISABELLE. – Quel jeune homme ?

HORACE. – C'est mon affaire, je le trouverai. Furieux de voir que je ne vous quitte pas, il me provoque ce soir même et nous nous battons.

ISABELLE. – Vous êtes fou !

HORACE. – Un duel au clair de lune, dans le petit bois, pendant le souper. On entendra les coups de pistolet. On arrêtera l'orchestre et tous les convives sortiront avec les candélabres du salon pour chercher le corps dans le parc. Pendant ce temps, folle d'amour – car vous êtes folle d'amour, c'est bien entendu, ma chère ? – vous vous jetez dans le grand bassin. Vous nagez ? D'ailleurs c'est sans importance, vous avez pied et je serai là. Je vous repêche, je vous ramène, je vous pose toute mouillée sur l'herbe devant mon frère et je lui dis : « Voilà ce que tu as fait ! » Après cela, s'il ne vous aime pas, le bougre, c'est qu'il est encore plus fort que moi. Vous hésitez, vous avez peur de la baignade peut-être ? Je triplerai votre cachet et je vous achèterai une autre robe.

Il la prend dans ses bras avant qu'elle ait pu reculer. Il lui dit soudain comme un petit garçon gâté :

Soyez gentille, acceptez, mademoiselle, pour me faire plaisir. Je m'amuse tellement ce soir et c'est si rare pour moi.

ISABELLE *se dégage et se sauve soudain avec le même petit cri blessé que tout à l'heure.* – Oh !

DIANA *entre soudain.* – Frédéric !

HORACE *se retourne.* – C'est Horace.

DIANA. – Ah ? pardon.

HORACE. – Je n'ai pas rougi. Celui qui ne rougit pas, c'est Horace. Je vous donne le truc, il peut vous être utile. C'est comme cela que notre bonne s'y retrouvait autrefois pour les gifles. D'ailleurs, pour être plus sûre, elle nous giflait tous les deux et Frédéric n'avait jamais rien fait, déjà ! Vous le cherchez ?

DIANA. – J'ai cru que c'était lui qui embrassait cette jeune fille. Mais c'était vous, c'est tout différent. Pardon. Vous avez vu votre frère ?

HORACE. – Bien sûr. Sauf vous tout le monde l'a vu. Il erre comme une âme en peine dans le désert de ce bal. Vous voulez vous assurer que, ce soir encore, vous lui avez bien brisé le cœur ?

DIANA. – Je ne cherche à briser le cœur de personne. Vraiment, cela ne m'amuserait pas.

Elle fait un pas, s'arrête.

À propos, Frédéric m'a assurée que ce n'était pas lui qui m'avait embrassée hier dans le parc. J'ai menti pour qu'il n'ait pas trop de peine. J'ai dit que j'avais tout imaginé. Est-ce vous qui vous seriez permis cette plaisanterie détestable ?

HORACE, *cherchant.* – Hier ? Dans le parc ? Vers quelle heure ?

DIANA. – Ne cherchez pas, je vous en prie, Horace. J'espère que vous n'avez embrassé que moi.

HORACE. – Après le dîner ? Non, vous devez faire erreur ma chère. Je jouais au billard avec Patrice Bombelles.

DIANA. – Frédéric m'a juré que ce n'était pas lui.

HORACE. – Je ne vois qu'un troisième larron profitant d'une vague ressemblance.

DIANA. – Vous avez tort de jouer ainsi avec l'amour de votre frère, Horace, c'est cruel. Si au moins vous m'aimiez. Si au moins c'était plus fort que vous. Mais ce n'est pas plus fort que vous, n'est-ce pas ?

HORACE. – Vous me mettez dans une situation impossible, ma chère. Je vais être obligé de vous dire que non.

DIANA. – Je vous déteste !

HORACE. – Vous aussi ? Je suis bien peu aimé ce soir. Avez-vous vu Patrice Bombelles ? On me dit qu'il me cherche partout. C'est cocasse, lui non plus n'est pas content de m'avoir trouvé dans les bras de cette jeune fille. Il paraît qu'il est fou d'elle, je l'ignorais. Décidément tout le monde est fou de cette petite ! Elle est d'ailleurs charmante et elle a une très jolie robe elle aussi, vous ne trouvez pas ? Adieu. Dois-je vous envoyer mon frère ?

DIANA. – Je vous remercie. Je le retrouverai.

Il est sorti. Diana reste toute seule, toute raide, soudain elle appelle :

Papa !

MESSERSCHMANN *entre.* – Mon enfant ?

DIANA. – Es-tu riche ?

MESSERSCHMANN. – On me le dit.

DIANA. – Peux-tu tout comme lorsque j'étais petite ?

MESSERSCHMANN. – Presque tout.

DIANA. – Ils nous ont chassés de partout quand nous étions pauvres tous les deux, tu te rappelles ? quand nous allions de frontière en frontière, serrés l'un contre l'autre dans les wagons de bois.

MESSERSCHMANN. – Pourquoi reparles-tu de cela ce soir ?

DIANA. – Tu te rappelles ? Quand la petite fille à la robe trouée qui te suivait avait soif, pendant les trajets interminables, tu avais beau être un pauvre petit Juif refoulé de tous les pays d'Europe, tu devenais arrogant. Tu allais jusqu'au wagon-restaurant où on n'avait pas le droit d'entrer, à travers tous les wagons de première et avec tes derniers sous tu lui rapportais des oranges. C'est vrai, dis, cela ? Je ne l'ai pas rêvé ?

MESSERSCHMANN. – Non. Mais tu as grandi depuis, ma petite fille. Entourée de tant de luxe, de tant d'esclaves, que j'espérais que tu aurais oublié.

DIANA. – J'avais oublié. Mais ce soir, ils recommencent, papa.

MESSERSCHMANN. – Qui recommence ? Quoi ?

DIANA. – Tous. À nous humilier.

MESSERSCHMANN. – Tu rêves. Ils tremblent devant moi. Je lève un doigt et ils n'ont déjà plus que la moitié de leurs petites rentes.

DIANA. – Tu crois que je ne te vois pas derrière cette femme ? Tu as beau lui donner plus d'argent qu'à toutes les autres, elle se moque de toi, papa.

MESSERSCHMANN, *doucement.* – Je suis vieux, je suis laid, ma petite fille. Ce sont mes affaires. D'ailleurs, il ne me déplaît pas qu'elle me traite ainsi. Elle nargue, elle se pavane, elle me dit que je suis un vilain vieux Juif, mais je la tiens par le fil de son collier de perles comme une carpe à un hameçon et elle revient toujours. D'ailleurs c'est un fait que je suis un vilain vieux Juif et tous les soirs je vais gratter à la porte de sa chambre et Lady Dorothée India, la plus jolie femme de la cour d'Angleterre, me reçoit tous les soirs en me couvrant de mépris, parce qu'elle a tous les soirs quelque chose à me demander. C'est un sentiment assez doux pour un vilain vieux Juif, – mépris compris.

DIANA. – Moi, je suis belle, moi je suis jeune et je n'ai pas de ces sentiments-là !

MESSERSCHMANN. – Bien sûr, ma petite gazelle, ma petite reine de Saba...

DIANA. – Pourtant ils essaient de m'humilier, moi aussi, papa.

MESSERSCHMANN. – Tu as voulu ce garçon, je te l'ai acheté. Il se dérobe maintenant ?

DIANA. – Tu ne me l'as même pas acheté, il m'aime. Un joli cadeau ! Je l'avais pour rien. Son frère se moque de moi.

MESSERSCHMANN. – Je suis riche, mais je ne peux pourtant pas te les offrir tous les deux. Non pas parce que je ne suis pas assez riche, mais parce que cela ne se fait pas. Épouse celui que tu préfères, il est à toi.

DIANA. – Tu n'es pas assez riche papa, pour m'acheter celui que je préfère. C'est pour cela que j'ai pris l'autre.

MESSERSCHMANN. – Pas assez riche, moi ? Ne me fais pas mettre en colère.

DIANA. – Tu sais ce qu'ils ont fait ? Tu sais ce qu'il a fait, car c'est lui, j'en suis sûre. Il a fait venir cette jeune fille. Elle tourne autour du pauvre Frédéric, qui n'y comprend rien, et lui qui ne s'occupe de personne, l'insensible, le bel Horace il ne la quitte pas. Tout le monde s'étonne et le bal n'a d'yeux que pour elle maintenant. Et on me laisse. Et je meurs qu'on me délaisse, même un tout petit peu. J'aime mieux déchirer ma robe tout de suite, me griffer les joues, devenir laide. Au secours, papa !

MESSERSCHMANN, *devenu sombre.* – Qui est cette jeune fille ? Je ne peux presque rien sur une jeune fille.

DIANA. – La nièce de Romainville.

MESSERSCHMANN. – Bien. Je peux peut-être quelque chose sur ce Romainville. Qui est-il ?

DIANA. – Ce gros homme qu'on t'a présenté hier. Celui qui a l'air si respectable avec sa grosse Légion d'honneur.

MESSERSCHMANN. – Je n'ai plus peur des Légions d'honneur... D'ailleurs j'en ai une. Je n'ai plus peur des airs respectables. C'était bon tout au début. Qu'est-ce qu'il fait ? D'où vient son argent ? Renseigne-toi.

DIANA. – Si tu crois que j'ai envie d'aller questionner tous ces gens qui ne s'occupent pas de moi ! Il est administrateur comme tous ces hommes-là. Vous les employez tous, pour faire bien, dans vos Conseils.

MESSERSCHMANN. – Ils sont commodes. De quoi celui-là fait-il semblant de s'occuper ? de l'acier, du ciment, des sulfates ?

DIANA. – Il me semble qu'il a parlé de la Bromfield.

MESSERSCHMANN. – C'est bien. Mène-moi à lui. Qu'est-ce que tu veux qu'il fasse ma gazelle pour t'être agréable ? Qu'il renvoie sa nièce tout de suite au milieu du bal ? Qu'il l'oblige à mettre une autre robe ?

DIANA. – C'est impossible, papa.

MESSERSCHMANN. – S'il a un sou dans les sulfates, c'est possible.

DIANA. – Tu n'es qu'un vieux Juif, trop riche. Tu crois que tu peux tout. Tu ne peux pas tout ! Tu ne connais pas ces gens-là. Ils ont autre chose qui les passionne et qu'ils appellent leur honneur.

MESSERSCHMANN. – Ils le disent. Ils n'ont même que ce mot-là à la bouche. Mais mène-moi tout de même à lui, je n'ai pas peur de son honneur. S'il a un sou dans les sulfates, il n'en a plus.

DIANA. – Vieux Juif ! Tu crois que tu es invincible. Vous êtes tous les mêmes : fous d'orgueil dès que vous avez quatre sous.

MESSERSCHMANN, *tout doucement.* – Quatre sous ! Quatre sous ! Tu exagères !

DIANA. – L'argent ne peut rien ! Tu auras beau en amasser encore dix fois comme tu en as, tu n'en auras jamais assez pour t'éviter d'être humilié et empêcher ta fille de souffrir. Ils sont plus forts que nous papa, avec leurs portraits pleins de poussière et leurs maisons qui ne tiennent plus debout. Ils veulent bien prendre notre argent pour payer les réparations, mais c'est tout. Ah ! je te hais, je te hais d'être ta fille ! J'aurais tant voulu être comme eux !

MESSERSCHMANN *est devenu tout pâle.* – Je n'aime pas que tu me dises des choses pareilles. Mène-moi à cet homme.

Il l'a prise par la main, ils sortent.

Entrent Patrice Bombelles et Horace par deux côtés différents. Thème héroïque et combatif à l'orchestre.

HORACE. – Monsieur ?

PATRICE BOMBELLES. – Monsieur.

HORACE. – Je vous cherchais.

PATRICE BOMBELLES. – Moi, monsieur ?

HORACE. – Oui, monsieur. J'ai à vous parler.

PATRICE BOMBELLES. – À quel sujet, monsieur ?

HORACE. – Vous étiez bien dans le parc hier, n'est-ce pas, avec Lady Dorothée India, ma cousine ?

PATRICE BOMBELLES. – Peut-être, monsieur.

HORACE. – Je vous observais sans penser à rien. Vous sembliez avoir une discussion passionnée.

PATRICE BOMBELLES. – Toute mondaine, monsieur !

HORACE. – Je n'en doute pas. Mais à un certain moment vous avez dû la mettre hors d'elle. Cette dame vous a giflé.

PATRICE BOMBELLES. – Moi, monsieur ?

HORACE. – Vous.

PATRICE BOMBELLES. – Vous faites erreur, monsieur.

HORACE. – Non, monsieur.

PATRICE BOMBELLES. – C'est-à-dire, cette dame m'a peut-être giflé, mais ce n'est tout de même pas une raison pour penser ce que vous avez l'air de penser, monsieur !

HORACE. – Qu'ai-je l'air de penser ?

PATRICE BOMBELLES. – Après tout, que diable ! une gifle n'est pas toujours un signe d'entente entre un homme et une femme.

HORACE. – Certes non.

PATRICE BOMBELLES. – On gifle des indifférents, monsieur, des inconnus. Cela ne prouve absolument rien. Ainsi, si je vous giflais maintenant de but en blanc, en iriez-vous déduire et colporter partout qu'il y a entre nous des relations amoureuses ?

HORACE. – Je m'en garderais bien.

PATRICE BOMBELLES. – Alors, monsieur, pourquoi cette attitude provocante, ces clins d'yeux, ces sourires, ces demi-mots, ces ricanements le soir sur les terrasses en faisant semblant de vous étrangler dans la fumée de vos cigares ? Car je n'en ai pas été dupe, hier, monsieur, pas dupe un seul instant !

HORACE. – Vous êtes très clairvoyant.

PATRICE BOMBELLES, *soudain effondré.* – Oui, monsieur, c'est ce qui me perd. Toujours aux aguets, toujours aux aguets ! Je vois tout, je devine tout. Je n'en peux plus.

HORACE. – Voilà ce que je voulais vous faire dire.

Il lui prend le bras.

Parlons gentiment comme deux grands garçons. J'ai besoin de vous. Vous êtes jeune, vous êtes charmant, mais vous devez aimer la tranquillité. Avouez-moi donc, entre quatre yeux, que cette vieille liaison avec cette folle vous assomme ?

PATRICE BOMBELLES. – Je n'ai rien dit de tel, monsieur !

HORACE. – Naturellement. Mais parlons net, voulez-vous ? Vous êtes dans une situation sans issue. Si Messerschmann apprend qu'elle est votre maîtresse...

PATRICE BOMBELLES, *terrifié.* – Pas les mots, monsieur, pas les mots !...

HORACE. – Il vous casse les reins.

PATRICE BOMBELLES. – Tout de suite, monsieur – pour toujours. Et ce n'est pas seulement les sulfates, c'est toute l'industrie qui m'est fermée.

HORACE. – Et d'un autre côté si cette folle apprend que vous la délaissez, elle en parle de dépit à Messerschmann, elle lui fait une petite danse et elle obtient comme Salomé qu'il vous casse les reins tout de même.

PATRICE BOMBELLES. – Voilà deux ans, monsieur, deux ans que cela dure !

HORACE. – Hé bien ! mon cher, cela va finir ce soir.

PATRICE BOMBELLES. – Comment cela ?

HORACE. – Oh ! d'une façon toute simple... Oui, c'est passionnant ces dilemmes, mais tout seul, on ne s'en sort jamais. J'ai pitié de vous, mon cher, et comme, par ailleurs, cela m'arrange, je vous aide. Figurez-vous que vous êtes chez le dentiste. Vous avez sonné, vous vous êtes assis dans le fauteuil. Vous avez désigné la dent malade, l'autre a saisi ses instruments, vous êtes une grande personne : c'est trop tard, vous ne pouvez plus reculer.

PATRICE BOMBELLES. – Que dois-je comprendre ?

HORACE. – Ceci. Il va falloir choisir. Ou vous refusez de m'obéir ce soir et je vous le dis tout net, je m'arrange pour que votre patron apprenne votre liaison coupable...

PATRICE BOMBELLES. – Non !

HORACE. – Comment non ?

PATRICE BOMBELLES. – Vous êtes un gentleman, vous ne le ferez pas.

HORACE. – Si. Je n'enverrai pas de lettre anonyme. Je ne soudoierai pas un domestique. Je le ferai comme un gentleman, mais je le ferai.

PATRICE BOMBELLES. – Je vous méprise, monsieur.

HORACE. – Bien.

PATRICE BOMBELLES. – Cela vous est égal que je vous méprise ?

HORACE. – Tout à fait !

PATRICE BOMBELLES, *vaincu.* – Soit. On ne peut plus discuter. Que voulez-vous que je fasse ?

HORACE. – Que vous choisissiez, dans l'alternative, l'autre façon de vous suicider. Il y a ici une jeune fille qui est charmante. Pour des raisons très importantes que je n'ai pas à vous révéler, j'ai besoin que vous ayez l'air passionnément amoureux d'elle.

PATRICE BOMBELLES. – Moi, monsieur ?

HORACE. – Vous. Ce n'est pas tout. Comme vous m'avez vu dans les bras de cette jeune fille, dans un accès de fureur jalouse, vous avez décidé de me souffleter.

PATRICE BOMBELLES. – Moi, monsieur ?

HORACE. – Vous. Venez avec moi, nous allons régler l'incident. Nous nous battrons ensuite au pistolet dans le petit bois, au clair de lune. N'ayez pas peur, je tire très bien. Je vous promets de ne pas vous atteindre.

Ils sont sortis.
Entre Capulat suivie de la Mère magnifiquement vêtue et emplumée.

CAPULAT. – Chut !

LA MÈRE. – Chut !

CAPULAT. – Madame vient !

Elles se serrent l'une contre l'autre.

LA MÈRE

Moment troublant !

CAPULAT

Minute exquise !

LA MÈRE

Luxe enfin reconquis ! Bijoux enfin portés !

CAPULAT

L'âme des violons chante dans la nuit grise !

LA MÈRE

Je viens de naître enfin par ce beau soir d'été !

CAPULAT

Josyane, ma sœur, de tant de soie bruissante,
Tu es une autre, soudain surgie du souvenir...
À Maubeuge déjà tu étais triomphante,
Tu étais la plus belle et me faisais souffrir.
Mais je blasphème, non ! Ce n'était pas souffrance
De te savoir aimée et de souffrir par toi.
Et ce beau lieutenant dont tu fis connaissance
Il ne m'aurait pas vue, tu l'as aimé pour moi !

LA MÈRE

Ah ! tête contre tête et mêlant nos anglaises
Blondes comme deux sœurs, te souvient-il des soirs
Sur le pupitre sombre où lasses des arpèges
Nous écrivions ensemble à ce bel ange noir ?

CAPULAT

Missives enflammées ! Amour inextinguible !
Toi tu tenais la plume et j'inventais les mots !

LA MÈRE

Quel petit dieu malin nous avait pris pour cible ?
Folles que nous étions !

CAPULAT

Quelquefois c'était trop !
Je lui écrivais : « Viens, viens ce soir, prends-moi vite !
Tu frapperas trois coups et je serai à toi ! »

LA MÈRE

Et moi je te laissais, souriante, et, ensuite...

CAPULAT

J'entendais les trois coups et je rentrais chez moi !

LA MÈRE

Pardon petite sœur !...

CAPULAT

Te pardonner Josyane ?
Pour mon seul grand amour à travers toi vécu ?
Te pardonner ce trouble au profond de mon âme
Te pardonner ces joies qui ne reviendront plus ?
Ah ! le fier lieutenant du cent soixante-huitième,
S'il avait su pourtant que celle qu'il aimait
C'était le professeur de piano du cinquième
Cachée avec son cœur dans ton corps parfumé ?

LA MÈRE

Six mois ! Six mois durant nous fûmes ses amantes !

CAPULAT

Puis un enfant naquit dont j'étais mère aussi.
Avons-nous tricoté pour la tête charmante
Rêvant du lieutenant au régiment enfui ?

LA MÈRE

Changé de garnison ! J'écrivis à ma tante
Qui tenait un café-chantant à Montpellier
Je me sentais trop seule...

CAPULAT

Et puis ce fut la pente...
Mais ce soir tu triomphes et vas tout oublier.
Les années de misère et le piano sordide
Et les compromissions où le sort t'accula,
Parais ! Éblouis-les dans tes atours splendides
Tu es pour une nuit, comtesse Funela !

La musique a repris. Capulat sort, furtive, envoyant des baisers à la Mère.

CAPULAT. – Chut !... Je vais chercher Madame !

Capulat sortie, Josué entre, cherchant toujours. Il s'arrête soudain cloué au sol en voyant la Mère en grand appareil.

JOSUÉ. – Oh !

LA MÈRE. – Mon ami, voulez-vous avoir l'obligeance de m'annoncer à votre maîtresse. La comtesse Funela !

JOSUÉ. – La comtesse ?

LA MÈRE, *superbe.* – Funela !

JOSUÉ *sort en appelant.* – Monsieur Horace ! Monsieur Horace ! Au secours !

MADAME DESMERMORTES *entre poussée par la Capulat. Josué passe devant elle sans la voir.* – Où court-il ? Qu'y a-t-il ? Le feu ? Cela serait parfait. Montrez-vous ma chère ! Elle est très réussie ! Nous pouvons entrer, nous allons faire sensation !

CAPULAT *lui baise la main.* – Ah ! Vous êtes bonne, Madame.

MADAME DESMERMORTES. – Mais non, mais non, ma chère. On n'est jamais bon, que dans les bons livres. Je ne fais cela que pour ennuyer mon neveu.

Entre Horace avec Josué.

MADAME DESMERMORTES. – Mon cher Horace, j'ai pensé que vous seriez heureux d'être présenté à une de mes bonnes amies d'autrefois. La comtesse Funela, que j'ai connue en Italie. Mon neveu Horace, comtesse.

LA MÈRE. – Enchantée, monsieur.

HORACE *s'incline.* – Madame.

MADAME DESMERMORTES. – Venez ma chère, et vous Capulat poussez-moi. Je suis ravie de vous avoir revue après cette trop longue absence. Parlons de Venise. Quelle époque ! Vous vous rappelez Palestrini ? Quel fou ! Il s'est éteint d'une jaunisse. Je vais vous présenter à tout le bal. Dites-moi, mon amie, vous aviez une fille, je crois, qu'est-elle devenue cette chère petite ?

LA MÈRE. – Oh ! C'est toute une histoire, ma chère !

MADAME DESMERMORTES. – Hé bien, il faut me la conter !

Elles sont sorties.

JOSUÉ, *affalé.* – Voici la clef, Monsieur, elle n'a pu que passer par la fenêtre, ou bien c'est Madame qui lui a fait ouvrir.

Il s'oublie jusqu'à s'asseoir.

La comtesse Funela !... Je n'ai jamais rien vu de pareil.

Il se relève précipitamment.

Oh ! Pardon, Monsieur.

HORACE. – Qu'est-ce qu'il y a ?

JOSUÉ. – J'ai failli m'asseoir. Voilà trente ans que cela ne m'était pas arrivé.

ROMAINVILLE *entre criant.* – Arrêtez ! Arrêtez ! Arrêtez !

HORACE. – Quoi ?

ROMAINVILLE. – Tout ! Tout ! Cette fois, c'est très grave... Arrêtez ! Un traquenard abominable, une suite d'événements inattendus ! Les dessous de la haute finance ! Motus ! Il faut que cette petite s'en aille à l'instant même, à l'instant même ou je suis ruiné.

HORACE. – Qu'est-ce que vous racontez vous aussi ? Tout le monde est fou ce soir.

ROMAINVILLE. – Je suis administrateur dans plusieurs sociétés de sulfates et dans une société de ciment.

HORACE. – Je le sais. Quel rapport ?

ROMAINVILLE. – C'est pourquoi cette jeune fille doit quitter le bal à l'instant même. Oui, de puissants intérêts financiers l'exigent. Chut ! Je ne veux pas vous expliquer. Manœuvres de Bourse. Si vous ne voulez pas m'aider, tant pis pour votre tante ! J'aime mieux le scandale. J'aime mieux me brouiller pour la vie avec elle. J'aime mieux n'importe quoi. Je m'en vais sur-le-champ tout lui dire !

HORACE. – À ma tante ? Regardez qui elle est en train de présenter à tout le monde, en plein milieu du grand salon.

ROMAINVILLE. – Je suis myope. Je ne vois pas de loin.

HORACE. – Mettez vos lunettes, cela en vaut la peine.

ROMAINVILLE *les met.* – Sacrebleu ! Mais que fait-elle ! Je ne rêve pas, c'est...

HORACE. – Oui. La comtesse Funela, de la haute société italienne...

ROMAINVILLE. – C'est encore vous qui avez inventé cela ?

HORACE. – Non, cette fois, c'est ma tante.

ROMAINVILLE. – Mais pourquoi ?

HORACE. – Pour rien, elle, c'est ce qui est grave.

PATRICE BOMBELLES *entre, agressif.* – Monsieur !

HORACE, *qui a tout oublié.* – Monsieur ?

PATRICE BOMBELLES. – Cette situation ne peut plus durer et puisque vous n'acceptez pas de renoncer à cette jeune fille...

Il veut le gifler. Horace le repousse de mauvaise humeur.

HORACE. – Ah ! non, non, monsieur ! Tout à l'heure ! Vous m'ennuyez. Plus tard, plus tard, monsieur. Venez Romainville, allons empêcher l'autre de se jeter à l'eau.

Il sort entraînant Romainville ahuri.

PATRICE BOMBELLES. – C'est bien. Je reviendrai.

Il sort.

JOSUÉ, *les bras au ciel.* – Il n'y a plus de service possible !

Il sort.

LE RIDEAU TOMBE.

QUATRIÈME ACTE

Même décor.
Isabelle est assise au milieu de la scène.
Horace fait les cent pas.

ISABELLE. – Alors ?

HORACE. – Cela ne m'amuse plus. D'ailleurs votre folle de mère va faire une bévue d'un moment à l'autre

blunder

et tout va s'écrouler. Regardez-la, elle roucoule, elle fait la roue, elle se dandine, c'est une basse-cour complète à elle seule. Elle me fait frémir. Elle est en train de raconter au général de Saint-Mouton qu'elle est la filleule du pape et l'autre vieil imbécile qui voudrait bien que son catholicisme lui rapporte, se voit déjà ambassadeur au Vatican. Il faut agir !

ISABELLE. – Est-ce que je dois toujours me jeter à l'eau ?

HORACE. – Vieille histoire ! Il faut trouver mieux. Et tout de suite ou ma respectable vieille chipie de tante est capable de me manger mon effet.

Il crie soudain :

J'ai une idée !

ISABELLE *soupire*. – Vous me faites peur.

HORACE. – Malgré l'entrée de cirque de votre mère, c'est incontestable, vous êtes restée le clou de ce bal. Vous avez fait sensation, ma chère : distinction, tenue, réserve, les douairières elles-mêmes sont pour vous.

Sort-elle des « Oiseaux » ou bien des « Hirondelles » ?
Qui donc l'a élevée, lui a donné ce ton ?
Vraiment pour le maintien on ne fait pas mieux qu'elle !
Quelle pudeur, quel charme, en sa conversation !

Je vous suis, je recueille les murmures, flatté comme un imprésario. Les hommes, n'en parlons pas ! La tapisserie des mères ayant des filles à marier vous fusille de ses faces-à-main, mais vous passez comme le grenadier de La Tour d'Auvergne ! Les filles sont vertes de rage. Diana a donné le *la*. Mais tout cela n'était qu'un lever de rideau, une bluette, une berquinade, tout au plus bonne à remonter le pauvre Frédéric. Je vais faire mieux. Je vais faire courir le bruit que vous n'êtes pas vraiment la nièce de Romainville, que le pauvre gros n'est qu'un prête-nom et qu'il n'est sans doute pas impossible que votre mère soit votre mère ! Ou mieux ! Que riche à millions comme de juste et fruit des amours coupables d'une Altesse portugaise et d'un amiral-poète péri en mer (j'en trouverai bien un) on vous présente ce soir dans le monde, incognito. Et au petit jour, quand ma petite histoire rocambolesque aura suffisamment voleté de bouche en bouche et déposé ses œufs empoisonnés dans les oreilles bien lavées de toutes ces petites perruches, quand Diana sera tout à fait desséchée de jalousie, quand cet imbécile de Frédéric lui-même, obscurément flatté de votre choix, commencera à regarder d'un œil moins soumis son bourreau, je sors de la coulisse, je me montre, je monte sur une chaise sous prétexte d'annoncer le cotillon, je demande le silence et je leur dis en substance : « Messeigneurs, vous êtes tous empoisonnés. » Et profitant du désarroi, j'enchaîne : « Imbéciles ! Cette nuit était entièrement truquée ! Fictifs, tous ces événements. Prévus d'avance ! Scrupuleusement minutés ! Au cours de cette séance mémorable vous avez pu voir – et du geste je montre Diana comme un appariteur – le fond du cœur des jeunes filles : ces rochers, cette boue, ces fleurs mortes, et vous avez pu voir aussi – et je vous montre à votre tour – un ange, un ange trop ressemblant hélas pour être vrai ! Car vous avez été dupés, messeigneurs ! Ce que vous appelez la distinction, le bon ton, le goût, ne sont que vos pauvres inventions. Cet ange, cette fille qui vous éblouit depuis hier soir, est une figurante payée par moi, une pauvre petite danseuse de l'Opéra que j'ai engagée pour vous jouer la comédie. Elle n'est pas la nièce de Romainville ! Elle n'est pas la fille naturelle de l'amiral-poète péri en mer, elle n'est rien et personne ne l'aurait peut-être remarquée si je l'avais amenée ici pour faire son numéro habituel. Mais j'ai voulu que son numéro fût la caricature réussie de votre propre parade. Je l'ai jetée entre vos pattes, vêtue d'une robe de vos couturiers, susurrant les mots de votre clan et cela a suffi pour ébranler pendant toute la nuit le prestige de votre « professionnal beauty ». Vanité ! Vanité ! Tout n'est que vanité ! J'espère au moins que mon frère Frédéric est maintenant désabusé. Quant à moi, je vous trouve de moins en moins drôles, je ne veux plus vous voir. Je pars demain par le premier train chasser le gros gibier en Afrique ! » Qu'en dites-vous ?

ISABELLE, *doucement après un temps.* – Et moi ?

HORACE. – Comment vous ?

ISABELLE. – Qu'est-ce que je deviens, moi ?

HORACE. – Que voulez-vous donc devenir ? Je vous remets, avec le cadeau que vous aurez bien mérité, entre les bras de madame votre mère et de Romainville. Et il vous reste une belle robe et un joli souvenir, ce qui reste toujours d'un bal.

ISABELLE. – Vous n'avez pas pensé que je pourrais avoir honte ?

HORACE. – De quoi ? Vous êtes une fille libre, spirituelle. Vous ne pouvez que détester tous ces gens-là. Moi, je les méprise, et nous nous associons pour nous moquer d'eux. Quoi de plus drôle ? Seriez-vous aussi une petite bourgeoise, ma chère ?

ISABELLE *balbutie.* – Non, mais...

Elle va à lui soudain.

Je vous en supplie ! Gardez la robe au besoin et laissez-moi repartir sans rien dire. Je vais appeler maman, vous nous ferez reconduire tout de suite à Saint-Flour, et je vous jure que personne n'entendra plus jamais parler de moi.

HORACE. – Vous êtes folle !

ISABELLE. – Je vous en supplie ! Pas devant vous, alors ! Pas devant votre frère ! Pas tout de suite !

HORACE *se dégage et sort.* – À l'instant !

ISABELLE *lui crie encore pendant qu'il sort.* – Ah ! monsieur Horace, c'est mal de ne penser qu'à jouer !

HORACE. – On a juste le temps de cela, ma chère, avant d'être tout à fait mort.

Il est sorti. Isabelle retombe sur son canapé avec un petit cri blessé.

ISABELLE. – Oh !

Diana entre. Elle la regarde un instant, immobile. Puis Isabelle lève la tête et la voit.

DIANA. – Vous avez une très jolie robe, c'est vrai.

ISABELLE. – Oui.

DIANA. – Et c'est vrai aussi, vous êtes ravissante.

ISABELLE. – Vous êtes bien bonne.

DIANA. – Pas extrêmement soignée, peut-être. Vous sentez un peu la nature. Pas une très bonne poudre sans doute, pas un très bon parfum.

ISABELLE *s'est levée.* – Figurez-vous que je trouve que les vôtres sont trop bons. Vous ne la sentez pas assez, vous.

DIANA. – Quoi ?

ISABELLE. – La nature.

DIANA *a un geste.* – Des goûts et des couleurs, ma chère... D'ailleurs, si l'on n'a pas une femme de chambre très au courant de tout cela, il est fatal qu'avec la meilleure volonté du monde, on se néglige. On ne peut vraiment pas se soigner tout seul. Vous vous levez tôt ?

ISABELLE. – Oui.

DIANA. – Cela se voit.

ISABELLE. – Et vous, vous vous couchez tard ?

DIANA. – Oui.

ISABELLE. – Cela se voit aussi.

DIANA. – Merci. Entre nous, cela ne vous gêne pas trop ?

ISABELLE. – Quoi ?

DIANA. – D'avoir sur le dos une robe que vous n'avez pas faite vous-même ?

ISABELLE *montre sa robe.* – Il y en a si peu.

DIANA. – C'est égal. Vous ne devez pas vous sentir tout à fait chez vous.

ISABELLE. – On s'y fait. En revanche, mes cils sont de moi.

DIANA. – Je vous félicite. Ils sont très beaux. Les yeux aussi. Heureusement car vous aurez beaucoup besoin de tout cela demain, sans la robe.

ISABELLE. – Je l'emporte, on me la donne.

DIANA. – Comme je suis contente ! Vous pourrez donc être belle encore une fois. Il paraît qu'il y a un très joli bal pour le 14 Juillet à Saint-Flour. Vous y ferez sensation. Ma robe à moi, vous l'aimez ?

ISABELLE. – Elle est très belle.

DIANA. – La voulez-vous ? Je ne la remettrai jamais. Je les mets rarement plus de deux fois. D'ailleurs, j'ai horreur du vert. Demain j'en aurai une rose, au dîner. Un chef-d'œuvre, ma chère, rien que des petits plis, vingt mètres de tissu. Une folie. Montez dans ma chambre, je vous la montrerai. Pour mon séjour ici j'en ai apporté douze. Venez les voir, je suis sûre que cela vous amusera beaucoup.

ISABELLE. – Non.

DIANA. – Pourquoi ? Seriez-vous envieuse, ma chère ? C'est un si vilain sentiment.

Elle se rapproche.

Vous auriez bien voulu être riche n'est-ce pas ? Vous auriez bien voulu que ce soit vrai l'histoire de ce soir et avoir beaucoup de robes comme moi ?

ISABELLE. – Naturellement.

DIANA. – Et vous n'en aurez jamais qu'une, chère petite. Et si je mettais le pied sur votre traîne, là, tout de suite, comme cela et si je tirais un tout petit peu, voilà que vous n'en auriez plus du tout.

ISABELLE. – Enlevez votre pied de là !

DIANA. – Non.

ISABELLE. – Enlevez votre pied tout de suite ou je vous crève les yeux !

DIANA. – Ne vous démenez pas ainsi, petite furie, cela va craquer !

La robe craque.

ISABELLE *a un petit cri navré.* – Oh ! ma robe !

DIANA. – Vous l'aurez voulu. Vous pourrez faire une petite couture, pour Saint-Flour, cela sera encore très bien. Car c'est passionnant, je n'en doute pas, d'être une petite intrigante et de venir triompher pour un soir avec une robe empruntée sur le dos, mais cela ne peut pas durer bien longtemps. Demain matin il faudra reprendre la petite valise de carton et le wagon de troisième classe qui sent le vomi et moi je serai encore là. Cela sera encore vrai demain pour moi, ma chère. C'est ce qui fait la différence entre nous.

ISABELLE *la considère et lui dit soudain.* – C'est amusant d'être méchant ?

DIANA *change de ton, s'assoit et soupire.* – Non d'ailleurs. Mais on ne peut pas toujours s'amuser.

ISABELLE. – Vous êtes malheureuse vous aussi ? C'est étrange. Pourquoi ?

DIANA. – Je suis trop riche !

ISABELLE. – Frédéric vous aime.

DIANA. – Je ne l'aime pas. J'aime Horace et mon argent le dégoûte. Et je pense qu'il a raison.

ISABELLE. – Devenez pauvre.

DIANA. – Si vous croyez que c'est facile !

ISABELLE. – Je vous assure que je n'ai fait aucun effort.

DIANA. – Vous n'avez pas un père comme moi ! Vous n'avez pas dix ans de mauvaises habitudes derrière vous. Vous croyez que c'est amusant toutes ces robes ? Je ne les aime plus, je ne les vois même plus. C'est comme cela qu'on s'habille voilà tout. Et la saison prochaine ce sera autrement. Ce serait si bon de n'en avoir qu'une et de l'aimer.

ISABELLE. – Ce serait bon jusqu'à ce qu'on vous la déchire.

DIANA. – Un petit accroc de rien du tout ! Et vous allez encore en faire vos beaux soirs. Ah ! vous ne savez pas votre chance... Regardez ce tulle comme il est blanc, comme il est léger, comme il est beau. J'essaie de le voir avec vos yeux, avec les miens c'est impossible. Je ne vois plus rien. Cette bague, j'en ai dix autres, je ne la vois plus, ce n'est qu'une bague, je ne sais même plus quand ni pourquoi mon père me l'a donnée. Ce château, il doit être très agréable, mais tous mes amis ont des châteaux, j'en ai aussi, c'est là que nous habitons, ce n'est plus le château, c'est une maison comme les autres. Je sais que c'est très irritant pour les pauvres ce genre de raisonnement, mais essayez de comprendre tout de même – je ne serai plus jamais, plus jamais, quoi que je fasse, « invitée au château » !

ISABELLE. – C'est vrai que c'est triste.

DIANA. – C'est affreusement déprimant ! Seulement il y a tellement de pauvres, ils sont tellement intrigants et agissants tous, et puis comme c'est presque toujours eux qui écrivent les livres et les pièces de théâtre, ils ont réussi à faire une réputation à l'argent. Mais l'argent ne donne quelque chose qu'aux pauvres, précisément.

ISABELLE. – Cela prouve qu'il y a quelque chose de mal fait sur cette terre. Mais cela nous dépasse l'une et l'autre. Et comme d'un autre côté on n'a jamais vu les riches faire un effort vraiment sérieux pour ne plus en avoir.

Elle va vers elle.

Comme justement moi ce soir si je suis humiliée, si je souffre et si j'ai ma seule robe déchirée, c'est parce que je suis pauvre. Je vais faire ce que font toujours les pauvres, les pauvres imbéciles qui sont si nombreux, si intrigants et qui ne comprennent jamais rien aux subtilités. Je vais passer aux actes et vous demander de sortir.

DIANA. – Sortir ? Vous vous croyez donc chez vous ma petite ?

ISABELLE. – C'est aussi un défaut des pauvres. À force de n'être chez eux nulle part, ils ont fini par prendre le mauvais genre de s'y croire partout. Allez, allez ma belle, allez pleurer sur vos millions plus loin ! Je suis bien bête et j'ai bien honte d'avoir perdu une seconde à essayer de vous comprendre. Où irait le monde si on se mettait tous à faire cela ? Chacun chez soi ! Je vais passer aux arguments des pauvres maintenant. Si vous ne sortez pas, je vais vous battre.

DIANA. – Me battre ? Je voudrais bien voir cela !

ISABELLE. – Vous allez le voir. Et je ne vous déchirerai pas votre robe, moi, puisque vous m'avez dit que vous en avez douze, et que cela ne vous ferait probablement rien. Je vous déchirerai votre figure, parce que le bon Dieu, qui pour une fois a été juste, n'en a distribué qu'une à chacun !

DIANA. – Comme vous êtes vulgaire ! Si vous croyez que vous me faites peur !

ISABELLE. – Pas encore. Mais cela va peut-être venir !

Isabelle saute sur Diana. Elles se battent.

DIANA. – Oh ! petite peste ! petit voyou ! Mais elle me décoiffe !

ISABELLE. – Votre femme de chambre arrangera cela ! Elle est au courant.

DIANA, *se battant.* – Mais j'ai des poings comme vous, j'ai des griffes !

ISABELLE. – Servez-vous-en !

Elles se battent. Diana s'arrête soudain et lui crie.

DIANA. – J'ai été pauvre d'abord, moi aussi ! À dix ans je me battais avec les gamins du port à Istamboul !

Elles se jettent à nouveau l'une sur l'autre et roulent par terre en silence. Entre Josué qui pousse un cri horrifié à ce spectacle et sort en criant.

JOSUÉ. – Monsieur Horace ! Monsieur Horace !

Frédéric entre aussitôt et s'arrête interdit. À sa vue les deux jeunes filles se lâchent. Isabelle se lève la première, griffée, dépeignée. Elle va à lui.

ISABELLE. – Ah ! vous voilà, vous ! Vous êtes content ? Elles ont bien réussi vos intrigues ? Vous vous êtes bien amusé ce soir ? C'est fait votre scandale ? Vous êtes monté sur votre chaise, vous leur avez dit qui j'étais ? Si vous ne l'avez pas encore fait, je vous avertis que ce n'est plus la peine. Je vais le leur montrer, moi, toute seule, qui je suis. Un voyou, comme mademoiselle vient de le dire ! Ah ! Vous allez le voir votre respectable jeu de massacre, vous allez les voir vos douairières, je vais leur enlever leurs doutes, elles vont le comprendre tout de suite d'où je sors !... Vous allez le voir votre bal ! D'abord, pour commencer, je m'en vais aller insulter ma mère, lui arracher ses aigrettes devant tout le monde – une jolie scène de famille – et la ramener par la main sur cette terre, à la maison, à son balai, à sa vaisselle, à ses leçons de piano. Elle est faite pour cela, la comtesse Funela ! Et il ne faut pas qu'elle nous raconte des histoires. Son père était un tout petit marchand de papiers peints, il les portait lui-même, les rouleaux sur son dos, avec le pot de colle. Et on lui donnait cinq francs pour la course, et il était bien content parce que cela lui permettait d'aller boire un coup sans le dire à sa femme. C'est comme cela qu'ils sont les pauvres ! Tous ignobles ! Pas fréquentables ! Ah ! vous avez voulu jouer avec eux ce soir pour vous désennuyer. Vous allez voir que vous avez eu tort, mon beau jeune homme. Et que c'étaient vos bonnes qui avaient raison autrefois en vous interdisant de les approcher dans les jardins publics. Ils ne savent pas jouer, les petits pauvres. Ils sont trop mal élevés. Moi, je n'ai pas joué une seule fois depuis que je suis ici, j'ai été malheureuse tout de suite, moi. Parce que vous ne l'avez pas compris ou pas voulu le comprendre sans doute : je vous aime. C'est parce que je vous aime que j'ai ébloui vos brochettes de vieilles dames ce soir ; c'est parce que je vous aime que j'ai fait semblant d'être amoureuse de votre frère et que j'allais me jeter à l'eau pour finir tout à l'heure, comme une idiote ! Si je ne vous avais pas aimé tout de suite, en arrivant, vous croyez que je l'aurais acceptée votre comédie ? Vous ne dites rien ? C'est ennuyeux n'est-ce pas cette petite pauvre qui vous crie qu'elle vous aime au beau milieu de votre salon ? Ce n'est plus du jeu ? Mais dites quelque chose ! Vous êtes devenu muet, vous qui parliez tant ?

FRÉDÉRIC *balbutie.* – Mais mademoiselle, ce n'est pas moi.

ISABELLE. – Comment, ce n'est pas vous ?

DIANA. – Mais bien sûr ! Regardez-le donc ! Il est tout rouge ! C'est son frère.

ISABELLE, *soudain confuse.* – Oh ! Pardon monsieur !

FRÉDÉRIC. – C'est moi qui m'excuse. Je suis impardonnable. J'aurais dû...

DIANA. – Venez Frédéric. Vous n'avez plus rien à dire à cette fille. Horace enverra tout à l'heure Josué lui régler ce qu'il lui doit.

FRÉDÉRIC. – Comment pouvez-vous parlez ainsi Diana ?

DIANA. – Venez tout de suite, Frédéric, ou je ne vous reverrai pas de ma vie !

Elle sort.

FRÉDÉRIC. – J'étais venu vous dire que j'étais confus de tout ce qu'on vous avait fait, que je trouvais tout cela très cruel et très laid. Je vous demande pardon pour eux.

ISABELLE, *doucement.* – Allez donc vite. Si vous ne la rattrapez pas tout de suite, elle va encore vous faire beaucoup d'ennuis.

FRÉDÉRIC *s'incline.* – Excusez-moi.

Il fait un pas.

Faut-il dire à mon frère que vous m'avez dit que vous l'aimiez ?

ISABELLE. – Non. Ce n'est pas la peine.

Frédéric a un geste navré et sort. La Mère entre.

LA MÈRE. – Ma petite !

ISABELLE. – Ah, te voilà !

LA MÈRE *tombe assise.* – Tout s'écroule. Ce jeune homme est devenu fou. Il est monté sur une chaise, il est en train de raconter des horreurs. Je ne parviens pas à comprendre ce qui a pu le pousser à ce geste incompréhensible. C'est une terrible malchance... S'il m'avait laissée une heure de plus, j'étais en train de me faire inviter pour l'automne chez un général tout ce qu'il y a de bien. Maintenant tous ces gens vont nous tourner le dos.

ISABELLE *se lève.* – Nous allons partir. Va enlever tes plumes. Tu as des leçons après-demain à Paris.

LA MÈRE. – Oh toi, bien sûr ! Toujours terre à terre ! Le beau rêve brisé, tu repars. Tu es une insensible. Il ne t'aimait donc pas et moi qui avais cru ? Pourquoi, pourquoi t'aurait-il fait venir ici ce soir, s'il n'avait pas été amoureux de toi ?

ISABELLE. – Pour s'amuser ?

LA MÈRE. – Non. Non. Tu ne m'ôteras pas de l'idée qu'il y avait autre chose et que c'est toi qui n'as pas su manœuvrer. Tu veux que je te parle franchement ? Tu es trop fière, ma petite. Jolie comme tu es, tu as ta chance, il ne faut pas la faire attendre trop. Les hommes vous supplient, on se croit la plus forte, et c'est vrai, pendant tout le temps qu'ils vous désirent, on peut tout. Leur argent, leur honneur, leur famille, tout leur paraît vain. Mais si on laisse passer le bon moment, si on les laisse penser une seule fois, pendant une toute petite minute, qu'après tout ils pourraient vivre sans vous, c'est fini ma belle ! Ils se retrouvent tout d'un coup avec leurs millions, leurs bonnes vies, tranquilles et toutes les autres jolies filles du monde, pour beaucoup moins cher, à leur disposition... Et il y en a tu sais ! Autant que des fourmis dans tous les recoins des villes, ouvrant des yeux comme des soucoupes devant les jolis magasins, reniflant les bons parfums au passage sur les vraies femmes riches, dressées sur leurs hauts talons, d'une arrogance, d'un chic suprême, avec une seule robe propre sur le dos et prêtes à se coucher tout de suite si un monsieur riche veut bien leur enlever, enfin, l'horrible poids de leur envie. Et si tu leur vois l'air traqué comme cela, c'est qu'il faut faire vite, ma petite. Cela vieillit tu sais, d'être une jolie fille sans un sou.

ISABELLE. – Tu en as assez dit maintenant. Va retirer tes plumes.

LA MÈRE *se rapproche.* – Écoute-moi. J'ai eu une longue conversation avec Romainville tout à l'heure. Tous ces événements l'ont enfin bousculé : il se déclare. Je sais ce que tu vas me dire : tu vaux mieux que cela. Mais il ne faut pas attendre éternellement le miracle. Tu as pu voir ce soir comme les jeunes gens de famille se conduisent. Lui, c'est un homme d'un certain âge, pondéré, parfaitement élevé. Il t'a étudiée assez longtemps, il me l'a dit lui-même, il sait tout ce qu'on peut attendre de toi. Il ne s'avance pas à la légère. Voilà : il nous assure très largement notre vie à toutes les deux.

En outre, il ne me l'a pas formellement dit – mais j'ai compris entre les mots – il n'est pas absolument interdit d'espérer, quand il aura suffisamment travaillé dans ce sens sa famille, qu'il te promette le mariage. C'est inespéré, ma petite. J'espère que tu en conviendras.

ISABELLE. – Monte, maintenant.

LA MÈRE *s'est levée, hors d'elle.* – C'est bien ! C'est bien ! Fais ta mauvaise tête, oublie tout ce que j'ai fait pour toi ! Laisse passer la chance petite dinde ! Laisse faner ton charme sans t'en servir. Renferme-toi, enlaidis-toi à force de ne pas sourire. Parce que c'est très joli le mépris, mais cela fronce le nez ; parfait l'orgueil, mais cela donne des rides. Et quand on n'a que ça dans la vie pour s'en tirer, il faut qu'on le ménage son museau, ma biche ! Laisse-moi te l'apprendre si tu ne le savais pas.

MESSERSCHMANN *est entré.* – Mademoiselle !

LA MÈRE *fond soudain en sourires.* – Cher monsieur, ravie de vous voir ! Comment allez-vous ?

MESSERSCHMANN, *de glace.* – Bien, madame.

LA MÈRE. – Comtesse Funela. On nous a présentés tout à l'heure, mais dans un tel brouhaha...

MESSERSCHMANN. – Madame, j'aurais souhaité vous demander la permission d'un entretien particulier avec mademoiselle votre fille.

LA MÈRE. – Mais je vous l'accorde cher monsieur. Vous pensez bien. Je vous l'accorde tout de suite et du plus grand cœur ! Je te laisse avec M. Messerschmann, Isabelle. Je monte me reposer un peu. Ces raouts, cher monsieur, sont vraiment harassants. On en arrive à souhaiter un peu de solitude. Nous sortons trop... tous autant que nous sommes, nous sortons trop !... Je vous laisse. N'oublie pas le bon ami Romainville, ma chérie. Tu sais que nous devons répondre dès ce soir à son aimable invitation pour cet été... Cher monsieur, enchantée de vous avoir revu !...

Elle sort froufroutante.

MESSERSCHMANN *commence tout de suite.* – Voilà, mademoiselle. Je vais être un peu brutal. Je sais qui vous êtes, et, dans une demi-heure, tout le monde le saura. C'est fini ici pour vous. Vous avez eu beaucoup de succès ce soir, tout le monde vous a trouvée charmante, mais c'est une petite aventure qui ne pouvait pas durer, vous vous en doutez bien. Je viens vous demander de l'abréger encore. Remontez dans votre chambre et disparaissez sans revoir personne. Vous avez été très brillante – une petite étoile filante – éteignez-vous. Un peu plus tôt, un peu plus tard, pour vous c'est la même chose. Et je vous en saurai gré.

ISABELLE. – Qu'est-ce que cela peut bien vous faire que je parte ou que je reste ?

MESSERSCHMANN. – C'est un petit cadeau que j'aimerais faire à ma fille. Vous voyez que je suis franc.

Je n'ai jamais trompé personne en affaires et cela m'a toujours réussi. Combien voulez-vous ?

ISABELLE. – Rien monsieur. J'allais partir.

MESSERSCHMANN. – Je le sais. Il ne me paraît pas juste qu'on vous laisse partir sans rien. Que vous a promis Horace ?

ISABELLE. – Mon cachet de danseuse et cette robe qu'on vient de me déchirer.

MESSERSCHMANN. – Qui vous l'a déchirée ?

ISABELLE. – Votre fille.

MESSERSCHMANN. – Cela me regarde donc. En plus de ce que vous allez décider de me demander, je vous en rachèterai deux autres.

ISABELLE. – Je vous remercie monsieur, mais j'aime mieux celle-là avec l'accroc.

MESSERSCHMANN. – Comprenons-nous bien. Je ne voudrais pas que vous revoyiez Horace, même pour vos comptes. Combien voulez-vous pour partir sans le revoir ?

ISABELLE. – Rien, monsieur. Je ne comptais pas le revoir.

MESSERSCHMANN. – Mais le cachet qu'on vous a promis ?

ISABELLE. – Je ne comptais pas le prendre. Je considère que j'ai dansé ici, ce soir, pour mon plaisir.

Messerschmann la regarde un peu en silence, puis s'avance, lourd, puissant.

MESSERSCHMANN. – Je n'aime pas quand les choses sont gratuites, mademoiselle.

ISABELLE. – Cela vous inquiète ?

MESSERSCHMANN. – Cela me paraît hors de prix. Pourquoi voulez-vous refuser l'argent d'Horace ?

ISABELLE. – Parce que cela me plaît de ne pas le prendre, voilà tout.

MESSERSCHMANN. – Et le mien ?

ISABELLE. – Parce que vous n'avez aucune raison de m'en donner. Je vous ai déjà dit que j'allais partir. On m'a demandé, c'est vrai, de jouer ici, ce soir, une petite comédie... Mon rôle est fini, le rideau tombe et je m'en vais.

MESSERSCHMANN. – Je n'aime pas que vous partiez sans rien.

ISABELLE. – Pourquoi ?

MESSERSCHMANN. – Ce n'est pas dans l'ordre des choses.

ISABELLE. – Je le regrette, mais c'est tout de même ce que je vais faire. Excusez-moi, monsieur.

Elle va sortir.

MESSERSCHMANN *crie soudain furieux.* – Ah, non ! Ne faites pas comme Ossowitch !

ISABELLE *s'arrête interdite.* – Ossowitch ?

MESSERSCHMANN. – Oui. C'était un banquier d'un groupe adverse avec qui j'avais à discuter certaines affaires importantes. C'était un homme qui sortait tout le temps. Dès que nous n'étions plus d'accord, et cela nous arrivait souvent, il sortait. Il fallait constamment le rattraper dans l'antichambre ou dans l'ascenseur. Et plus on le rattrapait loin, plus cela vous coûtait de l'argent. Finalement j'ai dû l'inviter en pleine mer, sous un prétexte, sur une périssoire dans la baie de Dinard, après m'être assuré qu'il ne savait pas nager. Et là, je lui ai offert un forfait énorme, pour en finir. Depuis, nous sommes devenus les meilleurs amis du monde mais il a appris à nager. Ne faites jamais semblant de sortir, mon enfant, c'est un mauvais moyen. On n'est jamais d'accord dans une discussion d'intérêt, mais on reste assis, sans cela il n'y aurait plus d'affaires possibles. Allons, ma petite demoiselle, soyez raisonnable, vous aussi. Considérez que plus le temps passe, plus il y a de chances pour que tout le monde sache tout et moins cher vaut votre silence. Faites-moi un bon prix tant qu'il est encore temps. J'ai des principes bien sûr et je discute toujours la plus petite chose comme s'il s'agissait de tout mon argent, mais j'en suis arrivé à un point où on peut se permettre d'être sentimental de temps en temps. Cela vous donne d'ailleurs un nouveau ressort pour les autres fois, ces petites fantaisies. Vous m'êtes très sympathique et je suis disposé à être très généreux avec vous. Combien voulez-vous ?

ISABELLE. – Rien, monsieur.

MESSERSCHMANN. – C'est trop cher. Tenez, je vais faire une folie, je vais vous offrir le double. J'ai des billets sur moi. J'ai toujours beaucoup de billets sur moi et si cela n'était pas si lourd j'aurais de l'or.

Il sort une liasse de billets de sa poche.

Bon. Regardez cette liasse-là, bien vierge, bien nette, une belle petite brique ! Et cela s'effeuille et cela devient des robes, des bijoux, un beau sac, ce qu'on veut. Avouez que cela serait amusant d'avoir tous ces beaux petits papiers-là sur vous.

ISABELLE *se montre, toute nue sous sa robe.* – Où voudriez-vous que je les mette ?

MESSERSCHMANN, *comme un marchand, soudain.* – Voulez-vous que je vous les enveloppe ? Je vous ferai un petit paquet, bien propre, avec une petite ficelle ?

ISABELLE. – Écoutez monsieur. Je ne veux pas sortir encore, comme M. Ossowitch, pour ne pas vous rappeler un trop mauvais souvenir, mais je vous demande de me croire. Je ne veux pas de votre argent.

MESSERSCHMANN *empoche ses billets, furieux.* – Vous êtes très forte, mademoiselle.

ISABELLE, *simplement.* – Non. Je suis très malheureuse. J'ai très honte et j'en ai tant entendu ce soir, à cause de l'argent, que sa vue même me fait horreur, voilà tout.

MESSERSCHMANN *hausse les épaules.* – C'est du sentiment ! Mais je vous ai dit que j'étais tellement riche que je pouvais me permettre maintenant de comprendre aussi les sentiments. Laissons là ces vilains billets puisque leur vue vous offusque. Vous avez raison. C'est trop précis des espèces, c'est moi qui ai été un maladroit. Je vais vous faire un chèque voulez-vous ? avec beaucoup de zéros.

Il tire son carnet de chèques, son stylo.

Je vais mettre un « un » là, à gauche, sur le petit espace réservé et puis je vais écrire des zéros jusqu'à ce que vous me disiez. – « Assez. » Nous commençons ?

ISABELLE *le regarde soudain et lui dit.* – Est-ce qu'on peut vraiment réussir comme vous l'avez fait dans les grandes affaires qui mènent le monde, sans être très intelligent ?

MESSERSCHMANN *range son carnet de chèques et crie soudain, hors de lui.* – Je suis intelligent, mademoiselle !

Two ideas of intelligence
— N- communication understanding

Je suis très intelligent ! Et c'est parce que je suis très intelligent et que j'ai une très grande expérience de la vie que je vous dis que je ne vous crois pas.

ISABELLE. – Alors, si vous êtes intelligent, raisonnons. La demi-heure de silence que vous vouliez m'acheter est déjà presque passée à notre bavardage. Votre fille sait qui je suis, elle sait que tout le monde le sait. Elle n'a plus lieu d'être jalouse. Horace ne se soucie pas de moi, je vous l'assure, et mon intention est précisément comme je vous l'ai dit, de ne pas le revoir. Si vous ne m'aviez pas retenue, je serais même déjà partie. Vous voyez bien que je n'ai plus rien à vendre ?

MESSERSCHMANN *lui crie, rouge de rage.* – On a toujours quelque chose à vendre, mademoiselle ! Et puis, même si c'est vrai que vous n'avez plus rien il faut que je vous achète tout de même quelque chose, maintenant que nous avons commencé à discuter.

ISABELLE. – Pourquoi ?

MESSERSCHMANN. – Parce que je ne croirais plus en moi si je ne le faisais pas.

ISABELLE *sourit malgré elle et, gentiment.* – S'il vous en faut si peu pour ne plus croire en vous, je vais l'écrire à M. Ossowitch !

MESSERSCHMANN, *redevenu calme.* – Ossowitch était un enfant ! Avec les adversaires de taille je joue toujours cartes sur table. Vous voyez, je suis franc, mademoiselle. Maintenant ce que je vous achète, ce n'est plus le caprice de ma fille – vous avez raison, elle est rassurée – c'est ma propre tranquillité d'esprit. Et elle n'a pas de prix pour moi. Combien voulez-vous ?

ISABELLE. – C'est en répétant la même chose tout le temps, comme cela, qu'on devient les maîtres du monde ?

MESSERSCHMANN. – Maintenant, c'est vous qui ne comprenez plus. Il ne s'agit pas de vous humilier et de vous proposer une petite somme pour vous faire décamper d'ici. Tout ce qui vous a permis de me résister jusqu'ici : votre orgueil, votre blessure, je vous les laisse intacts. Je vais même vous dire mieux, mademoiselle, je les comprends, je les respecte. C'est ignoble en effet ce qu'il vous a fait le petit Horace, c'est ignoble ce que je vous proposais il y a un instant pour payer une lubie de ma fille. Mais il ne s'agit pas de cela. Restez au château si vous le voulez pour ennuyer ce garçon, continuez à agacer ma fille, elle a assez de succès, toujours, elle s'en remettra – et d'ailleurs cela lui fera du bien – mais acceptez de l'argent de moi. Je ne vous demande rien en échange.

ISABELLE. – Non.

MESSERSCHMANN. – Tout à l'heure vous aviez raison, maintenant vous avez tort. Votre position n'est plus défendable. Même quand on sent la faiblesse momentanée de l'adversaire, il ne faut jamais s'entêter sur une position qui n'est pas raisonnable.

ISABELLE. – Je ne veux pas être raisonnable. Je veux faire une fois, enfin, ce qui me plaît.

MESSERSCHMANN. – Écoutez-moi bien ! Nous allons jouer le grand jeu ! Je vous dote. Dans cinq minutes, vous pouvez rentrer dans ce salon la tête haute. Tous les mensonges d'Horace deviennent vrais. Vous êtes aussi riche que toutes les filles de ce bal. Romainville, si je le veux, vous adopte. Vous devenez vraiment sa nièce.

ISABELLE. – Quel honneur !

MESSERSCHMANN. – Il vous a humiliée vous aussi ? Je le force à vous demander pardon. Je l'oblige en plein salon à embrasser le bas de votre robe, il trouvera le moyen d'en rire et de le faire si je le veux. Écoutez-moi, je peux plus que dans les contes de fées ! Je vous fais si riche que je force le plus beau garçon de cette société, le plus noble à vous demander tout de suite votre main !

ISABELLE. – Je vous remercie. Tout cela ne me ferait pas autant de plaisir que de vous dire non.

MESSERSCHMANN *hurle soudain.* – Mais moi non plus je ne crois pas à l'argent, mademoiselle ! Tout ce qu'il m'a donné est poussière, fumée, nausée, vomissement ! J'ai mal au foie tout de même et je ne peux jamais rien. Je mange des nouilles, je bois de l'eau et je n'ai aucun plaisir à posséder chaque soir cette femme fermée. Et je ne souffre même pas qu'elle me trompe, ce qui serait au moins tenir quelque chose, parce que je ne la désire pas, pas plus que le ventre de sa mère. Et je n'en désire aucune autre, je ne désire rien ! Je ne suis qu'un pauvre petit tailleur de Cracovie et la seule vraie joie que je me rappelle c'est le premier costume que j'ai réussi à seize ans. C'était la veste d'un pope, elle tombait bien et mon père m'a dit : « Jonathan, cette fois c'est bien, tu sais ton métier. » Et j'ai été heureux. Depuis je n'ai plus rien réussi jamais, qu'à avoir de l'argent, de plus en plus d'argent et l'argent ne m'a jamais donné l'amour de personne, même pas celui de ma fille – même pas l'amour de l'argent lui-même. Ayez pitié de moi. Ne m'abandonnez pas ce soir. Acceptez mon argent !

ISABELLE. – Non.

MESSERSCHMANN. – Non ? Hé bien ! regardez ce que j'en fais des belles petites briques qui peuvent tout, puisqu'elles ne peuvent plus me servir à rien ! Je les mange, je les déchire avec les dents, je les crache !

Il a pris les liasses de billets et il commence effectivement à les déchirer à belles dents, puis bientôt, pour aller plus vite, avec les mains.

ISABELLE *lui crie, joyeuse.* – C'est une idée ! Donnez-m'en quelques-uns, je vais vous aider. Cela me fera du bien !

Elle lui prend des liasses des mains et commence à les déchirer avec lui tranquillement. Ils jettent les morceaux en l'air. Ils travaillent un instant fébrilement tous les deux dans une pluie de petits morceaux de papier.

MESSERSCHMANN, *dans une sorte de furie.* – Là ! Là ! Là ! Là ! Cela c'est une maison de campagne : le rêve de tous les petits rentiers !

ISABELLE, *déchirant elle aussi allégrement.* – Avec le jardin, le bassin, les poissons rouges, les roses !

MESSERSCHMANN. – Tout ! Cela c'est un commerce, de quoi être tranquille toute une vie. Un commerce de modiste : celui que je comptais vous offrir, comme un imbécile !

ISABELLE, *déchirant.* – Bravo ! Cela c'est un chapeau !

MESSERSCHMANN, *vexé, sans s'arrêter.* – Pourquoi seulement un chapeau ?

ISABELLE. – Il était très cher.

MESSERSCHMANN. – Voilà des robes, encore des robes, toutes les étoffes, dont elles ont besoin toutes sur leur dos. Voilà des manteaux, voilà des fourrures !

ISABELLE, *déchirant.* – Pas trop, c'est l'été !

MESSERSCHMANN. – Voilà du beau linge, le vrai luxe, celui qu'on a en dernier. Voilà des draps de satin, des chemises de nuit chères comme des robes, des chemises de jour trop courtes ! des mouchoirs brodés !

ISABELLE, *déchirant.* – Voilà une valise.

MESSERSCHMANN *s'arrête un instant, surpris.* – Pourquoi, une valise ?

ISABELLE. – Pour tout mettre !

MESSERSCHMANN, *recommençant.* – Voilà les bijoux, les colliers, les bagues, toutes les bagues !

ISABELLE, *déchirant des billets.* – Oh ! la belle perle !

MESSERSCHMANN. – Vous la regretterez !

ISABELLE *lui prend d'autres liasses.* – Sûrement pas !

MESSERSCHMANN. – Voilà les voyages, toutes les joies du jeu, voilà les esclaves, les nobles bêtes de race, toutes les belles filles soumises, voilà les consciences des honnêtes gens ! Voilà le petit bonheur de tout ce petit monde lamentable ! Là ! Là ! Là ! Là !

Il déchire les derniers billets et se retourne.

Vous êtes contente maintenant ?

ISABELLE, *fatiguée.* – Non. Et vous ?

MESSERSCHMANN. – Moi non plus.

Ils se sont assis sur leurs talons, épuisés, l'un à côté de l'autre. Isabelle ramasse un petit billet oublié par terre et le déchire en disant.

ISABELLE. – Voilà pour les pauvres ! Nous les avions oubliés.

Un temps, elle le considère affalé, la tête dans ses mains et demande gentiment :

Je parie qu'ils ne vous avaient pas donné tant de mal à gagner ?

MESSERSCHMANN, *pitoyable, au milieu de ses billets déchirés.* – Je suis très malheureux, mademoiselle !

ISABELLE, *gentiment.* – Moi aussi.

MESSERSCHMANN. – Je comprends très bien ce que vous souffrez. Je suis sans doute le seul, ce soir, dans ce château, à pouvoir le comprendre. Ils m'ont humilié longtemps, moi aussi, et puis je suis devenu plus fort qu'eux. Alors je me suis mis à humilier à mon tour. On est tout seuls, voilà ce qui est sûr. On ne peut rien les uns pour les autres, que jouer le jeu.

Ils regardent droit devant eux tous les deux assis par terre au milieu des billets déchirés. Josué entre qui les trouve, surpris dans cette posture.

MESSERSCHMANN *le voit et lui crie.* – Qu'est-ce que vous voulez, vous ?

JOSUÉ. – Monsieur, c'est M. Horace qui fait dire à Mademoiselle qu'il l'attend dans le petit boudoir pour régler ses comptes avec elle.

ISABELLE *s'est levée.* – Vous lui direz qu'il ne me doit plus rien. M. Messerschmann m'a payée.

Elle sort. Messerschmann la regarde partir puis se lève soudain et va à Josué.

MESSERSCHMANN. – Mon ami.

JOSUÉ. – Monsieur ?

MESSERSCHMANN. – Vous avez l'air d'avoir une bonne tête ?

JOSUÉ, *après le premier étonnement.* – Je fais partie d'une génération de vieux serviteurs qui ne se le permettaient pas dans le service, Monsieur. Mais le dimanche et plus généralement les jours de congé, mes amis et mes connaissances, ont accoutumé de me dire en effet, que j'avais un visage franc, ouvert, plutôt jovial même. Une belle physionomie, bien française, bien de chez nous, Monsieur.

MESSERSCHMANN. – Alors, écoutez-moi. Vous avez dû faire de l'histoire sainte quand vous étiez petit ?

JOSUÉ. – Un peu, Monsieur, comme tout le monde.

MESSERSCHMANN. – Avez-vous entendu parler de Samson ?

JOSUÉ. – Un Israélite, Monsieur ?

MESSERSCHMANN. – Oui, peut-être. Tout le monde était Juif dans ce temps-là.

JOSUÉ. – Je crois me souvenir qu'on lui avait coupé les cheveux ?

MESSERSCHMANN. – Oui et il était très malheureux. Bafoué, mon ami, toujours bafoué par tout le monde. On lui avait crevé les yeux. On le croyait aveugle, mais je suis persuadé qu'il y voyait.

JOSUÉ. – Cela se peut bien, Monsieur. Moi j'ai eu une tante qui avait la cataracte et un beau jour...

MESSERSCHMANN *continue sans l'écouter.* – Un beau jour, n'y tenant plus, il se fit placer entre les colonnes du temple. Il était très fort, terriblement fort, vous m'entendez ? Il les embrassa ces colonnes !...

Il embrasse Josué épouvanté.

Comme cela !

JOSUÉ, *embarrassé.* – Oh ! Monsieur ! Que Monsieur veuille bien faire attention, on pourrait nous voir.

MESSERSCHMANN. – Et puis, il les secoua de toutes ses forces.

Il secoue Josué.

JOSUÉ, *secoué.* – Oui monsieur... Que Monsieur prenne garde ! C'est moi qui me ferais gronder !

MESSERSCHMANN *le lâche avec un soupir soulagé.* – Voilà.

Un silence.

JOSUÉ, *qui répare le désordre de sa toilette.* – Voilà Monsieur.

Il ajoute, pour dire quelque chose :

Un bien vilain geste dans une église...

MESSERSCHMANN *ricane sombrement.* – Vous pouvez le dire. Car il était tellement fort que le temple entier s'écroula sur les deux mille Philistins qui étaient là à prier leurs faux dieux et à le prendre pour un imbécile !

JOSUÉ. – Et sur lui, Monsieur.

MESSERSCHMANN. – Et sur lui aussi. Mais cela n'avait aucune espèce d'importance. Qu'est-ce que ça pouvait bien lui faire d'être pauvre ?

JOSUÉ. – Pauvre, non Monsieur, mais écrasé !

MESSERSCHMANN *crie.* – Aucune importance, vous dis-je !

JOSUÉ. – Bien Monsieur.

Un temps. Josué recule prudemment. Messerschmann le rappelle soudain brutalement.

MESSERSCHMANN. – Mon ami ?

JOSUÉ. – Monsieur ?

MESSERSCHMANN. – Avez-vous été cuisinier ?

JOSUÉ, *que rien n'étonne plus.* – C'est une filière qu'un maître d'hôtel a très rarement l'occasion de suivre, Monsieur. Cependant quand j'étais gamin, j'avouerai à Monsieur que j'ai effectivement été gâte-sauce chez un prince de l'Église, où mon oncle était premier valet de pied.

MESSERSCHMANN. – Hé bien, puisque vous avez été cuisinier, vous allez pouvoir me répondre. Existe-t-il plusieurs façons de préparer les nouilles à l'eau, sans beurre et sans sel ?

JOSUÉ. – Non, Monsieur. Personnellement je n'en connais qu'une.

MESSERSCHMANN. – Vous pouvez disposer.

JOSUÉ. – Bien, Monsieur.

Il va sortir.

MESSERSCHMANN *l'arrête.* – Un détail encore. Le téléphone fonctionne toute la nuit dans ce pays ?

JOSUÉ. – Oui, Monsieur. Nous sommes depuis peu, directement reliés à Saint-Flour. Cela a été une grande victoire de Madame, Monsieur. L'administration était contre. Nous le devons à l'archevêque et aux Comités francs-maçons qui, ayant agi de concert, ont fait céder l'administration.

MESSERSCHMANN. – Je peux donc appeler l'étranger de ma chambre, cette nuit ?

JOSUÉ. – Certainement, Monsieur.

MESSERSCHMANN. – C'est tout ce que je voulais savoir. Comme Samson ! Les yeux fermés !

JOSUÉ, *qui recule.* – Oui Monsieur.

MESSERSCHMANN. – Et tout à coup un fracas épouvantable. Un téléphone qui grelotte dans le petit matin. C'est bien cela. C'est le temple qui vient de s'écrouler. Vous me comprenez ?

JOSUÉ. – Non, Monsieur.

MESSERSCHMANN. – Cela ne fait rien.

Il trouve un billet oublié dans sa poche et le lui donne.

Voilà mille francs. Oubliez tout ce que je vous ai dit.

Il sort en lui rappelant, farouche :

Sans beurre !

JOSUÉ *s'incline, escamotant son billet.* – Et sans sel !

LE RIDEAU TOMBE.

CINQUIÈME ACTE

Même décor.

Mme Desmermortes et Horace sont en scène. Ils semblent assez abattus.

MADAME DESMERMORTES. – Cela ne m'a pas fait tellement rire.

HORACE. – Moi non plus.

Un silence. Mme Desmermortes demande.

MADAME DESMERMORTES. – Pourquoi avais-tu imaginé tout cela ?

HORACE. – Je m'ennuyais. Et puis j'étais agacé aussi par les façons de cette petite fille trop gâtée avec Frédéric. Il lui fallait une leçon.

MADAME DESMERMORTES. – Elle l'a eue, et la petite Isabelle aussi, malheureusement.

HORACE. – Oui, je le regrette pour elle. Elle est charmante.

MADAME DESMERMORTES. – C'était une invention de cette folle de Capulat, tu ne l'aimes pas du tout ?

HORACE. – Pas du tout.

Un silence.

MADAME DESMERMORTES. – Nous aussi nous l'avons eue d'ailleurs.

HORACE. – Quoi ?

MADAME DESMERMORTES. – Notre leçon. Nous nous retrouvons là tous les deux, tout bêtes, sans être sûrs d'avoir très bien agi.

HORACE *a un geste.* – Bien agi, mal agi... Vous en êtes encore là ? Vous m'étonnez ma tante. Je vous croyais beaucoup plus forte.

MADAME DESMERMORTES. – Figure-toi que moi aussi je me suis crue longtemps plus forte et j'en viens là.

HORACE. – Excusez-moi de ne pas être très galant. La charité c'est de votre âge. Les vieilles dames de votre rang ont des pauvres, comme elles ont des demoiselles de compagnie et des petits chiens. Je haïrais d'avoir des pauvres ! D'abord, je trouve cela extravagant, de se conserver des misérables personnels comme des grenouilles d'expérience dans des bocaux. Si on s'intéresse à des pauvres, avec la fortune que vous avez, on les rend riches et on n'en parle plus.

MADAME DESMERMORTES. – Ne fais pas la bête. Tu sais bien que ce n'est pas de cette charité-là que je veux parler. J'ai eu des pauvres bien entendu, toute ma vie, comme j'ai eu des chevaux et des faces-à-main. On vit avec sa classe qu'on le veuille ou non, et, pour le courant, on fait comme les autres ou cela serait trop compliqué.

HORACE. – Et vous regrettez de ne pas en avoir fait vivoter davantage sur vos vieux jours ?

MADAME DESMERMORTES. – Certes non. Je pense en avoir encouragé bien assez dans cette triste carrière. Et ils baisaient le bas de ma robe au lieu de m'étrangler, quand j'arrivais dans leurs taudis avec mon kilo de bœuf et mes perles ! Il faut avouer qu'ils n'ont pas beaucoup de classe, eux non plus. Ils me disaient invariablement que le bon Dieu me rendrait tout. Rassure-toi, si nous pouvons compter sur les religions à vie future, j'ai ma provision de pot-au-feu et de vieux lainages assurée pour mon éternité.

HORACE. – Ce qui prouve que les riches n'y ont jamais trop cru au coup de la restitution céleste, c'est qu'ils ne donnent toujours aux pauvres que des pièces de dix sous et des ragoûts de bas morceaux. S'ils étaient certains du système, croyez bien qu'ils leur feraient de solides rentes et qu'ils leur combineraient des petits menus soignés tout à fait comme pour eux.

MADAME DESMERMORTES. – Bien sûr, mon petit, mais que veux-tu ? C'est comme à ces tombolas où il y a trop de numéros et où on prend seulement une petite chance, sans trop y croire, pour ne pas désobliger les organisateurs...

HORACE, *soudain.* – Qu'est-ce que vous croyez qu'elle va faire ?

MADAME DESMERMORTES. – Qui ?

HORACE. – Diana. Va-t-elle épouser Frédéric tout de même ou disparaître à jamais avec ses petits caprices et ses millions ?

MADAME DESMERMORTES. – Qu'est-ce que cela peut bien te faire ?

HORACE. – J'aimerais le savoir.

MADAME DESMERMORTES. – Serais-tu content qu'elle épousât ton frère ?

HORACE. – Non certes. J'ai fait assez ce soir pour que ce mariage n'ait pas lieu.

MADAME DESMERMORTES. – Bon petit Frédéric ! C'est vrai qu'il aurait été très malheureux avec cette jeune fille ! Heureusement que tu veillais au grain. Tu es vraiment pour lui d'une sollicitude maternelle. Tu vois que tu as tes pauvres, toi aussi.

HORACE, *avec humeur*. – Oh ! ce n'est pas seulement pour Frédéric. J'ai horreur des choses ratées. C'est physique. Et cette union-là l'était assurément.

MADAME DESMERMORTES. – Tu es un philanthrope, te dis-je !

HORACE. – Non. J'ai un peu de bon sens, j'en use, voilà tout, et j'essaie d'en faire profiter les autres, par surcroît. Cette Diana ne manque d'ailleurs pas de qualités. Sa race lui a donné quelque chose de plus qu'aux filles riches de chez nous. Elle est dure, elle est fantasque, mais son égoïsme même est amusant. Je ne suis ni bon, ni tendre, ni fidèle. Je ne m'en vais pas bêler pour trouver les qualités que je n'ai pas, chez les autres. J'aime assez les pouliches rétives au haras, même lorsqu'elles me fichent par terre. J'ai seulement pensé, dès que je l'ai vue, qu'il lui fallait un autre cavalier que le pauvre petit Frédéric.

MADAME DESMERMORTES. – Pourquoi l'a-t-elle choisi ?

HORACE. – Est-ce que je sais, ma tante ? Pour s'amuser à le dévorer sans doute.

MADAME DESMERMORTES. – Et si elle l'avait fait par dépit ?

HORACE. – C'est son affaire.

MADAME DESMERMORTES. – Et si c'était aussi la tienne, Horace ?

HORACE. – Que voulez-vous dire ?

MADAME DESMERMORTES. – Que je ne suis plus qu'une vieille bête définitivement myope mon tout bon, ou que tu es amoureux d'elle comme elle de toi depuis le premier jour.

HORACE. – C'est grotesque ! Et même si c'était vrai, je préférerais périr de jaunisse, comme votre ami Palestrini, dont vous parliez tout à l'heure, que de lui faire le plaisir de lui avouer cela !

MADAME DESMERMORTES. – On ne périt pas de jaunisse. Je disais cela à cette vieille toquée dans le feu de l'action, pour faire bien. Palestrini se porte comme toi et moi. J'ai seulement appris qu'il s'était jeté dans la lagune l'année dernière pour une jeune fille qu'il aimait. C'était une jeune Allemande, une championne de natation, elle se l'est repêché elle-même et ils ont déjà un enfant.

HORACE *crie soudain.* – Diable ! La lagune ! Vous ne voyez pas une forme blanche là-bas au bord du grand bassin ?

MADAME DESMERMORTES. – Je suis myope comme une sauterelle, mon petit, mais cours tout de même, tu me fais peur.

Horace sort en courant, Capulat entre en trombe.

CAPULAT. – Ah ! Madame ! On cherche Isabelle partout. Sa mère est folle ! On craint pour elle !

MADAME DESMERMORTES. – Pourquoi ?

CAPULAT. – Elle a laissé sa petite bague, sa seule chose de valeur pliée dans un papier avec un peu d'argent sur la commode de sa chambre. Ah ! Madame ; nous sommes tous coupables ! M. Horace ne l'aimait pas !

MADAME DESMERMORTES. – Capulat, vous pleurerez tout à l'heure ! Regardez du côté du grand bassin, je n'y vois rien. Apercevez-vous une forme blanche ?

CAPULAT. – Ciel ! C'est elle ! Ah ! malheureuse jeune fille ! Elle suit le bord comme Ophélie ! Elle se penche ! Elle saute ! Au secours ! Elle va mourir !

MADAME DESMERMORTES. – Non, Horace est là-bas et il n'y a pas assez d'eau. Mais elle pourrait bien prendre froid et lui aussi. Courez leur chercher des couvertures.

CAPULAT. – M. Horace l'a vue, il plonge. Noble jeune homme ! Il la ramène !...

Elle déclame soudain :

Tirée des sombres bords, comme Eurydice même,
Elle lui devait l'ombre, elle lui doit le jour...
Ah ! si de tout cela pouvait naître l'amour !

MADAME DESMERMORTES *lui crie, hors d'elle.* – Vous parlerez en vers tout à l'heure, vieille folle ! Allez donc chercher de quoi les couvrir.

Capulat sort en courant. Mme Desmermortes appelle :

Josué ! Josué ! Quelqu'un ! Vite !

JOSUÉ *paraît.* – Madame ?

MADAME DESMERMORTES. – Il se passe un drame ce soir, mon pauvre, une noyade. Faites faire du punch très fort à la cuisine et auparavant roulez-moi vers le grand bassin.

Josué commence à la rouler. Entrent Horace et Isabelle enveloppés de couvertures et suivis de Capulat déclamant.

CAPULAT

Les voilà revenus de leur sombre baptême,
Le flot noir et glacé va les rendre à l'amour
Enfant tu te taisais et peut-être qu'il t'aime !

MADAME DESMERMORTES *lui crie exaspérée.* – Capulat ! Capulat ! Ne rimez pas toujours !

CAPULAT, *mise hors d'elle par tant de romanesque.*

Hélas ! je ne peux plus, je ne peux plus Madame...
Tous ces événements ont bouleversé mon âme,
Et c'est plus fort que moi, elle s'exprime en vers !

MADAME DESMERMORTES, *lui montrant la porte.* – Alors sortez les faire hors du jardin d'hiver !

Capulat sort, déclamant en silence. Mme Desmermortes, à Josué :

Et vous, vite ce que je vous ai demandé !

Josué sort, à Isabelle :

Avez-vous froid mon enfant ?

ISABELLE. – Non madame, merci, je suis bien.

MADAME DESMERMORTES. – Josué va vous rapporter du punch. As-tu froid, toi ?

HORACE. – J'étouffe sous ce couvre-pieds !

MADAME DESMERMORTES. – Alors, profitons de ce que nous sommes seuls pour une minute. Restez ainsi.

Nous avons des choses importantes à nous dire tous les trois. Asseyez-vous.

HORACE, *s'asseyant.* – Nous avons l'air d'une conférence de chefs peaux-rouges !

MADAME DESMERMORTES. – Et je vais vous proposer le calumet de la paix !

HORACE. – C'est une idée. Vous n'avez pas une cigarette sèche ?

MADAME DESMERMORTES. – Tu fumeras tout à l'heure, tais-toi. Tu as assez dit de bêtises ce soir. Regardez-moi mon enfant.

Isabelle la regarde.

Cela a de bons yeux et c'est encore plus jolie dépeignée. Pourquoi vous peignez-vous d'habitude ?

ISABELLE. – Cela se fait.

MADAME DESMERMORTES. – Et de se jeter à l'eau au premier chagrin d'amour, cela se fait aussi ? Je parie que vous savez nager ?

ISABELLE. – Oui.

MADAME DESMERMORTES. – Vous voyez comme vous êtes absurde !

HORACE. – C'est moi qui lui avais demandé de se jeter dans le bassin par amour pour Frédéric. Mais bien entendu, je l'avais décommandée tout à l'heure. Je ne sais pas ce qui lui a pris.

MADAME DESMERMORTES. – Pourquoi vouliez-vous vous noyer ?

ISABELLE. – Pour mon compte.

HORACE. – Ce n'était pas dans nos conventions, mademoiselle ! Vous deviez faire ce que je vous disais !

ISABELLE. – Ma journée était finie. Vous m'aviez envoyé votre domestique pour me régler mon salaire. En dehors de mes heures de travail j'étais bien libre de me tuer pour moi, peut-être ?

MADAME DESMERMORTES. – Elle a raison ! D'autant plus que c'est bientôt le matin. Nous sommes dimanche. Si l'ouvrier ne peut même plus se tuer pour soi le dimanche, il faut faire la révolution tout de suite ! Soyons sérieux. Regardez-moi encore mon petit ! Elle a des yeux ravissants. Une biche aux abois. Un Greuze. Tu sais que tu es un imbécile, Horace ?

HORACE. – Oui, ma tante.

MADAME DESMERMORTES. – Il ne vous aime pas, mon enfant. Il ne vous aimera jamais. Il n'aimera jamais personne d'ailleurs si cela peut vous consoler. Amoureux peut-être comme un chat d'une souris, de temps en temps. Mais vous n'êtes même pas son type de souris, il vous croquerait trop vite, cela ne l'amuserait pas. Et je vais vous dire une bonne chose, il n'est pas votre genre de chat non plus. Vous croyez l'aimer, vous ne l'aimez pas. Regardez-le.

ISABELLE. – Non.

MADAME DESMERMORTES. – Faites-moi confiance, regardez-le ce Peau-Rouge. Un Peau-Rouge vexé d'abord, n'est-ce pas risible ? Vous pouvez le regarder, vous ne risquez plus rien.

Isabelle regarde Horace.

Et pas avec ce regard perdu là. Il n'en vaut pas la peine l'animal. Soyez très impartiale. Vous le trouvez si beau ? C'est un assez joli portrait de jeune homme, certes, quand il ne pense à rien. On se laisserait prendre à ces yeux clairs, à ce nez pur, à cette bouche. Mais que la moindre de ses vilaines petites pensées se coule dedans – tenez, en ce moment nous l'agaçons, il a envie de nous étrangler – et voilà que l'image se déforme. Regardez bien. C'est imperceptible mais c'est effrayant. Le nez se pince, un petit pli rageur tire la bouche, les yeux se mettent en vrille, et ce menton ! Est-ce qu'on ne dirait pas tout à coup une très jolie vieille dame méchante ? On n'est jamais si beau que cela, mademoiselle, quand on n'est pas très humain en même temps. Ce n'est pas tout d'avoir de jolis yeux, il faut qu'une petite lampe s'allume derrière. C'est cette petite lueur qui fait la vraie beauté.

HORACE *se lève, furieux.* – En voilà assez maintenant ! Si vous voulez jouer aux portraits, je vais vous envoyer Frédéric !

MADAME DESMERMORTES. – C'est une très bonne idée !

Horace sort.

Avec eux, ce qui est commode c'est qu'on a toujours l'autre sous la main. Ce n'est pas Horace que vous aimez, mademoiselle, c'est son image. Et si vous êtes malheureuse ce soir, si vous avez voulu vous jeter tout habillée dans mes pièces d'eau, c'est parce que vous avez confusément senti qu'il n'y avait rien pour vous derrière cette image-là !

ISABELLE *se cache la tête pour pleurer.* – Oh ! C'est terrible !

MADAME DESMERMORTES. – Cela serait terrible mon enfant si l'exemplaire était unique, mais, heureusement, nous en avons deux.

À Frédéric qui entre :

Approche mon garçon et assois-toi à la place de ton frère. Vous pouvez le regarder, Isabelle. C'est le même. Voilà une jeune fille qui vient de se jeter dans le grand bassin et on ne peut pas lui faire dire pourquoi.

FRÉDÉRIC. – Moi je sais pourquoi. Mademoiselle, je ne peux rien sans doute pour votre peine. J'ai été lâche une dernière fois tout à l'heure. J'ai suivi Diana comme elle me l'ordonnait. Mais quand je l'ai eu rejointe je n'ai pas pu m'empêcher de lui dire que sa conduite envers vous me faisait horreur. C'est fait maintenant, nos fiançailles sont rompues.

ISABELLE. – Il ne fallait pas. Vous croyez que cela m'enlèvera ma peine que nous soyons tous malheureux en même temps ?

FRÉDÉRIC. – Je ne sais pas, mais, ce que je sais, c'est que je ne peux pas aimer un être capable de quelque chose de laid.

MADAME DESMERMORTES. – Elle non plus, figure-toi. Elle vient de s'apercevoir qu'elle ne pouvait pas aimer Horace.

FRÉDÉRIC. – Ma vie est finie maintenant. J'ai vu le fond du cœur des jeunes filles.

ISABELLE *sourit doucement.* – Cette boue, ces rochers, ces fleurs mortes, comme dit votre frère...

FRÉDÉRIC. – Triste plongée !

MADAME DESMERMORTES. – Retire ton scaphandre maintenant. Viens respirer un peu d'air frais sur cette terre. Il y en a encore tu sais, par endroits.

FRÉDÉRIC. – Je vais me retirer dans un désert pour y rêver à ce que je croyais être l'amour.

MADAME DESMERMORTES. – Mademoiselle aussi. Tâchez que vos déserts ne soient pas trop éloignés l'un de l'autre. Vous vous ferez des petites visites, entre ermites.

FRÉDÉRIC. – Parce que j'aurais pu lui pardonner d'être méchante...

ISABELLE. – Je l'avais compris au premier moment qu'il l'était et je lui avais bien pardonné, moi...

FRÉDÉRIC. – J'aurais pu lui pardonner d'être dure, égoïste, violente...

ISABELLE. – Moi aussi...

MADAME DESMERMORTES. – La seule chose que vous ne pouviez pas leur pardonner, en somme, c'était de ne pas vous aimer. On n'aime que son amour, mes enfants, et on court toute sa vie après cette fuyante petite image de soi. La folie c'est de vouloir absolument que tous les gens qu'on rencontre l'endossent et de crier au meurtre parce qu'elle ne leur va pas. Nous sommes des tailleurs insupportables. Le vêtement est tout coupé, nous ne voulons pas lui faire de retouches – alors nous essayons de tailler dans le client. Et s'il ne se laisse pas faire, nous crions au secours.

FRÉDÉRIC. – Et personne ne vient !

MADAME DESMERMORTES. – Parce que non contents d'être aveugles, nous sommes sourds. Nous braillons les uns à côté des autres sans nous entendre et sans nous voir, et nous disons : c'est le désert ! Heureusement qu'il existe encore quelques vieilles femmes qui ont renoncé à cette folie pour leur compte et qui commencent à y voir clair, à l'âge, hélas, où l'on met des lunettes. Vous n'avez rien entendu, mademoiselle ? Ce jeune homme a crié au secours.

ISABELLE. – Que puis-je pour lui ?

MADAME DESMERMORTES. – Faire un tour de parc avec lui en lui disant pourquoi vous êtes si malheureuse. Il vous dira de son côté pourquoi il va peut-être mourir. Allez mes enfants, soyez bien tristes, donnez-vous le bras. Vous êtes vraiment seuls au monde. Il n'y a pas plus désespérés que vous.

FRÉDÉRIC, *sortant avec Isabelle.* – J'ai été un fou, mademoiselle. J'ai cru qu'il pouvait exister une femme tendre et sincère.

ISABELLE. – Il n'y en a pas, monsieur ! J'ai cru qu'on pouvait être grave et bon, qu'on pouvait être fidèle...

FRÉDÉRIC *ricane.* – Fidèle ! On est fidèle à soi-même et c'est tout. On danse le pas de l'amour obstinément devant sa glace. Moi j'aurais voulu tout donner, mademoiselle.

ISABELLE. – Tout donner, c'est facile à dire, monsieur ! mais c'est qu'ils ne veulent rien recevoir...

Ils sont sortis. Mme Desmermortes les regarde s'en aller et constate.

MADAME DESMERMORTES. – Bon. Pour ces deux-là c'est fait dans cinq minutes. Aux autres maintenant.

Elle appelle :

Horace !

HORACE *entre.* – Ma tante ?

MADAME DESMERMORTES. – L'affaire est dans le sac. Que décides-tu de ton côté ?

HORACE. – Que voulez-vous que je décide ? Je ne peux pourtant pas aller trouver cette jeune fille sur son monceau d'or. Tout le monde croirait que c'est du père que je suis amoureux.

MADAME DESMERMORTES. – Allons ! Voilà du nouveau ! Nous n'en finirons jamais. Il le faudrait pourtant. Cette petite comédie commence à se faire longue.

HORACE. – Que voulez-vous que j'y fasse ? Je ne peux pas me couvrir de ridicule pour la faire finir plus tôt. À propos, je vous ai laissé dire tout à l'heure, mais tout de même, c'est vrai que j'ai l'air d'une jolie vieille dame méchante ?

Entre Patrice Bombelles.

PATRICE BOMBELLES, *allant à Horace.* – Ah ! vous voilà monsieur, je vous cherchais.

MADAME DESMERMORTES. – Que veut cet énergumène ?

PATRICE BOMBELLES. – Monsieur, puisque vous n'acceptez pas de renoncer de plein gré à cette jeune fille...

Il le gifle.

HORACE, *le giflant aussi.* – Mais non, monsieur, mais non ! Vous n'y êtes plus du tout. Savez-vous que je vais finir par vous battre pour tout de bon si vous continuez à être insupportable ? Moi aussi je sais sauter sur les gens.

PATRICE BOMBELLES. – Mais enfin, monsieur, sacrebleu !

HORACE. – Comment sacrebleu ? Des insultes ?

Il lui saute dessus.

LADY INDIA *entre affolée, criant.* – Patrice !

PATRICE BOMBELLES. – Attention ! La voilà ! Ayons l'air très amis.

Il prend Horace par l'épaule.

Nous plaisantons, ma chère ! Nous adorons plaisanter tous les deux ! Un peu d'exercice à l'aube c'est excellent !

LADY INDIA. – Ce n'est pas le moment de plaisanter, Patrice ! Vous savez ce qu'il se passe ? On me téléphone de Paris. Romuald a donné des ordres insensés. Il vend à Londres, il vend à New York, il vend à Vienne. Dans quelques heures il vendra à Paris. Il se ruine !

PATRICE BOMBELLES. – Cela m'étonnerait bien de lui. Je vais téléphoner à son agent de change.

Il sort.

DIANA *entre.* – Vous avez appris la nouvelle ? Dans six heures, mon père sera ruiné.

HORACE. – Non.

DIANA. – Si.

HORACE. – Qu'est-ce que vous allez faire ?

DIANA. – Être pauvre. Que voulez-vous que je fasse d'autre maintenant ? Je suis venue vous le dire tout de suite, parce que j'ai pensé que cela vous ferait plaisir de me voir enfin humiliée !

HORACE. – Cela me ferait beaucoup de plaisir sans doute, mais malheureusement cela ne sera pas. Frédéric est riche et il vous épouse.

DIANA. – Je ne veux pas de lui. Et d'ailleurs il ne veut plus de moi. Regardez-le votre tendre Frédéric, là-bas, dans le parc avec cette petite aventurière. Elle n'a pas perdu son temps celle-là, ce soir ! C'est vous qui lui avez appris comment trouver un mari riche en une nuit, Horace ? Il faudra m'apprendre, je vais en avoir besoin, maintenant, moi aussi.

HORACE. – Rassurez-vous, cette science vous sera inutile, ma chère.

Il va sortir. Mme Desmermortes lui crie.

MADAME DESMERMORTES. – Horace, que fais-tu ?

HORACE. – Je vais chercher mon frère. Il ne peut plus être question pour lui de rompre ses fiançailles. Maintenant que Diana est ruinée, l'honneur lui commande d'en faire sa femme.

DIANA *crie, éplorée.* – Mais je ne veux pas de lui !

HORACE. – Tant pis !

Il sort.

MADAME DESMERMORTES. – Allons bon ! Il va tout embrouiller encore !

Capulat et la Mère entrent habillées comme pour un départ avec des petites valises[1].

---

1. À la représentation à Paris, cette scène a été modifiée pour ne pas rompre le rythme rapide de l'acte. Il est prudent d'adopter cette version pour la représentation. Capulat et la Mère entrent simplement en criant : CAPULAT : « Madame ! une nouvelle, une grande nouvelle. » LA MÈRE : « Elle est casée ! » Alors entre Romainville avec son bouquet. Capulat et la Mère tombent dans les bras l'une de l'autre chaque fois qu'elles croient Isabelle pourvue d'un mari. Quand tout le monde sort pour aller voir le feu d'artifice elles s'avancent au public et disent seulement les quatre premiers vers, sur une petite ritournelle, s'en allant à reculons, mutines, en envoyant des baisers d'adieu.

CAPULAT

Quant à nous, nous partons ! toutes les deux brisées,
Nous renonçons au monde et chaussons nos sabots !

LA MÈRE

Adieu la vie de luxe aux heures irisées !
Nous rentrons à Maubeuge enseigner le piano !

CAPULAT

Quant à nous, nous partons ! toutes les deux brisées,
Nous renonçons au monde et chaussons nos sabots !
Adieu la vie de luxe aux heures irisées !
Nous rentrons à Maubeuge enseigner le piano !

LA MÈRE

Vous direz de ma part à la chère gamine,
Que je renonce à tous mes espoirs insensés !
Pauvre, mais honorée, auprès de Géraldine
Je vivrai dans le souvenir des jours passés !
Je la poussais au luxe et la poussais au vice,
Pour elle je rêvais ce que je n'ai pas eu !
Je ne la pousse plus ! Qu'elle file droit puisqu'
Elle a décidément du goût pour la vertu !

Elles reculent gracieusement enlacées, mêlant leurs anglaises.

CAPULAT

Adieu ! Ne bougez pas ! Nos deux ombres s'effacent !
Ne nous en veuillez pas d'avoir trop cru l'amour !
Nous fuyons ! Oubliez nos désuètes grâces...
Cette nuit devait bien finir ! Voici le jour...

Elles disparaissent et en effet le jour se lève. Musique de marche nuptiale à l'orchestre. Entre Romainville en jaquette et gants blancs avec un bouquet. Il va à Mme Desmermortes.

ROMAINVILLE. – Ma chère amie. Veuillez d'abord excuser ce costume, mais voyant poindre le matin, j'ai quitté mon habit et j'ai passé cette jaquette qui m'a paru plus indiquée pour venir nous annoncer cette bonne nouvelle : ma nièce n'était pas ma nièce comme votre gredin de neveu m'avait obligé à vous le faire croire, mais elle est tout de même de la famille, parce que, tout bien pesé, je l'épouse !

MADAME DESMERMORTES. – Mon tout bon, je serais la première à vous féliciter, mais j'ai l'impression que vous arrivez trop tard.

ROMAINVILLE. – Comment, trop tard ? Il est 5 heures du matin.

MADAME DESMERMORTES, *à Isabelle et Frédéric qui entrent enlacés.* – Hé bien ! mes enfants, quelles nouvelles ? Avez-vous retaillé le costume ?

ISABELLE. – Il allait, madame ! Il allait !

FRÉDÉRIC. – Ma tante, comme j'ai pu être fou ! Pardon Diana, mais moi non plus, je ne vous aimais pas.

ISABELLE. – Comme j'ai pu être sotte, madame ! C'était lui, bien sûr, que j'aimais.

MADAME DESMERMORTES. – Romainville, vous trouverez une autre nièce ! Pour celle-là, vous serez son témoin.

ROMAINVILLE *tombe assis.* – C'est effrayant ! Je m'étais fait à cette idée.

MADAME DESMERMORTES, *à Josué qui entre portant un plateau.* – Josué, donnez-lui votre punch !

Romainville boit le punch.

Mais où est Horace ? Qu'on aille me le chercher tout de suite. Il a fait assez souffrir cette jeune personne pour ce soir.

À Diana :

Mon enfant, soyez sans crainte, il vous aime, il me l'a dit.

LADY INDIA. – Tenez ! Il est là-bas dans le parc, il se sauve !

MADAME DESMERMORTES. – Il se sauve ? Josué, rattrapez-le tout de suite et ramenez-le ici !

Josué sort. À Diana :

C'est une tête de bois, mais il sait que la pièce est finie, il va bien être obligé de revenir.

DIANA. – Et si c'était vrai qu'il ne m'aimait pas ?

MADAME DESMERMORTES. – C'est impossible ! Tout doit finir bien, c'est convenu. D'ailleurs le voilà qui arrive. Hé bien, Horace ?

Tout le monde regarde du côté où Horace doit paraître. C'est Josué qui entre.

FRÉDÉRIC. – J'étais sûr qu'il ne viendrait pas !

JOSUÉ. – M. Horace m'a remis ce billet pour vous Madame.

MADAME DESMERMORTES. – Lisez-le-nous à haute voix, mon ami.

JOSUÉ *met ses lunettes et commence à lire.* – « Ma tante, pour des raisons que vous comprendrez tous, je ne peux pas me joindre à vous au milieu de l'allégresse générale ; je ne l'ai jamais tant regretté. Mais j'aime Diana puisqu'elle est pauvre. Rien ne nous sépare plus. Je l'épouse. Qu'elle vienne me retrouver au fond du parc. »

MADAME DESMERMORTES, *à Diana transfigurée.* – Courez vite !

DIANA. – Merci madame.

Diana sort. Entre Messerschmann avec un petit pardessus, un petit chapeau et une petite valise. Petit motif goguenard à l'orchestre.

MADAME DESMERMORTES. – Mais qui vient là ?

MESSERSCHMANN. – C'est moi, madame. Je viens vous faire mes adieux.

MADAME DESMERMORTES. – Mais cette valise, ce costume ?

MESSERSCHMANN. – Je les ai empruntés à votre maître d'hôtel. Je n'avais plus rien à me mettre. Je suis ruiné. Je le rembourserai en plusieurs années. Je retourne à Cracovie y ouvrir un petit commerce de tailleur.

LADY INDIA *pousse un cri et se jette dans ses bras.* – Ah ! Mon amour, comme c'est grand ! Comme c'est beau ! Comme tu m'aimes ! Car c'est pour moi n'est-ce pas, c'est pour moi que tu t'es ruiné ? Je te suivrai, je te suivrai, pieds nus jusqu'au fond de ta Sibérie !

Elle se déchausse.

MADAME DESMERMORTES, *aux autres.* – Elle confond tout.

LADY INDIA, *qui a mis aussi son écharpe autour de sa tête, à la russe.* – Je serai humble maintenant ! Tu vois, je cache mes cheveux à la russe. Ah ! que je sois punie d'avoir douté de toi ! Que Dieu m'abaisse et m'humilie ! Je renonce au luxe, je cuirai pour toi, cher, dans ta petite isba, je serai ta squaw, veux-tu ?

MADAME DESMERMORTES. – Elle n'a aucune idée de la géographie, mais ne la détrompons pas. Cela serait trop long.

Un fracas épouvantable soudain, des éclairs, des fusées. Tout le monde se retourne. Patrice Bombelles entre, criant.

PATRICE BOMBELLES. – Ça y est ! C'est commencé !

LADY INDIA, *abîmée.* – Qu'est-ce que c'est ? Le feu du ciel, déjà ?

MADAME DESMERMORTES. – Non. Nous n'en méritons pas tant, ma chère. Relevez-vous. C'est mon feu d'artifice que tous ces événements ont mis un peu en retard. Venez mes amis, allons en contempler le spectacle pour ne pas vexer mon jardinier. Cela doit être très curieux, en plein jour un feu d'artifice, on ne doit rien y voir du tout.

Au moment où tous sortent, Josué rentre et tire Messerschmann par la manche.

JOSUÉ. – Monsieur, c'est un télégramme.

MESSERSCHMANN, *l'ouvrant.* – Qui peut bien s'intéresser encore à moi au point de m'envoyer un télégramme ? Une lettre aurait suffi !

Il lit et soupire :

Comme c'est drôle...

JOSUÉ, *compatissant.* – C'est fini, Monsieur ? Si Monsieur a encore besoin de quelque chose ? Je ne suis pas sans avoir quelques petites économies...

MESSERSCHMANN. – Hé bien, non. On ne se ruine pas comme cela. Ils ont cru à une manœuvre de Bourse. Ils ont tous acheté. Je suis deux fois plus riche !... Mais, je vous en prie, ne le leur dites pas tout de suite...

JOSUÉ. – Je suis tout de même content pour Monsieur. Cela m'aurait fait gros cœur de ne pas servir Monsieur ce matin.

Il s'est mis au garde-à-vous pendant que Messerschmann sort, et demande :

Sans beurre ?

MESSERSCHMANN. – Oui, mon ami. Mais ce matin, exceptionnellement, vous me mettrez un peu de sel.

JOSUÉ, *le suivant.* – Ah ! Cela fait tout de même plaisir, de voir que Monsieur reprend goût à la vie...

Ils sont sortis, le rideau tombe sur une petite musique pas trop triste.

FIN DE « L'INVITATION AU CHÂTEAU ».

COLOMBE

[1951]

PERSONNAGES

MADAME ALEXANDRA, célèbre tragédienne	*Marie Ventura*
JULIEN } ses fils	*Yves Robert*
ARMAND } ses fils	*José Quaglio*
COLOMBE, femme de Julien	*Danièle Delorme*
ÉMILE ROBINET, de l'Académie française, poète	*Maurice Jacquemont*
DESFOURNETTES, directeur du théâtre	*Marcel Pérès*
DU BARTAS, comédien	*Pau Oettly*
MADAME GEORGES, habilleuse de Madame Alexandra	*Gabrielle Fontan*
LA SURETTE, son secrétaire	*Jacques Dufilho*
LE COIFFEUR	*Henry Djanik*
LE PÉDICURE	*Jacques Rispal*
LE GARÇON de chez « Maxim's »	*Georges Norel*
LES MACHINISTES	*Charles Nugue*

La pièce a été créée au Théâtre de l'Atelier le 11 février 1951, dans une mise en scène, des décors et des costumes d'André Barsacq.

PREMIER ACTE

Le couloir des loges et la loge de Madame Alexandra dont tout un côté est ouvert. Le couloir est mal éclairé, la loge est encore dans l'ombre.

En scène : Colombe, assise sur une chaise et Julien qui fait les cent pas. Ils semblent attendre quelque chose. Mme Georges, l'habilleuse, entre, portant une chaise.

MADAME GEORGES. – Là. Asseyez-vous, monsieur Julien. C'est long d'attendre.

JULIEN, *du fond.* – Merci, Georges. Je t'ai déjà dit que j'étais mieux debout.

MADAME GEORGES. – On dit ça et puis la jambe se fatigue. Mon aîné, il était comme vous – toujours debout. Qu'est-ce qu'il a maintenant ? Des varices. Moi qui suis toujours assise, c'est le contraire. C'est le derrière qui finit par se fatiguer.

JULIEN. – Je me fous de ton derrière, Georges. Je voudrais que la vieille arrive, et vite.

MADAME GEORGES, *à Colombe.* – C
des fourmis et après c'est l'os de la fe
monte jusqu'aux reins. La chair se
toujours tassée.

JULIEN, *crie à Colombe.* – Dis-lui qu'elle t'ennuie, je t'en prie et que tu ne veux rien savoir de son fessier. Si tu la laisses faire, dans cinq minutes elle va te le montrer.

MADAME GEORGES. – Trente ans assise, madame Julien, à attendre la fin du spectacle ! Et il y a des pièces qui sont plus ou moins longues. On dit les travailleurs de force ; c'est dur aussi le métier d'habilleuse.

COLOMBE. – Mais vous n'êtes pas obligée de rester tout le temps assise ?

MADAME GEORGES. – Non, mais alors c'est la jambe qui peine. À mon sixième j'ai eu une phlébite, je m'en ressens.

JULIEN, *crie.* – Georges, on se fout de ta phlébite ! Va voir si la vieille est sur le plateau.

MADAME GEORGES. – Non. Elle monte toujours à la loge avant la répétition. La vieille ! Si c'est pas malheureux : appeler sa mère comme ça, dans un certain milieu.

JULIEN. – Et pas de morale, s'il te plaît !

MADAME GEORGES. – Entendez-le. Entendez-le. C'est tout mon aîné. Quand on m'a rapporté mon homme avec ses deux jambes coupées – il avait glissé sous la machine en la nettoyant chez Panhard – j'ai dit : maintenant, je vais être tranquille, il ne cognera plus. Mais, madame Julien, il ne faut jamais dire ; l'aîné s'est mis à cogner comme son père, et saoul pareil, le samedi. On a du mal avec les enfants. Mon troisième, celui qui est mort tuberculeux, je peux dire, il était bien doux. Toujours à cracher dans son coin ou à jouer tout seul avec des bouts de bois. Mais les autres... Avec le vôtre, madame Julien, vous avez des satisfactions j'espère ?

COLOMBE. – Il a un an.

MADAME GEORGES. – À cet âge, ça ne sait pas encore. C'est quand ça commence à aller à l'usine que ça devient dur. Il se porte bien, au moins ?

COLOMBE. – Très bien, merci.

MADAME GEORGES. – Les cacas sont beaux ? Le caca c'est tout l'enfant. Un enfant qui a de beaux cacas, c'est un enfant qui profite.

JULIEN *a été à elle, exaspéré, il la prend par le bras.* – Georges, si tu ajoutes un mot, je fais comme tes cinq fils : je t'assomme.

MADAME GEORGES, *sans s'émouvoir, à Colombe.* – Vous voyez les hommes, madame Julien, tous les mêmes, ça ne pense qu'à cogner. Un gamin que j'ai vu grand comme ça.

JULIEN. – Justement. Ça fait trop longtemps que je t'écoute.

MADAME GEORGES. – Il était gentil vous savez quand il était petit et qu'il venait attendre Madame à la matinée du dimanche. Il me disait : « Georges, donne-moi du nougat. » C'est pas vrai monsieur Julien ?

JULIEN, *la lâche, découragé, il repart.* – Si.

MADAME GEORGES. – Il me rappelait mon petit troisième, celui qui est mort tuberculeux. Toujours dans son coin à vous regarder sans rien dire. Rien que : « Donne-moi du nougat. » Lui non plus il n'était pas fort des bronches, monsieur Julien.

JULIEN. – Cela va mieux ; cela va beaucoup mieux. Je me suis guéri au nougat.

MADAME GEORGES. – On dit ça. Le mien aussi disait : « Je suis plus fort que les autres », et puis un beau jour, on crache son sang. Il faut le surveiller, madame Julien, lui donner des bons sirops pendant qu'il est encore temps, et à votre petit aussi. Parce que le fils, c'est le père. Il ne tousse pas, au moins, le chérubin ?

JULIEN. – Georges, mon fils ne tousse pas, ma femme ne tousse pas, je ne tousse pas. Fous-nous la paix ! Va voir si la vieille est en bas.

MADAME GEORGES. – Mon quatrième, celui qui est à la Légion maintenant, c'est le rein, lui, qu'il avait faible. Quand il fait son petit pipi, il faut toujours regarder la couleur, madame Julien. Si c'est trop blanc c'est qu'il est anémique. Il faut lui donner une gousse d'ail écrasée dans son lait.

JULIEN, *est revenu.* – Écoute, Georges, tu es bien sûre qu'il y a répétition aujourd'hui ? Il faut absolument que je la voie.

MADAME GEORGES. – Deux ans sans voir sa mère ! Et s'être marié entre temps sans rien dire, et puis tomber comme ça sans crier gare juste avant la répétition. On va en entendre tout à l'heure. On est habitués, mais tout de même, ça va donner. C'est qu'elle n'est pas commode non plus Madame Alexandra. M. Julien et elle ça n'a jamais été tout seul. Ce n'est pas comme avec M. Armand. Mais celui-là, il faut dire qu'il sait s'y prendre.

JULIEN. – Qu'est-ce qu'elle joue en ce moment ?

MADAME GEORGES. – *L'Impératrice des Cœurs* une pièce où il y a cinq changements, monsieur Julien. Parlez-moi d'*Athalie* quand elle la reprend. Ça c'est une bonne pièce, elle ne change qu'une fois. Mais ce qu'on répète en ce moment *La Femme et le Serpent* de Monsieur Poète-Chéri, il paraît que ça va être pire. Sept changements, dont deux précipités. Ceux qui écrivent les pièces ils ne pensent pas toujours à l'habilleuse.

JULIEN. – Mon petit Georges, il est bientôt trois heures. Sois gentille, va voir si les autres sont déjà en bas.

MADAME GEORGES. – Et deux étages, madame Julien, du plateau aux loges... Vous vous rendez compte avec ma phlébite, combien de fois je les monte dans la soirée ? Il faut aimer le théâtre pour tenir. Quelquefois je pense : « Je serais concierge, je n'aurais que ma petite cour à balayer. » Quoique ça, il y a le courrier qu'il faut monter aux étages. Le pauvre il est toujours sur ses pieds.

JULIEN *la pousse.* – Ou sur ses fesses comme toi et cela lui fait mal également. Fais vite !

Quand Mme Georges est sortie.

L'Impératrice des Cœurs... Elle doit jouer une amoureuse. Ce sera dur.

COLOMBE. – Pourquoi ?

JULIEN. – Les seules fois où j'ai pu parler à ma mère, c'est quand elle jouait une mère, le soir. On a beau dire, c'est tout de même quelque chose le théâtre !

COLOMBE. – Tu exagères toujours.

JULIEN, *continue.* – Je ne t'ai pas tout raconté. À quatre ans j'étais en pension chez un horrible marchand de soupe à vingt kilomètres de Paris ; cela faisait six mois qu'elle n'était pas venue me voir ma chère « môman » ! comme dit mon frère. Je crevais de froid et de faim, Poète-Chéri lui apporte *La Grande Coupable*, cinq actes, en vers, bien entendu, où elle abandonnait son bébé sur les marches d'une église. Au cinquième acte, quarante-quatre alexandrins sur son remords. Quarante-quatre, pas un de moins, plus tard j'ai eu la curiosité de les compter. La veille de la générale, à la fin d'une répétition où elle s'était « donnée », comme on dit, dans un beau sentiment elle prend sa voiture avec des amis et vient voir comment se portait son cher petit à la pension. On avait même emmené un photographe. Pas fou, Poète-Chéri ! Tu vois d'ici la publicité pour sa pièce : « La grande Alexandra, notre tragédienne nationale, qui abandonne chaque soir son bébé sur les marches d'une église est, dans la vie, la maman d'un charmant bambin de quatre ans, qu'elle adore. » Seulement, le bambin était si maigre, il était tellement couvert de croûtes qu'on a dû renoncer à le photographier. Le lendemain, maman arrachait des sanglots au Tout-Paris des Premières avec les quarante-quatre vers de remords du cinquième acte. Le bruit courut dans les couloirs que son fils était à la mort et qu'elle avait voulu jouer quand même. C'est un truc qui ne rate jamais. Ce fut un triomphe. Le plus clair résultat de cet émouvant chef-d'œuvre, justement tombé dans l'oubli, c'est qu'on m'a mis dans une pension suisse où j'ai repris forme humaine.

COLOMBE. – Mon pauvre Julien...

JULIEN. – Depuis, je ne dis plus jamais de mal de la littérature. C'est aux vers de Poète-Chéri que je dois d'être encore en vie et appelé bientôt à servir la France – service armé comme il se doit.

COLOMBE. – Qui est-ce, Poète-Chéri ?

JULIEN. – Émile Robinet, de l'Académie française. Le poète à maman. Il l'appelle Madame-Chérie. Elle l'appelle Poète-Chéri. Il faudra t'y faire. On se chérit beaucoup au théâtre.

COLOMBE, *demande après un petit temps.* – Tu crois qu'elle va faire quelque chose pour nous ?

JULIEN. – Ce sera dur. Mais étant données les circonstances familiales et patriotiques, il faudra tout de même qu'elle y passe, la vieille, je te le jure bien.

COLOMBE. – Tu es laid quand tu parles d'elle, ainsi !

JULIEN. – Je sais. J'aurais bien voulu, moi aussi, qu'on m'ait appris à dire maman et que ce mot me touche le cœur.

COLOMBE. – Pourquoi aime-t-elle ton frère et pas toi ?

JULIEN. – Armand est le fils d'un jockey qui a été sa seule passion. Elle l'entretient encore, c'est te dire – pas la passion, l'ancien jockey. Armand est venu après moi. Il a été plus joli, plus près d'elle. Il a tout de suite appris à traîner dans les coulisses et à se faire embrasser par les dames. Ses photos dans les jupes de maman avec ses belles boucles et son gros sucre d'orge étaient toutes réussies, à lui. Moi je lui rappelle un peu trop mon père. Exigeant et grognon.

COLOMBE. – Il faut avouer que tu n'es pas facile à vivre non plus. Ou bien tu te fâches, ou bien tu te tais. Crois-tu que c'est bien de ne m'avoir jamais parlé de ton père ?

JULIEN. – Tu as épousé un orphelin, je tenais à ce que tu en aies les avantages. Si je l'avais pu, elle non plus tu ne l'aurais jamais connue.

COLOMBE. – Qui c'était, ton père ?

JULIEN. – Un officier, au Maroc. Un de ces hommes qu'on trouve impossibles, et qui le sont, sans doute. Le goût de la rigueur, de la probité, de l'honneur, poussé un peu loin, avec tout ce que cela comporte de désagréable naturellement, pour les autres. Mû par ce génie des misanthropes, pour dénicher les femmes qui doivent les faire souffrir, il est tombé amoureux de maman pendant une tournée qu'elle faisait, là-bas. Il a cru qu'elle serait la femme de sa vie. Elle lui a donné trois semaines de plaisir et puis elle l'a quitté – pour le comique de la troupe. Papa était un homme qui prenait l'existence au sérieux. Il a soigneusement astiqué son grand revolver d'ordonnance et il s'est fait sauter le caisson...

COLOMBE. – Quelle horreur !

JULIEN. – Oui. Ce geste, aussi, a beaucoup déplu à ma mère. Comme il s'est trouvé que les avortements sont assez difficiles en tournée, elle m'a mis au monde en rentrant à Paris. Voilà.

COLOMBE. – C'est tout de même ta mère. Tu ne crois pas que si tu y avais mis un peu du tien...

JULIEN. – Merci. Le mien, comme tu dis, je le garde. Je n'en mets pas un peu avec n'importe qui.

COLOMBE. – Tu es impossible, toi aussi, Julien !

JULIEN. – Impossible n'est pas français ! Dis-moi tout de suite que je ne suis pas patriote, moi qui m'apprête à aller tirer trois ans au camp de Châlons pour défendre la République.

COLOMBE. – Si tu avais voulu demander à ta mère, je suis sûre qu'avec ses relations elle t'aurait fait réformer.

JULIEN. – Merci. Je suis antimilitariste, c'est pourquoi je ne veux rien demander à l'Armée française, même pas de renoncer à moi. Je ferai l'idiot, trois ans, comme les autres, à frotter le fusil Gras modèle 89.

COLOMBE, *doucement.* – Et moi pendant ce temps-là...

JULIEN, *s'est rapproché, soudain changé.* – Colombe, mon chéri, je n'ai que toi au monde. Tu sais que je vais crever de te quitter, mais tu sais aussi que tu ne pourrais plus m'aimer si je faisais quelque chose de laid pour te garder.

COLOMBE. – Quelle idée, mon chéri ! Je pourrais très bien t'aimer quand même, moi...

JULIEN. – Pas moi. Et je tiens à pouvoir me regarder dans ma glace le matin en me rasant.

COLOMBE, *soupire.* – Ah ! comme tout est toujours difficile avec toi.

JULIEN, *gentiment.* – Ne sois pas injuste, Colombe. L'honnêteté n'est pas de tout repos c'est entendu, mais ce n'est tout de même pas moi qui l'ai inventée...

MADAME GEORGES, *surgit, criant.* – Elle arrive ! Elle est en bas avec des étudiants qui lui demandent des autographes.

JULIEN. – Ils n'ont pas encore dételé sa voiture ? À chaque triomphe, c'est classique, ces bons jeunes gens s'attellent au coupé de maman. Comme elle est abominablement avare, elle a même fini par se demander si c'était bien la peine de garder un cheval.

MADAME GEORGES. – Si vous le prenez sur ce ton avec elle, mon pauvre monsieur Julien, cela va recommencer comme avant. Vous me faites de la peine, tenez ; quand on voit ce qu'en tire M. Armand avec des flatteries...

JULIEN. – Georges, contente-toi de pleurer sur ton derrière, pas sur moi ! Je prendrai le ton qui me plaira.

MADAME GEORGES. – Ah ! les hommes, madame Julien, tous les mêmes ! Je vais l'avertir que vous êtes là, ça vaut tout de même mieux.

Elle sort.

COLOMBE, *se rapproche de Julien.* – Julien, tu sais ce que tu viens lui demander, sois aimable je t'en supplie, sois poli. Pour le petit et pour moi.

JULIEN, *qui tend l'oreille.* – Écoute ça ! Cela graillonne, cela souffle, cela halète, cela hisse sa vieille carcasse en haut des marches comme cela peut, pour se faire applaudir encore une fois – au lieu de tricoter, comme les autres... Mais il ne faut pas croire ! en scène c'est éternellement jeune, cela ne paraît pas tout à fait vingt ans, cela minaude, cela séduit, cela roucoule... Et c'est ma mère !

COLOMBE, *crie.* – Julien !

JULIEN, *bouffonne.* – Colombe, tiens-toi droite ! Tu vas voir paraître devant toi la vieille déesse de l'Amour de la Troisième République... Tu es émue j'espère, toi qui crois à ce sentiment ?

COLOMBE. – J'ai peur, mon chéri.

JULIEN. – D'elle ? Elle ne mord pas. Elle n'a plus de dents ! Elle n'a même plus son puma familier qui l'a suivie partout pendant six ans. Il est mort au Jardin des Plantes. De dégoût.

COLOMBE, *dans un souffle.* – C'est de toi que j'ai peur, Julien.

Madame Alexandra paraît, entourée de Mme Georges et d'un état-major de coiffeurs, de régisseurs, de pédicures. Elle passe devant Colombe et Julien sans même les regarder et s'engouffre dans sa loge, glapissant de cette voix déformée par les fausses dents qui a fait sa gloire.

MADAME ALEXANDRA. – Mon fils ? Inutile ! Vous lui direz que je ne veux pas le voir !

La porte de la loge se referme sur le cortège.

JULIEN *est resté immobile, sidéré. Quand Madame Alexandra a disparu, il éclate.* – Ah non ! C'est trop fort ! Cette fois je casse son théâtre !

COLOMBE, *tente de le retenir.* – Mon chéri. Reste calme. Tu n'obtiendras rien en criant.

JULIEN. – Lâche-moi. Je veux crier. Il faut que je crie ou je m'étouffe ! Maman !

Il fait irruption dans la loge et va frapper à la porte du cabinet de toilette qui est fermée. Il la secoue.

Maman ! Ouvre-moi ! Fais-moi ouvrir tout de suite, ou je casse la porte.

Il secoue la porte en vain.

Elle s'est enfermée, dans son fromage, comme un vieux rat. Elle s'est assise sur son coffre et elle le couve.

Il erre comme un lion en cage dans la loge en criant.

Madame Alexandra ! si vous ne m'ouvrez pas, je casse vos potiches en faux Chine, je lacère vos tapis genre persan, je bouffe vos plantes vertes. Ouvrez, Madame Alexandra ! ou cela va vous coûter extrêmement cher, beaucoup plus cher que je ne veux vous demander.

Il va crier, secouant la porte.

Madame Alexandra, place au théâtre ! C'est la grande scène du trois avec votre fils adoré. Vous allez pouvoir être une mère sublime encore une fois ! Madame Alexandra, votre public vous réclame ! Faites votre entrée !

La porte s'entrouvre. Paraît le pédicure qui la maintient solidement.

LE PÉDICURE. – Madame fait dire à Monsieur qu'elle ne peut pas recevoir Monsieur. Elle a répétition.

JULIEN, *par la porte entrouverte.* – Madame Alexandra, je suis calme. Je suis étonnamment calme. Mais je ne veux pas discuter avec votre pédicure. Faites-moi l'honneur de venir apprendre en personne pourquoi votre fils veut vous voir.

On entend la voix de Madame Alexandra qui martèle dans la loge.

MADAME ALEXANDRA. – Qu'il sorte de ma loge et qu'il attende dans le couloir !

JULIEN, *serre les dents. Il répond soudain, tout pâle.* – Bien « moman ». Je vais attendre dans le couloir, « moman ».

Il est sorti en claquant la porte. Il rugit dès qu'il est en face de Colombe qui l'attendait tremblante.

Je suis calme, non ? Il me semble que j'ai été poli.

Derrière lui, le pédicure a trottiné fermer la porte. Mme Georges est sortie du cabinet de toilette ; il attend qu'elle se soit glissée dans le couloir pour refermer à clef derrière elle. C'est tout un petit ballet furtif et affairé.

MADAME GEORGES. – Vous voilà bien avancé maintenant, monsieur Julien ! Je vous l'avais dit d'être aimable. On ne prend pas les mouches avec du vinaigre, voyons !

JULIEN. – Je regrette. Je n'ai pas de sucre sur moi.

MADAME GEORGES. – Au lieu de faire un peu le joli cœur... Ce n'est pourtant pas difficile. Les femmes, ça aime qu'on les flatte. Enfin quoi ? Vous venez lui demander de vous aider. C'est à vous d'y mettre du vôtre, monsieur Julien.

JULIEN. – J'y mettrai du mien si elle y met du sien.

Il a un geste.

Seulement, elle ne le lâche pas comme cela, le sien, « moman ».

MADAME GEORGES. – C'est combien que vous venez lui demander ? Quelquefois cela s'arrange quand on sait le montant.

JULIEN. – Je pars faire mon service militaire. J'ai reculé tant que j'ai pu, mais cette fois il faut que j'y passe, – je vais défendre la République. Je lui demande de faire vivre ma femme et mon fils pendant ces trois ans.

MADAME GEORGES, *siffle*. – C'est que c'est long trois ans !

JULIEN. – Pour eux aussi !

Pendant ces dernières répliques, Madame Alexandra est rentrée dans sa loge en peignoir. Elle s'installe sur une sorte de trône. Le pédicure lui prend son pied, la manucure sa main, le coiffeur la tête. La Surette, son secrétaire, se tient à distance respectueuse avec ses papiers et attend. On dirait une vieille idole entourée de ses prêtres. Au bout d'un moment elle demande.

MADAME ALEXANDRA. – La Surette !

LA SURETTE, *s'avance, obséquieux*. – Madame-Chérie ?

MADAME ALEXANDRA. – Qu'est-ce que c'est que ce courrier ?

LA SURETTE. – Benoiseau envoie sa facture pour les costumes de l'*Impératrice*. C'est la troisième fois qu'il réclame.

MADAME ALEXANDRA. – Qu'il attende. Après ?

LA SURETTE. – Une note des machinistes qui demandent une augmentation de cinq francs par mois.

MADAME ALEXANDRA. – Refusé. Après ?

LA SURETTE. – L'œuvre des Petits Orphelins du Spectacle écrit pour sa quête annuelle.

MADAME ALEXANDRA. – Vingt francs.

LA SURETTE. – L'année dernière, nous avions donné cinquante.

MADAME ALEXANDRA. – Ce n'est pas moi. C'est Desfournettes. Vingt francs. Après ?

LA SURETTE. – L'Aide aux Étudiants tuberculeux demande un envoi pour sa fête de charité.

MADAME ALEXANDRA. – J'ai déjà donné aux étudiants.

LA SURETTE. – Ceux-ci sont les Étudiants tuberculeux.

MADAME ALEXANDRA. – Ou ils sont étudiants ou ils sont tuberculeux ! Il faut s'entendre.

LA SURETTE. – Ils disent que Mme Sarah Bernhardt leur a envoyé une statuette dont elle est l'auteur.

MADAME ALEXANDRA, *glapit*. – Dites-leur que je ne sculpte pas comme Mme Sarah Bernhardt ! Je ne fais que du théâtre, moi !

LA SURETTE, *insinue*. – L'envoi de Mme Sarah Bernhardt sera certainement très remarqué.

MADAME ALEXANDRA. – Tout ce que fait Mme Sarah Bernhardt est toujours très remarqué ! Elle est grande comment, cette statuette ?

LA SURETTE. – Si c'est le Bouffon qui était au dernier Salon des Artistes français, il est à peu près grand comme ça, Madame-Chérie.

MADAME ALEXANDRA. – Seulement ? Cela m'étonne d'elle.

Elle appelle :

Georges !

MADAME GEORGES, *dans le couloir, à Julien*. – Elle m'appelle. Ne bougez pas, je vous en supplie, monsieur Julien, tout va s'arranger.

Elle se glisse dans la loge, ouvrant avec son passe-partout et refermant la porte derrière elle.

Madame-Chérie ?

MADAME ALEXANDRA. – Où as-tu mis ce Barbedienne, ce gros bronze affreux qu'on m'avait envoyé il y a deux ans et que je n'ai pu placer nulle part ?

MADAME GEORGES. – La femme nue, Madame-Chérie ?

MADAME ALEXANDRA. – Mais non, pas la femme nue, imbécile ! La femme nue, c'est de Rodin. Je ne vais tout de même pas leur donner un Rodin sous prétexte qu'ils sont tuberculeux. D'abord tout le monde est tuberculeux, c'est connu.

MADAME GEORGES. – Ah ? Je sais ce que Madame veut dire. Le squelette ?

MADAME ALEXANDRA. – C'est cela, c'est cela ! L'affreux squelette qui tient un homme nu par la main.

LA SURETTE. – Ah ! je vois, Madame-Chérie. « Le Jeune Homme et la Mort » ? Parfaitement. Nous l'avons rangé dans le grenier de la rue de Prosny.

MADAME ALEXANDRA. – Hé bien ! envoyez-leur cela, avec ma carte. C'est trois fois gros comme son Bouffon, cela embêtera Mme Sarah Bernhardt.

LA SURETTE. – Mais Madame ne craint pas qu'on dise que le sujet... peut-être... « Le Jeune Homme et la Mort » ?... Pour de jeunes tuberculeux...

MADAME ALEXANDRA, *glapit.* – J'envoie ce que j'ai ! Ils m'embêtent ! S'ils sont tuberculeux, ils se doutent bien qu'ils doivent mourir.

JULIEN, *qui commence à s'impatienter dans le couloir.* – Si elle se figure qu'elle va me faire attendre tout l'après-midi dans le couloir, elle se trompe !

COLOMBE. – Sois poli, je t'en supplie.

Julien est allé frapper à la porte, il appelle.

JULIEN. – Maman !

Tout le monde s'est figé dans la loge. On attend la réaction de Madame Alexandra qui dit simplement.

MADAME ALEXANDRA. – Après ?

JULIEN, *frappe encore.* – Maman !

LA SURETTE. – Un jeune homme de Toulouse qui dit qu'il vous a vue dans l'*Impératrice* et qu'il veut se tuer pour vous.

MADAME ALEXANDRA. – C'est bien. Remerciez. Après ?

JULIEN, *frappe.* – Maman ! Ouvre-moi.

Attente dans la loge.

MADAME ALEXANDRA, *glapit.* – Après ?

LA SURETTE, *impassible.* – Un mot de M. Julien qui dit qu'il passera vous voir cet après-midi au théâtre et que c'est grave.

MADAME ALEXANDRA. – Après ?

JULIEN, *qui donne des coups de pied dans la porte.* – Maman ! Je ne te laisserai pas tranquille ! Je donnerai des coups de pied dans ta porte jusqu'à ce que tu me fasses ouvrir !

MADAME ALEXANDRA, *à La Surette qui écoute Julien avec l'ombre d'un sourire sur sa face maigre.* – Vous avez entendu ? J'ai dit : après ?

LA SURETTE, *efface aussitôt son sourire et reprend.* – Les sapeurs-pompiers, Madame-Chérie...

MADAME ALEXANDRA, *explose.* – Qu'est-ce qu'ils veulent les sapeurs-pompiers ? Il n'y a pas le feu ! Qu'ils attendent qu'on les appelle, ceux-là aussi.

LA SURETTE. – Leur fête annuelle au profit...

MADAME ALEXANDRA, *le coupe.* – Au profit ! Toujours au profit ! Ils ne pensent qu'à profiter tous ces gens-là ! Est-ce que j'en donne, moi, des fêtes annuelles ? J'ai commencé à faire du théâtre à treize ans et depuis je n'ai pas passé un soir sans jouer et je n'ai jamais rien demandé à personne.

Tout cela est ponctué de coups de pied de Julien dans la porte.

JULIEN. – Maman ! Madame Alexandra ! Si ce n'est pas pour moi, que ce soit pour vos peintures !

Colombe essaie de l'arrêter, il la repousse.

Cela coûte cher madame Alexandra, les peintures ! Si vous me laissez une heure dans ce couloir, je botterai votre porte pendant une heure et il n'en restera plus rien de vos peintures !

Il tape comme un fou en criant :

Madame Alexandra ! Je suis votre fils, nom de Dieu ! Et la voix du sang, qu'est-ce que vous en faites, Madame Alexandra !

COLOMBE, *l'arrache soudain de la porte.* – C'est assez maintenant Julien, tu es odieux !

JULIEN, *s'arrête surpris, il la regarde, il dit simplement.* – Ah ? Toi aussi tu trouves que je suis odieux ? Alors, c'est que cela doit être vrai. C'est bon. Je me tais.

Il va s'asseoir sans un mot sur la chaise et ne dit plus rien, la tête dans ses mains.

MADAME ALEXANDRA. – Après ?

LA SURETTE. – Qu'est-ce que je réponds aux pompiers ? Mme Sarah Bernhardt a envoyé cent francs.

MADAME ALEXANDRA, *hurle, hors d'elle.* – Mme Sarah Bernhardt a de l'argent à jeter par les fenêtres. Pas moi ! Je ne fais pas de tournées en Amérique du Sud, comme les cirques, moi ! Envoyez des fleurs, toutes les fleurs que j'ai reçues dans la semaine.

LA SURETTE, *un peu étonné.* – Des fleurs, aux pompiers ?

MADAME ALEXANDRA. – Oui. Vous êtes sourd ?

LA SURETTE. – C'est que certaines corbeilles sont déjà un peu fanées Madame-Chérie.

MADAME ALEXANDRA, *péremptoire.* – Justement. Ils les arroseront. Ils adorent ça, les pompiers !

Elle se lève.

C'est assez maintenant. Je suis fatiguée. Nous reprendrons le courrier après la répétition. Je vais me maquiller.

LA SURETTE, *salue, obséquieux.* – Bien Madame-Chérie. Quand vous voudrez !

La Surette sort. Mme Georges va lui ouvrir avec son passe-partout et fait signe à Colombe et à Julien d'attendre tranquillement. Pendant ce temps, Madame Alexandra est passée dans la seconde loge, suivie de son état-major. Mme Georges la rejoint rapidement. Seul dans le couloir avec Julien, La Surette change d'attitude.

La carne !

Julien a levé un œil, il le regarde. L'autre reprend humble.

JULIEN. – Oui.

LA SURETTE, *se rapproche, haineux.* – Et c'est comme cela toute la journée depuis dix ans, à faire le pitre avec mes papiers à la main... Et je te fais des courbettes ! Oui Madame-Chérie ! Bien Madame-Chérie ! Entendu Madame-Chérie !

Il crie soudain, après un coup d'œil de lâche à la porte fermée :

Merde, Madame-Chérie ! Quand est-ce, dites, monsieur Julien, quand est-ce que je le lui crierai ?

JULIEN, *a relevé la tête, il le regarde.* – Quand tu voudras La Surette, tu es libre.

LA SURETTE. – Vous dites cela parce que vous êtes son rejeton. C'est facile de l'ouvrir quand on est le fils à sa maman. Le salarié, lui, il la ferme. Et hermétiquement. Bien Madame-Chérie, qu'il répond le salarié ! Et le sourire ; qu'il ne l'oublie pas surtout. Et la nuance d'admiration et de gratitude. Ce n'est pas tout de dire Madame-Chérie, il faut le dire avec conviction. Elle y tient, la vieille. Il faut qu'on l'adore nous, en plus. Quelquefois, quand elle trouve que je comprends pas assez vite, vous savez ce qu'elle fait la Madame-Chérie ? elle me lance une potiche à la figure ! Oh ! pas chère, elle est pas folle !... Un petit vase de rien du tout, mais bien dirigé tout de même. « La Surette, vous êtes un âne ! » Moi, j'esquive la potiche, j'ai l'habitude, mais attention ! – pas d'impair ! – je dois continuer à sourire. Très drôle Madame-Chérie ! Quel tempérament elle a, la patronne ! C'est le génie quoi, qui veut ça ! Ah ! ce qu'on l'admire, monsieur Julien, ce qu'on l'admire tous, votre « moman » ! On n'en peut plus de l'admirer ! On s'en rengorge, tellement on est fiers et honorés de la servir, la Diva !... Et c'est pas pour nos cent cinquante francs par mois, oh non ! on n'est pas si bas ! – c'est pour l'admiration qu'on travaille. Elle y tient !

JULIEN. – Pourquoi restes-tu ?

LA SURETTE. – J'ai une particularité, monsieur Julien, comme tous les ânes, je broute. Deux fois par jour. Et comme c'est elle qui me fait brouter, j'avale le reste, avec le picotin. C'est un peu cela que vous allez faire tout à l'heure, quand elle voudra bien vous recevoir, non ? Les argents c'est pas tout ! Ceux qui les ont, ils ne les lâchent pas ainsi. Faut, qu'en plus, on paye en nature ! C'est la loi. Oui Madame-Chérie, qu'il faut dire, c'est absolument exact, je suis un âne et votre vieille gueule, elle m'éblouit ! Ah ! si un soir, un seul soir, on est les plus forts, nous autres...

JULIEN, *s'est levé.* – Fous le camp, La Surette ! Tu me dégoûtes.

LA SURETTE. – Naturellement ! Je suis ignoble ! Et lâche, et tout ! Et je le sais ! Mais cela aussi elle me le paiera vous m'entendez ? d'être ignoble : C'est sur son compte... Allez, monsieur Julien, allez la faire la risette à maman. On est tous les mêmes, plus ou moins fiers, plus ou moins tapageurs, mais le moment venu : la courbette. Oui Madame-Chérie qu'on répond, je suis un âne. Il faut bien vivre...

Il est sorti, ricanant, ignoble. Julien est resté debout, tout pâle. Il dit soudain.

JULIEN. – Il est trop laid. Tout est trop laid. Viens, nous repartons.

À ce moment Armand paraît, se dirigeant rapidement vers la loge. Il s'arrête stupéfait devant Julien.

ARMAND. – Julien ! Par exemple ! D'où sors-tu ?

Il avise Colombe.

Mais qui est-ce ?

JULIEN. – Ma femme. Mon frère Armand.

ARMAND. – Comment ? Vous vous êtes mariés ? Pour de bon ? Sacré Julien ! Une scène terrible, pour changer, la porte qui claque. Disparu ! Dans une trappe ! Pendant deux ans on n'entend plus parler de lui. Quel calme soudain à la maison ! Où étais-tu ? En Amérique ?

JULIEN. – À Belleville. Je donnais des leçons de piano. Et on n'est pas très musicien dans ce quartier.

ARMAND. – Alors, tu viens faire la paix avec la maman ? Je vais arranger cela.

JULIEN. – Je ne crois pas. Nous repartons.

ARMAND. – Laisse-moi faire. Je te promets une reddition honorable.

JULIEN. – Non merci. Tu es bien gentil. Nous repartons.

ARMAND. – Tu as besoin de quelque chose ? J'ai été ratissé hier soir mon cher. Une déveine !... Mais je vais aller voir maman, tout sera arrangé dans cinq minutes. Ne bouge pas.

JULIEN, *l'arrête.* – Non. J'étais seulement monté en passant. Elle est occupée. Tout va très bien. Au revoir. Je suis content de t'avoir revu.

Il veut entraîner Colombe qui lui échappe et va à Armand.

COLOMBE. – Monsieur, ne l'écoutez pas ! Il est trop fier. Il était venu pour essayer de voir sa mère.

JULIEN, *veut l'empêcher de parler.* – Je te défends, Colombe !

COLOMBE, *continue.* – Nous avons un petit bébé, monsieur, et Julien part faire son service militaire. Il était venu lui demander de s'occuper de nous.

ARMAND. – Comment ? Tu n'es pas réformé ?

JULIEN. – Non. J'avais seulement demandé un sursis à cause du Conservatoire. Je pars demain pour le camp de Châlons.

ARMAND. – Et la petite va rester sans un franc, avec son moutard sur les bras ? C'est cela que tu voulais dire à maman ?

COLOMBE. – Oui monsieur. Et comme elle n'a pas accepté de nous recevoir tout de suite, il voulait repartir.

ARMAND. – Tête de bois ! Sacrée brute ! Toujours le même ! Un pieu ! Un totem ! Huguenot, va ! Il doit vous rendre très malheureuse, mon enfant ?

COLOMBE. – Je l'aime, monsieur.

ARMAND. – Je m'en doute bien. Nous l'aimons tous. Mais cela ne nous empêche pas de penser que la vie est tout de même plus facile qu'il ne l'imagine ! Et si je n'étais pas monté taper maman, il allait repartir, tout raide, une deux, une deux, droit au camp de Châlons, sauver la France ! D'abord, mon vieux, on va te faire réformer.

COLOMBE, *crie.* – Tu vois Julien !

JULIEN. – Non merci. Je ne veux pas.

ARMAND. – Ta ra ta ta – ta ta ta ta ! Ta ra ta ta – ta ta ta ta ! Tu y tiens à aller faire du gauche-droite avec les soixante livres sur le dos ? À ton aise ! Mais ce ravissant petit bout de femme, seul à Belleville, avec les couches du bébé et le laitier qui ne veut plus faire crédit, tu n'y tiens pas absolument ? Cela ne fait tout de même pas partie de ta noble conception du monde ? Alors laisse-moi faire. Je m'occupe d'eux, moi. Dans cinq minutes cette nymphe et son moutard sont casés. Et tu pourras partir, d'un cœur léger, nous défendre sur les frontières !

Il rentre dans la loge, va jusqu'au cabinet de toilette, où il entre sans frapper, criant gaiement.

« Madame-Maman, je vous salue !... »

Julien n'a pas bougé. Colombe, qui a regardé sortir Armand pleine d'admiration, se rapproche.

COLOMBE. – Comme il est gentil ! Comme il est gai, lui ! Tu vois que j'ai bien fait de lui parler.

JULIEN, *sans bouger.* – Oui.

Il dit soudain d'une drôle de voix :

Écoute, Colombe. Je vais te laisser seule. La vie n'est pas comme tu crois.

COLOMBE. – Je sais, mon chéri.

JULIEN. – La vie est grave, la vie est humble, Colombe. La vie n'est pas dans les gestes qu'on fait.

COLOMBE. – Oui, je sais, tu me l'as expliqué.

JULIEN. – Tu vas les voir. Tout ce qui va t'éblouir en eux est faux.

COLOMBE. – Oui Julien.

JULIEN. – Je sais que ton cœur est bon et que tu fais des efforts pour comprendre ce que je t'explique ; mais tu es toute petite encore et la facilité a des pièges terribles.

COLOMBE, *a un petit rire.* – Il faut que j'aie très peur ?

JULIEN. – Ne ris pas, c'est grave. Il faut avoir peur d'elle de toutes tes forces, petit oiseau. Jure-le-moi.

COLOMBE. – J'essaierai d'avoir très peur mon chéri, je te le jure, pour que tu sois content de moi. Mais c'est si vilain la facilité ?

JULIEN. – Oui, Colombe.

COLOMBE. – C'est pourtant bon les choses qui se font sans peine et qui vous font plaisir.

JULIEN, *crie.* – Non, ce n'est pas bon.

COLOMBE. – La facilité, c'est quand on me dit que je suis belle et qu'on veut m'offrir un bouquet ?

JULIEN. – Oui.

COLOMBE. – Quel mal y a-t-il à prendre les fleurs si je ne donne rien en échange ? La facilité, c'est de rire quand les garçons plaisantent en passant, quand les vieux messieurs se retournent d'une pièce dans les rues en se cognant les uns aux autres, et qu'on s'arrête un petit peu devant une boutique, plus loin, pour voir leur air désespéré ? Mais c'est amusant tout cela : ce n'est pas mal, puisque je t'aime.

JULIEN. – Si. Écoute, petit oiseau, c'est difficile. Je vais être loin, je serai impuissant. Si tu m'aimes précisément...

COLOMBE. – Mais je t'aime, mon chéri, je n'aime que toi.

JULIEN. – Oui. Je veux le croire de toutes mes forces en ce moment. Alors si tu m'aimes... Tu m'écoutes bien ? tu regardes ailleurs...

COLOMBE. – Je regarde ailleurs, mais je t'écoute, mon chéri. De toutes mes oreilles.

JULIEN, *gravement, un peu ridicule.* – Si tu m'aimes, Colombe, tu n'aimeras rien de ce que tu aimes.

COLOMBE *a un petit sourire trop tendre, elle demande, incrédule.* – Pas les robes, pas les bagues, pas les fleurs, pas les compliments ? Pas les boutiques où on vous montre pour rien tout ce qu'il y a de beau sur la terre ?

JULIEN *crie, malheureux.* – Non.

COLOMBE. – Mais je ne demande pas que tu m'achètes. Seulement les regarder. Quel mal y a-t-il à regarder ?

JULIEN *crie.* – Même pas les regarder.

COLOMBE. – Que tu me dises de ne pas accepter si on me propose, oui, je comprends à la rigueur, mais de regarder seulement...

JULIEN *crie.* – Non ! Puisque je ne peux pas te les donner ces robes, il ne faut même pas les regarder.

COLOMBE. – C'est un peu difficile ce que tu me demandes.

JULIEN. – Tout ce qui est bien est difficile. Je te l'ai expliqué. Jure-le-moi.

COLOMBE. – On a toujours peur avec toi. C'est comme une leçon qu'on n'est jamais très sûre de savoir.

JULIEN. – Écoute et tâche de comprendre, Colombe. Tu es ma femme. Et tu as accepté de me suivre et d'être pauvre il y a deux ans. C'est vrai cela ?

COLOMBE. – Oui, mon chéri.

JULIEN. – Tu as tout accepté parce que je t'ai parlé et que tu m'as cru : le petit garçon qui crie toujours et qui ne veut pas que nous dormions, avec ses couches et ses biberons, et les doigts rouges avec les langes et la vaisselle et toute la pauvre petite vie de tous les jours. Tu n'étais pas obligée et pourtant tu as accepté.

COLOMBE. – J'ai accepté parce que je t'aimais mon chéri, voilà tout.

JULIEN *crie.* – Cela ne me suffit pas que tu m'aimes ! Je vais partir. Jure comme nous avons juré autrefois.

COLOMBE. – Devant le maire ? Il était trop laid avec son écharpe sur le ventre et ses pellicules. Ça ne comptait pas.

JULIEN. – Alors, jure comme nous avons juré devant le vieux curé qui pensait à autre chose, dans la petite chapelle froide où il n'y avait pas d'invités, peut-être même pas de bon Dieu.

COLOMBE. – Bon. Je jure. Là. Tu es content ?

JULIEN. – Crache.

COLOMBE. – Je crache. Mais ce n'est pas parce que j'ai juré, idiot chéri, que je suis ta femme. C'est parce que je t'aime.

JULIEN *crie.* – Non ! Je ne veux pas que tu sois ma femme parce que tu m'aimes ! Qu'est-ce que tu veux que cela me fasse que tu m'aimes ? Demain, tu peux ne plus m'aimer. Je veux que tu sois ma femme, toujours, parce que tu me l'as juré.

COLOMBE, *un peu pincée.* – Alors cela t'est égal que je t'aime ?

JULIEN *crie, furieux.* – Oui !

Il se reprend, malheureux :

Non. Comprends-moi, petit oiseau. Tu n'es pas seulement ma femme. Une femme, j'aurais pu en avoir une autre, plus belle que toi peut-être...

COLOMBE *bondit.* – Comment, plus belle que moi ?... Et tu oses prétendre que tu m'aimes ! Mais va la chercher, va la chercher tout de suite, cette idiote, et on verra si elle s'amusera tous les jours avec toi !

JULIEN. – Écoute-moi, Colombe. Tu comprends ce que je veux dire. Tu aurais pu, toi, connaître un autre homme plus beau ou plus fort que moi et l'aimer comme un homme. Cet amour-là, qui est une partie de notre amour, c'est ce que nous pouvions donner à n'importe qui, parce que nous sommes jeunes et vivants. Toi, tu es autre chose. Tu es mon alliée, tu es mon petit frère. Ils sont laids tous, ils sont veules et ceux qui ne sont pas méchants, sont bêtes. Depuis que je suis tout petit, je n'ai le souvenir que de blessures. Je les hais.

COLOMBE. – Il faut avouer aussi que tu n'es pas sociable...

JULIEN *crie.* – Non, je ne suis pas sociable ! Mais j'ai refait un monde à moi où tout est plus difficile et plus pur. Et c'est toi qui es ce monde, Colombe, avec ce petit quinquagénaire ricanant dans ses langes – provisoirement. Tant qu'il n'a pas encore montré qui il était.

COLOMBE. – C'est ton fils tout de même, ce vieux monsieur ! Et s'il n'est pas ce que tu veux quand il sera grand, tu ne l'aimeras pas ?

JULIEN *crie sincèrement.* – Non !

COLOMBE. – Alors moi, si je comprends bien, c'est pour mes qualités que tu m'aimes ?

JULIEN. – Oui.

COLOMBE. – Si j'étais menteuse, si j'étais voleuse, si j'étais coquette, tu ne m'aimerais pas ?

JULIEN. – Non !

COLOMBE. – Tu ne m'aimes que pour mes qualités. Tu crois que c'est flatteur ? Tout le monde peut m'aimer pour mes qualités : c'est bien malin ! Il faut que tu m'aimes pour mes défauts aussi si tu m'aimes !

JULIEN. – Tu n'as que des défauts d'oiseau, Colombe.

COLOMBE. – Et si j'en avais d'autres un jour, des plus

gros, tu ne m'aimerais plus ? C'est trop facile mon bonhomme. Et tu crois que c'est cela l'amour ?

JULIEN. – Oui, Colombe.

COLOMBE, *hausse les épaules.* – Tu en sais toujours plus long que les autres. Moi, je sais en tout cas que ce n'est pas comme cela que je veux qu'on m'aime. Je veux qu'on m'aime comme une vraie femme. Pas seulement comme une écolière qui récite bien sa leçon.

JULIEN *sourit, vaincu.* – Hé bien, au retour du service militaire je t'aimerai comme une vraie femme, c'est promis. Nous aurons des scènes, nous aussi, de grands éclats et des réconciliations et tu me feras souffrir comme les vraies femmes font souffrir les vrais hommes. Mais pendant que je serai absent rappelle-toi bien la leçon tout de même, petit oiseau. Sois dure, exigeante, fermée.

Il dit soudain, pitoyable et cocasse à la fois :

Sois encore un peu, je t'en prie, comme j'aime que tu sois.

COLOMBE, *avec un peu d'humeur encore.* – J'essaie toujours d'être comme tu le veux, tu le sais bien.

JULIEN *hésite un peu, puis soudain.* – Il va revenir. Je veux te dire quelque chose encore. Tu n'aimeras pas Armand si tu dois le revoir.

COLOMBE. – Mais il est très gentil !

JULIEN *explose encore.* – Tu ne l'aimeras pas parce qu'il est très gentil ! Tu ne l'aimeras pas si tu m'aimes, parce que, moi, je ne suis pas très gentil !

COLOMBE. – Oh ! tu n'as pas à t'en vanter ! C'est plutôt une qualité d'être gentil.

JULIEN *hurle.* – Non !

COLOMBE *a un petit soupir comique.* – Comme tout est compliqué avec toi, mon chéri ! Il faut toujours que je me méfie. Et pour moi tout est tellement plus simple... Tout le monde est gentil, il n'y a rien de laid et j'ai seulement envie d'être heureuse...

Elle rêve un peu et soupire.

Heureuse... C'est drôle, c'est un mot qui chatouille les lèvres quand on le dit, comme si on vous embrassait.

ARMAND *sort de la loge du fond en criant.* – Vous êtes toujours là, les tourtereaux ?

Il apparaît, ravi, dans le couloir.

Victoire mes enfants ! Elle ne veut pas recevoir le renégat, mais elle consent à voir son épouse... Comment s'appelle-t-elle, au fait, cette jeune beauté ?

COLOMBE *s'est levée comme une petite écolière, elle lui répond bien poliment.* – Colombe, monsieur.

ARMAND. – Dieu que c'est ravissant ! Où avez-vous été dénicher ce nom-là ?

COLOMBE. – C'est une sainte.

ARMAND. – Comme c'est dommage ! J'espérais qu'on l'avait fait pour vous. En tout cas, cela ne devait pas être une vraie sainte : elle avait sûrement un peu péché. Patiente cinq minutes dans le couloir, mon petit vieux ; si tu te montres, elle va voir rouge. Je voudrais faire accepter Colombe d'abord. Toi, tu feras ton entrée au second tableau. Le fils repentant, la mère au grand cœur, il suffit de lui suggérer la scène : je la connais, elle la jouera. Tu n'y couperas pas au baiser d'adieu ! Un détail cependant : je ne lui ai pas encore dit qu'elle était grand-mère. À son âge, cela pourrait la tuer. On lui annoncera cela plus tard, avec des ménagements. Tu es d'accord ? Cela ne choque pas trop ton sens de la rigueur, cher Caton ?

JULIEN, *bourru.* – Je te remercie, Armand. Tu es très bon.

ARMAND. – Mais non, mais non, je ne suis pas bon, cher ours ! Tu le sais aussi bien que moi. Seulement, ta femme est ravissante et tu es mon frère, après tout ! Il faut bien avoir le sens de la famille, de temps en temps. Allons, suivez-moi, rougissante Colombe. Et du charme ! Mais j'ai l'impression que je n'ai pas de conseils à vous donner sur ce point. Je me trompe ?

COLOMBE, *qui le suit.* – Oui monsieur. Je suis très timide.

ARMAND, *qui la tire par la main en riant.* – Vraiment mon cher cœur ? Vous donnez tout de suite cette impression ! Et d'abord, ne m'appelez pas monsieur. Je m'appelle Armand.

Ils sont passés dans la loge. Colombe regarde autour d'elle, émerveillée.

C'est beau, hein, chez maman ? Le grand art ! Et elle a réussi ce tour de force : tout est rigoureusement faux. Asseyez-vous sur ce pouf qui aurait bien voulu être Louis XV et attendez-moi bien sagement. J'introduis le tigre. Cette présentation importante ne pouvait décemment pas avoir lieu dans son cabinet de toilette. Et vous savez, du cran ! – c'est comme tous les vieux fauves, il suffit de les regarder en face, cela les démonte et c'est eux qui ont peur. D'ailleurs je serai là ! Une seconde.

Il est entré dans l'autre loge. Colombe est restée seule dans la grande pièce encombrée de tentures, de potiches, de plantes vertes. Julien est seul sur sa petite chaise dans le couloir, de l'autre côté du mur. Il crie soudain.

JULIEN. – Colombe !

COLOMBE. – Oui.

JULIEN. – Tu m'as juré !

COLOMBE, *un peu impatientée.* – Mais oui ! Tu es insupportable. Tais-toi.

Desfournettes, le codirecteur du théâtre avec Alexandra, accompagné de Poète-Chéri, entre par le couloir du fond. Deux grands cols, deux culs-de-singe, deux paires de moustaches, deux hauts-de-forme, deux redingotes, deux cannes.

DESFOURNETTES *s'exclame.* – Admirable !

POÈTE-CHÉRI. – Vous trouvez ? Vraiment ?

DESFOURNETTES. – Mon cher poète, c'est génial ! J'ai beau chercher, je ne trouve pas d'autre mot.

POÈTE-CHÉRI, *modeste.* – Ne cherchez plus. Celui-là est bien suffisant. Je suis assez content moi-même, oui, je crois que je tiens mon becquet.

DESFOURNETTES. – Le cinquième acte va être éblouissant !

Il passe devant Julien.

Pardon monsieur.

Il le voit.

Mais c'est Julien ? Par exemple ! Qu'est-ce que tu fais là, garnement ?

JULIEN. – J'attends ma mère.

DESFOURNETTES, *un peu inquiet.* – Elle sait que tu es là ?

JULIEN. – Armand a été la prévenir.

DESFOURNETTES. – Pas de scène avant la répétition, je t'en prie mon petit. Attends six heures. Nous passons le 22. Nous n'avons pas un jour à perdre. Demande à Robinet.

Il remarque l'attitude raide de Poète-Chéri.

Vous ne vous dites pas bonjour ?

POÈTE-CHÉRI, *de bois.* – J'attends.

DESFOURNETTES. – Qu'est-ce que vous attendez ?

POÈTE-CHÉRI. – Les excuses.

DESFOURNETTES. – Quelles excuses ?

POÈTE-CHÉRI. – Monsieur sait parfaitement de quoi il s'agit.

DESFOURNETTES *se rappelle.* – Ah ! le coup de pied ! Ce n'est pas encore réglé depuis le temps, cette histoire-là ?

POÈTE-CHÉRI. – Pas encore.

DESFOURNETTES. – Un bon mouvement Julien ! Vous ne pouvez pas rester éternellement fâchés, Robinet et toi. Je suis sûr que vous ne vous rappelez même plus pourquoi vous vous êtes bousculés ?

JULIEN. – Si. Très bien.

DESFOURNETTES. – Tête de bois ! Robinet, soyez conciliant. J'ai réglé dans ma vie un certain nombre d'affaires délicates ; un coup de pied n'est pas une gifle. Croyez-moi, le code est formel : le coup de pied n'entache pas l'honneur.

POÈTE-CHÉRI, *pincé.* – Pardon. Au derrière !

DESFOURNETTES, *démonté.* – Au derrière. Évidemment. Le coup de pied au derrière entache l'honneur. C'est à toi de faire le premier pas, Julien.

JULIEN. – Si je fais un pas, je lève le pied. Si je lève le pied, je ne réponds de rien.

DESFOURNETTES. – Tu es impossible ! Enfin, je ne sais plus ce que t'avait fait Robinet, mais je suis sûr que cela ne présentait aucun caractère de gravité. Robinet, de votre côté, vous devez tout de même considérer qu'il vous a atteint au mollet. C'est au mollet qu'il a déchiré votre pantalon, j'étais témoin.

POÈTE-CHÉRI, *inflexible*. – Le derrière était visé.

DESFOURNETTES. – Qui sait ? Dans la bousculade... Honnêtement, mon petit Julien, visais-tu le derrière ? Si tu dis non, je me porte garant que Robinet peut être satisfait et qu'il vous est possible de vous serrer la main... Un bon mouvement, sacrebleu ! Tu viens justement ici pour te réconcilier avec ta mère. Robinet est son poète et son ami. De plus, pourquoi ne pas en convenir devant lui, c'est un homme qui a du génie, – il pourrait être ton père, – il est de l'Académie française, c'est une de nos gloires nationales... Tout cela compte, que diable !... Tu es jeune, emporté, on le sait, il y a eu une bousculade, entre vous, il y a deux ans, je ne veux même pas savoir pourquoi... Avoue que ce n'était pas son derrière que tu visais ?

JULIEN. – Si. C'était son derrière. Et je n'ai qu'un regret, c'est de l'avoir raté.

DESFOURNETTES *a un geste désespéré, il entraîne Poète-Chéri*. – Impossible ! Tu es impossible ! Tu découragerais un saint ! Personne ne pourra te supporter, jamais ! Venez, Robinet.

Il entre dans la loge, entraînant Poète-Chéri qui toise Julien et passe raide, avec une vague crainte pour son derrière dans sa façon de marcher.

Apercevant Colombe :

Bonjour, mon enfant.

POÈTE-CHÉRI *met son monocle, heureusement surpris.* – Mademoiselle.

DESFOURNETTES. – Vous attendez Madame Alexandra ?

COLOMBE. – Oui monsieur.

POÈTE-CHÉRI, *qui papillonne autour d'elle, entre ses dents, assez haut pour que Colombe entende, à Desfournettes.* – Charmante ! elle est charmante !... Dites-moi, mademoiselle, est-ce que nous ne nous sommes pas déjà rencontrés quelque part ?

COLOMBE, *un peu gênée.* – Si monsieur, il y a deux ans. Au théâtre.

POÈTE-CHÉRI, *qui se rappelle soudain et met machinalement la main à son derrière.* – Ah ! c'est juste !... Mais alors vous êtes avec...

Il a un geste.

COLOMBE. – Oui, monsieur. Je suis sa femme, maintenant.

POÈTE-CHÉRI, *de glace.* – Compliments.

DESFOURNETTES *a été à la porte de la loge.* – Vous êtes là, Madame-Chérie ? Poète-Chéri a fait son becquet. C'est génial !

POÈTE-CHÉRI *minaude, ravi.* – N'exagérons rien ! Je crois tout simplement que ce n'est pas mal venu.

Madame Alexandra fait irruption, empanachée dans son costume de scène tout en paillettes. Boas de plumes, ombrelle, chapeau gigantesque. Elle est suivie d'Armand et de Mme Georges. Le pédicure, le coiffeur, sont sur le seuil pour contempler leur œuvre.

MADAME ALEXANDRA. – Hé bien, où est-il ce becquet ? Et cette petite, où est-elle ? Elle est ravissante. Bonjour mon petit. Poète-Chéri !

POÈTE-CHÉRI. – Madame-Chérie !

Ils tombent dans les bras l'un de l'autre et s'embrassent.

MADAME ALEXANDRA. – Mon grand homme ! Mon seul Dieu ! Quand je pense que c'est si gentil et que cela a du génie. Bien dormi, au moins ?

POÈTE-CHÉRI *a un sourire désabusé.* – Pas dormi, Madame-Chérie. Le becquet !

MADAME ALEXANDRA. – Oh le becquet ! C'est vrai, le becquet ! Les muses me l'ont fatigué, il est tout pâle, mon poète... Un fauteuil ! qu'il s'asseye ! un fauteuil tout de suite pour mon poète !

On se précipite, on avance un fauteuil, on veut en avancer un autre pour elle, elle arrête d'un geste.

Non. Pas pour moi. Je n'en ai pas le droit aujourd'hui. Un pouf très bas. Je veux écouter mon poète à ses pieds !

POÈTE-CHÉRI *se lève.* – Madame-Chérie ! C'est à vous, c'est à votre génie que je dois tout ! Je ne permettrai pas !

MADAME ALEXANDRA. – Oh qu'il est gentil ! Il est bon comme le bon pain ! Il faut que je l'embrasse encore !

Ils s'embrassent encore.

Grand, grand poète, et qui ne le sait même pas !

POÈTE-CHÉRI, *qui la serre sur son cœur.* – Madame-Chérie ! Grande, grande artiste ! Inoubliable !

MADAME ALEXANDRA *conclut, pratique, se détachant soudain.* – Deux fauteuils, alors, deux fauteuils.

Ils s'asseyent. Elle regarde Colombe.

Elle est ravissante cette petite ! Il faudra la coiffer autrement. Je vous écoute, Poète-Chéri.

POÈTE-CHÉRI, *qui a tiré ses papiers de sa poche.* – Cela se place après la grande scène du cinq : quand Gaétane a décidé de mourir.

MADAME ALEXANDRA. – Je vois. Elle est étendue sur une méridienne, très pâle. Sa robe blanche fait de grands plis tout autour d'elle – vingt mètres de tissu. Ce sera magnifique. Je vois tout à fait cela...

POÈTE-CHÉRI. – Je commence.

Il commence.

Lune amie ! Astre mort et froid comme mon cœur...

MADAME ALEXANDRA. – Dieu que c'est beau ! Dieu que c'est beau cela ! Dieu que c'est bien dit !

... Astre mort et froid comme mon cœur !

Je vois tout à fait comment je leur dirai cela. Je les tiendrai. J'en ferai ce que je voudrai.

Elle n'a pas cessé de se regarder dans la glace en parlant. Elle crie soudain, d'une autre voix :

Lucien ! Bougre d'âne !

LE COIFFEUR, *se précipite.* – Madame-Chérie ?

MADAME ALEXANDRA. – Vous vous moquez de moi mon garçon. Vous m'avez coiffée comme un caniche. Qu'est-ce que c'est que ces boucles ? Arrangez-moi cela tout de suite. Et après, il faudra coiffer cette petite. Des chiens avec un front pareil, elle est folle ! Quand on a un joli front on le montre, mon petit. Je vous écoute, Poète-Chéri.

POÈTE-CHÉRI, *reprend.*

Lune amie ! Astre mort et froid comme mon cœur...

MADAME ALEXANDRA. – C'est bien cela ! C'est très bien ! Vous tirez, Lucien !

LE COIFFEUR. – Ce sont les fausses, Madame-Chérie.

MADAME ALEXANDRA. – Vous me faites mal tout de même imbécile ! « Comme mon cœur... » Après, Poète-Chéri ?

POÈTE-CHÉRI.

Lune amie ! Astre mort et froid comme mon cœur.
Épandrai-je à tes yeux le fiel de ma rancœur ?

MADAME ALEXANDRA. – J'aime mieux cela !

POÈTE-CHÉRI, *anxieux.* – Vous n'aimez pas le premier, Madame-Chérie ?

MADAME ALEXANDRA. – Non, je parle des boucles. C'est très beau, Poète-Chéri. C'est admirable. Continuez...

... le fiel de ma rancœur...

À ce moment-là j'étendrai la main. Je vois tout à fait cela.

POÈTE-CHÉRI

Épandrai-je à tes yeux le fiel de ma rancœur ?
Amoureuse déçue ? Amante magnanime ?
J'hésite. Et dans mon cœur que tant de haine anime...

MADAME ALEXANDRA

... que tant de haine anime... !

Bien sortir le H. Je vois cela ! C'est très beau ! C'est très vrai ! Très humain !

POÈTE-CHÉRI

La fleur de mon amour a la morte senteur
Des tubéreuses endormies de ce parc... Cœur !
Mon cœur, trop hésitant ! Il faut que tu prononces...

MADAME ALEXANDRA *s'est levée, elle le caresse au passage.* – C'est magnifique Poète-Chéri ! Magnifique ! Génie, va ! Immense génie !... Vous voyez Lucien, il faudra toujours me rentrer les boucles. Pour cette petite, voilà ce que je voudrais qu'on lui fasse. Tournez-vous, mon petit, vers la lumière. Regardez bien, Lucien, vous dégagez le front, le chignon très bas, comme cela. C'est ravissant. Cela a une peau de pêche et cela n'en montre rien. Qui est-ce qui vous a acheté cette robe ridicule ?

COLOMBE. – Julien, Madame.

MADAME ALEXANDRA. – L'imbécile ! Il a autant de goût que son père ! Mon petit Armand, regarde ces épaules. Cette petite a des épaules de reine et elle les cache... Dieu qu'on est bête quand on est jeune ! Continuez, continuez Poète-Chéri. Je vous écoute...

... Cœur !
Mon cœur trop hésitant ! Il faut que tu prononces !

Vous voyez, je le sais déjà votre becquet... Laissez-moi faire mon petit. Vous ne vous reconnaîtrez pas ! Georges, passe-moi mon coffre à bijoux.

POÈTE-CHÉRI *continue, tandis qu'Alexandra s'occupe de Colombe.*

Dans ce hallier touffu d'épines et de ronces
Où tu t'es déchiré, Cœur, mon cœur, quelle main
Trouveras-tu pour te guider au vrai chemin ?...

MADAME ALEXANDRA. – Admirable ! Très grand ! Très beau !... Armand, toi qui as du goût, comment la trouves-tu maintenant, cette jeune personne ?

ARMAND. – Méconnaissable, maman ! Vous êtes une fée.

MADAME ALEXANDRA, *qui pare Colombe.* – Pourquoi ne portez-vous pas de bijoux, petite idiote ? Tout est joli sur vous.

COLOMBE. – Parce que je n'en ai pas.

MADAME ALEXANDRA. – Moi non plus je n'en avais pas à votre âge. Mais j'en achetais à deux sous dans la sciure. Ils étaient faux, mais j'en avais !

COLOMBE. – Julien n'aime pas les bijoux faux.

MADAME ALEXANDRA. – Ne me parlez pas de cet imbécile ! Comment avez-vous pu le supporter deux ans ? Moi, avec son père, je n'ai pas tenu un mois... Quand on se donne le genre de ne pas aimer les faux bijoux, on gagne assez d'argent pour en acheter des vrais ! On ne va pas se faire payer un sou par jour au camp de Châlons en étant obligé de confier sa femme aux autres... Dites-moi, Poète-Chéri ! C'est magnifique, c'est très beau... Mais je voudrais vous demander quelque chose... Vous savez qui est cette petite ?...

POÈTE-CHÉRI, *un peu froid.* – Oui, Madame-Chérie.

MADAME ALEXANDRA. – C'est la femme de Julien qui me la laisse sur les bras... Monsieur part au service militaire... Moi qui leur déclame *La Marseillaise* tous les 14 juillet à l'Élysée, vous pensez bien que si je le leur avais demandé, ils me l'auraient réformé tout de suite ! Mais Monsieur ne veut pas ! Monsieur doit adorer cela, comme son père, jouer au petit soldat. Seulement il laisse sa femme seule à Paris, sans un sou... Il faut absolument qu'elle travaille, cette petite... Tout le monde doit travailler de nos jours, tout est trop cher... Poète-Chéri ! Grand Poète !... Puisque vous refaites la fin du cinq, vous ne savez pas ce que j'ai pensé ? Vous devriez me la mettre dans le becquet, cette enfant... Je suis sûre qu'elle a une jolie voix... Rien, quatre vers, une toute petite chose. Une muse... Une créature de la nuit qui vient consoler Gaétane... Poète-Chéri, avec votre génie, vous allez sûrement me trouver cela...

DESFOURNETTES *explose soudain.* – Ah non ! Merci bien ! J'ai compris ! Comme cela c'est le théâtre qui paiera ! Non ! Merci !

MADAME ALEXANDRA *se retourne, terrible.* – Voulez-vous vous taire, Desfournettes ! Vous êtes un ver ! Vous n'êtes rien ! Vous ferez ce qu'on vous dira !

DESFOURNETTES. – Pardon ! Je suis codirecteur de ce théâtre. C'est tout de même moi qui assume les frais généraux. Cinquante-cinquante, moi je suis un homme d'affaires, je ne sors pas de là... Sacrebleu ! vous avez assez d'argent pour entretenir votre bru sans moi. Vous me raflez déjà la moitié de la recette.

MADAME ALEXANDRA *hurle.* – Immonde ! C'est un être immonde ! Qu'il sorte ! Je ne veux plus le voir !

DESFOURNETTES. – La pièce est distribuée. Il y a trente-deux personnages. Soixante costumes. Nous ne ferons même pas nos frais. Il ne peut pas être question d'y ajouter un seul rôle sous prétexte que votre bru est sur le pavé.

MADAME ALEXANDRA *glapit.* – Desfournettes, vous ne pensez qu'à l'argent ! Vous me dégoûtez ! Moi je me tue, c'est mon cœur, ce sont mes tripes que je donne chaque soir pour votre théâtre !

DESFOURNETTES, *hors de lui.* – Donnez-les pour rien. Je vous admirerai !

MADAME ALEXANDRA *pâlit.* – Pour rien ? Vous vous mettez à être grossier maintenant ?

Elle se drape soudain dans sa dignité.

C'est bien. J'ai ma migraine. Je ne répéterai pas aujourd'hui.

DESFOURNETTES, *anéanti.* – Madame-Chérie ! Nous passons le 22 !

MADAME ALEXANDRA. – Nous ne passerons pas le 22, voilà tout.

DESFOURNETTES. – Mais il est impossible de reculer, Madame-Chérie ! Troulazac nous quitte le 20, pour créer la pièce des Bouffes.

MADAME ALEXANDRA. – Nous jouerons sans Troulazac. Il est assez mauvais celui-là ! Pour une fois qu'on peut jouer sans lui.

DESFOURNETTES, *qui piétine d'angoisse.* – Mais c'est fou ! Sa doublure est impossible, vous le savez ! Et l'*Impératrice des Cœurs* ne fait déjà plus ses frais. Madame-Chérie !... Il est quatre heures. Tout le monde attend sur le plateau depuis deux heures et demie. Il faut absolument passer le 22. Descendez répéter. C'est entendu. Je prends la petite.

MADAME ALEXANDRA. – Sept francs par représentation. Les matinées doubles.

DESFOURNETTES. – Mais ce n'est pas raisonnable ! Si elle ne dit que quatre vers, le tarif...

MADAME ALEXANDRA, *inexorable.* – Elle en dira douze, voilà tout ! Vous êtes un marchand, Desfournettes. Un sale marchand ! Je ne sais pas comment nous vous tolérons parmi nous.

DESFOURNETTES, *vaincu.* – Hé bien ! c'est entendu : elle aura ses sept francs, même si elle ne dit que quatre vers, même si elle ne dit rien du tout ! Mais descendez répéter, Madame-Chérie.

MADAME ALEXANDRA *se retourne vers Poète-Chéri, détendue, elle s'apprête à partir.* – Poète-Chéri ! Grand Poète... Bravo ! Il est admirable votre becquet.

POÈTE-CHÉRI, *navré.* – Mais je n'ai lu que le début, Madame-Chérie...

MADAME ALEXANDRA. – Cela ne fait rien, cela ne fait rien... J'ai deviné le reste. C'est génial. C'est ce que vous avez fait de mieux... Vous m'ajoutez quatre vers de plus pour cette petite, n'est-ce pas grand ami ? On les lui fera dire à la fin de la répétition. Georges ! tâche donc de lui trouver une robe, qu'elle ne descende pas fagotée ainsi sur le plateau.

DESFOURNETTES *gémit.* – Mais Madame-Chérie, ils attendent en bas depuis deux heures et demie !

MADAME ALEXANDRA, *qui s'inspecte devant sa psyché.* – La robe bleue que je n'ai jamais pu entrer dans Rosalinde. Elle est neuve. Armand, toi qui sais si bien attifer les femmes, surveille donc cela.

ARMAND. – Oui « moman ». Vous êtes une femme étonnante, « moman » !

À Colombe :

Vous venez, jeune étoile ?

DESFOURNETTES *crie, furieux, à Colombe qui ne bouge pas, ahurie.* – Mais dépêchez-vous donc, vous ! Allez l'essayer votre robe, puisqu'on vous le dit. Je descends les faire patienter.

Il sort comme un fou en claquant la porte ; il passe devant Julien sans même le voir dans le couloir.

MADAME ALEXANDRA, *devant sa glace.* – C'est gai ! Maintenant je n'ai plus l'air d'un caniche, j'ai l'air d'un phoque. Lucien ! Imbécile ! Où avez-vous mis mes boucles ? Je fais chauve maintenant. C'est complet !

LE COIFFEUR *se précipite.* – Mais Madame-Chérie, c'est vous...

MADAME ALEXANDRA. – Vous êtes un âne ! Vous n'avez rien compris du tout. Vous mériteriez que je vous tue. Enfin, nous n'avons plus le temps. Nous verrons cela après la répétition... Poète-Chéri ! Grand Poète ! Il est admirable votre becquet. Si. Si. Il est admirable !... Seulement, vous ne savez pas ce que je ferais à votre place ?

POÈTE-CHÉRI, *un peu inquiet.* – Non ?

MADAME ALEXANDRA. – Je supprimerais les six premiers vers.

POÈTE-CHÉRI, *atterré.* – Mais je ne vous en ai lu que sept, Madame-Chérie...

MADAME ALEXANDRA. – C'est justement. Je commencerai au septième :

Mon cœur trop hésitant, il faut que tu te prononces !...

Ce sera mille fois plus direct.

POÈTE-CHÉRI, *qui la suit, désespéré.* – Mais cela m'enlève les tubéreuses !...

MADAME ALEXANDRA, *sortant, péremptoire, dans un grand mouvement de plumes.* – Cela ne fait rien ! J'en mettrai des vraies, dans des vases. Cela fera encore plus d'effet !

Ils sont passés devant Julien qui s'est levé pâle. Madame Alexandra ne l'a pas vu ou n'a pas voulu le voir. Mme Georges sort de la seconde loge et trottine jusqu'au couloir.

MADAME GEORGES. – Tout s'arrange monsieur Julien ! Madame-Chérie a été très bonne. Elle a forcé M. Desfournettes à la prendre au théâtre. Mais c'est bien grâce à M. Armand. En voilà un bon cœur !

JULIEN *lève la tête, il balbutie.* – Ils vont la faire jouer ?

MADAME GEORGES. – Oui. Ils ont tous été très gentils. Monsieur Poète-Chéri va lui faire quatre vers au cinquième acte et elle aura sept francs par jour. Vous pouvez partir tranquille, maintenant.

JULIEN *demande soudain.* – Et le petit, qui le gardera ?

MADAME GEORGES. – Oh ! vous savez, Monsieur Julien, à cet âge ça dort. C'est plus tard, quand ça essaye de se lever de son berceau qu'on ne peut pas les laisser, ces petits anges. Moi mon troisième, celui qui est mort tuberculeux, quand je le laissais seul il faisait toujours pipi au lit. On ne croirait pas, c'est vicieux si petit. On me dit : « Mettez-lui de la moutarde !... » Il criait le chérubin. J'ai tenu bon. À la longue, ça lui a arraché toute la peau des fesses. Pour moi, c'est de là que son mal de poitrine est parti.

JULIEN *s'est levé, excédé.* – Laisse-moi, Georges. J'ai le droit d'entrer maintenant ? Il n'y a plus personne ?

MADAME GEORGES. – Monsieur Armand lui passe une robe. Ils veulent la faire répéter tout de suite. Sept francs qu'elle aura. Et les matinées doubles !

Elle s'en va ravie. Armand sort de la loge, criant :

ARMAND. – À ce soir, beauté !

Il croise Julien sur le seuil.

Tu peux entrer mon vieux. Tu ne la reconnaîtras pas ta femme. Excuse-moi, je file. On m'attend chez « Maxim's ». Georges t'a dit ? Tout est arrangé. Je te revois ce soir ?

JULIEN. – Je ne crois pas.

ARMAND. – Alors bonne chance, militaire ! Et sois tranquille pour la petite Colombe : on en prendra soin.

Il est sorti. Julien entre dans la loge et s'arrête. Colombe paraît dans une très belle robe, parée, méconnaissable. Elle court à une glace sans même le regarder. Elle crie, ravie.

COLOMBE. – Julien ! Julien ! C'est moi, tu crois ?

JULIEN. – Oui c'est toi. C'est ta voix en tout cas.

COLOMBE, *devant la glace.* – Si tu savais comme ils sont amusants ! Ils parlent tous en même temps. Ils crient, ils se disputent, ils s'embrassent. On ne doit jamais s'ennuyer avec eux. Ils vont me faire faire du théâtre. Je serai une muse au cinquième acte. Je dirai des vers. J'aurai une robe. Et ce n'est pas pour dans longtemps. C'est pour tout de suite.

Elle se regarde toujours.

C'est moi, c'est moi tu crois, Julien ?

JULIEN *a fermé les yeux. Il ne bouge plus. Il dit sourdement.* – Je ne sais plus, Colombe.

Colombe se contemple dans la glace, elle ne sait même plus qu'il est là. Elle se sourit. Elle murmure extasiée.

COLOMBE. – C'est moi. C'est moi...

Julien se retourne et la regarde.

LE RIDEAU TOMBE.

DEUXIÈME ACTE

Le plateau nu, mal éclairé. Quelques vagues portants en désordre, des arbres, des fontaines et – insolite au milieu d'eux – une porte Louis XV, font un décor fantasmagorique.

Au milieu de la scène, sur sa tige, la lampe de travail dispense une lumière avare. Une ombre au fond empanachée, appuyée sur une ombrelle : Madame Alexandra. Elle crie vers les cintres.

MADAME ALEXANDRA. – Alors ?

UNE VOIX DE MACHINISTE *lui répond de là-haut.* – Toujours rien Madame Alexandra. Ils ont dû croire que la répétition était à deux heures et demie comme d'habitude.

MADAME ALEXANDRA, *avec son accent dont les labiales dures ennoblissent tout.* – Marde !

Elle commence à marcher rageusement sur le plateau comme un lion en cage, en rugissant.

Marde. Marde. Mille fois marde. Les cochons. Les porcs. Les veaux. Me faire cela à moi ! Marde. Ils jouent comme des mardes et ils sont en retard en plus ! Et cela veut être augmenté de cent sous. Marde, oui ! Dehors, je les foutrai, moi, avec mon pied dans les fesses. Marde, marde, mille fois marde. Tous des cochons mardeux de marde !

Une ombre est apparue craintive entre deux portants. C'est Colombe dans sa petite robe du début. Elle n'ose pas aborder Alexandra. Celle-ci, criant une dernière fois « marde », se retourne et la voit. Son attitude change aussitôt comme sa voix. Elle jette à Colombe, languissante, noblement appuyée sur son ombrelle.

Ah vous êtes là mon petit ? Je rêvais...

COLOMBE. – Je suis un peu en avance, Madame-Chérie. La répétition est à deux heures et demie.

MADAME ALEXANDRA. – Je sais, je sais mon petit... J'aime parfois venir avant tout le monde, seule sur ce plateau désert, y bavarder avec de grandes ombres... J'y rêve, je m'oublie, j'y chante d'anciens vers... Puis l'heure de la répétition ramène les vivants et il faut bien redescendre sur terre...

COLOMBE. – Je m'excuse Madame-Chérie, je vous ai interrompue. Je vais monter à la loge.

MADAME ALEXANDRA. – Ce n'est rien. Restez mon petit. J'ai assez rêvé aujourd'hui.

Elle demande soudain :

Est-ce que vous savez jouer aux cartes ?

COLOMBE. – Non, Madame-Chérie.

MADAME ALEXANDRA. – C'est dommage, nous aurions fait un piquet en attendant ces cochons-là. Venez un peu ici, je vais vous les tirer pour passer le temps... Nous allons savoir votre avenir. C'est si beau d'en avoir un tout neuf, petite voleuse.

COLOMBE. – Un grand passé c'est tellement plus beau, Madame-Chérie !...

MADAME ALEXANDRA. – Bien sûr, bien sûr, mais cela vous pousse dans le dos. Allons, coupez. Une, deux, trois, quatre, cinq : du trèfle. C'est bon, ma chatte, c'est ce qu'il y a de meilleur. Encore du trèfle. Excellent. On n'a jamais assez d'argent. Des nouvelles d'un jeune homme blond. Une aventure amusante et sans durée. Ce sont les plus agréables. Encore des nouvelles du jeune homme blond.

COLOMBE. – Mais Julien est brun.

MADAME ALEXANDRA. – Qu'est-ce que cela peut faire, petite idiote ? Vous ne vous figurez pas qu'on se fait tirer les cartes pour avoir des nouvelles de son mari ! Pour cela la poste suffit. Tirez encore. Une, deux, trois, quatre, cinq : le roi de cœur et le dix de trèfle ensemble. Vous épouserez un homme important et très riche.

COLOMBE. – Mais je suis mariée...

MADAME ALEXANDRA. – Bah ! ma petite ! Moi, je l'ai été sept fois. Vous divorcerez. Compliments. Encore du trèfle.

COLOMBE. – Sept fois, vraiment ? Devant le maire ?

MADAME ALEXANDRA. – Naturellement, pour qui me prenez-vous ? Avec ma situation, j'ai toujours épousé mes amants. Il y en a même un que j'ai épousé deux fois. Chancrard, le Chancrard des sucres. Une fois après la mort de sa mère, une fois après la mort de son père dix ans plus tard.

COLOMBE. – C'était pour le consoler ?

MADAME ALEXANDRA. – Mais non, petite dinde ; c'était pour l'aider à croquer ses millions. À chaque cadavre il en était couvert. Il lui fallait absolument quelqu'un : cet imbécile-là ne savait pas dépenser tout seul.

COLOMBE. – Et vous avez été heureuse, avec lui ?

MADAME ALEXANDRA. – Quelle question ! – Le roi de carreau : un autre monsieur important ! – Il était idiot et il ne se lavait pas. À sa mort, j'ai épousé son fils du premier lit, un garçon très gentil, lui. Ils avaient tous besoin de moi, dans la famille, pour les dépêtrer de leur argent. À force de vendre du sucre dans le monde entier, il leur en rentrait tellement, tous les jours, qu'ils s'y engluaient. Ils y restaient collés, par les pattes, sur leur tas de billets de mille, comme des mouches sur du papier collant. J'ai fait de mon mieux, voilà tout. Seulement le fils buvait trop. Ce chérubin se mettait à l'absinthe au réveil ; il m'a claqué dans les mains à son tour. Cirrhose du foie. Rien qu'à l'absinthe. Cela ne lui a même pas coûté plus cher qu'à un ouvrier maçon, à cet imbécile, de se tuer. Tout l'argent qui restait est passé à la première femme du père, et celle-là, malheureusement, je n'ai pas pu l'épouser... J'ai dû l'abandonner, sur ses papiers-mouche au sirop. Je crois que ce sont des curés qui se sont chargés d'elle. Ils lui ont fait construire une basilique, à elle toute seule ; et pas en sucre, en marbre de Carrare, tout ce qu'ils ont pu trouver de plus cher, avec tous les accessoires en or massif. Eh bien ! croyez-le si vous le voulez ma petite, ils n'y sont pas arrivés non plus !... Le sucre a été le plus fort. Elle est morte, malgré cette ponction, munie des sacrements de l'Église, sur un tas de papiers collants deux fois plus gros qu'en héritant. Après, tout est revenu à l'État, pour des hospices. Avec lui, je suis tranquille. Il y aura beau avoir encore plus de sucre, il y arrivera.

COLOMBE, *émerveillée.* – Il y a donc des gens qui ont tant d'argent que cela ? Et ils peuvent s'acheter tout ce qu'ils veulent au monde ?

MADAME ALEXANDRA. – Mais non, c'est là que c'est drôle, mon petit ! Chancrard, le père, ce qu'il voulait, lui, c'est être spirituel, et il était bête comme un bout de bois. Il aurait donné un million pour trouver un mot d'esprit tout seul. Rien à faire. Il avait beau essayer, à longueur de journée il fatiguait tout le monde, il ne trouvait rien, Chancrard fils, c'était encore plus modeste ce qu'il demandait à la vie : un foie qui supporte l'absinthe... Il n'a pas pu en acheter un non plus. Il a dû se contenter du sien et crever – avec un foie au rabais – comme un pauvre. Ce n'est qu'au moment des funérailles qu'on a pu faire un peu mieux pour lui, avec des tentures et des pompons...

COLOMBE. – Mais alors, les gens très riches qu'est-ce qu'ils font de leur argent ?

MADAME ALEXANDRA, *sinistre, dans l'ombre.* – Ils le gardent.

Elle voit entrer La Surette ; elle lui crie :

Ah ! vous voilà, imbécile ? C'est à cette heure-ci la répétition ?

LA SURETTE. – Mais non, Madame-Chérie, c'est à deux heures et demie.

MADAME ALEXANDRA. – C'est bon, c'est bon. Je le sais.

LA SURETTE. – Le concierge m'a dit que vous étiez déjà là, Madame-Chérie. J'étais dans mon bureau. Je préparais votre déclaration au *Matin.*

MADAME ALEXANDRA. – Qu'est-ce qu'il veut que je lui déclare, *Le Matin* ?

LA SURETTE. – Ce que vous pensez de l'amour.

MADAME ALEXANDRA. – Il m'embête ! Est-ce que je lui pose des questions, moi, au directeur du *Matin* ?

LA SURETTE. – Dupompon-Reynaud, le rédacteur en chef, qui vient de me téléphoner, m'a dit que Mme Sarah Bernhardt leur avait fait une très belle réponse.

MADAME ALEXANDRA *grommelle.* – Cela doit être du propre l'opinion de Mme Sarah Bernhardt sur l'amour !

LA SURETTE. – C'est très personnel, paraît-il. En gros, elle leur a dit qu'elle n'y croyait pas.

MADAME ALEXANDRA *crie.* – Alors répondez que j'y crois, que j'y crois de toutes mes forces, moi ! Que je n'ai jamais vécu que pour l'amour.

LA SURETTE. – C'est ce que je m'étais permis de faire Madame-Chérie. Je vais vous lire.

Il lit de sa voix de fausset qu'il s'efforce de rendre suave :

« Ce sentiment qui nous a toujours bouleversées, nous autres femmes, ce sentiment dont le nom seul fait monter une douce rougeur à nos jolis visages, l'Amour, avec un grand A, notre doux souci à nous fragiles créatures... »

MADAME ALEXANDRA *l'interrompt rugissante.* – Un âne ! Vous êtes un âne ! Vous allez me couvrir de ridicule !

Elle crie à Poète-Chéri qui entre justement :

Poète-Chéri ! Mon poète ! mon sauveur ! Les dieux me l'envoient toujours, cet homme-là ! Venez me tirer des sabots de cet âne qui est en train de me piétiner. Le *Matin* me demande ce que je pense de l'amour.

POÈTE-CHÉRI *lui baise les mains.* – Il ose, divine amie ? Il ose oser ? Mais c'est insolent, mais c'est superfétatoire ! Répondez-leur que vous « êtes » l'amour !

MADAME ALEXANDRA. – Je ne veux pas leur répondre cela moi-même. Poète ! grand ami ! trouvez-moi une petite phrase.

POÈTE-CHÉRI. – Mais tout de suite, grande amie, c'est très facile.

Il récite :

Je t'ai tout donné – encor tu me donnes.
Donne-moi toujours, je te donnerai
Mes nuits, mes soucis, mes biens, ma personne...

MADAME ALEXANDRA *l'interrompt.* – Pas en vers, pas en vers, Poète-Chéri ! Ils ne croiraient pas que c'est de moi.

POÈTE-CHÉRI. – C'est juste. Dans le genre « pensée », alors ?

MADAME ALEXANDRA. – C'est cela ! C'est cela !

POÈTE-CHÉRI. – « L'amour est don, don de soi absolu... »

MADAME ALEXANDRA, *à La Surette.* – Notez, imbécile. C'est très beau.

LA SURETTE. – Je note, Madame-Chérie...

Il ânonne en écrivant :

« L'amour est don, don de soi, absolu... »

POÈTE-CHÉRI. – « Mais tout ce qu'il donne, c'est pour lui. »

MADAME ALEXANDRA. – C'est très profond ! Mais vous ne croyez pas que c'est un peu dur, Poète-Chéri ?

POÈTE-CHÉRI. – C'est dur, mais c'est vrai, Madame-Chérie. Et nous avons le devoir d'être durs. Nous ne devons rien cacher de la vérité, jamais. Nous sommes des phares. Notre rayon lumineux fouille la nuit, impassible. S'il éclaire soudain le chaos tumultueux et grandiose de la mer dont la beauté bouleverse l'homme, tant mieux ! Mais s'il se braque sur une charogne pourrissante dans une crevasse de rocher, tant pis ! Il est le phare, il éclaire : c'est tout.

MADAME ALEXANDRA. – Poète-Chéri, vous blasphémez !... Moi je ne crois qu'à l'idéal ! Je voudrais leur mettre un grand appel à l'azur. Je voudrais leur mettre ma foi dans le désintéressement, dans la jeunesse, dans tout ce qu'il y a de noble et de beau dans l'amour !

POÈTE-CHÉRI. – Bien. Biffez et notez, alors :

Il faut à l'amour pour qu'il y fleurisse
Le terrain désert où ne pousse plus...

MADAME ALEXANDRA *crie.* – Pas en vers, pas en vers, Poète-Chéri !

POÈTE-CHÉRI. – Oh ! Pardon ! Je ne faisais pas attention ! Biffez et notez :

« Pour que le véritable amour fleurisse, il faut avoir arraché au préalable de son cœur les mauvaises herbes du désir et de la passion. »

LA SURETTE, *qui suce sa mine.* – Un peu vite.

MADAME ALEXANDRA. – Mais, Poète-Chéri, grand poète ! qu'est-ce que vous nous chantez ? L'amour n'est que passion, voyons ! Comment pouvez-vous dire cela ? Mais moi à l'âge de cette petite, je m'étais déjà suicidée quatre fois par amour !

POÈTE-CHÉRI, *enthousiasmé par ce détail.* – Madame-Chérie ! Être d'exception ! Flamme brûlante !

MADAME ALEXANDRA. – Enfin, vous Poète-Chéri, avec votre génie, avec votre sensibilité de harpe éolienne, vous n'allez pas me dire que vous n'avez pas souffert ?

POÈTE-CHÉRI. – Comme un chien, Madame-Chérie ! Comme un chien !

MADAME ALEXANDRA. – Mais moi aussi ! Nous avons tous souffert énormément. J'ai été folle. J'ai rendu fou ! C'est cela, c'est cela qu'il faut leur dire !... Mais songez que Salvator-Dupont est entré pour moi dans une cage aux lions, en habit et en haut-de-forme un soir, au Cirque d'Été !

POÈTE-CHÉRI *demande soudain d'un autre ton.* – Salvator-Dupont ? Celui des cognacs ?

MADAME ALEXANDRA, *du même ton.* – Oh non ! Le Salvator-Dupont, des cognacs, c'était un impuissant notoire. Son cousin, celui des huiles.

POÈTE-CHÉRI. – Ah ! Celui qui avait épousé Marguerite Petitcas, la fille des Chemins de fer de l'Est ?

MADAME ALEXANDRA. – Non ! C'était Léon qui avait épousé Marguerite Petitcas. Celui dont je parle c'était Jules. Un grand brun.

POÈTE-CHÉRI. – Ah je vois ! Très bel homme.

MADAME ALEXANDRA. – Très beau, oui, très beau. Un peu gras.

POÈTE-CHÉRI. – Cela lui allait.

MADAME ALEXANDRA, *qui reprend tout naturellement le ton lyrique.* – Hé bien, il m'a adorée cet homme-là ! Il a bravé les fauves pour moi. Vous êtes femme, ma petite. Vous imaginez cela. Vous avez dit « non ». Vous aimez ailleurs, vous savez ce que c'est, on ne peut pas tout faire. Un rugissement, près de vous, qui domine celui des lions. C'est l'homme qui vous aime, tout pâle. Il se dresse. Il saute de la loge. Un grand cri dans tout le cirque. Il a jeté son portefeuille au dompteur médusé ; il est au milieu des bêtes. Alors vous comprenez soudain. Vous lui criez comme une folle de toutes vos forces : « Je t'aime ! »

POÈTE-CHÉRI. – Admirable ! Admirable amie ! Ce cri dans le cirque je l'entends !

À La Surette, sévèrement :

Notez, vous ! Notez tout !

MADAME ALEXANDRA. – Je t'aime ! Reviens ! Je me donne ! Trop tard.

COLOMBE, *qui suit haletante.* – Il était mangé ?

MADAME ALEXANDRA. – Non. Il était ressorti. Et hors de la cage, je ne l'aimais plus. Il aurait fallu qu'il me prenne, là, tout de suite au milieu des fauves, et c'était matériellement impossible.

POÈTE-CHÉRI, *hors de lui.* – Comme c'est beau tout cela ! comme c'est féminin ! Ne perdez pas un mot, vous ! Notez tout ! Nous vivons une minute inouïe ; il faudra nous la rappeler toujours. Après, après, Madame-Chérie...

MADAME ALEXANDRA. – Nous sommes rentrés, muets, lui, mon mari et moi.

POÈTE-CHÉRI *demande.* – Qui était-ce à l'époque ?

MADAME ALEXANDRA. – Un Hollandais. Un homme d'une force herculéenne. Il tremblait comme un enfant. Après ce que venait de faire Salvator, il sentait qu'il devait faire quelque chose, lui aussi. Alors il s'est mis en manches de chemise, il a dételé le cheval et il m'a traînée jusqu'à la maison, dans le coupé. Et c'est à lui que j'ai été ce soir encore... Le lendemain, Salvator partait.

POÈTE-CHÉRI, *à La Surette.* – Notez tout !

MADAME ALEXANDRA. – Pour Monte-Carlo. Et il y perdait la moitié de sa fortune au jeu la même nuit.

COLOMBE. – Et il a fini par se tuer tout de même ?

MADAME ALEXANDRA. – Non. Il a épousé une Rothschild.

POÈTE-CHÉRI. – Aïssa ?

MADAME ALEXANDRA. – Non. Rachel. La plus maigre.

COLOMBE. – Et votre mari ?

MADAME ALEXANDRA. – Oh ! que voulez-vous, ma

petite, il ne pouvait pas se transformer tous les soirs en cheval de fiacre pour se rendre intéressant. À la longue il m'a ennuyée. Je l'ai quitté.

COLOMBE. – Comme c'est beau, Madame-Chérie, tout ce que vous racontez ! On dirait qu'on lit des histoires. Mais comment faut-il faire pour être aimée comme cela ?

MADAME ALEXANDRA. – Être femme, c'est tout. Matérialiser, soudain, pour des êtres plus frustes l'éclat, la folie, le désir, tout ce qui leur est inaccessible... Salvator et mon Hollandais étaient des brutes, malgré leur vernis d'hommes du monde – j'étais l'Art et j'étais la Beauté. Ils savaient qu'il fallait qu'ils sortent d'eux-mêmes, pour me mériter. Alors ils essayaient d'inventer quelque chose qui les dépasse. Un jour où je n'avais pas faim (je mettais toujours mon gant dans mon assiette – je ne vivais que de champagne et d'art à cette époque : je voulais me faire maigrir), Salvator, désespéré que je ne mange rien, s'est fait apporter un rat tout cru, chez « Maxim's », et il l'a dévoré devant moi.

POÈTE-CHÉRI. – Dieu, que c'est fou cela ! Dieu, que c'est grand !

COLOMBE. – Et vous avez accepté de manger, après, pour le récompenser ?

MADAME ALEXANDRA. – Pensez donc ! C'était dégoûtant ! J'ai failli vomir mon champagne. Je l'ai giflé, oui, devant tout le monde et je suis sortie du restaurant. Le plus drôle c'est que, sur l'addition, ils lui ont compté le rat cinquante francs !

POÈTE-CHÉRI. – N'est-ce pas à peu près à la même époque que Boni Despinglettes a mis le feu à son hôtel pour vous ?

MADAME ALEXANDRA. – Quel fou ! Je le faisais languir depuis un an. Nous soupions chez lui, avec des amis. La conversation roulait sur Néron. Je dis mon admiration pour cet être étonnant qui avait compris la vie en beauté. Je dis que, Romaine, je l'aurais sans doute aimé. Despinglettes devient livide, il se lève, il prend un candélabre du surtout et sans prononcer une parole, il met le feu aux doubles rideaux... Les domestiques veulent se précipiter avec des carafes... Il tire un pistolet de sa poche et menace de les abattre s'ils font un geste... Nous étions tous debout, tout pâles, à regarder brûler les rideaux... Quand les flammes ont atteint le plafond, j'ai été à lui, sans un mot, et je l'ai baisé sur la bouche... Les domestiques en ont profité pour arroser. C'est comme cela qu'on a sauvé le bâtiment.

POÈTE-CHÉRI *s'exclame.* – Femme ! femme éternelle !... Admirable, étonnante amie, qui a pu susciter de tels gestes !... Dans notre monde avide et veule, heureusement qu'il est des flammes comme vous pour ranimer le feu désintéressé de la beauté !...

Il se ravise.

À propos, je voulais vous dire : je quitte Lévy-Bloch. Vous savez qu'il m'aime bien, c'est moi qui ai baptisé sa fille. Avez-vous des Panama en portefeuille ?

MADAME ALEXANDRA. – Je pense bien. C'est lui qui me les a fait acheter.

POÈTE-CHÉRI. – Il faut les vendre tout de suite, grande amie. Dans huit jours ils auront baissé de six points. Et vous savez ce qu'il faut acheter ? Mais c'est un secret ma chère ; si nous montions dans votre loge que je vous explique tout cela ?

Il continue plus bas, l'entraînant.

Du fonds russe. Du fonds russe à bloc – si j'ose dire ! On peut se faire trente francs par titre, en quinze jours. Avouez que c'est joli ?

MADAME ALEXANDRA. – Et le trois pour cent ?

POÈTE-CHÉRI. – Stationnaire. Avez-vous pris du Métro ?

MADAME ALEXANDRA. – Vous y croyez vous au Métro ? C'est une chimère.

POÈTE-CHÉRI. – Non. Mais je crois à Lévy-Bloch. Il m'assure qu'en étant patient, on peut gratter un bon petit quelque chose sur les Métros.

Ils s'éloignent. La Surette leur crie :

LA SURETTE. – Et finalement qu'est-ce que je leur dis sur l'Amour, Madame-Chérie ?

MADAME ALEXANDRA. – Vous nous embêtez avec votre Amour, imbécile ! Vous voyez bien que nous parlons de choses sérieuses !... Revenez après la répétition.

Ils sont sortis.

LA SURETTE, *hors de lui.* – Et voilà ! Et après la répétition il sera trop tard. Madame sera invitée à dîner. Et demain dans *Le Matin* c'est la réponse de Réjane qu'ils publieront au lieu de la sienne, et c'est encore le salarié qui se fera traiter d'imbécile !

MADAME GEORGES, *qui est entrée sans bruit, sur ses chaussons à la fin de la scène.* – Laissez donc, Monsieur La Surette. Ils sont en train de parler de leurs sous, ce n'est pas le moment de les déranger. Encore heureux si on répète à trois heures !...

LA SURETTE, *sortant.* – C'est bon. Attendez le grand soir !

MADAME GEORGES, *à Colombe.* – Qu'est-ce que ça changera ? On a des ennuis avec ses sous, tous autant qu'on est et on en aura toujours, n'est-ce pas, madame Julien ? Moi quelquefois je prends mon porte-monnaie, j'avais mis trois francs pour aller au marché, il ne me reste que sept sous. Bon. Je fais mon compte. Le choufleur, le kilo de bœuf, les carottes, les quatre litres de rouge pour mon aîné, le quart de brie – je l'aime bien moi quand il coule, c'est mon luxe quand je rentre à minuit – il devrait me rester treize sous. Je recompte : toujours sept. Me voilà avec mes six sous en tête. Je les rumine toute la soirée, mes six sous. J'ai plus l'esprit à moi, mes mains tremblent, j'en raterais mes changements. Le public lui, il ne veut pas le savoir. Il est là pour s'amuser, il a payé, il faut qu'on lève à l'heure. Si l'habilleuse a des ennuis, ça lui est égal. C'est dur quelquefois le théâtre ! Mes voisines à Courbevoie elles m'envient. « Ah ! vous avez la belle vie, madame Georges ! les bravos, les lumières, les fréquentations. » Si elles savaient : on est esclaves. On appartient à son public. Ça vous plaît, vous, madame Julien ?

COLOMBE, *perdue dans ses rêves.* – Oh oui !

MADAME GEORGES. – Vous ne croyez pas qu'une bonne soirée tranquille à repriser une chaussette, avec son petit et son homme, c'est encore ça qui est le meilleur ?

COLOMBE *crie soudain.* – Non !

MADAME GEORGES *la contemple un instant puis hausse les épaules, s'en allant.* – Allez ! on est toutes les mêmes ! On se plaint mais on a ça dans le sang ! Ah ! voilà M. Du

Bartas qui arrive. Je vais voir si elle veut que je lui repasse sa robe de muse. C'est joli comme déguisement, en muse, mais avec son gros cul, quand elle s'assoit, ça fait plein de plis.

Elle est sortie vers les loges.

Du Bartas fait une noble entrée : grand feutre, fleur à la boutonnière, canne ; légèrement argenté, mais éternellement jeune.

DU BARTAS. – Bonjour, mon petit. Vous êtes la première ?

COLOMBE. – Madame-Chérie est déjà là, monsieur Du Bartas.

DU BARTAS. – Diable ! Exacte, notre vedette ? Qu'est-ce qui se passe ? J'étais venu tôt pour bavarder un peu avec vous. Cela entre, le métier ?

COLOMBE. – Madame-Chérie dit que j'ai fait des progrès.

DU BARTAS. – C'est très joli, mon petit, ce que vous faites ; encore un peu maladroit, mais très joli. Il faudra passer chez moi après une répétition, je vous ferai travailler.

COLOMBE. – C'est vrai monsieur Du Bartas ?

DU BARTAS. – Un doigt de porto, deux biscuits. Nous bavarderons. Vous verrez, j'ai une très jolie garçonnière. Tout est marocain.

Il se rapproche frémissant.

Je suis fou mon petit. Je n'ai pas dormi de la nuit.

COLOMBE. – Il faut dormir, monsieur Du Bartas.

DU BARTAS. – Impossible ! Je vous voyais couchée sur ma peau de tigre, devant le grand feu de bois. J'ai gémi toute la nuit comme un damné. J'ai bu affreusement pour oublier, je me suis drogué. Rien à faire. Vous étiez là et je ne pouvais pas vous toucher. Au matin je me suis endormi, terrassé, étreignant le vide. Mon valet de chambre m'a trouvé couché par terre devant le feu éteint.

COLOMBE, *éblouie*. – Vous avez un valet de chambre ?

DU BARTAS. – Oui. Un Marocain, tout en blanc. Avec un turban rouge.

COLOMBE. – Ce qu'il doit être beau !

DU BARTAS. – Il a un poignard – marocain également – finement ciselé, à la ceinture. Il s'inclinera devant vous les bras croisés sur la poitrine. Il vous servira, comme une reine sans un mot.

COLOMBE. – Il est muet ?

DU BARTAS. – Quand il le faut, comme tous les Marocains. Venez donc en simple curieuse... Je m'habillerai en Marocain moi aussi. Un burnous blanc, d'une rare beauté, présent d'un grand chef arabe. Je resterai immobile, accroupi dans un coin, à vous contempler.

COLOMBE. – Ici aussi, vous pouvez me contempler, monsieur Du Bartas.

DU BARTAS *se rapproche encore*. – Tu veux donc me faire mourir, enfant ? Tu le sais pourtant que je te désire plus que tout au monde et que si tu n'es pas à moi, je me tuerai !

COLOMBE. – Comment avez-vous pu m'aimer si vite ?

DU BARTAS. – Il y a si longtemps que je t'attendais !

COLOMBE. – C'est vrai ?

DU BARTAS. – Depuis toujours ! Ma vie, les autres femmes, ne sont plus maintenant qu'un grand songe incompréhensible derrière moi. Et toi aussi tu m'attendais, je le sais. Tu attendais les heures folles, le désir plus fort que la mort qui te révéleraient à toi-même. T'a-t-on aimée comme un damné déjà ? A-t-on oublié de dormir des nuits et des nuits en contemplant ton image ? A-t-on voulu mourir déjà pour toi ?

COLOMBE, *confuse*. – Non. Jamais.

DU BARTAS. – Alors tu n'as pas été aimée ! Tu n'as pas encore été toi-même. Viens et je t'apprendrai le vrai secret des femmes : se regarder dans d'autres yeux. Tant qu'un homme éperdu de désir n'aura pas baisé la trace de tes pieds nus sur le tapis, tant qu'on ne t'aura pas servie à genoux comme un esclave, tu ne peux même pas savoir qui tu es...

COLOMBE. – Mais je ne vous connais presque pas, monsieur Du Bartas.

DU BARTAS. – Est-ce que j'existe ? As-tu besoin de me connaître ? Respire seulement mon désir autour de toi comme un parfum grisant de l'Afrique ! Et sois toi-même, révélée à toi-même, par ce désir qui te prolonge et te complète.

COLOMBE. – Julien aussi m'aime.

DU BARTAS. – Comme moi ? Est-ce qu'il est prêt à mourir tout de suite sur un signe ? À se rouler par terre, à gémir, à commettre un crime peut-être ?

COLOMBE, *doucement*. – Non.

Elle demande soudain :

Est-ce que vous mangeriez un rat tout cru pour moi, un jour, pour me donner de l'appétit ?

DU BARTAS, *complètement démonté par cette question*. – Un rat tout cru ? Pourquoi un rat tout cru ?

COLOMBE. – Une idée. Je voulais savoir.

Entre Desfournettes.

DESFOURNETTES. – Bonjour, mon cher grand acteur !

DU BARTAS. – Bonjour, mon cher directeur !

DESFOURNETTES. – Dites-moi, vous savez qu'on répète en costumes. Alexandra est déjà habillée.

Du Bartas lui jette un regard sombre et se décide.

DU BARTAS. – J'y vais. Vous montez vous habiller aussi, mon petit ?

DESFOURNETTES. – Elle n'est que du cinq, elle a bien le temps. J'ai à lui parler de son contrat.

DU BARTAS. – Ah bon ! À ce soir, peut-être ?

Il est sorti. Desfournettes se rapproche.

DESFOURNETTES. – Après la répétition, montez donc une minute dans mon bureau. Un doigt de porto, deux biscuits. Nous le signerons ce petit contrat. Vous savez, j'ai crié l'autre jour, mais c'était pour la forme. Bien entendu, vous aurez vos sept francs. Est-ce que cela vous ferait plaisir une petite avance ?

COLOMBE. – Bien sûr.

DESFOURNETTES. – Montez me voir après la répétition. Et pas la peine d'en parler à Madame Alexandra ; vous savez qu'elle est un peu serrée. Moi je suis un vrai papa gâteau. Avec moi les choses s'arrangent.

COLOMBE. – Merci monsieur Desfournettes. Vous êtes gentil.

DESFOURNETTES. – Pas avec tout le monde. Pas avec tout le monde. Dites-moi, mon petit, qu'est-ce que j'ai entendu, vous n'avez que cette robe-là ?

COLOMBE. – Oui.

DESFOURNETTES. – Il faudra tâcher de remédier à cela. J'ai un couturier qui me fait des prix. Qu'est-ce que vous diriez d'un petit ensemble de printemps, noisette comme on les fait cette saison ?... Je vous vois tout à fait, en petite noisette, avec un peu de vert au chapeau.

COLOMBE. – Oh ! non, si vous voulez bien, une toque de fourrure et le manteau pareil. J'ai vu une femme qui portait cela tout à l'heure rue de Rivoli. C'était beau !

DESFOURNETTES, *un peu démonté par le supplément.* – Hé bien soit ! avec un petit peu de fourrure pour garnir. Nous irons voir cela tous les deux un de ces jours.

COLOMBE. – Seulement, je n'aurai jamais assez d'argent avec mes sept francs.

DESFOURNETTES. – Nous nous arrangerons, nous nous arrangerons. Mais c'est un secret entre nous.

COLOMBE. – Comme vous êtes bon, monsieur Desfournettes !

DESFOURNETTES. – Oui. On me fait une réputation, dans ce théâtre, mais au fond, c'est vrai, je crois que je suis bon. Montez donc me voir à mon bureau. C'est promis ?

Entre Poète-Chéri frétillant.

POÈTE-CHÉRI. – Où est-elle, où est-elle, ma petite muse ?

DESFOURNETTES, *glacial.* – Elle est là. Avec moi.

POÈTE-CHÉRI. – Savez-vous, Desfournettes, que je ne peux plus me passer d'elle ? Savez-vous qu'elle m'inspire cette petite ? Cette nuit je lui ai fait six vers de plus.

COLOMBE. – Six vers ? Rien que pour moi ?

POÈTE-CHÉRI. – Six vers de douze pieds pour vous, petite Colombe ! Et je crois bien que c'est ce que j'ai écrit de meilleur... Vous voyez devant vous un homme qui n'a pas fermé l'œil de la nuit à cause de vous.

COLOMBE. – Vous non plus ? Mais personne ne dort dans ce théâtre.

POÈTE-CHÉRI. – Comment, moi non plus ?

DESFOURNETTES, *un peu amer*. – Dites-moi Robinet, vous savez que la pièce est déjà longue. Ne rallongez pas trop, tout de même !

POÈTE-CHÉRI. – Mon cher directeur, cette petite sera la révélation de la soirée ! Je peux lui mettre un tunnel de vingt-cinq vers : le public ne se lassera pas de l'écouter.

DESFOURNETTES. – Tout de même, tout de même !... Elle débute et au cinquième acte...

POÈTE-CHÉRI. – Taisez-vous. Elle a un immense talent ! Faites-moi confiance mon cher directeur. D'ailleurs, je vais la faire travailler moi-même, c'est tout dire. Pouvez-vous passer chez moi, chère petite Colombe, après la répétition ? Un doigt de porto, deux biscuits et nous ferons du bon travail. J'ai ma voiture, je vous emmènerai.

DESFOURNETTES. – Après la répétition ? Impossible. Elle a justement un rendez-vous.

POÈTE-CHÉRI. – Elle le décommandera. Nous passons le 22. Il faut qu'elle travaille cette enfant, Desfournettes. Le travail avant tout !

DESFOURNETTES. – Il faut tout de même aussi qu'elle signe son contrat !

POÈTE-CHÉRI. – Bah ! c'est l'affaire d'une seconde. Montez donc le chercher tout de suite.

DESFOURNETTES. – Il n'est pas prêt.

POÈTE-CHÉRI. – Desfournettes ! Il s'agit de la pièce ! Nous passons le 22 et son rôle est capital. Après la répétition, c'est chez moi qu'elle viendra !

ARMAND, *qui est entré et les écoute, souriant*. – Je vais vous mettre d'accord tout de suite. Comme elle ne peut pas jouer toute nue – ce que nous regrettons tous – et qu'on a tout juste le temps de lui faire sa robe après la répétition, c'est moi qui l'enlève. Nous avons rendez-vous chez le costumier, messieurs.

Il ajoute souriant, les regardant tous les deux :

Si vous voulez vraiment passer le 22...

DESFOURNETTES. – C'est bon. Je vous verrai demain, mademoiselle.

Il sort.

POÈTE-CHÉRI. – C'est tout de même malheureux que tout passe avant le texte !

ARMAND, *toujours souriant.* – Poète-Chéri, maman vous demande.

POÈTE-CHÉRI, *qui ne veut pas s'en aller.* – Je la quitte à l'instant, mon cher.

JULIEN. – Entre temps, elle a réfléchi, elle trouve le becquet trop long.

POÈTE-CHÉRI *bondit.* – Comment trop long ? Mais voilà huit jours qu'elle le rogne. Il n'a plus que quatre vers, ce becquet.

ARMAND. – Réflexions faites, elle voudrait seulement dire le dernier.

POÈTE-CHÉRI. – Seulement le dernier vers ? Un vers tout seul ? Mais avec quoi voulez-vous qu'il rime ?

ARMAND. – Je ne sais pas. Je ne suis pas poète.

POÈTE-CHÉRI. – Cette fois c'en est trop ! Qui est l'auteur de cette pièce ?

ARMAND. – On dit que c'est vous.

POÈTE-CHÉRI *sort comme un fou en criant.* – Hé bien, je la retire de l'affiche ! Nous verrons si nous passerons le 22 !

COLOMBE, *quand il est sorti.* – C'est terrible. Qu'est-ce qui va arriver ?

ARMAND. – Rassurez-vous : rien. Vous ne savez pas ce que c'est que le théâtre. Il fera sa coupure, voilà tout. L'essentiel est que je vous ai sauvée de ces deux vieux papillons.

Il la regarde.

C'est amusant ?

COLOMBE. – Quoi ?

ARMAND. – Les hommes !

COLOMBE. – Oui. Beaucoup. Cela tourne autour de vous en roulant des yeux blancs. Cela vous raconte que ça n'a pas dormi de la nuit.

ARMAND. – Qui est-ce qui n'a pas dormi de la nuit ?

COLOMBE. – M. Du Bartas et M. Poète-Chéri non plus.

ARMAND. – Desfournettes a dormi, lui, le mufle ?

COLOMBE. – Oui. Mais il veut me donner une avance. Et un petit ensemble de printemps couleur noisette.

ARMAND. – Et votre choix est fait ?

COLOMBE. – Pour le petit ensemble, oui. Couleur noisette, c'est très bien.

ARMAND. – Non. Ne faites pas l'idiote avec moi. Entre les donateurs ?...

COLOMBE. – Il n'y en a qu'un qui le propose. Les autres offrent seulement des insomnies et un doigt de porto.

ARMAND. – Et c'est le plus vilain qui offre la robe ? C'est toujours comme cela. Pas de bêtises ! Vous savez que c'est moi qui suis le gardien de l'honneur.

COLOMBE. – De quel honneur ?

ARMAND. – De la famille. Je serais obligé de les gifler tous les trois. Six balles sans résultat, c'est beaucoup pour un seul homme. Ayez pitié de moi.

COLOMBE. – Ils ont les meilleures intentions du monde. Ils veulent seulement me faire travailler.

ARMAND. – Eux aussi ? Ils n'ont trouvé que cela ? Ils n'ont décidément pas beaucoup d'imagination.

COLOMBE. – N'est-ce pas ce que vous m'avez proposé pour que je vienne chez vous ?

ARMAND. – Oui, mais moi c'était par amour du théâtre, pour que vous soyez reçue au Conservatoire. Et la preuve, c'est que je ne vous ai même pas offert le doigt de porto.

COLOMBE. – Je l'ai remarqué. Je mourais de soif, justement, hier.

ARMAND. – Rien qu'un manuscrit et debout dans la salle à manger gothique ! Ce n'est pas que je sois un janséniste ; mais le doigt de porto, assis côte à côte, sur un divan plein de coussins, j'ai eu peur que cela ne soit trop pour moi.

COLOMBE. – Je ne sais pas du tout ce que vous voulez dire.

ARMAND. – Moi, si. Très bien. Quand je m'amuse, je m'amuse. Mais quand je garde l'honneur de la famille : je le garde.

COLOMBE. – Puisque nous allons chez le costumier ce soir et que je ne pourrai pas venir chez vous comme d'habitude, voulez-vous que nous répétions ici, au lieu de dire des bêtises, en les attendant ? Vous savez que le concours d'admission est dans quinze jours.

ARMAND. – Allons-y, mon cœur. J'ai ma brochure, elle ne me quitte plus.

Ils se débarrassent, mettent des chaises en place pour une répétition.

COLOMBE. – Cela vous ennuie peut-être de me faire travailler ma scène ?

ARMAND. – Affreusement.

COLOMBE. – Si cela vous ennuyait vraiment trop, je pourrais demander à M. Du Bartas. Je crois que lui, cela ne l'ennuierait pas.

ARMAND. – Pas assez, ma chère âme, pour mon goût. Allons-y ! Prenons la fin qui n'allait pas hier. Et après nous filerons la scène.

Il s'assoit. Colombe s'avance.

COLOMBE. – « Et si je vous disais, monsieur, que je vous aime ? »

ARMAND. – « Je ne vous croirais pas. »

COLOMBE. – « Et si je vous disais que j'ai beaucoup de peine ? »

ARMAND. – « De la peine avec ces yeux-là, allons donc ! »

COLOMBE. – « Comment pouvez-vous savoir ce que disent mes yeux, vous ne les regardez jamais. »

ARMAND *se lève et la prend dans ses bras.* – « Hé bien voilà. Je les regarde ! »

COLOMBE *se laisse regarder, puis se détourne un peu, pudiquement.* – « Ah ! monsieur, pas trop au fond, je vous en prie, je vais rougir maintenant. »

ARMAND *déclame, assez faux d'ailleurs.* – « Petite fille, petite fille... Tu as voulu jouer au jeu de l'amour. Et tu es prise au piège maintenant, étonnée de te sentir pour la première fois toi-même. Et tu trembles au bord du baiser. Car tu le sais, enfant, que je vais prendre tes lèvres, n'est-ce pas et tu en meurs d'envie comme moi ? »

COLOMBE *laisse tomber sa tête sur son épaule et murmure.* – « Oui, monsieur le comte. »

ARMAND *la regarde un instant sur son épaule, puis soupire d'un autre ton.* – Là, il l'embrasse.

Il lit sur sa brochure, par-dessus l'épaule de Colombe :

« Mes chevaux ! Mes chevaux ! Ma chaise ! Basque ! Champagne ! Mes gens ! Mes gens, holà ! Demain je serai à Versailles et je me jetterai aux pieds du roi..., etc., etc. »

COLOMBE *demande sans bouger.* – C'était mieux qu'hier ?

ARMAND *la relève.* – Cher ange ! Vous êtes le diable. Où avez-vous appris tout cela ?

COLOMBE. – Je dis comme je sens. Ce n'est pas plus difficile que cela de jouer des pièces ?

ARMAND. – Pour vous, non, il faut le croire. C'est dans les bras de Julien que vous vous figurez être, pour jouer si bien ?

COLOMBE. – Oh non, le pauvre ! Il ne me dirait pas ces mots-là.

ARMAND. – Dans les bras de Du Bartas peut-être ?

COLOMBE. – Non.

ARMAND. – Mais vous pensez que vous êtes toujours Colombe ?

COLOMBE. – Oui. Une autre Colombe qui aime le comte, comme c'est écrit.

ARMAND. – Et tout à l'heure, quand nous dirons la scène des adieux, vous vous sentirez très malheureuse ?

COLOMBE. – Pas vraiment. Mais j'aurai tout de même envie de pleurer de vraies larmes.

ARMAND. – Julien vous a fait pleurer déjà ?

COLOMBE. – Quelquefois !

ARMAND. – Quand vous pleurez pour votre rôle, c'est à ces larmes-là que vous pensez ?

COLOMBE. – Oh non ! Ce ne sont pas les mêmes.

ARMAND. – Mais cela coule, tout pareil ?

COLOMBE. – Sauf que je ne suis pas vraiment triste – tout au fond.

ARMAND. – Tandis qu'avec Julien vous êtes toujours vraiment triste – « tout au fond » comme vous dites – quand vous pleurez ?

COLOMBE. – Forcément, puisque c'est dans la vie !

ARMAND. – Vous êtes certaine que vous n'avez jamais pleuré avec lui, une seule petite fois, sans être vraiment triste, « tout au fond » ? Un accident est si vite arrivé !

COLOMBE *se méfie.* – Pourquoi me demandez-vous cela ?

ARMAND. – Pour m'instruire, mon cher ange. Je ne peux pas arriver à croire que cette gracieuse faculté que vous avez de pleurer sur commande, vous n'ayez jamais songé à vous en servir.

COLOMBE. – Vous me croyez donc une menteuse ?

ARMAND. – Quel vilain mot ! Il faudrait être bien naïf, ma chère, pour traiter une femme de ce nom. Ou alors il faudrait qu'elle se soit laissé entraîner à une déformation extrêmement sotte et grossière... Mais la vérité des femmes est une chose si nuancée, si fragile, si mouvante... Il n'y a que les hommes des bois comme Julien pour se figurer que c'est une dame toute nue, qui sort d'un puits avec un miroir de poche.

COLOMBE, *soudain.* – Je n'aime pas quand vous dites du mal de Julien.

ARMAND. – Pourquoi ?

COLOMBE. – C'est un vrai homme, lui.

ARMAND. – Je sais, mon cœur. Et les femmes adorent les vrais hommes... Il leur en faut bien, pour jouer leur jeu. Avec des coquins de mon espèce, toutes ces grandes ressources inutiles... Avouez que cela serait navrant ! Mais le jeu joué avec les vrais, vous verrez que c'est tout de même agréable.

COLOMBE. – Quoi ?

ARMAND. – Les hommes comme moi. Ceux qui savent à quoi s'en tenir... On peut déposer les armes un instant, mettre ses pantoufles... Quitter cet air offensé par exemple et rire comme on en a envie... Cela doit être tellement harassant d'être toujours femme ! – Allons ! puisque je vous le dis que nous sommes entre nous !

COLOMBE *éclate de rire.* – Vous êtes terrible, Armand !

ARMAND, *doucement.* – Pas plus que vous, mon cher cœur. *(Il s'éloigne.)* Alors, nous la reprenons une dernière fois cette scène avant que les grandes personnes envahissent le plateau ?

COLOMBE. – Si vous voulez.

Elle se met en place et demande :

Et si M. Du Bartas me trouve dans vos bras ?

ARMAND. – De toute façon, c'est moi qui gifle.

COLOMBE *commence.* – « Et si je vous disais, monsieur, que je vous aime ? »

ARMAND. – « Je ne vous croirais pas. »

COLOMBE. – « Et si je vous disais que j'ai beaucoup de peine ? »

ARMAND. – « De la peine avec ces yeux-là ? Allons donc ! »

COLOMBE. – « Comment pouvez-vous savoir ce que disent mes yeux ? Vous ne les regardez jamais. »

ARMAND. – « Hé bien voilà. Je les regarde. »

Il se lève, la prend dans ses bras et murmure soudain :

Démon ! Sale petit démon !

Il la lâche, un peu gêné et dit avec quelque chose d'enfantin et de gentil qui lui est resté sous son cynisme.

Il faudra, tout de même, ne pas faire trop de mal à Julien.

Ils sont debout l'un contre l'autre sans oser se regarder.

LE RIDEAU TOMBE.

TROISIÈME ACTE

Le couloir des loges, comme au premier acte, mais vu de l'autre côté.

La porte de la loge de Madame Alexandra est maintenant côté jardin et c'est une autre loge, celle de Colombe, qui est ouverte côté cour.

Mme Georges est assise sur sa chaise à la même place dans le couloir. Julien fait les cent pas habillé en militaire, capote bleu marine aux coins retroussés, pantalon garance, képi à pompon, baïonnette. Il ouvre la porte de la loge et demande.

JULIEN. – C'est sa loge ?

MADAME GEORGES. – Oui.

JULIEN *referme la porte.* – Il n'y avait personne à la maison.

MADAME GEORGES. – Revenir comme ça sans crier gare ! C'est qu'on ne s'y attendait pas nous autres, monsieur Julien.

JULIEN. – Nous avons eu une permission de vingt-quatre heures parce que nous avons changé de général. Je n'ai pas eu le temps d'avertir.

MADAME GEORGES. – Voyez-vous ça ! Et le nouveau, il est plus conciliant que l'ancien ?

JULIEN. – Cela doit se valoir.

MADAME GEORGES. – Il ne faut pas mal répondre avec lui, monsieur Julien. Il faut toujours être bien poli.

JULIEN. – Rassure-toi, Georges. Un soldat de seconde classe a très rarement l'occasion d'être impoli avec le général.

MADAME GEORGES. – Tout de même, il ne faut pas faire la mauvaise tête. Quand vous le rencontrez, Monsieur Julien, il faut toujours bien ôter votre képi.

JULIEN. – Excellente idée. Il me ferait fusiller !

MADAME GEORGES. – Ils sont si sévères que ça ? Avec vous, on ne sait jamais si c'est pour rire.

JULIEN. – Avec eux non plus ! Aussi j'aime mieux m'en tenir au salut réglementaire. – Elle n'était même pas rentrée dîner.

MADAME GEORGES *a un geste.* – Vous savez, la vie d'artiste. On n'a pas toujours son temps.

JULIEN. – Il y avait une femme à la maison. La belle-sœur de la concierge qu'elle paie maintenant pour garder le petit le soir.

MADAME GEORGES. – Vous voyez, Monsieur Julien, vous pouvez être tranquille, il a tout ce qu'il lui faut le chérubin. Pour cela Mme Julien elle est parfaite : tous ses sous c'est pour lui. L'autre jour, elle lui a acheté un burnous, tout en soie, brodé main, qui valait peut-être soixante francs ! Vous savez qu'ils l'ont augmentée ?

JULIEN. – Déjà ?

MADAME GEORGES. – Dix francs par jour qu'ils lui donnent maintenant. Il faut dire que dans la reprise elle a un bien plus grand rôle : vingt-trois lignes. C'est beau pour un début ! C'est qu'il s'en est passé des choses depuis trois mois que vous êtes parti. Mme Julien vous a écrit ?

JULIEN. – Pas beaucoup.

MADAME GEORGES. – D'abord *La Femme et le Serpent* ; ça a été un four. M. Poète-Chéri en a été malade. Madame et lui s'en sont dit des insultes !... J'en rougissais moi-même. Du beau monde comme ça, on ne croirait pas, ça en sait des mots sales... À la fin, ils se sont battus comme des chiffonniers dans sa loge. Elle le giflait, et M. Poète-Chéri il lui arrachait ses postiches ! Ça n'empêche qu'ils ne l'ont jouée que trente fois la pièce. Je l'avais dit : une pièce où il y a trop de changements. Mais on n'écoute jamais l'habilleuse... D'abord, j'avais pas pleuré aux répétitions. Et quand je ne pleure pas, c'est très rare que ça soit bon. Enfin, ils se sont réconciliés tout de même, M. Poète-Chéri et elle et ils ont remonté leur grand triomphe à lui et à Madame, qu'ils reprennent toujours quand ça va mal : *La Maréchale d'Amour.* Trois changements seulement, mais tout du Louis XV. C'est des robes qu'on met plus de dix minutes à agrafer.

JULIEN. – Est-ce qu'elle arrive tard ?

MADAME GEORGES. – Qui ?

JULIEN. – Colombe.

MADAME GEORGES. – Elle a son entrée au début du un, elle ne va pas tarder maintenant. À moins que M. Armand l'ait amenée dîner et qu'il la reconduise au dernier moment en voiture.

JULIEN. – Armand l'a emmenée dîner ?

MADAME GEORGES. – Quelquefois, la pauvrette. Ou bien M. Du Bartas. C'est rare pour un grand premier rôle d'être aimable avec une petite qui débute. Surtout lui qui garde ses distances. Mais avec elle il est tout miel. M. Poète-Chéri pareil : c'est toujours des fleurs et des compliments comme si elle avait le premier rôle dans la pièce. Jusqu'à M. Desfournettes qui est toujours bien poli. Ah ! on ne peut rien dire contre eux ! Ils sont tous très gentils avec elle !

JULIEN. – Vraiment ?

MADAME GEORGES. – Forcément. Une pauvre petite femme toute seule que son mari a dû laisser, ça fait pitié. On essaie de la distraire. Ils ont bon cœur quoi, ces messieurs !

JULIEN. – Il faut croire.

MADAME GEORGES *se rapproche*. – Et puis, entre nous, monsieur Julien, c'est pour vous surtout qu'ils font ça. Pour vous enlever du souci de la savoir seule. Ah ! ils vous aiment bien tous, allez, malgré votre mauvais caractère. C'est à leur façon d'agir avec Mme Julien qu'on voit qu'ils vous aiment bien.

LA SURETTE *paraît au fond et crie*. – On lève dans dix minutes !

MADAME GEORGES. – Ouiche ! Madame n'est pas encore là. Ni Mme Julien non plus.

LA SURETTE. – Je ne veux pas le savoir ! Je fais mon métier, moi. Je ne dîne pas en ville.

Il crie :

On lève dans dix minutes !

Il aperçoit Julien, il change de figure.

Ah ! monsieur Julien. Ça c'est une surprise. Vous avez donc une permission ?

JULIEN. – Oui. Tu vois.

LA SURETTE. – C'est la belle vie maintenant dans l'Armée française ! Toujours en balade ? Ce n'est pas comme de mon temps.

Il demande avec un mélange de sournoiserie et de timidité.

Alors vous revenez prendre un peu l'air du théâtre, monsieur Julien ?

JULIEN. – Oui.

Un temps. Il ajoute :

J'ai reçu ta lettre, La Surette.

LA SURETTE *pâlit un peu, il ricane.* – Ah ! oui, déjà monsieur Julien ?

JULIEN. – Hier soir.

LA SURETTE, *d'une voix blanche, après un petit temps.* – Ça va vite tout de même les postes, on ne croirait pas !

JULIEN. – Je te remercie de m'avoir écrit.

LA SURETTE *ricane, l'œil fuyant.* – Les nouvelles du théâtre, quoi ! J'ai pensé que vous aimeriez être au courant.

JULIEN. – Oui. Tu as cinq minutes ? On pourrait descendre prendre un verre au tabac.

LA SURETTE. – Tout de suite ? C'est qu'on va lever bientôt. Et puis il faut que je m'habille ; ce soir je double le maréchal de Villardieu au deuxième acte... Troulazac s'est cassé le bras.

JULIEN *lui prend le bras.* – Alors entrons là. Ce sera vite fait.

LA SURETTE. – Moi je veux bien, mais je vous préviens que c'est sa loge...

Ils entrent dans la loge de Colombe. On entend appeler du fond : « Georges ! »

MADAME GEORGES *se précipite.* – Voilà M. Du Bartas !

DU BARTAS *paraît en burnous marocain et en caleçon sur le seuil de sa loge, il se maquille.* – Viens me passer ma chemise. La petite est là ?

MADAME GEORGES. – Pas encore monsieur Du Bartas. Mais vous savez, il y a une bonne surprise : ils ont donné vingt-quatre heures de permission à monsieur Julien !

DU BARTAS. – Ah diable !

MADAME GEORGES. – Et je le lui ai dit, allez, comme vous avez été gentil tout le temps avec Mme Julien. Ça l'a touché, le pauvre ! Il en avait les larmes aux yeux.

Elle a refermé la porte de la loge, on ne les entend plus. Dans la loge de Colombe, Julien avait attendu la fin de leurs répliques ; il empoigne soudain La Surette par le revers.

JULIEN. – Qui est-ce ?

LA SURETTE. – Voilà le hic ! Voilà où cela commence, monsieur Julien. Ce serait trop beau si on pouvait entrer tout de suite dans le rôle avec la certitude aussi. C'est comme tout d'être cocu, c'est difficile. C'est pas donné à tout le monde. Cela s'apprend.

JULIEN. – Parle ou je t'assomme !

LA SURETTE. – Tout de suite, comme cela ? Tous les mêmes ! J'assomme, je tue, n'importe qui ! Ces débutants... C'est pas si simple monsieur Julien, c'est un vrai rôle, tout en nuances, le cocu. Il y a tout un rituel, toute une danse. Un pas en avant, un pas en arrière, pirouette ; un temps de repos pour mieux repartir ; un pas en avant, un pas en arrière, pirouette. Il ne faut pas croire ! C'est tout un métier à s'entrer dans la peau.

JULIEN *l'a pris par le cou.* – Je t'étrangle si tu ne parles pas !

LA SURETTE. – Foutaise ! Et après ? Vous serez bien avancé. Un comparse... Pour vous prouver votre virilité ? Comme c'est futile ! Ne serrez pas, monsieur Julien, ne serrez pas, c'est inutile. De toute façon ce n'est pas moi. Je suis trop laid. Et ça, au moins, vous en êtes sûr.

Julien l'a lâché, il se rajuste.

Ne haussez pas les épaules. C'est déjà ça. Il n'y a pas tant de choses dont vous allez être sûr, maintenant.

JULIEN. – Pourquoi m'as-tu écrit ?

LA SURETTE. – Parce que je suis sentimental. Cela me faisait de la peine. Je vous aime bien.

JULIEN. – Tu ne peux pas me dire un nom ?

LA SURETTE. – Non.

JULIEN. – Avec qui sort-elle habituellement ?

LA SURETTE. – Ah, ça commence ! Cela me fait plaisir. Un bon cocu doit être méthodique. C'est l'A.B.C. Moi je ne peux que vous aider de mes petites lumières. Un confident de tragédie. C'est tout. L'intuition, l'éclair de génie, cela viendra de vous. Ils sont quatre.

JULIEN *sursaute.* – Quatre ?

LA SURETTE. – Possibles. Pas sûrs. Ce serait trop beau ! Armand, Du Bartas, Poète-Chéri – oui, de l'Académie française – et M. Desfournettes soi-même, le directeur. C'est du beau monde... Si vous voulez, négligeons le coiffeur, qui la coiffe un peu trop souvent. Quoique ce soit un homme qui plaise aux dames. De gros biceps. Très important.

JULIEN. – Il pue.

LA SURETTE. – Le fauve. Et cela n'est pas à négliger. Cela peut plaire... Axiome, capital : le cocu doit renoncer à sentir par lui-même, à voir par ses yeux. Cette fidélité à son jugement d'homme risque de l'égarer à jamais. La plupart des cocus piétinent parce qu'ils imaginent un amant de leur femme susceptible de leur plaire, à eux.

JULIEN. – Alors cinq, avec le coiffeur ?

LA SURETTE. – Ne vous effrayez pas. J'ai connu un capitaine qui a soupçonné toute sa compagnie. Je vous laisse à penser des doutes des colonels.

JULIEN. – Je les assomme tous les cinq !

LA SURETTE. – C'est faisable, mais c'est sommaire. Cela ne vous apportera aucun apaisement, même si le vrai est dans le lot. Le drame du cocu, c'est le drame de l'homme : la connaissance. Les coups, cela ne vient qu'après, ce n'est rien, c'est du luxe, les coups. Il faut savoir.

JULIEN. – Elle va arriver, je l'interrogerai.

LA SURETTE. – Bon jeune homme ! Ils ont tous cette illusion. Comme cela vous serez sûr de ne rien savoir, jamais.

JULIEN *gémit.* – Mais Colombe m'aime, moi !

LA SURETTE. – C'est possible. Mais n'allez pas croire que cela va simplifier votre cas.

JULIEN. – Je l'ai laissée seule dans ce milieu pourri comme un imbécile, voilà tout. C'est un oiseau.

LA SURETTE. – Oui, mais les naturalistes vous diront que c'est difficile, à connaître au juste, les mœurs des oiseaux.

JULIEN. – Qu'est-ce qu'il faut faire ?

LA SURETTE. – Vous devenez sage. Prendre le conseil des anciens d'abord. Vous en aurez besoin dans ce monde étrange que vous allez voir fleurir autour de vous, maintenant. Elle va entrer dans une minute, vous sourire, vous embrasser, et – prenez garde ! – tout va devenir normal, beaucoup trop normal... Autour du cocu, la vie se fait bizarre : les coïncidences, les coups du sort se mettent à abonder plus que dans n'importe quelle autre vie... Seulement, les lettres qui n'arrivent pas ou qui arrivent trop vite, les téléphones qui sonnent et il n'y a personne au bout du fil ; les objets inconnus la veille qui traînent sur les commodes, les amis qu'on n'avait pas revus depuis dix ans et qui vous retiennent tout l'après-midi – tout ce qui dans la vie ordinaire garde un certain mystère, tout ce qui ne s'explique pas, va devenir absolument clair. Tout, vous entendez, tout va vous être expliqué ! Avec une rigueur scientifique, mathématique, policière, et vous pourrez vous épuiser, tous les alibis seront exacts, abominablement exacts. Vous êtes pris maintenant ! La vie, l'honnête vie était raisonnablement mystérieuse ; dorénavant, elle va avoir insolitement réponse à tout. Mais attention, toutes ses réponses seront des questions nouvelles pour vous. Vous êtes pris.

Comme un rat. Il va falloir danser la danse. L'employé du gaz qui sonne trop tôt le matin, ce ne sera plus un simple employé du gaz, ce sera une question ; le nouveau chapeau qu'elle aura acheté la veille, ce sera une question ; une chanson sur sa bouche, une question ; son silence, la couleur de son rouge à lèvres, une autre question. Et les questions, c'est un collier de perles, cela s'enfile, cela se déboîte les unes des autres à l'infini comme les petites fleurs japonaises. Il n'y a plus aucune raison de s'arrêter. Vous allez devenir une question vivante sur deux pattes, un gros point d'interrogation qui bourdonne et se pose partout.

JULIEN. – Non ! je ne lui demanderai rien.

LA SURETTE. – Si ! Et quand vous aurez fini de la questionner, elle, ce ne sera pas fini : vous vous questionnerez vous-même. Vous douterez de tout, vous finirez par croire vous aussi que vous avez peut-être tout inventé – jusqu'au jour, au jour du grand gala, inévitable, où vous en arriverez à vous demander, tout seul devant votre glace comme un imbécile, si au fond tout cela n'est pas votre faute et si vous ne l'avez pas voulu. Vous serez mûr ce jour-là. Un vrai cocu. Pas un petit mari trompé de rien du tout. Et ce qui aura pu se passer ou non entre les jambes de Mme Colombe, ce ne sera plus qu'un détail.

Il écoute.

Attention, la voilà ! – Alors de deux choses l'une, monsieur Julien : ou vous voulez que je vous aide et vous m'écoutez ou je vous laisse patauger tout seul.

JULIEN. – Qu'est-ce qu'il faut faire ?

LA SURETTE. – Vous cacher d'abord. Se cacher toujours, autre axiome ! Le cocu doit voir sans être vu.

JULIEN *regarde autour de lui, affolé. Les voix se rapprochent.* – Où ?

LA SURETTE *lui ouvre un placard et le pousse dedans.* – Dans l'armoire, comme tous les cocus !

Il ajoute :

Et vous pourrez renifler ses robes. Cela vous rappellera le bon temps !

Il l'a poussé dans le placard, il sort précipitamment dans le couloir et crie.

En scène pour le un !

MADAME ALEXANDRA, *qui fait une entrée rapide, suivie de son état-major.* – Ne beuglez pas comme ça, imbécile ! On lèvera quand je serai prête ! C'est encore vous qui doublez Troulazac ce soir ?

LA SURETTE. – Oui Madame-Chérie.

MADAME ALEXANDRA, *disparaissant dans sa loge.* – Ça va être gai !

COLOMBE *entre à son tour, criant.* – Où est-il ? Où est-il ?

Elle va jusqu'à la loge, ne voit personne, en sort criant :

Georges ! Georges ! Où est Julien ?

Elle rentre et voit Julien qui est sorti du placard. Elle se jette dans ses bras, criant :

Mon chéri !

Elle le regarde.

D'où sors-tu ?

JULIEN. – Du placard.

COLOMBE. – Pourquoi étais-tu dans le placard ?

JULIEN. – Pour te faire une farce.

COLOMBE *le serre à l'étouffer.* – Mon chéri ! Mon chéri ! Quel bonheur ! Comme cela a été long, tu sais.

JULIEN, *doucement.* – Plus long encore que tu ne peux l'imaginer.

COLOMBE. – Mais toi tu étais occupé ! Tu avais quelque chose à faire. Les batailles, les charges, le demi-tour réglementaire, le salut aux officiers... Ta petite femme était toute seule, elle, à t'attendre. Comme c'est bon. Comme c'est bon. Et comme tu es beau en soldat ! On dirait un général !

JULIEN. – Pas encore. Mais c'est une chance, le bleu me va bien.

COLOMBE. – Ils vont te faire avancer en grade ?... Si tu veux je connais quelqu'un – enfin Madame-Chérie connaît quelqu'un au ministère... On pourrait leur écrire...

JULIEN. – Merci.

COLOMBE. – Ils t'ont fait beaucoup marcher mon chéri ? Assois-toi. Assois-toi tout de suite. Tu dois être tellement fatigué.

Elle s'est mise sur ses genoux.

Combien t'ont-ils fait faire d'une seule traite, le plus ?

JULIEN. – Vingt-cinq kilomètres.

COLOMBE. – Mais au retour, ils ne vous permettent pas de prendre le tramway ?

JULIEN. – Non.

COLOMBE. – Et vous devez faire vous-même votre linge et votre ménage ? Cela doit être du joli ! Naturellement, tu n'as pas eu le temps de penser à moi !

JULIEN. – Si. Tout le temps.

COLOMBE. – On dit ça ! Mais quand vous êtes tous ensemble, entre hommes, vous ne devez penser qu'à vous dire des horreurs. Mon chéri, toutes ces nuits sans moi... Tu n'as pas trouvé ton lit trop grand ?

JULIEN. – Tu sais, il est très petit.

COLOMBE. – Tu vois, pour toi ce sont des vacances ! Bon débarras ! On respire un peu, on fait le jeune homme, enfin ! Tant pis pour la pauvre petite femme qui reste toute seule la nuit, elle n'a qu'à mettre des bouillottes dans son lit si elle a froid. Ce que cela peut être égoïste les hommes !

JULIEN *demande*. – Et le petit ?

COLOMBE. – Il va bien. Comment trouves-tu mon petit ensemble noisette ?

JULIEN. – Très joli, mais cela doit valoir très cher.

COLOMBE. – Non non. Presque rien. J'ai trouvé une couturière qui me fait des prix et puis je la paie à crédit. D'ailleurs, je gagne beaucoup, tu sais, maintenant. Je vais pouvoir t'envoyer des petits mandats pour faire ton garçon au camp de Châlons. Tu iras les manger avec des filles. On vous connaît ! C'est pour cela que les hommes tiennent tellement à l'armée, c'est pour pouvoir se débarrasser de nous. Ton Déroulède qui réclame toujours le service de trois ans, il doit être encore plus coureur que les autres, voilà tout !

JULIEN. – Il n'y a pas beaucoup de filles, tu sais, au camp de Châlons.

COLOMBE. – Oui. Oui. Je me suis renseignée : il y a les permissions de minuit. Vous devez en faire de belles ! Je suis sûre que tu m'as trompée. Ne me dis pas non, tu mentirais.

JULIEN. – Non, pourtant.

Il demande naturellement :

Et toi, Colombe ?

COLOMBE. – Oh ! mon chéri, moi ? Tu veux rire ! Je n'en aurais même pas eu le temps ! Tu sais que j'ai vingt-cinq vers dans la nouvelle pièce. Il a fallu travailler dur. Tu vas venir m'applaudir dans la salle ? Tu me verras en marquise. Tu ne la reconnaîtras pas, ta femme. Je vais avoir un trac de savoir que tu es là ! Oh ! mon chéri, mon gros petit chéri, comme c'est bon que tu sois venu. Tu as bonne mine.

JULIEN. – Oui.

COLOMBE *l'embrasse et se lève.* – C'est bien de ne pas se voir un moment, parce qu'on est contents de se retrouver. Tu veux bien que je me déshabille ? On va lever tout de suite. Je suis en retard.

Elle est passée derrière le paravent. À mesure qu'elle se déshabille, pendant la scène, on voit son bras nu jeter ses affaires les unes après les autres sur le paravent. Elle demande.

Tu as combien de jours de permission ?

JULIEN. – Vingt-quatre heures.

COLOMBE. – Vingt-quatre heures seulement ? Et tu ne peux pas leur dire que tu as raté le train ?

JULIEN. – Non.

COLOMBE. – Mais mon chéri, cela va être terrible ! Justement ce soir je suis invitée à souper par des gens très importants pour moi – ce serait trop long à t'expliquer maintenant – et demain je répète tout l'après-midi !

JULIEN. – Tu n'iras pas souper avec ces gens, voilà tout.

COLOMBE. – Oh, mon petit Julien, c'est impossible ! C'est tout mon avenir qui est en jeu !

JULIEN. – C'est le mien aussi. Et c'est court, tu sais, un avenir de militaire.

COLOMBE. – Allons, ne dis pas de bêtises. Toi, tu auras d'autres permissions, moi, une chance comme celle-là je ne la retrouverai peut-être pas. Il s'agit de gens très influents tu comprends qui peuvent me faire engager aux Folies-Bergère. On cherche une jeune femme dans mon genre pour faire « L'Impôt sur le Revenu » dans la prochaine Revue... Mais je serai habillée mon chéri ; sans cela tu penses bien que je n'aurais même pas accepté d'essayer. « L'Impôt sur le Revenu » – forcément ! Il paraît que j'aurai deux mille francs de fourrures sur le dos, et seulement une jambe nue. Une jambe, ce n'est pas une affaire. Tu comprends bien que cela n'a aucun rapport avec les petites femmes qui sont là pour montrer leurs seins.

JULIEN *se lève et crie soudain.* – Ne me parle plus de ces ordures ! Tu rentreras avec moi ce soir, Colombe.

Il y a un silence derrière le paravent, puis on entend Colombe dire.

COLOMBE. – Naturellement, tu n'es pas encore revenu et il faut déjà que tu cries.

JULIEN *crie.* – Oui je crierai ! Oui je crierai et je casserai tout s'il le faut. Mais je te jure bien que cela ne se passera pas comme ça !

Colombe surgit du paravent en pantalon et corset et demande innocente, les mains croisées sur sa poitrine, demi-nue.

COLOMBE. – Mais quoi, mon chéri ?

JULIEN *crie, ridicule.* – Tu sais très bien ce que je veux dire. Ne fais pas l'innocente.

COLOMBE, *lumineuse.* – Mais non, mon chéri, moi, je ne sais rien.

Du Bartas sort de sa loge à demi habillé et va cogner à la porte de Colombe.

DU BARTAS. – Toc ! Toc ! Tu es là mon petit chat ? Je voulais te dire de faire très attention.

Il entr'ouvre la porte et voit Julien.

Oh pardon !

JULIEN. – Pardon.

DU BARTAS. – Bonne permission ?

JULIEN. – Oui.

DU BARTAS. – Bravo ! Tu sais le becquet mon petit chat ?

COLOMBE. – Oui, monsieur Du Bartas.

DU BARTAS. – Bravo ! Bravo ! On l'essaie ce soir.

Il repart comme il est venu.

JULIEN. – Pourquoi t'appelle-t-il « mon petit chat » ?

COLOMBE. – Je ne sais pas. Parce qu'il est très gentil. Il m'a beaucoup aidée pour mon rôle.

JULIEN. – Et il te tutoie ?

COLOMBE. – Tout le monde se tutoie au théâtre. Ce n'est pas à moi de te l'apprendre tout de même. Il tutoie aussi ta mère.

Pendant ces répliques, Desfournettes a surgi, affairé et important. Il vient frapper discrètement à la porte.

DESFOURNETTES. – Toc ! Toc ! Toc ! Toc ! Vous êtes là mon petit rat ?

JULIEN *grommelle*. – Allons bon, un rat maintenant.

DESFOURNETTES. – Je voulais vous dire de faire très attention mon petit rat, parce que...

Il a ouvert la porte et vu Julien.

Oh pardon !

JULIEN. – Pardon.

DESFOURNETTES. – Pardon, pardon. Je venais faire une recommandation à ta femme. Cela va bien ?

JULIEN. – Cela va bien.

DESFOURNETTES. – Tu as bonne mine.

JULIEN. – Merci. Tout le monde me l'a dit.

DESFOURNETTES. – Je voulais vous dire qu'on levait à l'heure aujourd'hui. Pas de retard n'est-ce pas ? pas de retard !

Il repart comme il est venu.

JULIEN. – Mon petit rat. Cette vieille loque. C'est ignoble !

COLOMBE. – Oh ! toi. Tu vois le mal partout. Tu ne veux pas qu'on me traite de chat, tu ne veux pas qu'on me traite de rat ; de quoi veux-tu qu'on me traite, enfin ? Je ne peux pourtant pas exiger qu'ils m'appellent Madame !

JULIEN. – Pourquoi es-tu devenue l'amie de ces pantins ?

COLOMBE. – Je ne suis pas leur amie. Je les vois tous les jours, je travaille avec eux, voilà tout. Tout le monde ne peut pas se permettre d'être aussi désagréable que toi. Tu vois où cela t'a mené, toi, dans la vie, de n'être l'ami de personne ? Et puis ces pantins, comme tu dis, m'amusent. Je n'ai pas eu si souvent l'occasion de m'amuser jusqu'ici.

JULIEN *crie.* – Ce n'est pas vrai ! Ils ne peuvent pas t'amuser !

COLOMBE. – Comment peux-tu le savoir ?

JULIEN. – Parce que je te connais mieux que toi, Colombe.

COLOMBE *le regarde, dure.* – En es-tu sûr ?

JULIEN. – Oui. Et je te jure que tu finiras bien par te ressembler, que tu le veuilles ou non !

COLOMBE *est en face de lui, fermée, comme une ennemie. Elle murmure.* – Mon pauvre Julien.

MADAME GEORGES *est entrée sans bruit, sur ses pantoufles.* – Hé bien, les tourtereaux, on est contents de se revoir ?

JULIEN *lâche Colombe.* – On est ravis.

MADAME GEORGES. – C'est bon de retrouver sa petite femme et que tout le monde dise qu'elle est ravissante et qu'on voudrait bien l'avoir. Mais bernique ! c'est pas pour les autres. Les compliments tant qu'on voudra, c'est tout. Ça se garde pour son petit mari !

Elle passe les jupons de Colombe.

Regardez-moi cette belle petite poitrine, monsieur Julien. On en mangerait ! On dirait que cette mode-là, avec les décolletés où on voit tout, c'est fait pour elle. À Madame-Chérie il faut que je lui enfonce des morceaux de fer pour que ça tienne. Là, pas de danger : c'est du gâteau ! Aussi, il faut dire qu'elle en a du succès dans la pièce ! Monsieur Poète-Chéri il croit que c'est pour ses beaux vers qu'on vient. Allez donc ! Faut pas lui dire ;

c'est pour voir Mme Colombe que tout ce joli monde il fait la queue. Les femmes pareil ! Elles voudraient pas, mais les messieurs les entraînent. Nous autres, habilleuses, nous nous renseignons de théâtre à théâtre. Ça s'est répandu dans Paris qu'on avait une débutante qui promettait. On ne parle plus que de ça, il paraît ! Ça doit vous faire plaisir, monsieur Julien, de voir que votre petite femme elle a du succès comme ça ?

JULIEN. – Je pète de joie. Je n'en peux plus.

MADAME GEORGES. – Sans compter que ça rapporte. Bientôt vous pourrez vous prélasser sans rien faire et c'est elle qui nourrira toute la maison.

POÈTE-CHÉRI, *qui est apparu dans le couloir. Il gratte discrètement à la porte.* – Toc ! toc ! toc ! Toc ! toc ! toc ! Vous êtes là, mon petit loup ?

JULIEN *crie.* – Oui je suis là !

POÈTE-CHÉRI *sursaute à cette voix d'homme.* – Oh pardon ! pardon ! Mille pardons ! Je voulais seulement vous dire de faire attention...

Il s'arrête.

Mais non, rien, rien du tout. Je ne sais pas ce que je dis. Ou plutôt si, c'est l'énervement : le roi d'Espagne est dans la salle. Jouez bien, petite madame, ce soir. Et encore mille fois pardon ! Je vous laisse vous habiller.

Il s'en va comme il est venu.

JULIEN. – Un loup maintenant ! Ils y passeront tous. C'est une fable de La Fontaine ! Comment as-tu pu permettre à ce grotesque de t'appeler mon petit loup ? Je t'avais interdit de lui parler !

COLOMBE. – Mais c'est l'auteur de la pièce !

JULIEN. – Qu'est-ce que tu veux que cela me fasse à moi ? Mon petit chat, mon petit rat, mon petit loup ! Quoi encore ? Et à quoi veulent-ils que tu fasses attention, tous ? À moi n'est-ce pas ?

COLOMBE, *soudain fermée.* – Je ne sais pas ce que tu veux dire. Tu m'ennuies maintenant, Julien !

JULIEN. – Et tu leur souris, tu minaudes avec tes lèvres peintes, tu ronronnes. Essuie tes lèvres ! Essuie tes lèvres tout de suite ! Je ne peux plus te voir comme ça.

MADAME GEORGES *l'arrête.* – Mais, monsieur Julien, vous n'allez pas lui abîmer son maquillage ! C'est son métier de plaire, à présent. Vous n'allez pas l'empêcher d'être jolie et de sourire tout de même ! Aller me la disputer au moment d'entrer en scène ; ce n'est pas la peine d'avoir eu une maman du métier ! Regardez-moi ce petit ange, elle a les larmes aux yeux maintenant. Si ça coule avec son rimmel, ça va nous faire toute une histoire ! Ne l'écoutez pas, madame Julien, les hommes c'est tous les mêmes, ça ne comprend jamais rien à rien. Moi, quand j'ai débuté au théâtre, en 87, ça a été pareil. On m'engage à la Comédie-Française. « Habilleuse ? qu'il me dit mon homme, il peut donc pas s'habiller tout seul ce grand dégoûtant-là ? Je vais aller le crever, moi, ton directeur !... » Oui, madame Julien, il croyait des choses ! À quoi ça tient tout de même. Ce pauvre M. Claretie, qui était toujours bien poli, bien honnête, il se serait retrouvé mort, il n'aurait jamais compris pourquoi !

JULIEN. – Laisse-nous seuls maintenant, Georges.

MADAME GEORGES. – Pas si bête ! Je m'en vais pas si vous devez la faire pleurer. C'est vilain à la fin, d'agir comme ça, monsieur Julien ! Regardez-moi ce petit chérubin, on lui donnerait le bon Dieu tout de suite ; ça n'a rien fait de mal et ça se fait agonir comme une traînée. Je vais vous dire : vous ne la méritez pas votre petite femme, monsieur Julien. Elle est trop belle et trop bonne pour vous, voilà !

JULIEN *la prend par le bras et la jette dehors.* – Tu vas sortir, bon Dieu, quand je te le demande ?

MADAME GEORGES, *pendant qu'il l'entraîne.* – C'est ça, des brutalités maintenant ! Vous voyez, madame Julien, tous les mêmes ! Ça ne sait que cogner, les hommes. Ça ne nous comprend pas !

Julien l'a jetée dehors et se retourne vers Colombe. Mme Georges s'est mise à écouter derrière la porte et peu à peu, pendant la scène, le coiffeur, le pédicure, La Surette en costume Louis XV, et tous les acteurs vont venir faire un groupe muet collé à la porte de la loge dans le couloir.

JULIEN. – Qui est-ce ?

COLOMBE. – Mais qui, mon chéri ?

JULIEN. – Ton amant.

COLOMBE, *toute claire.* – Julien tu rêves, je n'ai pas d'amant.

JULIEN *lui prend le poignet et crie, ridicule.* – Je veux son nom. Je veux son nom tout de suite. Dis-le.

COLOMBE. – Mon chéri, comment veux-tu que je te dise un nom que je ne connais pas ?

JULIEN. – Inutile de nier, Colombe. J'ai des preuves. Je sais que tu as un amant. On t'a vue, on t'a suivie. On m'a écrit.

COLOMBE *se dégage et crie, furieuse.* – Qui a osé t'écrire ?

JULIEN. – Tu vois, tu as peur. Tu te troubles. Inutile de jouer l'étonnement plus longtemps. J'ai une lettre dans ma poche où on me dit tout. Avoue maintenant.

COLOMBE. – Je veux savoir qui t'a écrit !

JULIEN. – Cela ne te regarde pas.

COLOMBE. – Une lettre anonyme, bien sûr ? Tout le monde se hait dans ce métier, tout le monde se jalouse. Interroge-les comme un policier maintenant que tu as commencé, va glaner les ragots dans la loge du concierge ou dans les coulisses, tu en apprendras bien d'autres sur moi mon pauvre homme. Ce n'est pas un amant qu'on me prêtera, c'est dix. Encore heureux si ce n'est pas des vices. La lettre anonyme, c'est leur passe-temps en attendant des rôles qu'on ne leur donne jamais. Toi qui as traîné dans les coulisses tout petit, je pensais que tu aurais appris à les connaître. Mais c'est plus facile de croire tout de suite une saleté plutôt que de faire confiance à sa femme. La première petite chipie, le premier maniaque qui pique ta jalousie imbécile et ta vanité blessée, c'est lui qui a raison. C'est lui qu'il faut croire, même s'il ne signe pas. Pas moi.

Elle change de ton, au bord des larmes.

Les deux ans que nous avons vécus heureux, ma fidélité quand tu étais pauvre et que je faisais ta vaisselle, cela ne compte pas, bien sûr. Tu crois que c'est la première fois, pauvre imbécile, que les hommes tournent autour de moi ? Tu crois qu'il n'y en avait pas à chaque coin de rue, quand j'allais faire ton marché sans gants l'hiver, avec trois francs dans mon porte-monnaie, pour me proposer une autre vie plus heureuse, et les robes et les sorties et tout ce dont j'avais envie ? Si j'avais voulu te tromper avec eux, tu crois que j'aurais eu besoin d'attendre ton départ ? Je me suis toujours défendue, je t'ai toujours tout gardé, même quand il n'y avait plus rien à manger le soir à la maison, rien que la bouillie du petit, et que nous dînions, serrés l'un contre l'autre, à regarder les hirondelles sur les toits. Oublie tous ces jours-là, oublie tout et salis-moi maintenant. Oh ! mon Dieu, que je suis malheureuse !...

Elle est tombée sanglotante sur son fauteuil. Julien est resté immobile, tout bête. Il murmure.

JULIEN. – Pardon, Colombe.

COLOMBE, *dans ses larmes.* – Pardon, c'est facile pardon. C'est fait maintenant. Je sais que tu crois n'importe qui plutôt que moi.

JULIEN. – Je veux te croire.

COLOMBE *demande d'une petite voix indifférente, du fond de ses larmes.* – Elle était signée cette lettre ?

JULIEN. – Oui.

COLOMBE. – Dis-moi son nom, à cette chipie. Ah ! celle-là, si je la tiens, elle verra ce que j'en ferai de son chignon !

JULIEN. – C'est un homme qui m'a écrit.

COLOMBE *réfléchit un peu et s'exclame.* – Oh, je vois qui c'est ! Quel lâche ! Pauvre sot. Tu ne comprends donc pas que ce sale individu t'a écrit pour se venger, parce qu'il m'avait fait de sales propositions et que je l'ai remis à sa place ?

JULIEN *bondit.* – Qui t'a fait des propositions ? Qui ? Dis-moi son nom tout de suite. J'exige de savoir son nom !

COLOMBE. – Non. Dis-moi son nom d'abord, toi, que je voie si c'est bien lui qui t'a écrit. Dis-moi seulement la première lettre, je devinerai. C'est un P n'est-ce pas ?

JULIEN. – Non.

COLOMBE. – Alors c'est un R ? C'est lui ; je suis sûre maintenant que c'est lui, ce grand dégoûtant-là !

JULIEN. – Ni un P ni un R.

COLOMBE, *un peu démontée.* – Ce n'est pas un W tout de même ? Celui-là, je le crois capable de bien des choses, quand une femme le refuse, mais pas d'écrire à son mari.

JULIEN. – Ce n'est ni un P, ni un R, ni un W. Mais il y a donc trois hommes qui auraient pu m'écrire ?

COLOMBE. – Mais tous, tous mon pauvre biquet ! Tous ceux à qui on tape sur les mains quand ils veulent vous prendre la taille dans les couloirs, tous ceux à qui on éclate de rire au nez quand ils vous susurrent à l'oreille avec de sales mots, qu'ils ont envie de vous. Tous les hommes ! Tu crois que cela peut rester tranquille une fille, quand c'est tout seul et que c'est joli ?

JULIEN *hurle.* – Je veux les noms ! Je veux tous les noms ! J'irai les trouver les uns après les autres et je les assommerai. Les noms allons, les noms tout de suite ! Je l'exige !

COLOMBE. – Mais mon pauvre chéri, il te faudrait le bottin ! Vous êtes tous les mêmes ! des chiens derrière le premier jupon qui passe. Et encore les chiens se contentent d'arroser l'endroit. Mais les hommes... Fais l'innocent ! Pour ce que tu as dû te gêner toi aussi. Je ne te suivais pas toujours, moi, quand tu allais à tes leçons de piano. Je lavais les couches du petit pendant ce temps-là.

JULIEN. – Depuis que je t'aime, Colombe, je n'ai jamais regardé une autre femme.

COLOMBE. – Bien sûr mon bonhomme ! On dit ça ! Et les demoiselles Pinteuil, les jumelles, pendant que tu leur apprenais la *Valse de Faust* à quatre mains ?

JULIEN *hausse les épaules.* – Elles avaient quinze ans.

COLOMBE. – Justement ! Et la brune louchait, mais l'autre, avec ses airs effarouchés et sa petite poitrine qui pointait. Tu laissais bafouiller la bigle, oui, mon bonhomme ; mais l'autre, tu étais toujours là, pour rectifier la position de ses doigts en te penchant au-dessus d'elle. Nie-le ! Nie-le ! Moi aussi j'ai reçu des lettres à cette époque et je n'ai rien dit.

JULIEN. – Les filles Pinteuil ! C'est absurde !

COLOMBE. – Et la boulangère ?

JULIEN, *ahuri.* – La boulangère ?

COLOMBE. – Oui, la boulangère ! Fais celui qui ne se rappelle pas ! Tu ne voulais jamais faire les commissions, sauf quand il s'agissait d'aller chercher le pain. Et elle qui refusait à tout le monde, elle te le donnait à crédit, quand nous n'avions plus d'argent. Cette grosse blonde avec ses gros seins ! Tu me dégoûtes Julien ! Je suis trop malheureuse ! J'aime mieux mourir !

Elle sanglote derechef sur son fauteuil. Julien est muet, désemparé en face d'elle. Dans le couloir, on sent que la situation s'est retournée et que c'est le moment d'agir. On persuade par mimiques le coiffeur – qui n'y tient pas – d'entrer pour faire diversion. Il frappe et entrouvre la porte.

LE COIFFEUR. – Madame Colombe. On va lever. Un petit coup de peigne ?

COLOMBE, *dans ses larmes.* – Oui mon petit Lucien, j'en ai bien besoin. Je suis dans un joli état !

Julien a reniflé à l'entrée du coiffeur. Il tourne autour d'eux, méfiant, pendant que le coiffeur coiffe Colombe qui lui sourit dans la glace.

Vous êtes un ange, mon petit Lucien. Au moins, vous, vous les rendez jolies les femmes ! J'ai pleuré. Regardez la figure que j'ai maintenant.

LE COIFFEUR. – Vous aurez beau faire madame Colombe, vous serez toujours jolie comme un cœur. Avec vous le travail ce n'est plus du travail, c'est du plaisir.

COLOMBE *soupire*. – Ah ! heureusement que je vous ai, mon petit Lucien !

JULIEN. – Dites donc, mon vieux ?

LE COIFFEUR *se retourne, le peigne en l'air*. – Monsieur Julien ?

JULIEN. – C'est si long que cela un coup de peigne ?

LE COIFFEUR. – Cela dépend...

JULIEN. – Cela dépend de quoi ? Et le peigne ne vous suffit pas ? Il faut en plus y mettre les mains ?

LE COIFFEUR. – Mais pour les boucles, monsieur Julien...

JULIEN. – Foutez-moi le camp ! Foutez-moi le camp immédiatement ou je vous en fais moi, des boucles. Et une friction par-dessus le marché !

LE COIFFEUR, *blessé*. – Monsieur Julien, je suis un artiste !

JULIEN. – Moi aussi ! Sortez d'abord. Je vous retrouve dans cinq minutes et nous allons avoir une petite discussion entre artistes, tous les deux.

Il l'a poussé dehors, il se retourne, il crie :

Enfin, ce n'est pas lui tout de même ?

COLOMBE *demande, lumineuse dans la glace.* – Qui, « lui », mon chéri ?

JULIEN. – Ton amant. Il pue, ses mains sont deux limaces. Comment peux-tu te laisser tripoter par cela ? réponds-moi Colombe, tout de suite avant que je fasse un scandale. Ce n'est pas lui ? Ce serait trop bête tout de même !

COLOMBE *se dresse et crie.* – Ah ! je sais maintenant qui t'a écrit ! C'est un Z !

JULIEN. – Non, ce n'est pas un Z.

COLOMBE. – Tu mens, comme tu m'as menti en me disant que c'était un homme, pour égarer mes soupçons. C'est une femme. Si on peut appeler cela une femme ! Je l'ai vue. Elle sortait du restaurant au moment où nous y sommes entrés. Cette vilaine petite garce qui couche avec tout le monde ! Je te jure bien que je lui dirai deux mots ! Alors, tout ce drame, c'est parce qu'un jour, entre la matinée et la soirée, j'ai été dîner avec le coiffeur ?

JULIEN *bondit.* – Tu as été dîner avec le coiffeur ?

COLOMBE. – Il faut pourtant que je mange ? Tu voudrais aussi que je jeûne pendant tout le temps que tu n'es pas là ?

Dans le couloir, le coiffeur est très ennuyé. On se moque de lui.

JULIEN. – Ce merlan a osé t'inviter à dîner et tu lui as répondu « oui » ? J'en sais assez, son compte est bon. Je l'assomme !

Il court vers la porte. Le coiffeur se fraie un passage à travers la foule et passe au dernier rang. Colombe a rattrapé Julien.

COLOMBE. – Tu es bête mon chéri. Il est idiot, il est vulgaire, il ne sait pas dire trois mots. Tu penses que si je te trompais, j'en choisirais un autre tout de même... Bêta ! Gros bêta va ! Sois raisonnable mon petit Julien. Tu aurais envie de te laisser toucher, toi, par ses mains ?

JULIEN, *raide*. – Moi non, mais...

COLOMBE. – Alors, pourquoi veux-tu que moi j'en aie envie ? Des limaces ! J'aurais ri tout à l'heure si je n'avais pas eu envie de pleurer ! Des limaces légèrement humides.

Elle rit, l'embrasse.

Mon grand sot ! Cela passe encore sur les cheveux parce que c'est un bon coiffeur, mais autre part... Non tout de même ! J'aime mieux les tiennes...

Elle lui prend les mains, les embrasse.

Pourquoi, au lieu de me disputer depuis que tu es revenu, ne m'as-tu pas prise une seule fois dans tes bras ?

Elle s'est glissée dans ses bras, elle a fermé ses mains derrière elle, elle lui tend les lèvres. Il demande faiblement.

JULIEN. – Mais qui est-ce alors ? Il vaut mieux me le dire.

COLOMBE. – Mais personne, mon sot ! Tu rêves ! Tiens, je vais te le dire mon secret : c'est toi.

Et elle l'embrasse. Il se laisse faire. Soupir de soulagement dans le couloir.

JULIEN, *dans ses bras*. – Je t'aime Colombe et je suis malheureux. Tu ferais mieux de me le dire si tu as fait une bêtise. On peut se laisser entraîner un soir, c'est mauvais d'être toute seule. Lui je l'assommerai et je te pardonnerai. Tu quitteras ce sale théâtre et nous pourrons être encore heureux.

COLOMBE. – Mais mon chéri, si j'avais fait quelque chose de mal, je ne voudrais même pas que tu me pardonnes!... Je me ferais horreur moi aussi. Je ne te reverrais jamais.

JULIEN *gémit.* – Non!

COLOMBE. – Je te jure bien que si. Moi, je ne me pardonnerais pas.

JULIEN. – Non! Je ne voudrais pas te perdre, jamais. J'aimerais mieux tâcher de tout oublier et qu'on se retrouve comme avant. Je ne pourrais pas vivre sans toi, moi. Je serais seul au monde.

COLOMBE *le caresse, un peu rêveuse et sincèrement tendre soudain.* – Pauvre petit biquet perdu qui fait toujours peur à tout le monde et qui est plus seul que les autres... Tu es bien brave pourtant. Je ne te ferai jamais de peine. Je serai toujours bien gentille avec toi.

JULIEN *gémit, caressé.* – Mais pourquoi t'appelle-t-il mon petit chat?

COLOMBE. – Qui, mon chéri?

JULIEN. – L'imbécile...

COLOMBE. – Du Bartas?

Joie dans le couloir. On pousse Du Bartas qui trouve cela de très mauvais goût, en avant.

Pauvre Du Bartas! Il se croit irrésistible parce qu'il a été beau il y a trente ans. Alors, naturellement il m'a fait la cour, comme aux autres.

JULIEN. – Il a osé te faire la cour? Mais il pourrait être ton grand-père!

COLOMBE. – Justement le pauvre ! Il ne peut plus faire autre chose, alors il faut bien le laisser parler. Et mon petit chat ! Mon petit coco ! Ma petite fille ! Le désir plus fort que la mort ! Je suis damné ! Je ne dors plus ! Et en fin de compte cela se résume à vous tripoter un peu les mains dans les coulisses et puis il rentre chez lui vanné de cet effort, tire son corset, met ses pantoufles ; sa bonne lui fait une tisane et il ronfle jusqu'au lendemain matin, avec son fixe-moustaches. Trop heureux d'avoir encore la force de se lever vers midi, de renfiler ses appareils orthopédiques et de venir faire le joli cœur dans les coulisses avec ses grandes guêtres blanches pour qu'on ne voie pas ses oignons. Tu me vois avec cet épouvantail quand je t'ai toi, bien neuf, bien gentil, bien tendre ?

JULIEN. – Mais qu'est-ce qu'il a osé te proposer, ce gâteux ?

COLOMBE. – De venir travailler mon rôle chez lui. Tu penses si j'ai compris tout de suite ! Deux doigts de porto, un biscuit. Tout est marocain ! Tu parles ! Il a deux tapis de l'Exposition et un narghilé en faux cuivre qui ne fonctionne plus – quand on tire sur le tuyau, on avale l'eau du vase. Et son serviteur – Marocain également – c'est toujours son jour de sortie. C'est une vieille Bretonne qui l'a vu naître qui fait le ménage chez lui !

JULIEN *s'écarte, gêné.* – Mais alors, tu as été chez lui ?

COLOMBE *se trouble.* – Non mon chéri. C'est-à-dire si ! Mais pas seule ! Avec Poète-Chéri pour travailler une scène.

JULIEN. – Tu vois donc que c'est tout de même vrai ce qu'on m'a écrit. Tu sors avec eux, tu vas les voir chez eux, tu dînes en ville...

COLOMBE. – Puisque je te dis que j'y ai été avec Poète-Chéri. Dans sa voiture !

JULIEN *crie, blessé encore.* – Seule avec lui ?

COLOMBE. – Mais, mon chéri, il y avait le cocher ! Et puis je l'emmenais pour ne pas être seule avec Du Bartas. Je ne pouvais tout de même pas en emmener un troisième pour ne pas être seule avec lui non plus !

JULIEN. – Tu ne te rappelles donc pas la scène d'il y a deux ans ? Cet homme s'est conduit comme un mufle avec toi. J'ai été obligé de le corriger.

COLOMBE. – Maintenant il est très poli, je t'assure. Galant, mais poli.

JULIEN *ricane.* – Galant, mais poli ! Et tu le flattes, n'est-ce pas ? Émile Robinet, de l'Académie française, cela peut donner des rôles un homme comme ça ! Pour ce que cela lui coûte, vingt-cinq vers de plus ! Cela coule, comme d'un robinet. Alors on se laisse baiser le poignet en relevant le gant hein ? petite madame, on se laisse prendre le bras dans le coupé ou même un peu plus haut. C'est un petit moment à passer. La monnaie des petites filles. Elles n'y regardent pas de trop près quand il y a un petit bout de rôle à la clef. Et tant pis s'il est vieux, s'il est chauve et ridicule, s'il fait des petites bulles en parlant sous sa moustache au vernis noir. Saleté ! Vilaine petite saleté ! Tu l'as fait, je le sais. Tu l'as laissé faire ! Ah ! celui-là, il n'y coupe pas. J'avais déjà commencé il y a deux ans, mais cette fois je vise la figure et je ne le rate pas.

Il se débat, il veut sortir. Panique dans le couloir. Colombe éclate de rire comme une folle, retenant Julien.

COLOMBE. – Mon chéri. Mon cher petit chéri. C'est trop bête. Mais c'est si drôle !

JULIEN. – Qu'est-ce qui est drôle ? Que j'aie honte ? Que j'aie mal ?

COLOMBE, *dans son rire.* – Non, les petites bulles ! C'est vrai qu'il fait des petites bulles en parlant, et comme il vous parle toujours de très près, quelquefois elles éclatent et elles vous mouillent le nez. Il est trop ridicule, il est trop laid ! Tu me vois, mon biquet, tu me vois dans les bras de Poète-Chéri ? Poète-Chéri ayant retiré sa redingote ; Poète-Chéri en caleçon ?

Elle rit comme une folle. Peu à peu son rire gagne Julien qui ne sait plus trop où il en est.

JULIEN. – J'avoue que Poète-Chéri en caleçon cela doit être un drôle de spectacle !

COLOMBE, *dans une quinte de rire.* – Tu ne sais pas le plus beau ! Il a des jarretelles, des jarretelles bleu-ciel, que sa femme lui a brodées !

Elle s'arrête soudain, épouvantée. Julien s'est arrêté de rire aussi.

JULIEN. – Qui te l'a dit ?

COLOMBE *soupire d'une petite voix.* – Mais c'est connu, mon chéri !

JULIEN. – Qui te l'a dit ?

COLOMBE, *dans un souffle ; elle se demande où cela va la mener.* – Desfournettes.

JULIEN *hurle.* – Desfournettes ? Tu as des conversations de ce genre avec Desfournettes ? Des conversations sur les caleçons de Poète-Chéri ? Où ? Quand as-tu parlé à Desfournettes ?

COLOMBE. – Je vais t'expliquer, mon chéri...

JULIEN. – Tu n'es pas montée dans son bureau tout de même ? Tu n'as pas été t'asseoir sur le sale petit divan vert, plein de taches, où il les fait payer comptant, toutes, pour jouer chez lui ?

COLOMBE. – Non ! Ou plutôt si, une fois. Attends ! Tu ne me laisses pas t'expliquer ! Quand j'ai signé mon contrat.

Elle se décide soudain.

Hé bien oui ! Tiens c'est vrai. C'est un dégoûtant personnage. Je ne voulais pas te le dire, mais tant pis ! Je te l'abandonne celui-là. Il a essayé oui, il a essayé comme aux autres. Je me suis défendue, tu sais, je l'ai giflé ; je lui ai dit qu'il était vieux, qu'il était laid. Alors, comme il a cru que je lui préférais l'autre, dans un moment de jalousie c'est là qu'il m'a dit pour les caleçons. Tu vois mon chéri que c'est vrai tout ce que je te dis !

JULIEN *la gifle soudain, criant.* – Putain ! Sale petite putain comme les autres ! J'aurai sa peau à celui-là !

Colombe est tombée évanouie avec un grand cri. Julien se jette sur la porte. Madame Alexandra, en grand costume de maréchale, qui était sortie de sa loge pour écouter avec les autres, écarte tout le monde et quand Julien ouvre la porte, c'est devant elle qu'il se trouve. Mme Georges s'est glissée dans la loge comme une souris pour s'occuper de Colombe.

MADAME ALEXANDRA *clame terrible.* – Alors ?

JULIEN. – Laissez-moi passer ! Je cherche Desfournettes.

MADAME ALEXANDRA *lui barre le passage.* – Alors il faudra toujours que tu « emmardes » tout le monde ? que tu cries, que tu fasses du scandale partout ? J'ai eu pitié de toi. J'ai pris ta femme ici. Tu ne peux pas nous foutre la paix maintenant ?

JULIEN. – C'est vous. C'est vous tous qui lui avez appris à devenir ce qu'elle est. C'est toi avec tes sourires de maquerelle sur ta vieille peau, tes vieilles histoires d'amour puantes. Elle était pure, elle était propre comme un petit sou. Vous l'avez touchée. Vous l'avez tous touchée ! Je vous hais tous !

MADAME ALEXANDRA *tonne*. – Je suis ta mère ! Tais-toi !

JULIEN, *sourdement*. – Ma mère oui. Tu es ma mère. Tu es malheureusement ma mère.

MADAME ALEXANDRA. – Tu crois que c'est plus drôle pour moi ? De l'argent, de l'argent toujours ; des tracas, des scènes idiotes, comme ton père. Laisse-la tranquille cette petite. Elle s'amuse, elle vit un peu. Et après ? Qu'est-ce que vous croyez donc que c'est la vie, ton imbécile de père et toi ? De vous adorer comme des dieux parce que vous avez eu le bon goût de nous choisir ? Les femmes, mon petit, cela se garde quand on a quelque chose pour les garder, sinon cela se perd.

Elle crie à La Surette :

Allez, sonne, toi ! Et faites descendre la petite en scène, évanouie ou pas. Ils vont finir par nous casser les fauteuils en bas, à cause de ce petit crétin-là !

Sur ces mots, elle fait une sortie empanachée, scandant son pas de sa grande canne enrubannée. On s'écarte pour la laisser passer, on la suit tandis que la sonnette sonne et que La Surette glapit.

LA SURETTE. – En scène pour le un ! En scène pour le un !

À ces mots, Colombe est revenue miraculeusement à elle. Elle va à la glace et demande.

COLOMBE. – Je ne suis pas trop décoiffée ?

MADAME GEORGES. – Non. Ça va mon petit ange. Venez vite. Je vous mettrai votre robe en bas.

Tout le monde est sorti, laissant toutes les portes ouvertes. Julien est resté seul, désemparé, dans la loge déserte. En bas, on entend frapper les trois coups et l'orchestre qui attaque l'ouverture de la Maréchale d'Amour.

Au bout d'un moment paraît Armand. Il s'avance allègrement sur la musique jusqu'à la loge de Colombe, un petit bouquet à la main. Il entre et s'arrête surpris, voyant Julien, ne sachant plus que faire de son bouquet.

JULIEN *le regarde et dit soudain sourdement.* – C'est toi.

ARMAND. – Oui, c'est moi. Tu as une permission déjà ?

JULIEN, *dans un cri de douleur cette fois.* – C'est toi ! C'est sûrement toi.

ARMAND. – Je ne te comprends pas, tu as l'air tout drôle. Je croyais que cela t'aurait fait plaisir de me revoir.

Il ajoute timidement :

Tu as bonne mine.

JULIEN *crie.* – Oui. J'ai bonne mine !

ARMAND. – Ce n'est pas trop dur ?

JULIEN *crie encore.* – Si !

ARMAND *essaye de badiner encore.* – Les pieds vont bien ? Quand le pied va, tout va. L'Armée française est invincible.

Il essaie de rire et s'arrête devant le regard de Julien.

JULIEN. – Tu as envie de rire, toi ?

ARMAND, *angoissé soudain.* – Non.

Un silence. Ils sont l'un en face de l'autre. Julien murmure :

JULIEN. – Pourquoi ? Et pourquoi toi ?

ARMAND, *doucement, après un silence.* – Qu'est-ce que tu veux mon vieux, la facilité, l'entraînement... Tu sais ce que c'est !

JULIEN *hurle.* – Non, je ne sais pas ce que c'est ! Je ne saurai jamais ce que c'est !

ARMAND *baisse la tête.* – Bien sûr. Tu vaux mieux que moi. Tu as toujours valu mieux que moi. Tu te défendais, toi ; tu étais déjà un petit homme. Moi je n'ai jamais su que traîner dans les jupes des dames dans les coulisses. Et après celles de maman, cela a été celles des autres, voilà tout. Et ce qui fait plaisir tout de suite. Le sucre d'orge qui sent le parfum du sac, la caresse, le baiser au fard gras sur la joue. En grandissant j'ai continué. Je suis un beau petit cochon, Julien.

JULIEN. – Oui.

ARMAND. – Qu'est-ce que tu vas faire ?

Julien ne bouge pas. Il crie :

Bats-moi. Bats-moi, j'aime mieux ça. Tu aurais dû le faire plus souvent quand nous étions petits, tu m'aurais rendu service.

JULIEN *murmure, assommé.* – Non, pas toi. Je voudrais seulement comprendre.

ARMAND. – Qu'est-ce que tu veux comprendre à nos petites histoires ? C'est pas pour toi nos histoires, nos petites saletés d'hommes et de femmes. Tu auras beau chercher, tu n'y comprendras jamais rien, mon pauvre petit gars. Ah ! c'est trop bête de devenir grands ! C'est trop sale tout de suite. J'aimerais mieux que tu me battes, cela simplifierait tout. Bats-moi, Julien, je t'en supplie. Tu vois, je suis lâche ; je ne peux pas résister à ce qui me fait plaisir, mais je m'étais dit : tu paieras mon vieux, Julien te battra, il t'enfoncera les côtes et la figure et cela te fera mal. C'est tout le petit courage que j'ai eu. Ne me l'enlève pas. Allez ! bats-moi.

JULIEN *crie, les poings fermés.* – Non.

ARMAND *éclate soudain.* – Ah ! la garce. La sale petite garce !

JULIEN, *sourdement.* – Tais-toi.

ARMAND. – Pourquoi ? Tu crois que c'est propre ce qu'elle a fait ? Moi je suis faible, c'est entendu. Quand quelque chose me fait plaisir : claquer de l'argent au poker, boire un verre de trop, lever une jupe ; j'ai beau me dire non, c'est plus fort que moi, je me dis oui. Mais elle ! Tu l'aimais, elle, et elle le savait que tu l'aimais. Tu ne peux pas dire le contraire.

JULIEN, *qui fait des efforts terribles.* – Tais-toi, je t'en supplie.

ARMAND. – Elle avait ton amour, elle avait quelque chose de solide, elle, cette petite saleté-là. Et le premier imbécile qui rit un peu avec elle, qui lui fait un peu la cour, voilà ! Tout de suite ! Enfin, tu ne trouves pas que c'est dégoûtant ? Toutes les mêmes, mon vieux. Pourvu qu'on leur parle un peu d'elles, que ça leur fasse un peu de plaisir : c'est oui. Et si ce n'est pas pour le plaisir, c'est pour un petit costume noisette ou pour un petit rôle. Pourvu que ça leur rapporte quelque chose. C'est si facile ; ça ne leur coûte rien. Elles ne pensent qu'à elles,

Julien, je te le jure : à leur précieux petit moi en sucre et à ses petites impressions. Nous, on n'est rien. On est seulement là pour les faire rire, pour qu'elles aient leur petit spasme ou leur petit rêve. Voilà tout. Ah ! tu en as de la veine, toi mon vieux, de ne pas être l'esclave de tout cela !

JULIEN *murmure.* – Et lâche en plus ! Regarde-moi.

ARMAND. – Non. J'ai honte.

JULIEN. – Regarde-moi tout de suite. Je le veux.

ARMAND *se détourne.* – Bats-moi si tu veux, mais je ne te regarderai pas.

JULIEN *lui relève la tête de force.* – Si, tu me regarderas !

Il le regarde.

Tu n'es même pas beau. Un petit nez droit, oui. Mais cela ne peut pourtant pas être parce que ce cartilage entre mille autres est plus ou moins grand, plus ou moins droit ! Une petite bouche de fille, mais si veule... Des yeux d'ivrogne et l'usure de ton petit plaisir hâtif déjà, partout sur ton visage. Un petit vieux, un petit vieux de vingt ans.

ARMAND *se détourne.* – Tu as beau jeu, Julien. Si tu crois que je suis fier de moi. Seulement, toi tu vis dans tes rêves. Tu ne sais pas ce que c'est que la vie !

JULIEN. – Je suis en train de l'apprendre.

ARMAND *essaie de redevenir désinvolte.* – Tu ferais mieux de retourner d'où tu viens, de nous oublier tous. Au fond, tu es fait pour être militaire, toi !

JULIEN, *qui le tient toujours.* – Et même pas drôle ! Car tu n'es pas drôle. Tes petits mots cyniques, ce sont ceux qui courent les bars et les petits journaux. Tu ne sais même pas rire. Tu ricanes. Rien ne t'a vraiment jamais touché.

ARMAND. – Tu te trompes, j'ai un cœur comme les autres. Seulement...

JULIEN. – Seulement tu ne t'en es jamais servi. Si tu étais élégant encore... Si tu avais pu l'éblouir avec ça. Mais tu t'habilles comme un jockey. Tu pues le mauvais goût de partout avec tes bagues, tes cravates trop claires.

Il crie :

Mais pourquoi, alors, pourquoi ?

ARMAND *crie, sincère.* – C'est vrai, pourquoi ? Va y comprendre quelque chose avec elles !

JULIEN *crie comme un fou soudain.* – Je veux savoir ! Je veux savoir tout de suite ! Embrasse-moi.

ARMAND *tombe dans ses bras, les larmes aux yeux.* – C'est vrai Julien ? Tu veux bien me pardonner ?

JULIEN *l'enlace, brutal.* – Pas comme cela imbécile ! Comme elle ! Sur la bouche !

ARMAND *essaie de se dégager.* – Tu es fou Julien ? Lâche-moi. Tu es fou voyons, je ne peux pas !

JULIEN *crie, luttant avec lui.* – Embrasse-moi. Embrasse-moi tout de suite comme elle ! Je veux comprendre ce que cela lui a fait. Je veux comprendre pour ne pas devenir fou.

ARMAND *se débattant.* – Mais c'est idiot ! Mais c'est grotesque ! De quoi avons-nous l'air tous les deux ? Lâche-moi, Julien, ou j'appelle !

JULIEN *lui tient le cou.* – Embrasse-moi, petit saligaud, embrasse-moi comme elle ou je t'étrangle !

ARMAND, *étranglé.* – Ne serre pas ! Tu me fais mal ! Je ne peux pas !

JULIEN. – Tu as bien pu déjà ! Je peux bien moi ! Figure-toi que c'est elle ! Allez !

Il l'a plaqué contre lui.

ARMAND *se débat encore.* – Non ! Non ! C'est trop bête ! Oh !

Julien l'a plaqué contre sa bouche une seconde, puis il le repousse brutalement. Armand, ridicule, dépeigné, haletant, va s'écrouler sur le fauteuil. Julien est immobile. Il cherche, le visage torturé. Soudain il s'essuie la bouche d'un revers de main dégoûté et s'écrie, désemparé et cocasse.

JULIEN. – Je ne comprends pas !

LE RIDEAU TOMBE RAPIDEMENT.

QUATRIÈME ACTE

Le rideau se relève sur la scène, pendant la fin de la représentation de La Maréchale d'Amour. *Un décor Louis XV vu en 1900. Un salon avec une large ouverture sur la terrasse d'un parc lunaire. En scène : Madame Alexandra et Du Bartas.*

MADAME ALEXANDRA

Ah ! Je me suis trop tue et je t'ai trop aimé !
Viens, ô mon bel amant, entre mes bras pâmé.
J'ai vingt ans comme toi ! Et maintenant j'acquiesce...

DU BARTAS

Maréchale, est-ce vous ?

MADAME ALEXANDRA

Oui, je suis ta maîtresse.
Mon jeune amour s'accorde aux langueurs de ce soir...
Tu vois, je n'osais pas... Et j'ose !... Tu vas voir
Comme je peux aimer en m'étant tant gardée.
L'orgueilleuse pudeur m'avait barricadée
Dans une cage d'or où mon cœur se mourait.
Mais ce soir j'ai forcé la porte... Et il paraît
Que celles qui longtemps ont retenu leur flamme
Sont celles qui après brûlent le plus.

DU BARTAS, *à genoux.*

Mon âme !

MADAME ALEXANDRA,
avec un grand geste de pudeur vaincue.

Je le fus ! Mais ce soir oublie jusqu'à mon nom.
Ce soir, je ne veux plus être que le limon
Que pétrira et fouillera ta main brûlante
De la chair pour ta chair. Ta chose !

DU BARTAS
se relève, péniblement d'ailleurs,
et la serre comme un fou contre lui.

Oh mon amante !
Tu es à moi ! Instants divins !

MADAME ALEXANDRA

Moments trop doux !
Dussions-nous les payer de la vie !

DU BARTAS *se réagenouille péniblement.*

À genoux !
Je veux te remercier du don dont tu me combles.

MADAME ALEXANDRA
crie, soudain effrayée.

Relevez-vous, ami, le voici !

Suivi de deux porteurs de torches, paraît La Surette qui double ce soir le maréchal de Villardieu. Grand cordon, perruque, tricorne empanaché, bottes de chasse et fouet à la main. Colombe est entrée, effrayée, par une autre porte et se tiendra près de Madame Alexandra.

LA SURETTE

C'est un comble !
Monsieur de Mortemart et ma femme ! À genoux !

MADAME ALEXANDRA, *racinienne.*

Monsieur le maréchal, je l'aime !

LA SURETTE, *grand et redoutable.*

Mon courroux,
De ce jeune imprudent pourrait trancher la vie !

DU BARTAS, *la main sur la garde.*

À vos ordres, Monsieur le maréchal !...

LA SURETTE *a un sourire très Régence et très noble en même temps.*

J'envie
L'impétueuse ardeur de ce jeune officier !
Le service du roi, Monsieur, veut que l'acier
Que porte à son côté un Maréchal de France
Ne puisse lui servir à venger une offense.
Monsieur de Mortemart, apprenez-le de moi
Nos épées aujourd'hui appartiennent au roi ;
J'arrive de Versailles, en crevant ma monture
La guerre est déclarée !

DU BARTAS

se redresse, criant, la main sur l'épée.

La guerre ?

LA SURETTE

L'aventure,
Mon jeune aventurier, n'est plus dans les boudoirs
– Les dames et l'amour seront pour d'autres soirs –
Elle est aux bords du Rhin pour défendre la France !

DU BARTAS

tire son épée et murmure religieusement.

La France !

Trompette au loin.

LA SURETTE

Oui Monsieur, et ce nom-là, je pense,
Est un nom que tous deux nous pouvons adorer
Sans crainte de jamais nous entre-déchirer.

DU BARTAS

Monsieur le maréchal, tant de noblesse...

LA SURETTE *ne veut même pas l'écouter et se retourne vers Madame Alexandra, de plus en plus noble.*

Armance !
Ne lui en veuillez pas s'il préfère la France.
Ce jeune homme a du cœur. Il vient de le prouver.

MADAME ALEXANDRA,

brisée, mais noble elle aussi.

C'est bien, partez tous deux et laissez-moi pleurer.
On ne dispute pas une telle maîtresse
À des cœurs valeureux !

LA SURETTE, *soudain très humain.*

Je sais votre détresse.
Je souffre aussi Madame, et vous aimais. Pourtant
Adieu ! Venez Monsieur !

DU BARTAS,
dans un grand geste résigné, à Madame Alexandra.

Adieu !

Il sort, suivant La Surette dans des sonneries de trompettes, les deux porteurs de torches fermant la marche. Madame Alexandra tombe dans les bras de Colombe en sanglotant.

MADAME ALEXANDRA

Mon bel amant !

COLOMBE, *essayant de la consoler.*

Madame, il reviendra et vous sera fidèle.

MADAME ALEXANDRA
rêve un peu, ses sanglots apaisés et murmure, infiniment féminine.

Lui peut-être. Mais moi ?

COLOMBE, *surprise.*

Vous ?

MADAME ALEXANDRA, *alanguie.*

Je suis jeune et belle.
D'autres viendront ce soir pour me baiser la main...
Et c'est folie de remettre Éros à demain.
Pour ce petit Dieu, hélas ! – fût-il le plus tendre –
Les femmes peuvent bien mourir – mais pas attendre.

On entend les musiciens dans le parc jouer un menuet.

MADAME ALEXANDRA

Clorinde, allons danser : déjà les clavecins
Ont commencé des menuets près des bassins.
Les bosquets dans le parc ombreux sont pleins de masques
Et je suis femme ! Et j'ai vingt ans ! Et suis fantasque !
Viens, allons toutes deux jusqu'aux lueurs du jour
Oublier mon amour dans les bras de l'Amour !...

Tandis que la musique s'affirme en coulisse et que des farandoles de masques passent au fond, elles sortent en courant, aussi vite que l'âge le permet à Madame Alexandra. Rideau. Applaudissements frénétiques. Le rideau se relève, tout le monde est rentré en scène pour saluer. Madame Alexandra et Du Bartas se font des politesses... Nombreux rappels. Madame Alexandra finit par céder à Du Bartas suivant un scénario minutieusement mis au point et vient saluer seule à la rampe. On lui apporte une gerbe. Elle est trop émue de l'accueil du public, elle est au bord des larmes, elle ne peut plus que s'incliner, brisée par l'émotion et l'effort que fournissent tous les grands artistes qui se dépensent comme elle, sans compter, pour leur dieu. Reconnaissance réciproque. Le rideau, enfin, ne retombe plus et les personnages changent aussitôt d'attitude. L'éclairage change. Madame Alexandra projette la gerbe de son cœur dans les bras de Mme Georges qui a surgi sur le plateau, lui apportant sa canne, sa vraie, car elle a des rhumatismes. Elle s'éloigne boitant, vieillie. Du Bartas enlève sa perruque, et proclame en sortant.

DU BARTAS. – Ils étaient durs ce soir, ces cochons-là !

Tandis que La Surette, toujours en maréchal de Villardieu, embarrassé de sa rapière et de son tricorne, aide tout bonnement l'accessoiriste qui commence à débarrasser le décor.

Julien a surgi d'un portant, il arrête Colombe. Pendant leur scène, les lumières vont s'éteindre et les machinistes vont démonter et faire disparaître le décor derrière eux, jusqu'à ce qu'ils soient seuls dans la pénombre, sur le plateau nu.

JULIEN. – Colombe, j'ai marché tout ce soir dans les rues... Maintenant il faut que je te parle.

COLOMBE *fait un pas.* – Je dois monter me déshabiller.

JULIEN *lui barre la route.* – Non, pas là-haut. Je ne veux plus les voir. J'ai honte.

COLOMBE. – Bien, je t'écoute.

JULIEN. – J'ai parlé avec Armand.

COLOMBE, *fermée.* – Oui.

JULIEN. – Il m'a tout avoué. Tu l'as revu depuis ?

COLOMBE. – Oui.

JULIEN. – Tu penses bien que cela a été encore plus dur pour moi que ce soit lui.

COLOMBE, *d'une petite voix unie.* – Bien sûr. Je te demande pardon. Julien. On aurait bien voulu ne pas te faire de peine tous les deux. On t'aime bien, tu sais.

JULIEN. – Depuis que nous sommes petits garçons il m'a toujours tout volé, sans que je puisse lui en vouloir vraiment... Parce qu'il était toujours le plus petit, le plus faible. Les jouets, les caresses... Alors voilà. Je pense que vous étiez bien jeunes tous les deux ; bien légers et puis que je t'avais laissée seule. Je pense aussi que je t'ai beaucoup grondée comme un maître d'école, en essayant de te rendre comme j'aimais et que j'ai dû t'ennuyer souvent.

COLOMBE, *impénétrable.* – Oui.

JULIEN. – En marchant dans les rues je t'ai parlé tout ce soir, tout haut. Je t'ai tout expliqué. Les gens me regardaient, ils devaient croire que j'étais fou. Je les heurtais, je leur demandais bien poliment pardon et je continuais. C'est drôle : on peut très bien marcher, sourire, traverser les rues et être mort. Je suis déjà mort.

Un silence, il ajoute :

Et il faut croire que cela rend indulgent d'être mort. J'ai décidé d'essayer de te pardonner. Je voudrais seulement comprendre avant.

Colombe l'a écouté bien patiemment. Elle dit soudain tout tranquillement.

COLOMBE. – Cela va être long de s'expliquer, mon petit biquet. Et j'ai peur d'être en retard. Tu ne veux pas que nous remontions dans la loge et que je commence à me déshabiller pendant que tu me parles ?

JULIEN *crie.* – Tu ne penses qu'à te déshabiller ! En retard, pourquoi ?

COLOMBE, *tranquille.* – Pour ce souper dont je t'ai parlé.

JULIEN *ne veut pas la croire.* – Mais tu ne songes pas sérieusement à aller à ce souper après ce qui s'est passé ? Je repars demain.

COLOMBE. – Je t'ai dit que c'était très important pour moi.

JULIEN. – Colombe ! Tu es folle...

COLOMBE. – C'est toi qui es fou de ne pas comprendre. Pourquoi ce caprice ? Nous pouvons très bien parler là-haut pendant que je me déshabille. Ils m'attendent dans leur voiture devant le théâtre après la représentation.

JULIEN *la retourne brutalement.* – Regarde-moi Colombe ! Tu joues en ce moment. Tu feins l'indifférente parce que tu as peur de cette explication.

COLOMBE. – Mais non, mon chéri Je suis toute prête à te répondre. Je te demande seulement de me laisser me déshabiller en même temps, parce que j'ai peur d'être en retard. C'est pourtant bien simple.

JULIEN. – Tu aurais la force de me laisser ce soir sans essayer de laver ce qu'il y a entre nous, d'aller rire avec d'autres hommes ?

COLOMBE. – Mais je n'y vais pas pour rire ! Si tu crois qu'on s'amuse chez « Maxim's » ! Je pense à mon avenir, voilà tout.

JULIEN *crie, désemparé.* – Colombe je n'ai pas rêvé ! Tu n'aimais pas me laisser souffrir autrefois. Quand nous avions une dispute, tu essayais de me consoler après.

COLOMBE. – Mais je veux te consoler Julien ! Je ne demande que cela. Seulement, toi, sois raisonnable de ton côté, ne me fais pas mettre en retard.

JULIEN *crie encore.* – Ce n'est pas vrai ! Tu ne peux pas avoir cessé comme cela de m'aimer !

COLOMBE, *transparente.* – Qui te dit que je ne t'aime pas, biquet ?

JULIEN. – Cette blessure entre nous, elle saigne, elle va s'infecter, suppurer – nous tuer tous les deux peut-être – il faut la soigner tout de suite, Colombe, il faut essayer de pouvoir encore se réveiller demain. Tu as été légère, tu as été folle, mais tu es ma femme... Nous avons tous ces jours propres derrière nous, tout ce que nous avons espéré ensemble.

Il dit presque honteusement :

Nous avons le petit, Colombe.

COLOMBE *s'exclame, agacée.* – J'en étais sûre que tu me parlerais du petit pour m'attendrir ! Oh ! c'est trop lâche !

JULIEN *balbutie.* – Pourquoi est-ce lâche ?

COLOMBE *dit soudain.* – C'est mon fils, je l'aime, je le soigne et il ne manquera jamais de rien. Ni de baisers, ni de jouets, je te le jure. Mais ce n'est pas toi !

JULIEN. – Comment, ce n'est pas moi ?

COLOMBE. – Non ! Cela n'a même aucun rapport. C'est trop facile de vous attendrir en vous parlant de votre petit. Il est dans son berceau en ce moment, au chaud, il dort, bien tranquille et quelqu'un que je paie avec l'argent que je gagne, le garde. Et demain matin, c'est moi qui l'éveillerai et qui lui donnerai sa bouillie. Cela lui est bien égal, nos histoires, je t'assure. Et quand il sera grand, je lui expliquerai que tu m'as rendue malheureuse, que je m'ennuyais trop et qu'un jour je n'ai plus pu tenir.

JULIEN. – Je t'ai rendue malheureuse, moi ?

COLOMBE. – Oui.

JULIEN. – Je t'ai tout donné...

COLOMBE. – Qu'est-ce que tu m'as donné ? Tout ce que tu aimais, toi. C'est tout. Tu aimais la solitude, alors nous ne sortions jamais. Tu disais : « Comme on est bien, serrés l'un contre l'autre dans notre petite chambre, sans voir personne. » Moi j'étais si jeune, si bête, et puis, tu m'avais tellement expliqué ce qui était bien, ce qui était mal, j'embrouillais tout, je te disais oui. Mais j'aurais préféré aller danser !

JULIEN. – Mais nous avons été danser...

COLOMBE. – Deux fois, en deux ans. Et tu danses

mal ! Et quand les autres m'invitaient, tu m'obligeais à leur dire non.

JULIEN. – Tu m'aimais Colombe, c'était tout naturel...

COLOMBE. – Oui je t'aimais, mais j'aimais danser, aussi ! Et au lieu d'écouter tes discours sur la morale et l'imbécillité des gens, j'aurais préféré que les autres me fassent tourner en me disant des bêtises, des bêtises qui m'auraient fait rire, au moins. Car moi j'étais bête comme eux. C'est entendu, toi tu étais un être supérieur, tu étais très intelligent. Mais si tu crois que cela sert à grand-chose pour une femme, l'intelligence ! Dans les livres peut-être... Quoique tous les livres que tu me forçais à lire m'ennuyaient. Ce n'est pas des histoires comme cela que j'aime moi, et il fallait que je fasse semblant de me pâmer... Dans la vie en tout cas, j'aime mieux les idiots, j'aime mieux les voyous. Au moins ils sont drôles. Et ils vivent, eux !

JULIEN. – Mais nous vivions nous aussi. Rappelle-toi les soirs où je jouais pour toi. Tu aimais bien m'écouter. C'est cela aussi, vivre...

COLOMBE. – Tu n'aimais pas les mêmes morceaux que moi. Et il fallait que j'écoute les tiens. Ah ! ton Mozart, ton Beethoven !... Et quand il y avait un accordéon qui jouait un des airs que j'aime, dans les rues, tu fermais les fenêtres, tu étais furieux...

JULIEN. – Je voulais te faire aimer ce qui est beau...

COLOMBE. – Pourquoi est-ce toi qui aurais su ce qui était beau ? Ce qui est beau, c'est ce qu'on aime ! Et moi j'aimais les chansons des rues, les bals musette, les jolies robes et les bouquets de fleurs. Mais tu ne m'achetais jamais rien.

JULIEN. – Nous n'avions pas d'argent.

COLOMBE. – Tu ne voulais pas te débrouiller pour en gagner. Cela te dégoûtait. Il fallait préserver ton art avant tout. Pour que tu deviennes un grand pianiste. Alors moi, pour que tu deviennes un grand pianiste, je faisais la vaisselle et la lessive toute seule à longueur de journée. Et si j'avais continué, au nom de notre grand amour, quand tu l'aurais été enfin, grand pianiste, quand on t'aurait couvert de fleurs, toi, le soir de ton premier concert, j'en aurais eu, moi, de jolies mains à montrer ? Il est vrai que tu m'aurais peut-être, enfin, acheté des gants, pour les cacher, ce soir-là. Mes premiers gants sans trous !

JULIEN. – C'est affreux ! Tais-toi maintenant.

COLOMBE. – Oui c'est affreux, mais c'est fini. Je m'occupe de moi maintenant, je vis comme j'aime. Je ris avec qui je veux des bêtises qui me font rire, sans me demander si elles te font rire aussi ou si tu me regardes dans mon dos ou si tu ne vas pas te mettre à bouder en rentrant à la maison.

JULIEN. – Si je boudais, c'est que je t'aimais et que tu m'avais fait de la peine en riant avec les autres.

COLOMBE. – Hé bien ! je ne te ferai plus de peine... Quel soulagement ! Les avons-nous assez portées tes peines, tes éternelles peines, pour tout... Ah ! c'est beau d'être sensible ; je ne suis pas une brute. Au théâtre, cela me fait pleurer comme les autres, mais dans la vie, mon pauvre biquet, comme cela peut être encombrant ! Tu veux que je te dise tout ? Depuis que tu es parti, je suis heureuse. Je me réveille, il fait soleil, j'ouvre mes persiennes et il n'y a rien de tragique dans la rue, pour la première fois. Le rempailleur de chaises qui est au coin du Crédit Lyonnais me crie : « Bonjour Beauté ! Je t'adore ! » Et je lui réponds : « Bonjour ! » et ce n'est pas un drame pour toute la matinée de lui avoir répondu. Et si le facteur sonne et que je lui ouvre en chemise, ce n'est pas un drame non plus. Je ne suis pas une femme perdue, figure-toi ! nous sommes une fille et un facteur contents l'un de l'autre, voilà tout : lui, que je sois en chemise et moi d'y être et que cela ait l'air de lui faire plaisir. Et il repart tout guilleret parce qu'il se figure qu'il a vu quelque chose et qu'il aime mieux ça qu'un verre de vin, cet homme, et moi je suis contente d'être belle, enfin, sans honte et je fais mon ménage en dansant, en chemise, et je me lave toute nue dans ma cuisine, la fenêtre ouverte. Et tant pis si le monsieur d'en face prend ses jumelles ; c'est un plaisir que le bon Dieu nous donne à tous les deux, voilà tout ; ce n'est pas pour cela que je suis une fille damnée et que je dois pleurer deux heures avec toi et te consoler. Ah mon pauvre biquet ! tu ne le sauras sans doute jamais, mais si tu pouvais te douter comme c'est facile, la vie – sans toi ! Comme c'est bon d'être soi enfin, telle que le bon Dieu vous a faite !

JULIEN. – Mais j'étais jaloux parce que je t'aimais ! Si un autre homme t'aime, il sera jaloux comme moi.

COLOMBE. – Non. Ou alors cela me fera rire et la vie n'en sera pas plus triste pour cela.

JULIEN. – Armand ne t'aime pas ! Tu le sais bien !

COLOMBE. – Je sais qu'il m'aime comme je veux qu'on m'aime, et cela me suffit. En riant avec moi, en me disant que je suis belle, en me faisant des petits plaisirs et des petits cadeaux, en s'occupant de moi.

JULIEN. – Moi ! Moi ! Tu ne sais plus dire que ce mot-là.

COLOMBE. – Oui, mon petit biquet, j'ai appris. Et tu tombes de haut parce qu'avant il n'y avait que toi qui le disais.

JULIEN *crie*. – Mais j'ai mal Colombe !

COLOMBE. – Oui, Julien, c'est bien triste. Mais j'ai eu mal, moi aussi.

JULIEN. – Le mal que je te faisais sans le savoir : ces gronderies, ces reproches, c'était mon amour pour toi.

COLOMBE, *fermée*. – Non, Julien, pour toi-même.

JULIEN. – C'est trop bête ce que tu dis !

COLOMBE. – Celle que tu aimais, celle que tu essayais que je sois, tu l'avais imaginée tout seul. Ce n'était pas moi. Je veux qu'on m'aime, moi, maintenant, avec mes petites qualités et mes défauts. Je veux que cela fasse plaisir à quelqu'un de m'aimer. Toi, je ne t'ai jamais fait plaisir, et tu ne comprendras jamais rien aux femmes, mais c'est tout ce qu'elles savent faire sur la terre : plaisir. Il ne faut pas leur enlever ça. Maintenant je vais être en retard, Julien. Nous avons tout dit. Laisse-moi monter me déshabiller.

JULIEN *la retient par le poignet*. – Non !

COLOMBE. – Lâche-moi.

JULIEN. – Non.

COLOMBE. – Brute ! Sale brute ! Tu me fais mal. Tu peux cela, encore, me brutaliser. Tu es le plus fort. Me gifler comme tu l'as déjà fait une fois, tu crois que je l'oublierai jamais ? Je n'oublie rien, moi. Allons ne t'en prive pas, gifle-moi, encore ! Tu es le plus fort.

Pendant qu'ils parlaient, on a enlevé tout le décor et les meubles un à un autour d'eux, sauf le canapé sur lequel ils sont tombés en luttant. Les machinistes s'approchent.

UN MACHINISTE. – Monsieur Julien, il faut qu'on enlève aussi le canapé.

Julien s'écarte sans répondre, les hommes emportent le canapé. Julien a attiré Colombe à lui. Ils sont seuls, debout l'un en face de l'autre, au milieu du grand plateau désert qui n'est plus éclairé que par la lampe de travail.

JULIEN. – Écoute Colombe. Nous sommes bêtes de crier. C'est moi qui vais te parler maintenant, bien calmement. Veux-tu m'écouter ?

COLOMBE. – Non.

JULIEN *lui prend le poignet.* – Il faudra que tu m'écoutes tout de même.

COLOMBE. – Tu es le plus fort. Tu peux me tuer aussi si tu veux. Le pauvre mari trompé ! Tu as même une chance, qu'on t'acquitte.

JULIEN. – Je veux seulement te demander une chose. Veux-tu me promettre de me répondre ?

COLOMBE. – Cela dépend. Demande.

JULIEN. – Quand je suis arrivé tout à l'heure dans ta loge, pourquoi m'as-tu sauté au cou ?

COLOMBE, *doucement.* – Cela me faisait plaisir de te revoir. C'était vrai.

JULIEN. – Pourquoi t'es-tu gentiment inquiétée de mon sort, là-bas ?

COLOMBE. – Je n'ai pas envie que tu sois malheureux.

JULIEN. – Et après, quand je t'ai questionnée, quand je soupçonnais les autres, pourquoi as-tu nié, comme si tu n'avais jamais rien fait de mal ? Pourquoi m'as-tu juré que c'était moi que tu aimais ?

COLOMBE. – C'était si bête ce que tu soupçonnais ! Je n'allais pas te répondre oui, tout de même... Ni te dire la vérité non plus pour te faire encore plus mal. Je t'aime bien, tu repartais demain, j'avais peur que tu aies de la peine tout seul, là-bas. J'aurais préféré que tu ne saches pas tout de suite.

JULIEN. – Pourquoi as-tu pris mes mains et les as-tu embrassées, pourquoi les as-tu mises autour de toi ?

COLOMBE. – Pour que tu me croies, pour que cela te fasse un peu plaisir.

JULIEN. – Et si je n'avais pas questionné Armand, si je t'avais crue. En rentrant de ce souper, tu serais venue te coucher près de moi ?

COLOMBE. – Oui.

JULIEN. – Tu m'aurais laissé te caresser et te prendre ?

COLOMBE, *d'une petite voix neutre.* – Bien sûr.

Un silence. Julien murmure :

JULIEN. – Je ne comprends pas.

COLOMBE. – Tu ne comprends jamais rien. Je t'aime bien, voilà tout. Tu es tout seul là-bas, tu viens de passer trois mois sans femme, – car je sais bien que tu ne m'as pas trompée, pauvre biquet. Si tu n'avais rien su, je n'allais pas me mettre à inventer une histoire de migraine ou de mal de ventre pour te priver de ce plaisir-là. Je ne suis pas un monstre tout de même !

JULIEN. – Et tu te serais laissé faire comme une fille, sans plaisir ?

COLOMBE *murmure, sincère.* – Pourquoi sans plaisir ? J'aime bien que tu me touches.

JULIEN *crie.* – Et Armand ?

COLOMBE. – Armand aussi. Ce n'est pas pareil, voilà tout. Tu as le génie de tout compliquer, toi !

JULIEN. – Et tu le lui aurais dit ?

COLOMBE *sursaute indignée.* – Pourquoi ? Cela ne le regardait pas ! Qu'est-ce que tu imagines mon pauvre biquet ? Armand n'a pas de droits sur moi. Il ne manquerait plus que ça ! Nous sommes amis, bon ; nous nous plaisons, bon... Mais toi tu revenais de la guerre, ou presque... J'aurais voulu voir qu'il ose dire quelque chose ! Apprends que je ne lui ai jamais permis de me dire du mal de toi. Tu peux le lui demander, si tu veux, si une seule fois j'ai permis qu'il se moque. Pour qui me prends-tu tout de même ?

Un silence. Julien, abasourdi, n'ose plus rien demander. Colombe demande doucement :

Mon biquet, tu veux bien que j'aille m'habiller maintenant ? Ils doivent commencer à s'impatienter dans la voiture. Je te promets que je ne resterai pas longtemps chez « Maxim's » et que je viendrai te rejoindre très vite.

JULIEN *demande, comme pour lui.* – Nous nous sommes pourtant aimés vraiment, de cette façon-là, Colombe, tous les deux ?

COLOMBE. – Oui, biquet.

JULIEN. – J'ai un peu honte de te demander... Tu ne faisais pas semblant ?

COLOMBE. – Non, biquet. Jamais.

JULIEN. – Pourquoi alors, pourquoi ? Je ne peux pas arriver à comprendre. Je ne suis pas parti si longtemps. Ce n'est pas comme pendant les guerres, quand les femmes finissent par n'en plus pouvoir d'être seules et qu'elles cèdent, un soir, sans plus trop savoir ce qu'elles font, au premier venu... Tu n'étais pas obligée... Tu aimes Armand davantage que moi, de cette façon ?

COLOMBE. – Non, biquet.

JULIEN *demande, humble.* – Mais autant que moi, tout de même ?...

COLOMBE. – Si tu crois que je fais des comparaisons ! Vous êtes drôles les hommes : on dirait qu'il n'y a que cela qui compte. Vous êtes des maniaques. Je n'allais pas sortir avec Armand, tout de même, lui laisser me faire la cour, s'occuper de moi toute la journée et lui dire non ? Il faut faire un effort pour comprendre, aussi !

JULIEN *crie, douloureux.* – Mais je le fais ! Je ne fais que cela...

COLOMBE. – Un effort pour comprendre comme nous, pas toujours comme vous !

JULIEN. – Alors, si j'étais resté là, si je ne m'étais aperçu de rien, tu aurais partagé entre nous ? Oh ! j'ai trop honte...

COLOMBE *répète, agacée.* – Si !... Si !... Je ne vis pas avec des « si » moi ! Si tu étais resté, j'aurais vu ce que j'aurais fait. Mais tu n'étais pas là. C'est ta faute aussi ! N'accuse pas toujours les autres, tu n'avais qu'à ne pas me laisser seule...

JULIEN. – Il fallait bien que je sois soldat comme tout le monde, un jour ou l'autre...

COLOMBE. – Tu n'avais qu'à te faire réformer si tu m'aimais ! On te l'a proposé et tu n'as pas voulu. C'est ce jour-là que j'ai compris que tu ne pensais qu'à toi et qu'il fallait que je pense à moi, moi toute seule, si je voulais que quelqu'un y pense !

JULIEN *dit soudain doucement.* – Pauvre petite Colombe...

COLOMBE *s'attendrit immédiatement sur elle.* – Oui pauvre petite Colombe. Si tu crois que c'est gai pour une femme tout cela ! Si tu crois que cela rend joli, de souffrir... Ah ! je vais être belle tout à l'heure, c'est malin !

JULIEN. – Pauvre petite Colombe de deux sous... Tu ne penses qu'à ton rendez-vous... Je t'aimais, moi, comme un petit garçon aime sa mère, comme un petit garçon aime un autre petit garçon avec qui il a échangé son sang, une nuit dans le dortoir, à la vie à la mort ; comme un petit compagnon pour lutter et pour vivre tous les jours, jusqu'à ce qu'on soit vieux ensemble, tout fragiles et tout blancs et qu'on n'ait plus qu'à se rappeler en fermant les yeux, l'un à côté de l'autre... Et comme une vraie femme, en plus. Pour le bon et pour le mauvais, pour les scènes et pour les silences – quand on est arrivé à se connaître si bien, on n'a plus besoin de se parler... Et il y avait derrière tout cela ma belle liberté d'homme, les aventures avec les autres garçons sous le soleil, les mers jamais traversées, et les filles, toutes les autres filles entrevues dans les rues et laissées... Tout ce que je t'avais donné, sans regret, rien que pour devenir ce petit vieux dérisoire et pourtant comblé, à côté de toi, grondé pour sa pipe, et quémandant ses deux sous, pour aller chercher son journal... Cela m'avait paru, à moi, une aventure suffisante pour une vie d'homme – parce que je t'aimais.

Un silence. Colombe lui dit simplement, un peu pincée :

COLOMBE. – Maintenant tu pourras les faire tes voyages ! Tu pourras enfin les accoster les filles dans les rues. Leur proposer encore une fois de partir avec toi, comme à moi, il y a deux ans.

JULIEN, *doucement.* – Je pourrai, oui.

COLOMBE. – Ah ! je te vois d'ici leur montant encore la tête, les éblouissant comme moi avec ton air triste, ta révolte, et ta chère grande âme blessée de tout. Ah ! quelle idiote, quelle idiote j'ai été de t'écouter ! Une vraie dinde !

JULIEN *lui a pris le poignet, criant comme un fou.* – Ne dis pas de mal de cette Colombe d'il y a deux ans. Je la garde celle-là ! Elle est à moi !

COLOMBE. – À toi, pauvre homme ? Parce que tu l'as connue tu crois, celle-là aussi ! Un ange n'est-ce pas, tu l'as cru ? Un ange dans une boutique de fleuriste, avec les vieux beaux qui viennent tous les jours se faire mettre des boutonnières. Tu as déjà entendu parler de ça, toi ? Et les gerbes qu'il faut porter à domicile pour les mariages, avec le beau-papa qui est tout retourné et qu'il vous dit qu'il va se sentir bien seul, – et les couronnes pour les enterrements où ça sent la mort dans la maison, mais où il y a tout de même un cousin qui est moins triste que les autres et qui vous attire dans un coin ? Et le patron, dans le sous-sol où l'on fait les corbeilles et le garçon livreur, tu crois que c'étaient des anges aussi ? Garde-la si tu veux, ta Colombe en sucre d'orge, mais cette Sainte-Nitouche-là, je peux bien te dire que tu l'as rêvée tout éveillé comme le reste, mon pauvre biquet.

JULIEN *l'a prise par les deux bras, il la secoue comme un fou.* – Je te défends, tu entends, je te défends, celle-là, de la salir !

COLOMBE. – J'ai bien le droit. C'est de moi qu'il s'agit tout de même ?

JULIEN *crie.* – Non !

Il la regarde, pitoyable et haineuse dans ses bras. Il dit soudain :

C'est cela qui me fait le plus peur, tu vois, que tu puisses devenir si vilaine, un jour, que j'arriverais à ne plus t'aimer. C'est de penser que tu seras toute seule au monde, quelque part avec ta pauvre petite figure fermée, tes pauvres petits seins offerts à tout le monde, tes pauvres petites histoires de femme entre tes jambes, ton pauvre petit égoïsme – sans mon amour.

COLOMBE *lui dit simplement.* – Tu me fais très mal, Julien, et tout à l'heure, j'aurai des bleus aux bras. Ce n'est peut-être pas très utile.

JULIEN *la lâche soudain.* – C'est bien. Tu vas être en retard. Monte cette fois. Monte vite t'habiller.

Elle se détourne et s'en va sans un regard aussitôt qu'il l'a lâchée. Il la regarde partir, il crie soudain.

Colombe !

COLOMBE *se retourne.* – Quoi encore ?

JULIEN, *gêné.* – Rien.

Il dit pourtant :

Si en t'habillant, tu pensais tout de même qu'il vaut mieux que tu n'y ailles pas. Je t'attends là.

Elle hausse imperceptiblement les épaules, se détourne et disparaît.

Julien est resté seul, désemparé, au milieu de la scène. La Surette surgit d'un portant, avec son pardessus trop étroit et son chapeau ridicule. Il fait semblant de ranger quelque chose pour s'approcher et dire à Julien.

LA SURETTE. – Les garces, hein, tout de même ? On leur donne tout, on travaille comme des bœufs pour elles, cela se laisse nourrir et pomponner comme un petit chien, c'est bien gentil, cela vous lèche les mains de temps en temps, mais qu'un autre petit toutou bien frisé passe dans la rue, ffuit ! cela file... J'ai été marié, moi aussi, monsieur Julien... Et c'est ma mère qui me l'avait choisie à la campagne... Un peu forte, une peu simplette aussi ; ce n'était pas du raffiné, bien sûr, mais c'était garanti tout neuf et bien solide. Un article d'usage, quoi ! Je vais même vous dire, je m'étais méfié. Il y avait deux sœurs : j'avais pris la plus laide, pour être tranquille. Un vrai pou, monsieur Julien ! Un monstre ! Et elle louchait en plus ! Mais moi je suis un homme de condition modeste, n'est-ce pas ? je ne l'avais pas prise pour la montrer. Je pensais : au lit, elle en vaut une autre, et pour le ménage, plus c'est vilain, plus ça frotte : c'est connu ! Mais les précautions, avec ces poupées-là, monsieur Julien, c'est du beurre ! Je pars en tournée cinq jours, je reviens un jour plus tôt que prévu et vous savez ce que je trouve dans mon lit en rentrant ? un croque-mort monsieur Julien ! Un croque-mort, qui habitait au-dessus de chez nous. Un homme qui avait un bec-de-lièvre, encore plus laid qu'elle. Tout nus, tous les deux ! Ah ! c'était pas beau à voir !

JULIEN, *sourdement.* – Fous le camp La Surette ! Laisse-moi.

LA SURETTE. – Pourquoi, monsieur Julien ? C'est des moments où c'est mauvais de rester seul... On devrait plutôt descendre prendre un verre ensemble au tabac... On se raconterait...

JULIEN *gémit.* – Ah non ! C'est trop laid. Tout est trop laid.

Il marche sur lui.

Va-t'en ! Va-t'en vite, imbécile, ou tu vois bien que je vais te tuer !

LA SURETTE *a peur et décampe.* – C'est bon, c'est bon, on s'en va...

Il crie, quand il est à bonne distance, haineux :

Mais ça ne se fait pas, monsieur Julien, entre collègues !...

Il disparaît ricanant. Julien regarde autour de lui comme s'il était traqué soudain. Comme Madame Alexandra paraît, vieillie, harnachée d'écharpes et de plaids, appuyée sur sa canne, accompagnée de Georges, il crie soudain, courant à elle.

JULIEN. – Maman !

MADAME ALEXANDRA. – Quoi maman ? Tu es devenu fou, non ? Arrière ! Tu me décoiffes.

JULIEN. – Je suis malheureux, maman.

MADAME ALEXANDRA. – Tu as semé mon garçon, maintenant tu récoltes.

JULIEN. – Je l'aimais maman, je l'aime, je l'aimerai toujours.

MADAME ALEXANDRA. – Ton père aussi m'aurait aimée toujours. Et c'est bien cela qui m'a fait peur. Mais qu'est-ce que c'est que cette manie de vouloir que ce soit pour la vie, l'amour ? Pourquoi cela vous démange-t-il comme cela, l'éternité ? Qu'est-ce que cela signifie d'abord : pour la vie ? Les chapeaux, les chaussures, les bijoux, cela se change ; les maisons on en déménage. Demande aux médecins, ils te diront qu'au bout de sept ans il n'y a pas une cellule de ton corps qui n'ait changé. On vieillit, on pourrit sur place, on mijote son petit cadavre à feu couvert toute sa vie pour qu'il soit fin prêt le jour où les vers s'y mettront ; on se décompose depuis qu'on est né et tu voudrais qu'il n'y ait que les sentiments qui ne changent pas ? Ce sont des foutaises, mon garçon ! C'est à l'école qu'on vous a mis ça dans la tête, à ton père et à toi, ce sont vos histoires de Romains. Vous y avez trop cru à ce qu'il y avait dans vos bouquins, tous les deux, cela vous a empêché d'apprendre à vivre. S'il avait débuté comme moi à treize ans aux Folies-Bergère, ton pauvre colonel de père, il ne se serait pas suicidé. Il aurait appris à le mettre à sa vraie place, l'amour ! Allez, viens, Georges. Tu as pris mes bandes pour mes genoux ? Et mes pilules ? Cela ne va plus bien depuis trois jours, je suis constipée et j'ai deux cents alexandrins à apprendre pour demain matin.

JULIEN *la retient.* – Maman, tu as dû souffrir aussi, tout de même. Tu es vieille. On ne vieillit pas sans souffrir. Tu ne me dis pas autre chose ? Je suis si seul ce soir.

MADAME ALEXANDRA. – Tu seras toujours seul, comme ton père... Tu seras toujours seul parce que tu ne penses qu'à toi, comme lui. Vous croyez que c'est moi qui suis égoïste ?... Les vrais égoïstes, ce n'est pas ceux qui monnayent leur petit plaisir au jour le jour. Ils ne sont pas dangereux ceux-là, ils ne demandent pas plus qu'ils ne donnent. Ils savent. Une petite caresse les uns aux autres, en passant, un petit bonjour, tu m'en donnes un, je t'en donne un, on se fait plaisir, on sait ce que cela vaut l'un et l'autre et on s'en va, chacun de son côté, mener sa petite vie de fourmi pour subsister, seul avec son paquet de tripes, la seule chose qui est bien à soi. Ceux qui sont redoutables, c'est ceux qui empêchent que cela tourne rond sur la terre, c'est ceux qui veulent absolument les donner, leurs tripes... Ils s'ouvrent le ventre, ils puisent là-dedans et ils en couvrent le monde : c'est dégoûtant ! Et plus cela leur fait mal, plus cela leur fait plaisir, ils en reprennent à poignée, avec d'horribles souffrances pour nous les offrir, qu'on le veuille ou non. Et nous, on s'y empêtre, on s'y étrangle dans leurs tripes... On est comme les enfants du pélican. On ne leur en demande pas tant. On n'a plus faim !

JULIEN *gémit.* – Mais je l'aime !

MADAME ALEXANDRA. – Bon ! Ça c'est un fait. Mais elle ne t'aime plus. C'est un autre fait, qui est tout aussi valable que le premier. Alors ? qu'est-ce que tu veux qu'elle fasse ? Qu'elle fasse semblant de t'aimer toute la vie parce qu'il se trouve que toi, tu l'aimes ? Qu'elle s'embête pendant soixante-dix ans, parce que tu as décidé que toi cela te faisait du bien ?

JULIEN. – Je lui ai tout donné.

MADAME ALEXANDRA *hausse les épaules.* – Des tripes ! Tu ne lui as donné que des tripes, comme ton père. Et elle a envie de changer de menu ! C'est son droit, il me semble ? Va donc te coucher et retourne jouer au petit soldat demain matin. Là-bas, ils en demandent des tripes ; plus tu en donneras, mieux tu seras vu. La France, elle en fait une grande consommation de tripes, elle en a toujours besoin – pas nous ! Allez, viens Georges. Tu as ma couverture ? Voilà que cela me reprend dans le genou droit...

Elle crie du seuil :

C'est peut-être un peu d'argent que tu voulais me demander ?

JULIEN, *doucement.* – Non maman, pas d'argent, merci.

MADAME ALEXANDRA. – À ton aise ! Bonne chance. Et si tu ne veux pas finir comme ton père, tâche d'être un peu moins « emmardant » mon garçon.

Elles sortent. Julien est seul sur le plateau désert ; il va jusqu'à un piano qui traîne dans les coulisses et soulève le couvercle du clavier... Il joue quelques notes vagues. À ce moment Mme Georges entre, trottinante, avec un garçon de café qui porte un panier[1].

MADAME GEORGES. – Monsieur Julien ! Monsieur Julien !

JULIEN *se retourne.* – Qu'est-ce que c'est ?

MADAME GEORGES. – Vous voyez que c'est un bon petit cœur tout de même, Mme Colombe !... C'est un garçon de chez « Maxim's » qu'elle vous envoie avec une bonne petite demi-bouteille de champagne, douze belles petites huîtres, une belle petite cuisse de poulet et un petit peu de foie gras. Où voulez-vous qu'on vous déballe tout ça, ici ou dans la loge ? Vous voyez, tout de même, comme c'est gentil de sa part ! Elle a pensé : Je ne veux pas que mon petit homme il mange rien, pendant que moi je fais la fête. Elle vous envoie tout ce qu'il y a de meilleur !...

JULIEN *leur crie dressé.* – Foutez le camp ! Foutez le camp tout de suite tous les deux ! Vite vite, je vous en supplie. Vous êtes trop bêtes ! Vous êtes trop laids !

Il crie :

1. Cette scène a été supprimée pour alléger le rythme à la représentation de Paris.

Mais vite, voyons, vite ! Vous voyez bien que je n'en peux plus !

MADAME GEORGES *s'effraie et entraîne le garçon.* – C'est bon, c'est bon. Pas la peine de crier comme ça. On n'a rien fait de mal. Venez, venez... On va voir ce qu'on va en faire... un beau petit panier bien rempli comme ça ! et il y avait un bon gâteau en plus ! Si c'est pas malheureux de refuser toutes ces bonnes choses quand il y a des pauvres qui meurent de faim... Les hommes, c'est tous les mêmes : ça ne sert à rien d'être gentilles avec eux... C'est buté !

Ils sont sortis.

Julien s'est écroulé sur le piano, la tête dans ses mains... On entend un piano lointain, fantomatique, reprendre les premières notes que Julien a jouées tout à l'heure et en faire un air. Julien ne semble pas entendre, la tête sur le clavier.

La lumière baisse jusqu'au noir.

Pendant le noir, le piano joue toujours la valse qui se rapproche et devient réelle on dirait, à présent qu'on joue sur le plateau.

En effet, quand la lumière revient, Julien est en civil. Il est en train de jouer au clavier à la même place.

Le plateau est toujours désert et éclairé par la lampe de service, mais la lumière du soleil entre par les soupiraux. La porte de scène côté jardin s'entrouvre et Colombe paraît dans une petite robe pauvre qu'on ne lui connaît pas, portant une grosse corbeille de fleurs. Elle a l'air embarrassée de son chemin. Elle avise Julien, lui demande :

COLOMBE. – Je vous demande pardon Monsieur. La loge de Mme Alexandra.

JULIEN, *sans cesser de jouer.* – C'est au premier mon petit. Mais vous pouvez l'attendre ici. Elle va descendre répéter d'une minute à l'autre. Je l'attends aussi. Cela vous fera un étage et un cyclone en moins. Elle est en train de casser le mobilier là-haut.

COLOMBE. – Il y a quelque chose qui ne va pas ?

JULIEN, *qui joue toujours.* – Au théâtre, ma petite fille, il y a toujours quelque chose qui ne va pas.

COLOMBE. – C'est une si grande artiste ! Cela me fait tout drôle de penser que je vais la voir.

JULIEN. – Quand vous la verrez vraiment, cela vous fera encore plus drôle.

COLOMBE. – Elle est très belle, n'est-ce pas ?

JULIEN. – Très. Comme un monument historique. Le Palais du Louvre : vous aimez ça, vous ?

COLOMBE. – Vous êtes une mauvaise langue. Elle n'est tout de même pas aussi vieille que cela.

JULIEN, *qui joue toujours.* – Pas tout à fait aussi vieille que le Palais du Louvre, mais cela viendra, rassurez-vous.

COLOMBE. – Quel âge a-t-elle au juste ?

JULIEN. – Cent ans.

COLOMBE. – Vous riez ! Je l'ai vue en scène. Une fois, j'ai eu des billets.

JULIEN. – Oh ! mais en scène c'est différent ! Cela perd quatre-vingts ans d'un coup. La vingtaine à peine et toute la pudeur, tous les émois... La découverte tremblante de l'amour, c'est son rôle préféré tous les soirs depuis un demi-siècle. Cela conserve...

COLOMBE. – Vous êtes bien méchant avec elle, pour quelqu'un qui est de la maison. Si elle vous entendait !

JULIEN, *toujours au piano.* – Elle a l'habitude. Je suis son fils...

COLOMBE *s'est levée de saisissement.* – Vous ?

JULIEN. – Moi. Et je n'en suis pas plus fier pour cela. Elle non plus d'ailleurs.

COLOMBE. – Mais elle est jeune alors, vous voyez bien que vous mentez...

JULIEN *s'est retourné souriant sur son tabouret.* – Pourquoi ?

COLOMBE *balbutie.* – Parce que vous êtes très jeune, vous...

JULIEN *balbutie, rouge aussi soudain.* – Je n'aime pas beaucoup les compliments, mais vous, en revanche, vous êtes bien jolie...

Il y a soudain un petit silence gêné entre eux. Il demande :

C'est amusant d'être fleuriste ?

COLOMBE, *ils vont parler comme dans un rêve maintenant tous les deux.* – Pas toujours autant qu'aujourd'hui...

JULIEN. – On doit voir du monde...

COLOMBE. – Oui. Mais vous savez, c'est toujours les vieux messieurs qui achètent les fleurs.

JULIEN *crie malgré lui.* – Tant mieux !

COLOMBE. – Pourquoi ?

JULIEN *rougit.* – Pour rien.

Il ajoute :

Je viendrai vous en acheter, moi, quand je serai riche, et je vous les donnerai.

COLOMBE. – C'est vrai ?

JULIEN. – Oui. On ne vous en donne jamais de fleurs ?

COLOMBE. – Jamais.

JULIEN. – Votre bon ami ?

COLOMBE, *doucement.* – Je n'en ai pas.

JULIEN *se lève soudain et lui coupe une rose de la corbeille.* – Alors tenez ! Je commence tout de suite.

COLOMBE *a poussé un cri terrifié.* – Oh ! ma corbeille ! Mais vous êtes fou ! Cela va faire toute une histoire...

JULIEN. – Je m'en charge. Comme de toute façon cela va faire toute une histoire que je sois là.

COLOMBE, *qui respire sa rose.* – C'est drôle, quand c'est à vous qu'on les donne, on a envie de les respirer. Votre maman n'aime pas que vous veniez au théâtre ?

JULIEN. – Non, pas beaucoup.

COLOMBE. – Elle a peur que ce soit de mauvaises fréquentations pour vous ?

JULIEN *éclate de rire.* – Comme elle est gentille !... Non... Ce n'est pas cela. Elle a peur que je lui demande de l'argent. Je vis tout seul. Je travaille mon piano pour donner des concerts plus tard, huit heures par jour ; alors il ne me reste pas beaucoup de temps pour gagner ma vie... Et quelquefois je suis obligé de venir lui demander, vers les fins de mois. Le moins souvent possible, parce que je n'aime pas beaucoup ça. Et elle non plus d'ailleurs.

COLOMBE. – C'est bien d'être fier.

JULIEN. – Oui. C'est encombrant.

COLOMBE. – Si j'aimais un homme, je voudrais qu'il soit fier. Un vrai homme. Qu'il n'accepte jamais rien sans se battre.

JULIEN. – C'est comme cela que je suis devenu la honte de la famille. Ou je joue du piano ou je me dispute avec quelqu'un...

COLOMBE. – Et vous jouez vraiment huit heures par jour ?

JULIEN *sourit.* – Oui. Heureusement pour les autres !

COLOMBE. – Comme vous devez bien jouer !

JULIEN. – Pas encore, mais cela viendra.

Ils sont troublés. Ils ne savent plus trop comment se parler. Il demande :

Et comme fleuriste, on gagne beaucoup ?

COLOMBE. – Oh ! avec les pourboires, je me fais cent francs par mois !

JULIEN. – Alors vous êtes une fille dans mon genre !... Et si je viens vous chercher un soir à la sortie du magasin pour aller dîner avec vous... vous n'exigerez pas qu'on aille chez Larue ?

COLOMBE. – Je ne sais même pas où c'est. Mais une fois j'ai été chez Poccardi.

JULIEN, *gaîment.* – Hé bien, on retournera chez Poccardi ! Tant pis pour la dépense ! Il faudra qu'elle y passe, la vieille !

COLOMBE. – Et on mangera tous les hors-d'œuvre ?

JULIEN. – Tous ! Et on en reprendra !

COLOMBE. – Mais quand ?

JULIEN. – Ce soir ! Pourquoi attendre ?

COLOMBE, *effrayée.* – Mais nous allons nous rater. Ce soir je ne rentre pas au magasin. C'est ma dernière course.

JULIEN *se lève et la prend par la main.* – Alors partons tout de suite.

COLOMBE. – Mais ma corbeille !

JULIEN. – On la laisse. Elle est assez grosse. Ils la trouveront bien.

COLOMBE, *soudain pratique.* – Il vaudrait peut-être mieux que j'attende mon pourboire ?

JULIEN *s'arrête.* – C'est vrai. Suis-je bête ! Nous aurions bonne mine chez Poccardi ! J'ai vingt-deux sous.

COLOMBE. – Vous savez, j'ai l'air d'accepter tout de suite, comme cela. Mais d'habitude je dis non. C'est la première fois.

JULIEN, *debout devant elle, grave.* – Moi, je ne propose jamais, d'habitude. C'est la première fois aussi. Vous croyez que c'est vrai, vous ?

COLOMBE. – Quoi ?

JULIEN. – Qu'on puisse se plaire comme ça tout de suite. Se plaire, ce n'est rien – on se plaît souvent... Qu'on puisse être bien tout d'un coup rien que parce qu'on est ensemble. Bien, comme si on était arrivés quelque part ?

COLOMBE. – Je ne sais pas.

JULIEN *est venu s'asseoir près d'elle sur le banc, il lui tient l'épaule.* – Vous êtes bien, là, en ce moment, vous ?

COLOMBE. – Oui.

JULIEN. – Et cela vous arrive souvent ?

COLOMBE. – Non.

JULIEN. – Moi cela ne m'arrive jamais. Je vais vous dire. J'aime mieux que vous sachiez avant d'aller chez Poccardi. J'ai un sale caractère. Je n'aime personne. Je me fâche avec tout le monde tout le temps. Tout le monde me déteste.

COLOMBE. – Ce n'est pas possible.

JULIEN. – Si. C'est parce que je ne suis gentil avec personne. Je ne peux pas.

COLOMBE. – Moi je trouve pourtant que vous êtes gentil.

JULIEN. – Avec vous, c'est extraordinaire, je m'aperçois que je peux. Vous avez déjà été au Jardin des Plantes ?

COLOMBE. – Oui. Pourquoi ?

JULIEN. – Cela vous amuse de regarder les ours ? Vous les aimez bien avec leurs grosses pattes ? Je suis un ours. Vous aurez la patience d'en apprivoiser un ?

COLOMBE, *doucement, tenue contre lui.* – Cela doit avoir de grands bras forts. Cela doit vous tenir bien chaud, vous protéger contre tout le monde. Tout ce que ça dit, cela doit être vrai, un ours, et solide – et pour toujours.

JULIEN. – Oui. Et tout cela je sais le faire. Mais je suis toujours tout seul tout de même parce que les jeunes filles n'aiment pas beaucoup les ours.

COLOMBE. – Moi, je ne sais pas encore très bien ce que j'aime, ce que je n'aime pas, mais je me sens bien en ce moment. Ça, c'est quelque chose de sûr. J'ai seulement un peu peur, parce qu'il me semble que c'est peut-être trop vite.

JULIEN. – J'ai encore bien plus peur que vous, parce qu'il y a tellement longtemps que je voulais en trouver une – une jeune fille qui aime les ours.

COLOMBE, *doucement.* – Les autres garçons, j'avais envie de leur répondre, de me moquer d'eux, de les faire enrager. Pas vous.

JULIEN. – Ah ! si c'était vrai tout de même ! Si cela pouvait arriver comme dans les histoires, tout de suite et pour toujours. Jurez-moi au moins que vous me serez fidèle, jusqu'à ce soir. Je ne suis pas exigeant, jusqu'à Poccardi ?

COLOMBE *rit, un peu attendrie.* – Je vous le jure !

JULIEN. – Crachez !

COLOMBE *crache*. – Je crache !

JULIEN, *timidement*. – Embrassez-moi. Ce n'est pas trop tôt ?

COLOMBE, *dans un souffle*. – Non.

Elle tend ses lèvres. Il l'embrasse et crie soudain comme un fou, se dressant :

JULIEN. – Ah c'est trop beau ! c'est trop beau tout d'un coup ! C'est peut-être donc bon la vie ? Ils ne sont peut-être pas tous aussi laids, aussi méchants qu'ils en ont l'air ? Maman est peut-être charmante et jeune, qui sait ? Tout est possible... Ah ! je vous dis que c'est trop beau ! Tant pis. Il faut fêter ça. Je vous offre une autre fleur !

COLOMBE, *épouvantée*. – Oh ! monsieur, monsieur, mais ce ne sera plus une corbeille !

JULIEN *la prend*. – Vous avez raison. Pourquoi lésiner ? Je vous la donne entière.

COLOMBE *gémit*. – Mais je l'apportais à votre mère, monsieur !...

Elle demande soudain :

Monsieur comment ?

JULIEN. – Julien. Et vous, comment ?

COLOMBE. – Colombe.

JULIEN *crie joyeux*. – Colombe ! Mais qu'est-ce qui se passe ce soir pour que tout soit tellement beau d'un seul coup ?

Madame Alexandra fait irruption, suivie de tout son état-major. Poète-Chéri, Desfournettes, La Surette, etc.

MADAME ALEXANDRA. – Marde ! Marde ! Elles sont toutes mauvaises comme des mardes ! Et nous passons dans trois jours !

Elle voit Julien et glapit :

Qu'est-ce que tu fais encore ici, toi ? Il ne nous manquait plus que cet emmardement-là !

JULIEN. – Ma chère petite maman, tu vois, j'embrasse la fleuriste.

MADAME ALEXANDRA *se retourne vers les autres sans comprendre.* – Qu'est-ce qu'il dit ?

JULIEN. – Ma chère petite maman, sois une fois comme dans tes pièces, fais un geste !

MADAME ALEXANDRA *crie, un réflexe.* – Je n'ai pas d'argent !

JULIEN. – Je ne te demande pas d'argent. Cette jeune fille t'apportait une corbeille, tu en as déjà douze qui pourrissent dans ta loge. Je l'ai trouvée trop gentille. Je la lui ai donnée.

MADAME ALEXANDRA, *qui n'y comprend toujours rien.* – Comment ? Comment ? Qu'est-ce que tu lui as donné ?

JULIEN. – Ta corbeille.

MADAME ALEXANDRA. – Je ne comprends rien à tes histoires. Nous travaillons en ce moment. Reviens après la générale. Mademoiselle, posez-la ici, votre corbeille. La Surette, donnez-lui dix sous. Non. Cinq. Et vous, Desfournettes, débrouillez-vous pour nous en faire auditionner dix autres ce soir ! Avec toutes les petites filles que vous consommez dans votre bureau, il est tout de même inconcevable que vous ne puissiez pas nous en présenter une !

DESFOURNETTES. – Mais la petite brune de cet après-midi...

MADAME ALEXANDRA. – La petite brune de cet après-midi était un véritable pou. Je ne vous demande pas une fille dont le derrière vous plaît, je vous demande une fille qui soit à la hauteur du rôle.

DESFOURNETTES *hausse les épaules.* – À la hauteur du rôle ! À la hauteur du rôle ! Il ne faut tout de même pas exagérer. Elle a une chanson à chanter et deux répliques à dire. Si je ne peux même pas promettre un petit bout de rôle dans mon théâtre à une fille qui me soit sympathique, qu'est-ce que je fais ici ?

MADAME ALEXANDRA. – Vous payez, Desfournettes ! Et nous sommes bien bons d'accepter votre argent. Tout le monde en a de l'argent ! C'est le talent qui est rare. La petite qui jouera ce rôle, nous ne lui demanderons pas ce qu'elle a fait dans votre bureau, cela nous est complètement égal, nous lui demanderons d'avoir du talent.

DESFOURNETTES. – Mais essayez-la au moins ! Je vous dis qu'elle est pourrie de talent !

MADAME ALEXANDRA *ricane.* – Pourrie, je veux bien le croire. Mais de talent !

POÈTE-CHÉRI, *qui tournait depuis un moment autour de Colombe, s'exclame.* – Mais nous sommes des fous ! Nous sommes de véritables fous ! Nous nous disputons depuis deux heures... Qu'est-ce que nous cherchons en somme ? Un personnage de petite fleuriste pour le cinq ? Une petite fleuriste qui ait l'air d'une vraie petite fleuriste ?

MADAME ALEXANDRA. – Et pas d'une petite putain !

POÈTE-CHÉRI *prend Colombe effarée par la main et la présente.* – Mais en voilà une qui nous mettra tous d'accord ! Vous n'allez pas me dire qu'elle n'a pas l'air d'une fleuriste, tout de même ? C'en est une ! Et ravissante !

MADAME ALEXANDRA, *qui a mis son face-à-main.* – Elle est gentille. Tournez-vous, mon petit. Montrez vos jambes.

COLOMBE, *ahurie.* – Mes jambes ?

MADAME ALEXANDRA, *impatientée.* – Oui. Vos jambes. Vous ne savez pas où elles sont ? Elle a l'air bien empotée, en tout cas !

POÈTE-CHÉRI. – Elle est intimidée ! Elle est seulement intimidée !... Allons, montrez-les, montrez-les vos jambes, ma petite fille... C'est peut-être la chance qui passe en ce moment.

Il lui relève ses jupes.

Les jambes sont adorables, regardez, adorables, comme le reste.

COLOMBE *retire ses jupes.* – Mais Monsieur...

POÈTE-CHÉRI. – Allons, plus haut, plus haut... Il ne faut pas avoir honte comme cela. Nous nous plaçons à un point de vue uniquement artistique, ma petite fille.

JULIEN *s'avance et rabaisse les jupes de Colombe.* – C'est assez maintenant ! Vous allez la laisser tranquille, cette petite. Vous voyez bien qu'elle n'y comprend rien à vos histoires...

POÈTE-CHÉRI. – Mais je ne lui fais aucun mal...

JULIEN. – Mais si cela ne lui plaît pas ? Est-ce que je les relève, moi, vos pantalons ?

POÈTE-CHÉRI. – Mais nous avons besoin de voir ses jambes ! c'est dans la pièce !

JULIEN. – Est-ce que je vous demande comment ils sont faits, moi, vos mollets ?

POÈTE-CHÉRI. – Mais c'est ridicule, il ne s'agit pas de mes mollets !

JULIEN *marche sur lui.* – Hé bien ! si, justement. Donnant, donnant. Moi je veux les voir !

POÈTE-CHÉRI *recule, terrifié.* – Mais c'est insensé ! Mais il est fou !

MADAME ALEXANDRA *arrête Julien.* – Assez Julien ! Tes plaisanteries ne font rire personne. Admettons qu'elle ait de jolies jambes. Encore faudrait-il qu'elle ait une voix.

POÈTE-CHÉRI *crie de son coin.* – Mais elle a une voix ! Je suis persuadé qu'elle a une voix ! Avec une bouche pareille, elle ne peut pas ne pas avoir de voix.

Il est près de Desfournettes, il lui prend le bras.

Soyez beau joueur, mon cher directeur, avouez qu'elle est adorable !

DESFOURNETTES. – Elle est gentille, c'est indéniable !

Il se rapproche.

Vous avez déjà fait du théâtre, mon petit ?

COLOMBE. – Non Monsieur, je suis fleuriste.

POÈTE-CHÉRI, *en transes.* – Non Monsieur, je suis fleuriste ! Elle n'est pas gentille, elle est adorable ! Je vous dis qu'elle est adorable !

DESFOURNETTES. – Je suis le directeur de ce théâtre. Vous pouvez passer une fin d'après-midi me donner une petite audition ?

POÈTE-CHÉRI. – Ah non, Desfournettes, non ! Vous n'allez pas nous l'emmener dans votre bureau, celle-là aussi. Madame-Chérie ! Vous avez une minute ? Il faut prendre cette décision tant que c'est chaud. Il faut lui faire chanter quelque chose à cette enfant.

MADAME ALEXANDRA. – Vous avez déjà chanté mon petit ?

COLOMBE. – Pour moi, oui.

POÈTE-CHÉRI *s'exclame, enthousiasmé.* – Pour moi, oui ! Quelle réplique ! Mais c'est un ange ! C'est un ange qui nous tombe du ciel pour nous sauver tous ! Quel âge avez-vous mon petit chat ?

COLOMBE. – Dix-huit ans.

POÈTE-CHÉRI. – Et elle a dix-huit ans ! Et cela ne sait rien du tout, cela ouvre de grands yeux sur la vie. C'est un petit Greuze ! Mais c'est elle ! c'est elle ! Je vous dis que c'est elle notre fleuriste ! Je lui rajoute tout de suite douze vers. Elle m'inspire cette petite ! Un papier, qu'on me donne un papier !...

Desfournettes se prend la tête, accablé devant cette nouvelle catastrophe.

MADAME ALEXANDRA *arrête Poète-Chéri, lui reprend son papier et son crayon.* – Non. Non. Rien du tout. Rentrez votre crayon, Poète-Chéri. La pièce est déjà assez longue !

POÈTE-CHÉRI *remet son crayon dans sa poche, vexé.* – En tout cas il faut la faire auditionner tout de suite !

MADAME ALEXANDRA. – Vous pouvez nous chanter quelque chose, mon petit ?

COLOMBE. – Je ne sais pas, madame...

MADAME ALEXANDRA. – Est-ce que vous connaissez *Plaisir d'Amour* ? C'est ce que chante la petite fleuriste dans la pièce...

COLOMBE. – Oui, un peu.

MADAME ALEXANDRA. – Nous allons voir cela. Julien ! Où est-il cet animal ? Il est parti naturellement, maintenant qu'on a besoin de lui.

JULIEN, *de son coin.* – Je suis là.

MADAME ALEXANDRA. – Mets-toi au piano et accompagne-la.

JULIEN, *sans bouger.* – Non.

MADAME ALEXANDRA. – Pourquoi non ? Pourquoi non ?

JULIEN. – J'ai mal au doigt.

MADAME ALEXANDRA. – Qu'est-ce que tu as au doigt ?

JULIEN. – Un panaris.

MADAME ALEXANDRA. – Montre tes mains ? Où est-il ton panaris ?

JULIEN. – Il se prépare.

MADAME ALEXANDRA. – Tu es un petit morveux imbécile ! Pourquoi ne veux-tu pas jouer ?

JULIEN. – Parce que je n'en ai pas envie ! Parce que je trouve que vous devriez lui ficher la paix à cette petite. Elle a un métier, un vrai, elle est bien tranquille. Elle a tout de même mieux à faire dans la vie que de monter signer un contrat dans le bureau de l'affreux Desfournettes.

MADAME ALEXANDRA. – Il ne s'agit pas de Desfournettes. Mêle-toi de ce qui te regarde. Nous passons dans trois jours et nous avons besoin de quelqu'un. Chantez, vous. Chantez sans piano.

À Armand qui est entré :

Armand, mon petit Armand chéri, peux-tu nous jouer *Plaisir d'Amour* avec un doigt sur le piano ?

ARMAND. – Moi ? Je peux jouer du Wagner avec un doigt, Maman-Chérie.

MADAME ALEXANDRA. – Rends-nous service, accompagne cette petite que nous voulons auditionner. Ton imbécile de frère refuse de le faire. Je me demande bien pourquoi. Allez-y mon petit, n'ayez pas peur. Nous n'avons tous qu'un désir, c'est que cela aille et que nous puissions enfin aller dîner.

POÈTE-CHÉRI *s'est rapproché.* – Adorable ! Elle est adorable ! Moi je vous promets qu'on fera quelque chose de vous, mon petit. Elle tremble, elle tremble... Venez mon tout petit chat. Venez, je ne vous lâche pas...

ARMAND. – Allons-y !

COLOMBE *commence,*
d'abord étranglée de peur, puis très joliment.

Plaisir d'amour
Ne dure qu'un moment...
Chagrin d'amour
Dure toute la vie..., etc.

Poète-Chéri extasié fait des signes d'intelligence à tout le monde à chaque mot. Il soupire, il est au comble de l'extase, il n'a jamais entendu ça. Il finit par prendre Colombe carrément par la taille. Elle tente de se dégager un peu, en chantant. Elle veut tirer sa main, lui pas. Une petite lutte sournoise s'engage, que personne ne semble remarquer, sauf Julien qui s'avance soudain, écartant tout le monde et arrachant Poète-Chéri de Colombe.

JULIEN. – Hé bien non !

Colombe s'est arrêtée de chanter.

POÈTE-CHÉRI *balbutie.* – Comment non ? Pourquoi non ?

JULIEN. – Je vous défends de la toucher !

POÈTE-CHÉRI, *dressé sur ses ergots.* – Vous me défendez vraiment ? Et peut-on savoir à quel titre s'il vous plaît ?

MADAME ALEXANDRA *glapit.* – Julien, cette fois la mesure est comble. D'abord, qu'est-ce que tu es venu faire dans ce théâtre où je t'avais demandé de ne jamais remettre les pieds ?

JULIEN. – Te demander un peu d'argent pour mon inscription du troisième trimestre.

MADAME ALEXANDRA. – Pas un sou ! Tu n'auras pas un sou ! Maintenant déguerpis ! Et tout de suite !

JULIEN. – Non.

MADAME ALEXANDRA. – Comment non ?

JULIEN. – J'ai besoin de voir ce qui va se passer. Cette jeune fille est avec moi.

MADAME ALEXANDRA. – Ah ! tu veux faire le petit malin ? Je vais te faire foutre dehors par les machinistes moi. Joseph ! Léon !

LES MACHINISTES *s'avancent.* – Madame-Chérie ?

MADAME ALEXANDRA. – Flanquez-moi ce petit voyou-là dehors, immédiatement. Et si vous le revoyez traîner dans le théâtre, je vous autorise à cogner dessus !

LES MACHINISTES *s'avancent vers Julien.* – Allez, monsieur Julien, puisqu'on vous le dit ! Pas d'histoires !

JULIEN. – Pas d'histoires ? Je vous promets bien que ça va en être une, de me mettre dehors. Pour qui me prenez-vous ?

LES MACHINISTES, *luttant avec lui.* – Monsieur Julien ! Allons monsieur Julien ! C'est qu'il cogne, Madame-Chérie !

MADAME ALEXANDRA *glapit.* – Cognez aussi ! Vous aurez cent sous !

COLOMBE, *effrayée.* – Oh, arrêtez ! arrêtez ! Faites-les arrêter, ils vont lui faire mal !

MADAME ALEXANDRA. – Ça lui fera du bien !

Julien, qui a réussi à échapper aux machinistes, fait le tour de la scène en courant. Il crie.

JULIEN. – D'ailleurs, avant de partir, j'ai quelque chose d'urgent à faire !

Il a rejoint Poète-Chéri, il le retourne et lui botte le derrière.

Tenez, celle-là aussi elle est adorable !

POÈTE-CHÉRI, *la main au derrière.* – Oh ! le petit malotru ! La petite brute ! Mon pantalon est déchiré !

DESFOURNETTES *crie en même temps, terrifié par la bagarre.* – Jetez-le dehors ! Jetez-le donc dehors ! Vous voyez bien qu'il va finir par casser le théâtre !

Les machinistes ont rattrapé Julien et l'entraînent.

MADAME ALEXANDRA. – Je m'en vais. J'ai horreur des bagarres, cela me donne la migraine ! Pour la petite, je la prends. Tâche de la nipper, Georges, avant le dîner. Nous la ferons répéter ce soir.

POÈTE-CHÉRI *se précipite vers Colombe, après s'être assuré que les machinistes tiennent solidement Julien.* – C'est la gloire, ma petite, c'est la gloire ! Et la prochaine fois je vous fais un grand rôle !

Il lui jette à l'oreille.

Fou ! vous entendez, je suis fou de vous !

JULIEN *crie pendant qu'on l'entraîne.* – Lâchez-moi. Lâchez-moi donc, bandes d'idiots !

Il crie à Colombe pendant qu'on le sort, se retenant à la porte.

Et Poccardi ? Vous m'aviez juré ? Et Poccardi ?

MADAME ALEXANDRA *crie aux machinistes, du seuil.* – Mais enfin, assommez-le, une bonne fois !

COLOMBE *se dégage de Poète-Chéri.* – Oh ! vous me dégoûtez tous à la fin ! Vous êtes trop vilains !

Elle a couru aux machinistes.

Lâchez-le, vous deux. Ils m'embêtent après tout, avec leur histoire. Ce qui est juré est juré. Je viens avec vous chez Poccardi !

Elle lui a pris le bras et regarde les autres.

MADAME ALEXANDRA *se retourne vers les autres.* – Qu'est-ce qu'elle raconte maintenant celle-là ? Mais on n'en finira donc jamais ? Qu'est-ce que c'est que cette histoire de Poccardi, petite idiote ? Vous n'avez donc pas compris qu'on vous engageait et que vous répétiez ce soir ?

COLOMBE, *serrée contre Julien.* – Si. Mais je suis prise. Je suis invitée.

MADAME ALEXANDRA *hurle.* – Ce n'est plus un théâtre, c'est un asile ! Desfournettes, convoquez-la votre petite putain. Elle est laide comme un derrière de singe, mais avec ce que j'imagine d'elle, elle ne nous fera pas d'histoires, au moins, celle-là !

Elle sort furieuse.

DESFOURNETTES, *la suivant.* – Merci ! Merci, Madame-Chérie ! Et vous verrez, elle est pourrie de talent !

Ils sont sortis. Poète-Chéri, raide, toise Julien.

POÈTE-CHÉRI. – Monsieur, deux de mes amis seront chez vous demain.

JULIEN. – Bravo. Mais ils ne me trouveront pas.

Il a pris Colombe par la taille.

Nous déménageons ce soir tous les deux !

POÈTE-CHÉRI, *ulcéré, lui jette avant de partir.* – Petite dinde !

Et il se sauve aussi vite que sa dignité le lui permet. Julien a voulu bondir. Colombe le retient.

COLOMBE, *tendrement.* – Non.

JULIEN. – Pourquoi non ? Vous n'avez pas entendu ce qu'il a dit ?

COLOMBE. – Non. J'ai entendu autre chose. Je suis trop heureuse.

ARMAND, *qui est resté, seul, souriant, assis sur le piano.* – Hé bien ! mes tourtereaux, pour une fin d'acte, c'est une fin d'acte ! Ça c'est du théâtre ! Et il y a longtemps que vous vous connaissez ?

JULIEN. – Non. Une heure.

COLOMBE, *doucement.* – Ne le lui dites pas. Il ne va pas nous croire...

ARMAND. – Alors, vous préférez passer la soirée chez Poccardi avec cet ours plutôt que de débuter au théâtre ? Mais il y en a une comme cela tous les mille ans ! Où l'as-tu trouvé ce phénomène-là ?

JULIEN, *doucement.* – Dans mon cœur.

ARMAND, *gentil.* – Je m'en doute bien. Mais ce qui est drôle c'est qu'elles se ressemblent... Tu ne vas pas la rendre trop malheureuse, tout de même ? Tu ne vas pas lui faire trop de morale ?

JULIEN *sourit.* – Non.

ARMAND *s'est levé, souriant.* – Soyez heureux mes enfants et faites-en beaucoup d'autres ! Mais comme après ce coup-là, j'ai l'impression que taper maman c'est du domaine de l'utopie... Tiens. J'ai gagné, hier, pour une fois. Partageons en frères.

JULIEN *prend l'argent.* – Tu es gentil Armand.

ARMAND *sourit, regardant Colombe.* – Non, ne confonds pas : égoïste. Comme cela, moi aussi je serai un peu chez Poccardi, avec elle.

Il s'en va, leur faisant un petit salut cocasse de loin en leur criant.

Bon appétit ! Ne mangez pas tout. Qu'il en reste !

COLOMBE *lui crie gentiment aussi.* – Merci monsieur !

Il est sorti. Ils se retournent l'un vers l'autre.

Voilà.

JULIEN. – Voilà. Maintenant l'histoire commence. Je n'oublierai jamais ce que vous avez fait.

COLOMBE. – Il ne faut pas me remercier. Je ne l'ai même pas fait exprès. Quand ils ont voulu vous emmener, ça m'a fait mal dans moi. J'ai crié. Et puis, je me suis trouvée dans vos bras. C'est trop vite n'est-ce pas, c'est trop vite, ce n'est pas sérieux ?

JULIEN. – Oui c'est vite, mais je crois tout de même que c'est sérieux... et que ça durera !

Il l'embrasse. Elle se serre contre lui et murmure :

COLOMBE. – Oh ! mon chéri ! J'en suis sûre à présent. Toujours.

JULIEN, *sans rire.* – Oui, toujours. C'est le moins qu'on puisse faire.

Colombe se serre de toutes ses forces contre lui, murmurant encore.

COLOMBE. – Toujours. Toujours. Toujours. Toujours.

Ils s'embrassent encore, puis Julien la prend par la main.

JULIEN. – Vite, mon amour ! Nous n'avons plus une minute à perdre !...

Et ils se sauvent en courant, gaîment, à travers le théâtre sombre, vers leur destin, le rideau tombe.

FIN DE « COLOMBE ».

LA RÉPÉTITION
ou l'Amour puni

[1950]

PERSONNAGES

LE COMTE	*Jean-Louis Barrault*
LA COMTESSE, sa femme	*Madeleine Renaud*
HORTENSIA, sa maîtresse	*Élina Labourdette*
HÉRO, son ami	*Jean Servais*
VILLEBOSSE, ridicule, amant de la Comtesse	*Bernard Dhéran*
MONSIEUR DAMIENS, homme d'affaires de la Comtesse	*Pierre Bertin*
LUCILE, sa filleule	*Simone Valère*

La pièce a été créée au Théâtre Marigny par la Compagnie Renaud-Barrault le 27 octobre 1950, dans une mise en scène de Jean-Louis Barrault, des décors et des costumes de Jean-Denis Malclès.

PREMIER ACTE

Un salon. Entrent la Comtesse et M. Damiens. Costumes Louis XV.

LA COMTESSE. – Monsieur Damiens je veux vous remercier de nous avoir prêté votre filleule.

MONSIEUR DAMIENS. – Vous obliger, madame, est le premier et le plus agréable de mes devoirs. Vous aviez besoin d'elle : il était tout naturel qu'elle vînt à Ferbroques.

LA COMTESSE. – Sans elle que serions-nous devenus ? Ma pauvre tante, la marquise, était l'esprit le plus chimérique qui fût. Cette idée de nous léguer Ferbroques à condition que nous y passions un mois chaque printemps c'était en somme assez touchant. Ferbroques est un désert où elle-même n'a jamais eu le courage de vivre plus de huit jours. Elle passait tout l'hiver à Paris à soupirer après Ferbroques et l'été venu, elle courait autre part. Il faut dire que la pauvre femme était la proie de plusieurs grands médecins. Quoiqu'elle eût une excellente santé, la belle saison lui suffisait à peine pour faire ses cures. Quand elle avait bu toutes ses eaux, quand elle s'était trempée dans toutes ses boues aux quatre coins de l'Europe, elle n'avait plus que le temps matériel de regagner Paris pour commander ses robes, jurant sur tout ce qu'elle avait de plus cher, c'est-à-dire nous, sans doute, qu'au printemps prochain elle viendrait habiter son château... Mais le printemps revenu, ses médecins l'envoyaient s'abreuver à de nouvelles sources... La mort la délivrant des cures miraculeuses, elle a voulu que nous tenions ses serments.

MONSIEUR DAMIENS. – Délicate pensée...

LA COMTESSE. – Oui. Un mois à la campagne, pour peu qu'on y donne un bal ou deux, c'est vite passé. Le moyen d'ailleurs de refuser Ferbroques ? C'est un bijou. Mais la clause du testament qui nous obligeait à élever douze petits orphelins dans l'aile gauche, elle a dû bien rire en l'écrivant.

MONSIEUR DAMIENS. – Peut-être qu'un souci de charité chrétienne...

LA COMTESSE. – Ma tante était nourrie de philosophes, ce ne peut être que par politesse qu'elle a voulu faire, en mourant, un petit geste pour le ciel. Et elle haïssait les enfants. Elle avait un valet de pied souffre-douleur, le pauvre Jules – qui est mort deux mois après elle, rongé par la tranquillité – spécialement chargé de la précéder dans les lieux publics pour les écarter de son chemin. C'est une phobie qu'elle avait prise depuis qu'elle avait reçu un diabolo sur la tête dans un jardin.

MONSIEUR DAMIENS. – Peut-être qu'une sorte de remords...

LA COMTESSE. – Monsieur Damiens vous ne connaissiez pas ma tante. C'était une femme étonnante, incapable d'aucune sorte de remords... Non, je ne vois pour ma part, qu'une seule explication à la création de cet orphelinat : le désir de nous jouer un bon tour posthume au comte et à moi. Remarquez que Tigre a très bien pris la chose. Il adorait se disputer avec sa tante. « C'est bien ! » s'est-il écrié quand le notaire eut achevé la lecture. « Elle veut que ces douze marmots nous cassent, un mois par an, les oreilles ? Nous parerons la botte, ma chère ; nous prendrons douze petits sourds-muets. » Je suis sûre qu'entendant la riposte, ma tante a dû faire un tour sur elle-même dans le mausolée de la famille à Passy. D'autant plus que dans sa longue lutte avec Tigre c'était le dernier point marqué, pour lui. À moins de recourir aux apparitions en suaire – et la pauvre chère avait trop bon goût pour se décider jamais à en arriver là – elle ne pouvait plus rien contre lui désormais.

MONSIEUR DAMIENS. – Et vous avez cependant renoncé au projet ? J'ai cru entendre ces gamins en passant dans le parc tout à l'heure...

LA COMTESSE. – Oui. Le testament spécifiait malheureusement « orphelins », et le monde a beau déborder de misère, quand il s'agit de mettre la main sur douze orphelins sourds-muets on s'aperçoit que c'est extrêmement difficile. On nous proposait des boiteux, des aveugles, des sourds-muets qui avaient toute leur famille ou des orphelins parlant comme vous et moi. Peut-être aurions-nous réussi un assortiment tout de même avec le temps. Mais Tigre qui n'a jamais le courage de pousser bien loin ses vengeances, a décidé toute réflexion faite, que cela serait, par ailleurs, assez triste. Nous avons donc réuni douze orphelins pourvus de solides cordes vocales et nous nous sommes réfugiés dans l'aile droite. Ferbroques est vaste, Dieu merci ! Le problème n'était plus que d'organiser la grande fête de charité que nous avions décidé de donner, Tigre et moi, pour l'inauguration de l'orphelinat. Tigre est un homme merveilleux pour cela.

Un des derniers hommes de notre temps qui ait compris qu'il fallait prendre la futilité au sérieux. En une nuit il avait trouvé le thème du Bal et celui de la Fête (je ne vous dis rien, c'est encore un secret). Le lendemain, les tapissiers arrivaient de Paris... Nous avons passé huit jours merveilleux dans la fièvre et les coups de marteau ; dévorant nous-mêmes les pointes, assortissant des échantillons en pleine nuit, nous sustentant d'un morceau de pain qu'on nous tendait, sur nos échelles, comme à des cacatoès. Tigre était extraordinaire. Il avait une idée par minute. Il a tué deux tapissiers sous lui, qu'on a dû aliter d'épuisement chez le concierge. Bref tout allait bien ; le grand jour approchait, lorsque, l'autre matin, coup de théâtre ! les orphelins nous tombent dessus. Nous les avions complètement oubliés. C'est alors que je vous ai envoyé ma dépêche et que vous avez eu la gentillesse de nous prêter votre filleule pour nous tirer de ce pas. Elle se plaît ici ?

MONSIEUR DAMIENS. – Elle adore les enfants.

LA COMTESSE. – C'est son métier je crois ?

MONSIEUR DAMIENS. – Oui. À la mort de sa mère elle a dû prendre un état. Elle s'est orientée vers la puériculture.

LA COMTESSE. – C'est une culture comme une autre. J'aime mieux mes rosiers. Ils ne piaillent pas. Avez-vous visité les serres de Ferbroques ? Je n'ai jamais vu autant de merveilles réunies.

MONSIEUR DAMIENS. – Je n'ai rien vu. Depuis hier soir que je suis là, je n'ai eu que le temps de me costumer et d'essayer de retenir mon rôle.

LA COMTESSE. – Vous avez été si gentil d'accepter d'être de la pièce au pied levé. La défection inattendue de Gontaut-Biron qui devait jouer Trivelin avait plongé Tigre dans le désespoir. Je craignais le pire.

MONSIEUR DAMIENS. – Vraiment ?

LA COMTESSE. – Vraiment. Tigre a la façon la plus inattendue d'attacher de l'importance aux choses. Il s'est, paraît-il, merveilleusement conduit en 40, résistant seul sur la Loire, alors que tout le monde était déjà à Toulouse, avec un petit canon tant bien que mal rafistolé et qui ne voulait plus se détraquer, contre une nuée de grenadiers poméraniens. Cinq heures après l'armistice, il tirait encore. Les autres avaient beau lui crier qu'il était ridicule avec leurs porte-voix et leurs drapeaux blancs, la reddition de la France était un fait qui ne le concernait en rien. Mais son dernier obus tiré, il a demandé un bain aux Allemands, il s'est rasé, s'est fait faire les mains, – son ordonnance, le seul survivant avec lui, était manucure, – et il n'a jamais plus reparlé de la défaite... Mais un bal compromis c'est autre chose ! Il serait capable de se tuer, comme Vatel.

MONSIEUR DAMIENS. – Je suis heureux de lui épargner cette pénible obligation en assumant ce petit rôle. J'avais un joli talent d'amateur à vingt ans.

LA COMTESSE. – Vous l'avez certainement gardé. Un homme de loi ne cesse jamais de jouer la comédie, – ou le drame, hélas ! quelquefois. Il fallait aller au défunt Odéon pour trouver plus cabot qu'un procureur de la Haute Cour réclamant la mort de quelqu'un.

LE COMTE *entre, costumé aussi.* – Eh bien, répétons-nous ? La pièce est de Marivaux. Il ne peut pas être question de faire du texte. Où est votre filleule, monsieur Damiens ? Il est tout de même abusif que ces douze orphelins l'accaparent. Nous avons besoin d'elle, nous aussi.

MONSIEUR DAMIENS. – Elle surveillait leur coucher et elle devait nous rejoindre.

LE COMTE. – Soyez bon. Allez l'arracher aux griffes de ces douze petits intrigants. Nous l'attendons pour commencer.

M. Damiens sorti, le Comte vient s'asseoir près de la Comtesse.

Ma chère, tout s'annonce bien. La pièce pendant le dîner est une idée ravissante. Un personnage se lève de la table et il en interpelle un autre, ils commencent à parler, on les écoute, on croit qu'ils ont effectivement quelque chose à se dire : leur ton surprend un peu au début, – mais j'aurais eu soin et vous aussi à l'autre bout de la table, de donner à la conversation dès le début du repas un petit tour XVIIIe pour rendre le passage insensible. – Quand on commence à penser qu'ils parlent peut-être un peu trop, un autre personnage entre, un valet qui les prend à partie – stupeur d'abord, on trouve nos domestiques bien mal stylés et puis on reconnaît la pièce. C'est trop tard, elle est commencée. Il n'y a pas ce moment d'effroi qui saisit toujours les gens du monde quand on les assoit sur des chaises en face d'une scène d'amateurs.

LA COMTESSE. – Un seul point noir. Ils parlent tous de Marivaux. La plupart ne l'ont jamais lu.

LE COMTE. – Tant mieux. Ils croiront que c'est de moi. D'ailleurs il ne faut pas dire trop de mal de ces gens-là. Ils sont ineptes, c'est entendu ; mais on ne demande pas à notre classe de produire des génies. Nous ne sommes pas assez nombreux pour nous offrir cela ; nous laissons cette prime au peuple qui a les moyens de décanter un million de culs-terreux sur trois ou quatre générations pour sortir triomphalement un lauréat au concours général ou un président de la République. Ce qu'on demande à notre classe, c'est d'être cohérente et de durer. Nous avons du talent à nous tous, et sur plusieurs siècles. On fait ce qu'on peut.

LA COMTESSE. – Un autre point noir. S'ils écoutent la pièce, tout sera froid.

LE COMTE. – Tant pis. On les fait toujours trop bien manger, cela les changera. Vous avez l'esprit chagrin ce soir, ma chère... D'ailleurs le menu du souper sera combiné suivant les nécessités dramatiques. Je ferai apporter la langouste et le champagne au moment où l'intérêt faiblira – de simples cure-dents aux moments poétiques, pour leur donner les gestes de la méditation. Il faut les aider ces gens-là ! Ils sont légers, mais non dépourvus de talent. Rien ne rend plus rêveur qu'un petit morceau de viande qu'on essaie de dénicher entre deux molaires. S'ils font le geste, nous avons une chance pour qu'ils pensent – par éclairs. Enfin, ils n'étaient pas moins bêtes au Grand Siècle et c'est tout de même eux qui ont fait le succès de bons auteurs ! Je crois que cette petite fille sera charmante dans Sylvia.

LA COMTESSE. – Je trouve qu'elle manque d'éclat. Je me demande pourquoi vous avez tout bouleversé pour lui donner le rôle.

LE COMTE. – Précisément. Elle tranchera sur vos éclatantes amies. Elle brûle d'un feu intérieur qu'elle noie sous sa réserve. Cela nous changera de toutes ces belles personnes qui font feu de tout bois pour briller. Cela donne des flammes ravissantes tout un soir et quand on est seul avec elles, en rentrant, le feu est éteint. Et puis ils ne la connaissent pas. Et pour ces gens qui s'appellent tous par le diminutif de leur prénom, ce sera un détail des plus piquants de ne pouvoir dire qui elle est.

LA COMTESSE. – Seriez-vous amoureux d'elle ?

LE COMTE. – Moi ? Pas du tout.

LA COMTESSE. – Tant mieux. Ce n'est pas une fille pour vous.

LE COMTE. – L'ennui c'est le costume Louis XV et la perruque. Cela fait dragée. Mais – cela doit faire partie du système de vengeance de ma tante – Ferbroques est un château du XVIIIe et nous ne pouvions pas y couper. Dans un manoir Renaissance, comme votre Grandlieu, nous aurions réussi quelque chose d'étonnant. Je leur aurais fait écouter une petite pièce de Marguerite de Navarre qui est adorable et que personne ne connaît.

LA COMTESSE. – De toute façon, il est trop tard maintenant.

LE COMTE. – Il est trop tard. Mais je ne dormirai pas tant que je n'aurai pas trouvé quelque chose pour rendre le Louis XV drôle. J'avais pensé à imposer la barbe aux hommes, mais c'était être original à bon marché. Ou faire un Louis XV 1900, Mme Bartet dans *Adrienne Lecouvreur.* Mais ils n'auraient jamais su, il ne faut pas leur en demander trop...

LA COMTESSE. – Quel âge a-t-elle ?

LE COMTE. – Vingt ans tout juste. Il faudrait que vous y pensiez avec moi.

LA COMTESSE. – À quoi ?

LE COMTE. – Aux costumes Louis XV. Nous pouvons tout aussi bien sombrer dans le banal à cause de cela... J'en meurs d'angoisse.

Il a ôté sa perruque et s'évente.

LA COMTESSE. – Et si nous demandions à nos amis de venir tous sans perruque ?

LE COMTE, *qui se regarde dans une glace.* – Ce serait déjà mieux. D'autant plus que cette petite a une couleur de cheveux exceptionnelle, ce serait un crime de la poudrer.

LA COMTESSE. – Moi je la trouve laide.

LE COMTE. – Moi aussi. Je parlais de la couleur de ses cheveux.

LA COMTESSE. – Vous savez que vous êtes libre, Tigre. Rendez-moi cette justice que je ne me suis jamais mêlée de vos affaires de cœur. Ne papillonnez pas trop autour d'elle, tout de même. Damiens est l'homme d'affaires de ma famille depuis plus de trente ans et je serais désolée qu'il eût à se plaindre de nous.

LE COMTE. – Pour qui me prenez-vous ma chère ? J'ai des défauts considérables, mais personne n'a encore mis en doute le fait que je sois un homme bien élevé. Avec ma chevalière et mon nom, c'est d'ailleurs à peu près tout ce qui me reste en propre, si j'excepte Ferbroques et les douze orphelins.

LA COMTESSE. – Cela n'empêche rien.

LE COMTE. – Je vous demande pardon : cela empêche beaucoup de choses. Mon père qui était un homme parfait a pris la peine de me mettre en garde sur ce point-là, avant de mourir. J'étais bien jeune, mais je n'ai jamais oublié son conseil, le seul d'ailleurs qu'il ait trouvé à propos de me donner. C'était quelques heures avant sa mort. L'évêque attendait dans l'antichambre avec tout son clergé pour l'extrême-onction ; il a demandé qu'on me fasse entrer d'abord. « Mon garçon, m'a-t-il dit, je m'aperçois un peu tard que je ne me suis jamais occupé de vous. J'ai très peu de temps, je plie bagage. Monseigneur m'attend à côté pour m'estampiller. Sur l'honneur, je vous fais confiance. Pour le reste, vous improviserez et cela n'a pas grande importance au fond. Un point, cependant. Vous êtes jeune, vous allez avoir envie de vous distraire. Faites toujours ce qui vous fera plaisir, mais seulement avec des femmes de votre monde. Avec les autres cela tourne toujours mal. On finit par épouser sa bonne ou une chanteuse – et c'est le bagne – ou bien on fait des bâtards à une couturière et en grandissant ils s'aigrissent et fomentent des révolutions... Des turpitudes mon petit, soit, nous ne sommes pas des anges – mais entre soi. Maintenant, faites entrer l'évêque, je vais lui vider mon sac, afin qu'il puisse m'expédier. Il est temps. »

Un petit silence. Il dit soudain :

Mon père était un homme admirable, je ne le voyais jamais mais je me suis aperçu que je l'aimais de tout mon cœur.

LA COMTESSE, *après un silence aussi.* – J'ai l'impression, Tigre – ce n'est pas un reproche – que vous lui avez en effet donné votre cœur ; et que vous n'en avez jamais plus disposé d'une parcelle depuis.

LE COMTE *se secoue.* – Comme votre conversation est sombre aujourd'hui, ma chère ! Nous n'allons pas nous donner le ridicule de dramatiser tous les deux. D'ailleurs, vous savez que je vous aime beaucoup. Je n'ai jamais eu un sentiment de cœur pour personne, que pour vous. Ne le répétez pas à Hortensia, cela me ferait toute une histoire.

LA COMTESSE. – Vous leur dites que vous les aimez d'amour, à vos maîtresses ?

LE COMTE. – Il faut bien. Les femmes sont tellement

formalistes. Je crois bien que vous êtes la seule femme à qui je ne l'ai jamais dit.

LA COMTESSE. – Parce que cela n'était pas. Quel grand cadeau ! Attendez-vous que je vous remercie ?

LE COMTE. – Parce qu'il y avait entre nous autre chose de délicat et de ravissant, qui me dispensait de vous mentir. Secouons-nous je vous prie, Éliane, nous allons bêtifier dans un instant. L'amour est le pain des pauvres ; ne nous mettons pas, sur le tard, à pleurnicher l'un et l'autre au milieu de nos aubussons parce que nous ne l'avons pas connu. Il y a des choses mille fois plus importantes au monde que ce désordre inattendu. C'est comme une bouteille qu'on vide un soir, pour faire le fanfaron : on paie deux heures d'exaltation d'une longue nuit de migraine et de vomissements. C'est trop cher. Je n'ai d'autre ambition que de faire de ma vie une fête réussie. Et c'est autrement difficile, permettez-moi de vous le dire, que d'ennuyer tout le monde en se tapant sur la poitrine et de souffrir. D'ailleurs, je ne veux pas être indiscret, mais ma chère, vous avez Villebosse si vous voulez jouer à ce petit jeu, Villebosse ou un autre, que sais-je ? Le monde est plein d'hommes rugissants.

LA COMTESSE. – Villebosse m'ennuie.

LE COMTE. – Moi je le trouve charmant. Il est jeune, il est beau. Il est toujours prêt à plonger de trois mètres ou à traverser un cercle de feu, à la demande. Enfin vous n'allez pas me forcer à faire le panégyrique de cet individu tout de même ?

LA COMTESSE. – Soyez courtois. Cet individu est mon amant, mon cher Tigre.

LE COMTE, *un peu sec soudain*. – Brisons là, Éliane. Nous sommes au bord de l'odieux. Il y a des conversations que je n'aime pas avoir. J'ai les idées larges, mais j'ai les mots étroits. Vous êtes libre, je suis libre, nous nous aimons beaucoup et nous avons à donner à nos amis une fête qui est une véritable gageure, dans ce désert, vous le savez. Il y a des choses infiniment plus graves, je vous prie de le croire, que nos petits débordements privés. Les gens ne se sont jamais ennuyés chez nous. Nous pouvons avec cette folie couler en un soir une réputation de quinze ans.

Il se regarde dans la glace.

Vous pensez vraiment que c'est mieux sans perruque ? Il n'y a pas de doute, vous avez raison. Il y a quelque chose d'inachevé, qui rend le Louis XV bon enfant. Je vais télégraphier le contre-ordre à tout le monde.

Il lui baise la main.

Vous avez toujours raison. Je vous aime beaucoup, Éliane.

Il sort. Entre Hortensia par une autre porte, elle est costumée elle aussi.

HORTENSIA. – Pardon ! on m'avait dit que Tigre était avec vous.

LA COMTESSE. – Il vient de sortir.

HORTENSIA. – Il ne pense qu'à cette fête. On ne le voit plus.

LA COMTESSE. – Ma chère Hortensia, j'ai passé le temps que j'aimais Tigre à être jalouse de ses bals.

HORTENSIA. – Oh ! je ne souffre pas outre mesure ! Va-t-on répéter ? Je ne me sens pas très sûre de moi.

LA COMTESSE. – C'est bien la première fois que je vous l'entends dire.

HORTENSIA. – Jouer la comédie ce n'est pas mon métier.

LA COMTESSE. – C'est peut-être parce que le texte n'est pas de vous – pour une fois. Nous attendons cette petite qui joue Sylvia.

HORTENSIA. – Pourquoi Tigre a-t-il tenu absolument à lui donner le rôle ?

LA COMTESSE. – Elle est charmante.

HORTENSIA. – Je trouve qu'elle manque d'éclat.

LA COMTESSE. – Détrompez-vous. Elle brûle d'un feu intérieur qu'elle noie sous sa réserve. Elle n'est pas comme ces éclatantes jeunes femmes qui font feu de tout bois pour briller. Cela donne des flammes ravissantes tout un soir et puis quand on est seul avec elles, – paraît-il – le feu est éteint.

HORTENSIA. – Quel nouveau caprice de Tigre de décider qu'elle jouerait avec nous ? Il est vrai qu'il a aussi donné un rôle à son valet de chambre. J'espère que la comédie jouée, il la renverra à l'office avec lui.

LA COMTESSE. – Détrompez-vous encore. Tel que je connais Tigre, pour peu qu'elle ait eu du succès dans la pièce, il la fera danser toute la nuit.

HORTENSIA. – Ce serait extrêmement déplaisant. Enfin jusqu'ici, chez vous, c'était une des rares maisons où on avait la certitude d'être entre soi.

LA COMTESSE. – Ma chère, Tigre s'est donné la peine, en quinze ans de vigilance attentive et d'efforts, de devenir l'arbitre incontesté de ce qui est de bon ton à Paris. S'il avait dépensé la moitié de cette énergie dans le commerce, il serait fabuleusement riche. Il peut se permettre de faire ce qu'il veut maintenant. Lui qui ne reçoit pas son agent de change, s'il décide que la filleule de M. Damiens est une fille fréquentable, elle le sera.

HORTENSIA. – C'est grotesque ! Enfin c'est une sorte de bonne d'enfants ici ?

LA COMTESSE. – Si ces enfants étaient les nôtres, Tigre n'aurait probablement pas osé. Elle est ici pour diriger les petits orphelins de ma tante. Et ils sont douze. Tigre a du génie pour exploiter les nuances. Et puis j'aime mieux ne pas vous le cacher, je crois qu'il en mourait d'envie.

HORTENSIA. – Il y a quelque aigreur dans vos propos, Éliane.

LA COMTESSE. – Loin de moi toute trace d'aigreur, ma chère – ou de dépit. Votre liaison avec Tigre m'est tout à fait sympathique. Puisque aussi bien nous sommes libres l'un et l'autre, je me plais à reconnaître que vous êtes tout à fait la fille qui lui convenait. Il est très amoureux de vous, vous savez.

HORTENSIA. – C'est vrai ?

LA COMTESSE. – Il le dit. Reste à savoir si tout ce que dit Tigre est vrai. Voilà longtemps que j'ai renoncé à le vérifier.

HORTENSIA. – De toute façon je vous jure bien qu'il ne dansera pas toute la nuit avec elle.

LA COMTESSE. – Pas de scènes. Ce serait le meilleur moyen de l'y décider.

HORTENSIA. – Merci de vos bons conseils Éliane, mais je le connais assez bien, moi aussi.

LA COMTESSE. – Votre robe est absolument ravissante !

HORTENSIA. – La vôtre vous va merveilleusement bien !

LA COMTESSE. – Vous ne savez pas à quel point je vous suis reconnaissante d'être belle ! J'eusse été affreusement mortifiée que Tigre s'affichât avec n'importe qui. Tournez. Dieu, que l'interprétation des paniers est cocasse ! Jacquot a du génie ! On pourra s'enticher une saison d'un autre, on reviendra toujours à lui.

HORTENSIA. – C'est toujours Léonor qui vous habille ? C'est bouleversant d'avoir réussi à faire du vrai Louis XV avec le petit drapé qu'on a justement lancé cette saison. Elle sera là ?

LA COMTESSE. – Qui ?

HORTENSIA, *un peu dépitée.* – Léonor. Elle sera là, bien sûr. C'est une femme qui est reçue partout, même chez Tigre !

LA COMTESSE. – Surtout chez Tigre !

HORTENSIA. – Pourquoi « surtout » chez Tigre ? Il est convenu depuis longtemps que Léonor – qui a été arpète – a une grosse situation mondaine. Il ne fait que suivre le mouvement.

LA COMTESSE. – Tigre ne suit jamais un courant qu'il n'a pas créé lui-même. Il faut lui rendre cette justice. Je suis sûre que s'il ne s'y mêlait pas un sentiment personnel, il se serait tout d'un coup montré très pointilleux sur le cas de Léonor. C'est l'homme le plus libre du monde mais il prétend que lorsqu'on veut jouer un jeu, on doit le jouer bien. Il boit des verres sur le zinc avec des chauffeurs de taxi, mais il ne reçoit chez lui que des gens de son monde.

HORTENSIA. – Et qu'est-ce qui a bien pu procurer à cette femme cet extraordinaire passe-droit ? Le fait qu'elle ait du génie ?

LA COMTESSE. – Tigre ne croit pas au génie en tant que valeur mondaine. Ma bonne, c'est le fait du prince, tout simplement. Tigre se sent assez sûr de lui pour ennoblir. Je la reçois parce qu'il a eu envie d'elle et qu'elle lui dit non, il y a de cela quatre ans.

HORTENSIA. – Comme c'est gracieux à vous de m'avertir !

LA COMTESSE. – Je vous le dis parce que c'est de l'histoire ancienne. Mais avoir résisté à Tigre, il faut croire que c'est un titre assez rare, ma chère, pour vous permettre d'être reçue partout.

HORTENSIA. – Éliane, vous perdez vos flèches. Tigre ou un autre, je suis décidée à ne jamais souffrir.

LA COMTESSE. – C'est bien pour cela que je crois qu'il vous est très attaché. Et moi aussi.

Elle l'embrasse.

Chère petite Hortensia ! Au fond, on a si peu d'amies.

Entre Héro, sa perruque à la main.

Ah ! voici Héro ! Héro, je vous aime beaucoup.

HÉRO. – J'allais vous le dire, Éliane. Répète-t-on ? Tigre est un tyran de nous faire costumer trois jours d'avance. Je ne sais pas comment me tenir là-dedans.

LA COMTESSE. – C'est bien pourquoi il veut que nous nous habituions. Il prétend que ce qui fait le froid des premières heures dans la plupart des bals costumés, c'est que tout le monde se demande si sa culotte tient bien.

HÉRO. – Ma culotte tient bien, c'est mon gilet qui est trop étroit. Il m'a tout de même dit que nous serions dispensés de la perruque.

LA COMTESSE. – Oui. C'est le dernier caprice du tyran.

HÉRO. – C'est dommage. C'est ce que j'aimais le mieux. Je commence à perdre mes cheveux.

LA COMTESSE. – Vous avez trente-sept ans, Héro.

HÉRO. – À quarante, je serai chauve. Mon médecin m'a dit que je fais trop l'amour. Je me suis brouillé avec lui.

HORTENSIA. – Parce qu'il a osé vous dire cela ?

HÉRO. – Non. Tout le monde sait à Paris que je suis la bête de somme de ces dames. C'est lui qui s'est brouillé avec moi. Il est barbu comme un prophète et chevelu comme Absalon. Quand il m'a dit que l'amour rendait chauve, je n'ai pas pu m'empêcher de lui éclater de rire au nez et de lui dire : « Docteur, j'ai l'impression que vous, vous ne devez pas vous amuser tous les jours. » Il a pris cela très mal. Il m'a dit qu'il était marié, père de famille, qu'il avait autre chose à faire de plus intéressant dans la vie et qu'il me prédisait je ne sais combien de prostatites et d'accidents vénériens. Et que si j'échappais de ce côté-là, de toute façon ce serait la cirrhose du foie. J'avais l'impression qu'il se vengeait sur moi de sa femme et de ses verres d'eau de Vittel. Le tout m'a coûté deux mille francs. On ne peut plus s'amuser tranquille. Il faut payer ces gens-là pour apprendre qu'on va en mourir.

LA COMTESSE. – Il faut vous marier, Héro.

HÉRO. – Si vous ne me trouvez pas une femme qui me fasse oublier toutes les autres, cela ne me fera jamais qu'une femme de plus à contenter. Mes forces n'y suffiront pas. Et quand bien même vous me rendriez amoureux, connaissez-vous une race de femme qui calme la soif ?

LA COMTESSE. – Héro, vous faites le cynique et vous êtes l'homme le plus tendre du monde. Il n'y a qu'à vous regarder.

HÉRO. – Votre goût du paradoxe vous égare, Éliane. Ce beau regard profond, ce sont des yeux d'ivrogne. Et je suis tendre c'est vrai, mais j'aime faire mal.

LA COMTESSE. – Je n'ai jamais entendu quelqu'un de vraiment méchant le dire.

HÉRO. – Je ne suis pas méchant. J'aime casser. C'est un goût que les petits garçons perdent en grandissant. Je l'ai gardé.

HORTENSIA. – Quand me ferez-vous souffrir Héro ? Je commence à m'impatienter.

HÉRO. – Quand vous voudrez ma chère. Mais cela ne nous amusera ni l'un ni l'autre. Nous nous ressemblons trop.

Entre Villebosse.

VILLEBOSSE. – Vous savez la nouvelle ?

HÉRO. – Sûrement. Nous savons toujours tout avant vous.

VILLEBOSSE. – Il paraît qu'on joue sans perruques ! Nous allons tous être ridicules !

HÉRO. – Je ne crois pas que la perruque aurait réussi à vous sauver, Villebosse.

Il va à la cave à liqueurs.

Je peux me servir Éliane ?

LA COMTESSE. – Héro ! Nous allons répéter.

HÉRO. – Mon talent est au fond d'un verre, Éliane, vous le savez bien. Je ne sais plus lequel, malheureusement. C'est ce qui m'oblige à en vider tant.

VILLEBOSSE, *à la Comtesse.* – Ma chère, cet homme m'exaspère. Je ne souffrirai pas qu'il tourne autour de vous.

LA COMTESSE. – Vous êtes ennuyeux Villebosse. Je n'ai pas pris un amant pour me faire faire des reproches que mon mari ne me fait pas.

VILLEBOSSE. – Tigre est un cynique et il ne vous aime pas. Moi je vous aime. Je ne veux pas déclencher un esclandre sous votre toit, mais si ce triste petit fêtard se permet un geste : je le gifle, sous n'importe quel prétexte.

LA COMTESSE. – Héro est capable de vous rendre votre gifle et de refuser de se battre.

VILLEBOSSE. – Je le ferai carencer ! Il mourra de honte ! Il n'osera plus se montrer nulle part.

LA COMTESSE. – Je n'ai pas l'impression que c'est de honte que Héro mourra. Il y a longtemps qu'elle est bue – avec le reste.

VILLEBOSSE. – Vous le méprisez, au moins ?

LA COMTESSE. – Je ne sais pas.

VILLEBOSSE. – Mille diables Éliane ! J'ai besoin de savoir à l'instant même que vous le méprisez. Sinon je fais ma valise et je ne parais pas dans la pièce.

LA COMTESSE. – Si vous jouez ce mauvais tour à Tigre, je ne vous reverrai pas de ma vie.

VILLEBOSSE. – Les futilités de Tigre sont le dernier de mes soucis ! Il me remplacera comme il pourra. Je vous aime Éliane, et je suis votre amant. Enfin cela compte tout de même !

LA COMTESSE. – Je commence à trouver que cela compte terriblement. Mon cher Villebosse, vous avez réussi cette chose extraordinaire de rendre le péché plus ennuyeux que la vertu.

VILLEBOSSE. – C'est bien. Je ferai semblant de ne pas savoir mon texte. Je lui compromettrai sa représentation ! J'en ai assez à être le seul ici à souffrir.

HÉRO, *qui revient avec son verre.* – Que dit Villebosse ?

LA COMTESSE. – Il dit qu'il souffre.

HÉRO. – Comme c'est intéressant ! Hortensia, mon petit cœur de roc, venez voir ce gracieux phénomène naturel : un homme qui souffre d'amour. Il ne faut pas perdre une occasion de s'instruire.

VILLEBOSSE *lui tourne le dos.* – Monsieur, je ne vous parle pas.

Entre Tigre, tenant Lucile par la main, suivis de M. Damiens et du valet de chambre costumé lui aussi.

LE COMTE. – J'ai valeureusement arraché Sylvia aux douze monstres.

Il se suce le doigt.

Je saigne. Il y en a un qui a tenté de me griffer... Nous allons pouvoir commencer, mes enfants, nous sommes au complet. *La Double Inconstance* est une pièce terrible. Je vous supplie de ne pas l'oublier. Sylvia et Arlequin s'aiment sincèrement. Le prince désire Sylvia, peut-être l'aime-t-il aussi ? Pourquoi toujours refuser aux princes le droit d'aimer aussi fort, aussi simplement qu'Arlequin ? Tous les personnages de sa cour vont se conjurer pour détruire l'amour d'Arlequin et de Sylvia. Enlever Sylvia à Arlequin par la force, pour le compte du prince, ne serait rien ; ils vont faire en sorte que Sylvia aimera le prince et qu'Arlequin aimera Flaminia et qu'ils oublieront leur amour. C'est proprement l'histoire élégante et gracieuse d'un crime. Villebosse : Arlequin est tendre et bon, mais facile et gourmand et naïf. Flaminia et sa sœur sont si belles, elles sentent si bon ! N'oubliez jamais que même lorsqu'il les repousse et pense tendrement à Sylvia, il les renifle. La bonne odeur de la soie sur la peau parfumée, quel piège pour ce petit pauvre ! Flaminia et Lisette sa sœur sont dures, coquettes, joueuses, amusées : le petit rustre doit sentir bon aussi pour ces deux belles dames blasées. Elles jouent, tirent une griffe, la rentrent – vient le désir comme une curiosité – et en plus c'est le service du prince, la grande loi de tout ce petit monde. Alors pourquoi se refuser un plaisir d'un jour qui n'engage à rien ? Elles sont d'ailleurs d'une autre race, elles le savent, et Arlequin est comme un petit chien gentil qui s'ébroue drôlement et qui lèche. On se laisse lécher par le petit chien, par-dessus ses perles... C'est un jeu nouveau et cela n'empêche rien. Je les soupçonne d'avoir gardé leurs vrais amants – en attente. Éliane et Hortensia, j'ai l'impression que je serais un petit garçon de vous indiquer quelque chose. Vous allez nous faire cela très bien. Trivelin est lourd, empressé, servile, et ravi comme un chien de meute de participer à la curée pour le compte du maître. Il a la livrée et c'est bon de s'amuser à berner ce petit paysan, ce petit paysan qu'il n'est plus – enfin ! depuis qu'il a pris du service. N'alourdissons pas, mais il y a comme une joie secrète et basse, la vengeance du pauvre sur le pauvre là-dessous. Il en a vu d'autres, et de plus humiliantes, il faut qu'ils y passent aussi ces deux petits-là. C'est la loi. Quant à Sylvia...

Il s'est retourné vers Lucile.

Que dire de Sylvia ? Elle n'est pas romanesque, elle est tendre, elle n'est pas naïve, elle est bonne, elle n'est pas dure, elle est nette. Les belles dames de la cour ni le prince ne l'éblouissent. Elle sait tout, depuis toujours, sans avoir jamais rien appris. Elle a la plus juste mesure du cœur. Dans ce petit univers frelaté et ricanant sous ses soies, ses cailloux précieux, ses aigrettes – elle est seule, claire et nue sous sa petite robe de toile et elle les regarde toute droite et silencieuse s'agiter et comploter autour d'elle. Et tout ce qui faisait la force et le plaisir du prince est entre ses mains, soudain – inutile. Sylvia est une petite âme inaccessible qui le regarde à mille lieues de lui et le trouble. Il y avait donc autre chose au monde que le plaisir – et il ne le savait pas ?

Sa voix a un peu changé malgré lui en parlant. Hortensia, la Comtesse et Héro, derrière son verre, le regardent, surpris. Il conclut sourdement, comme gêné soudain.

Mais je n'ai pas besoin de vous expliquer le rôle, mademoiselle ; vous n'avez qu'à être vous.

Tout le monde est immobile et les regarde...

LE RIDEAU TOMBE.

DEUXIÈME ACTE

Même décor. En scène : le Comte et Lucile en costumes.

LE COMTE. – Je sais que j'ai tort de vous parler ainsi, mais je suis au milieu de ma vie et je n'ai pas encore eu la force de me refuser un plaisir !

Il la regarde, s'arrête.

Pardon. J'ai dit le mot qu'il ne fallait pas dire. Un peu de patience... J'apprendrai le vocabulaire aussi.

Il se secoue.

Je ne sais d'ailleurs pas quelle conjuration de cagots et de vieilles filles a pu réussir, en deux siècles à discréditer le mot plaisir. C'est un des mots les plus doux et les plus nobles de la langue. Je ne suis pas croyant mais si je l'étais, je crois que je communierais avec plaisir. Le mal et le bien, aux origines, cela a dû être ce qui faisait plaisir ou non – tout bonnement. Toute la morale de ces cafards repose précisément sur ce petit mot fragile et léger qu'ils abhorrent. Pourquoi l'amour ne serait-il pas d'abord ce qui fait plaisir au cœur? On a bien le temps de souffrir par la suite.

Il la regarde.

En tout cas, c'est passionnant d'être amoureux d'une jeune fille muette. Cela vous entraîne au soliloque et à la méditation. On ne se parle jamais assez. On est pourtant son interlocuteur le plus attentif, le plus prompt à la repartie. Voilà des années que je ne m'étais pas adressé la parole. Je me méconnaissais: je suis d'un commerce très agréable. Je m'aperçois que je dis les choses les plus justes et les plus inattendues. Comme on juge sur les apparences, trop vite, toujours! Je me découvre très tendre et très profond.

LUCILE. – Vous savez que nous sommes censés répéter notre scène et qu'ils écoutent aux portes, très certainement.

LE COMTE. – La muette parle! Comme c'est intéressant une muette qui se met à parler. Et – merveille! –

ce n'est pas pour me dire de me taire, c'est seulement pour me dire de parler moins fort.

LUCILE. – Si j'avais vraiment voulu vous faire taire, depuis huit jours que je suis ici, je l'aurais fait. Les filles ont de la ressource. J'aurais pu aussi vous laisser parler et ne pas vous entendre. J'ai simplement peur qu'ils nous écoutent, c'est vrai.

LE COMTE. – Pourquoi ne voulez-vous pas me voir autre part que dans ce salon au moment des répétitions ? Quel jeu jouez-vous si c'est vrai que je ne vous ennuie pas ?

LUCILE. – Aucun jeu, je vous l'assure. Quand j'aimerai un homme, à la minute où je le saurai, je ferai tout pour lui faire plaisir, comme vous dites, et je serai tout de suite à lui – sans jeu.

LE COMTE. – Je me demande quelles sortes de vertus ou de garanties sera tenu de vous apporter cet important personnage ?

LUCILE. – Aucune. Je serai à lui, s'il est pauvre, s'il fuit et qu'il ne sait même pas où coucher le soir, s'il a une femme et des enfants et qu'il n'a qu'une petite heure par semaine à me donner, dans un café.

LE COMTE, *avec un peu d'humeur.* – Vous vous environnez de mystère et vous êtes toutes les mêmes ! Surtout s'il est pauvre, bien sûr, surtout s'il fuit ! Quand on ne vous prend pas de force, il vous faut toujours un peu de pitié pour vous donner.

LUCILE, *doucement.* – Même s'il est riche et heureux. C'est exactement la même chose.

LE COMTE. – Eh bien ! je suis riche et heureux et je voudrais que vous m'aimiez.

LUCILE. – Les petits enfants aussi demandent la lune. C'est mon métier, justement, de leur expliquer qu'on ne peut pas l'avoir si facilement. Vous croyez que je ne voudrais pas vous aimer, moi ? Vous ou un autre. Cela doit être si bon de tout donner.

LE COMTE. – N'est-ce pas ? Et cela se trouve bien, justement je mendie. Nous devrions pouvoir nous arranger tous les deux.

LUCILE. – Mon pauvre monsieur, on ne donne qu'aux riches.

LE COMTE. – Expliquez-vous. J'étais dernier en Histoire sainte, je n'ai jamais très bien su débrouiller les paraboles.

LUCILE. – Le garçon qui m'aimera comme je veux n'aura pas besoin de me demander.

LE COMTE. – Mais comment saurez-vous qu'il vous aime ? Parce qu'il vous le dira, pauvre petit oiseau ?

LUCILE. – Non. Parce qu'il ne songera pas, sans doute, à me le dire. Et surtout pas d'une façon amusante comme vous.

LE COMTE. – Et qu'est-ce qu'il fera ce cafard ? Il vous parlera de la lune ? Il gémira ? Il se jettera à vos genoux en se donnant des coups de poing à l'endroit présumé du cœur ?

LUCILE. – Il aura honte, il se taira, j'imagine. Il évitera peut-être même mon regard. Ce sera une autre qu'il invitera à danser – mais je saurai que c'est moi qu'il aime.

LE COMTE, *après un petit temps.* – C'est un peu compliqué comme règle. Mais j'apprendrai. Je suis très doué pour tous les jeux.

LUCILE. – J'ai peur que celui-là ne s'apprenne pas.

LE COMTE. – Moi quand j'aime je veux être aimable, je veux être drôle – je veux briller. Les coqs font bouffer leurs plumes. Je pense que c'est un geste naturel.

LUCILE. – Je voudrais surtout que le garçon que j'aimerai ne sache pas dire ce qu'il fait quand il aime... J'espère bien qu'il sera aussi surpris que moi. Mais répétons plutôt, je vous en prie. Nous bavardons et nous ne serons jamais prêts. Ce serait terrible, n'est-ce pas, si nous ne savions pas nos rôles ?

LE COMTE. – Soit. Je vous remercie de me remettre aussi gentiment à ma place. Je suis un imbécile. J'ai été un garçon un peu trop gâté par le sort et j'ai d'assez mauvaises habitudes, c'est vrai. Oublions tout et répétons. Vous avez raison.

Il commence :

« Eh quoi, Sylvia, vous ne me regardez pas... »

Il s'arrête.

Un mot encore. Je suis un pauvre diable, c'est entendu et cela doit être merveilleux d'être simple et de tout donner. C'est une grâce que je n'ai pas reçue, voilà tout. Vous êtes une fille ravissante sous votre léger voile de brume, pour qui sait voir. Depuis huit jours que vous êtes ici, je me demande pourquoi, je ne pense qu'à vous. Je vous l'ai dit – à ma façon – c'est-à-dire en essayant d'être drôle. Vous m'avez fait savoir que la façon ou la chose ne vous plaisaient pas. C'est bien. Je suis un homme bien éduqué, je ne vous poursuivrai pas en essayant de vous prendre la taille dans les couloirs. Je ne me jetterai pas non plus dans l'étang. Entre les deux il y a une mesure moyenne qui est le regret d'une aventure charmante, voilà tout. Répétons, mademoiselle. Ils pourraient nous entendre en effet. J'ai été bien assez ridicule déjà ce soir, il est inutile que la chose s'ébruite.

Il commence :

« Eh quoi, Sylvia, vous ne me regardez pas. Vous devenez triste toutes les fois que je vous aborde. J'ai toujours le chagrin de penser que je vous suis importun. »

LUCILE *le regarde et sourit.* – Vous êtes gentil tout de même.

LE COMTE *s'arrête.* – Comment gentil ?

LUCILE. – Vous êtes tout à fait ce petit jeune homme avec ses gants blancs, sa canne et son premier melon qui allait arpenter l'avenue du Bois tous les matins.

LE COMTE. – Comment ? Qui vous a dit ? À l'époque de mon premier melon, vous vagissiez dans vos couches, ma petite fille !

LUCILE. – Cela ne fait rien. Je vous vois très bien. C'est difficile, n'est-ce pas, de grandir ? Mais répétons, je vous en prie.

LE COMTE. – C'est déconcertant ! Voilà la première fois que vous me regardez gentiment et c'est pour m'inonder de pitié. Personne ne m'a jamais joué ce tour-là ! Oui. J'ai eu un chapeau melon, un peu trop jeune peut-être – mais c'était la mode à l'époque. Oui, j'ai été avenue du Bois faire les cent pas tous les jours à midi, mais j'habitais à côté et tous mes amis le faisaient. Mais je n'étais pas tellement ridicule autant que je m'en souvienne... Enfin les filles de votre âge – à cette époque, – ne le trouvaient pas. Et je ne vois vraiment pas ce qui dans mon attitude, a pu vous autoriser à me traiter de coquebin.

LUCILE. – Ne vous fâchez pas. C'est plutôt bien d'être resté un vrai petit garçon.

LE COMTE. – Mais je ne suis pas un petit garçon ! J'ai fait la guerre, j'avais un canon, un vrai canon. On m'a donné la croix, comme aux enfants c'est vrai, mais je ne la porte pas. Je donne depuis quinze ans les bals les plus réussis de Paris, – des bals de grandes personnes. Je conduis une automobile. J'ai même couru. J'ai été un temps diplomate et si j'avais persévéré, je représenterais peut-être la France en ce moment quelque part. Enfin, je ne sais pas moi ! je suis un homme comme les autres – plutôt plus brillant que les autres, me dit-on. J'en ai assez d'écouter votre petite musique comme un gros serpent subjugué ! Répétons. « Hé quoi, Sylvia ! vous ne me regardez pas... »

LUCILE *se met docilement en place pour répéter.* – Vous savez, ce que je dis, cela n'a pas trop d'importance. Si on se mettait à écouter les divagations des filles – on irait loin... Traitez-moi pour ce que je suis. Je ne m'en offenserai pas...

LE COMTE, *avec humeur, encore.* – Mais je ne vous écoute pas ! Je m'étonne simplement... Allons, allons, répétons. Je suis absurde et c'est vous qui jouez le jeu – quoi que vous disiez et beaucoup plus spirituellement que moi. Je sais perdre, cela fait aussi partie de mon excellente éducation. Mais n'allez pas vous en vanter ; c'est tout ce que je vous demande.

LUCILE. – M'en vanter ? À qui ?

LE COMTE. – Je ne sais pas moi. À votre parrain, à une amie.

LUCILE. – Je ne parle jamais à mon parrain. Vous avez dû voir que les sentiments n'étaient pas très tendres entre nous. Et je n'ai pas d'amis.

LE COMTE. – Bon. À vos douze petits orphelins peut-être.

LUCILE. – Oh ! à eux, je le leur dirai, soyez sûr. Je dois leur raconter tant d'histoires abracadabrantes pour les endormir tous les soirs. Et j'ai justement épuisé mon stock de contes de fées... Mais je transposerai. Cela se passera au Moyen Âge. Et d'ailleurs ils ne comprennent jamais rien ; ils dorment avant.

LE COMTE *commence.* – C'est bon. Répétons. « Hé quoi, Sylvia, vous ne me regardez pas ? Vous devenez triste toutes les fois que je vous aborde, j'ai toujours le chagrin de penser que je vous suis importun. »

LUCILE. – « Bon. Importun ! Je parlais de lui tout à l'heure. »

LE COMTE. – « Vous parliez de moi ? Et qu'en disiez-vous belle Sylvia ? »

LUCILE. – « Oh ! je disais bien des choses. Je disais que vous ne saviez pas encore ce que je pensais. »

LE COMTE. – « Je sais que vous êtes résolue à me refuser votre cœur et c'est là savoir ce que vous pensez. »

LUCILE. – « Vous n'êtes pas si savant que vous le croyez. Ne vous vantez pas tant. Mais dites-moi, vous êtes honnête homme et je suis sûre que vous me direz la vérité, vous savez comme je suis avec Arlequin, à présent prenez que j'aie envie de vous aimer, si je contentais mon envie, ferais-je bien ? ferais-je mal ? Là, conseillez-moi, dans la bonne foi. »

LE COMTE. – « Comme on n'est pas le maître de son cœur, si vous aviez envie de m'aimer vous seriez en droit de vous satisfaire, voilà mon sentiment. »

LUCILE. – « Me parlez-vous en ami ? »

LE COMTE. – « Oui, Sylvia, en homme sincère. »

LUCILE. – « C'est mon avis aussi ; j'ai décidé de même et je crois que nous avons raison tous les deux, ainsi je vous aimerai s'il me plaît sans qu'il ait le plus petit mot à dire. »

LE COMTE. – « Je n'y gagne rien car il ne vous plaît point. »

LUCILE. – « Ne vous mêlez pas de deviner... »

LE COMTE *la coupe soudain.* – C'est cela pardi ! C'est tout simple. Vous m'avez menti, vous aimez quelqu'un. Quelque petit jeune homme qui s'occupe aussi de puériculture et à qui vous écrivez quatre grandes pages tous les soirs dans votre chambre.

LUCILE. – Je crois que vous ne dites plus le texte.

LE COMTE. – Je vous pose une question. Répondez-moi, tout de suite. Ils vont entrer.

LUCILE *le regarde et dit gravement.* – Non. Je n'aime personne et je n'ai encore jamais aimé.

Les autres entrent.

LA COMTESSE. – Alors cette dernière scène ?

LE COMTE. – Elle va fort bien. Nous trouvons que nous avons beaucoup de talent, tous les deux.

LA COMTESSE. – Nous qui en avons moins, il faudrait peut-être que nous répétions aussi.

LE COMTE. – Voulez-vous que nous reprenions toute la pièce ? M. Damiens dit qu'il est encore incertain.

LA COMTESSE. – M. Damiens a l'habitude du public. Du temps qu'il était aux Assises, il a toujours arraché les larmes à qui il voulait. Il s'en tirera sûrement mieux que nous tous.

MONSIEUR DAMIENS. – Voire ! J'étais bien jeune, madame, à l'époque, j'avais le trémolo moins honteux. Et puis j'avais de grandes manches. Et le texte était de mon cru.

LA COMTESSE. – Ne vous faites pas plus modeste que vous n'êtes, monsieur Damiens, par cabotinage, pour vous faire entendre encore une fois. Je n'ai pas de craintes pour vous. D'ailleurs nous n'avons plus le temps de revoir toute la pièce avant le dîner. Nous la verrons ce soir.

LE COMTE. – Dans ce cas reprenons le début du deuxième acte. Nous passerons les tirades de Sylvia. Ma chère Hortensia, c'est pour vous qu'on répète. Je vous trouve un peu méchante dans votre scène avec Sylvia. C'est cousu de fil blanc. Soyez charmante, vous le pouvez. Il faut la duper cette fille-là, ne l'oubliez pas.

HORTENSIA *se pique soudain.* – Si vous pensez que je ne peux pas tenir le rôle, mon petit Tigre...

LE COMTE. – Hortensia il vous va comme un gant ! Je ne vous demande qu'une nuance... Ces comédiens sont des gens impossibles, décidément. Dès qu'ils ont ouvert la bouche, le son de leur propre voix les enchante comme la flûte d'un charmeur de serpents. Ils s'engourdissent de plaisir en s'entendant et ils croient, dur comme fer, que nous partageons leur extase. Le naturel, le vrai, celui du théâtre, est la chose la moins naturelle du monde, ma chère. N'allez pas croire qu'il suffit de retrouver le ton de la vie. D'abord dans la vie le texte est toujours si mauvais ! Nous vivons dans un monde qui a complètement perdu l'usage du point-virgule, nous parlons tous par phrases inachevées, avec trois petits points sous-entendus, parce que nous ne trouvons jamais le mot juste. Et puis le naturel de la conversation, que les comédiens prétendent retrouver : ces balbutiements, ces hoquets, ces hésitations, ces bavures, ce n'est vraiment pas la peine de réunir cinq ou six cents personnes dans une salle et de leur demander de l'argent, pour leur en donner le spectacle. Ils adorent cela, je le sais, ils s'y reconnaissent. Il n'empêche qu'il faut écrire et jouer la comédie mieux qu'eux. C'est très joli la vie, mais cela n'a pas de forme. L'art a pour objet de lui en donner une précisément et de faire par tous les artifices possibles – plus vrai que le vrai. Mais je vous ennuie. Je commence à me prendre au sérieux, moi aussi. Attaquons le deux. À vous, Sylvia.

LUCILE, *à Hortensia*. – « Oui je vous crois. Vous paraissez me vouloir du bien. Aussi vous voyez que je ne souffre que vous. Je regarde tous les autres comme mes ennemis. Mais où est Arlequin ? »

HORTENSIA. – « Il va venir, il dîne encore. »

HÉRO, *dans son verre, lorgnant Villebosse qui rumine dans son coin*. – Erreur ! Il ne dîne pas, il souffre. Et s'il a l'air de dîner c'est qu'il remâche sa rancœur.

VILLEBOSSE. – Monsieur, je vous ai déjà dit que je ne vous parlais pas ! Ma patience a des bornes, sachez-le.

LE COMTE. – Héro, sois sérieux pour une fois !

HÉRO. – Impossible mon cher, je ne suis pas encore ivre. Je serai sérieux un peu plus tard.

LUCILE *enchaîne*. – « C'est quelque chose d'épouvantable que ce pays-ci ! Je n'ai jamais vu de femmes si civiles, d'hommes si honnêtes. Ils ont des manières si douces, tant de révérences, tant de compliments, tant de signes d'amitié. Vous diriez que ce sont les meilleures gens du monde, qu'ils sont pleins de cœur et de conscience. Quelle erreur ! »

Au Comte :

Je passe ?

LE COMTE. – Oui. Passez. Vous dites tout cela fort bien.

LUCILE. –... « Ne valoir rien, tromper son prochain, lui manquer de parole, être fourbe et mentir. Voilà le désir des grandes personnes de ce maudit endroit-ci. Qu'est-ce que c'est que ces gens-là ? D'où sortent-ils ? De quelle pâte sont-ils ? »

HORTENSIA. – « De la pâte des autres hommes, ma chère Sylvia, que cela ne vous étonne pas. Ils s'imaginent que le mariage du prince ferait votre bonheur. »

LUCILE. – « Mais ne suis-je pas obligée d'être fidèle ? N'est-ce pas mon désir d'honnête fille ? Et quand on ne fait pas son devoir est-on heureuse ? Par-dessus le marché cette fidélité n'est-elle pas mon charme ? »

Au Comte :

Je passe ?

LE COMTE. – Non. C'est trop joli. Continuez.

LUCILE. – « Et on n'a pas le courage de me dire : Là, fais un mauvais tour qui ne te rapportera que du mal, perds ton plaisir et la bonne foi. Et parce que je ne veux pas moi, on me trouve dégoûtée. »

HORTENSIA. – « Que voulez-vous, ces gens-là pensent à leur façon et souhaiteraient que le prince fût content. »

LE COMTE. – Bien Hortensia !

LUCILE. – « Mais ce prince que ne prend-il une fille qui se rende à lui de bonne volonté ? Quelle fantaisie d'en vouloir une qui ne veut pas de lui. Quel goût trouve-t-il à cela ? »

LA COMTESSE, *au Comte que Lucile a regardé en jouant.* – Signalez-lui que le prince n'est pas en scène, Tigre. C'est Hortensia qu'il faut regarder.

LUCILE *enchaîne.* – « Car c'est un abus que tout ce qu'il fait : tous ces concerts, ces comédies, ces grands repas qui ressemblent à des noces, ces bijoux qu'il m'envoie. Tout cela lui coûte un argent infini. C'est un abîme, il se ruine. Demandez-moi ce qu'il y gagne. Quand il me donnerait toute la boutique d'un mercier cela ne me ferait pas tant de plaisir qu'un petit peloton qu'Arlequin m'a donné. »

HORTENSIA. – « Je n'en doute pas. Voilà ce que c'est l'amour. J'ai aimé de même. Et je me reconnais au peloton. »

Au Comte :

Est-elle sincère en disant cela ? Je sens que je parle faux. A-t-elle aimé vraiment ? A-t-elle un jour préféré un petit peloton de laine à tous les bijoux du prince ?

LE COMTE. – Et vous, ma chère Hortensia ?

HORTENSIA. – Tigre il ne s'agit pas de moi. Si c'est un jeu que vous jouez il n'est pas drôle ! Vous venez de nous dire que nous n'étions pas nous...

LE COMTE. – Pardon. Quand j'ai distribué la pièce j'ai très bien su ce que je faisais. Vous l'avez parfaitement dite votre réplique.

HORTENSIA. – Je l'ai donnée « sincère ».

LE COMTE. – Et comme vous n'avez jamais préféré le moindre peloton de laine à votre plaisir, en la donnant « sincère » vous avez eu l'air abominablement faux. C'était parfait. C'est ce que je voulais. Continuez.

HORTENSIA. – Vous jouez de nous comme de tontons ! Vous lasserez bientôt notre patience.

LE COMTE. – Tous les metteurs en scène géniaux font ainsi. Encore heureux que je ne hurle pas, que je ne déchire pas les brochures. Il n'y a pas de mise en scène de génie sans crises de nerfs. L'insulte est la monnaie courante, quelques très grands metteurs en scène vont jusqu'à la gifle. Et ne croyez pas que cela soit gratuit. Cela se sent toujours, après, quand on écoute la pièce, si le maître a été vraiment viril. Une pièce mise en scène par un homme poli, il est bien rare que cela sente le génie. Enchaînez, Sylvia, enchaînez. « Hé bien ! qu'il tâche de m'oublier... »

LUCILE. – « Hé bien ! qu'il tâche de m'oublier, qu'il me renvoie, qu'il voie d'autres filles... Il y en a ici qui ont leur amant comme moi, mais cela ne les empêche pas d'aimer tout le monde. J'ai bien vu que cela ne leur coûte rien. Mais pour moi, c'est impossible. »

HORTENSIA. – « Eh ! ma chère enfant, avons-nous rien ici qui vous vaille, qui approche de vous. »

LE COMTE. – Fort bien, le fiel sous le sourire. Vous avez dû travailler toute la nuit pour mettre cela au point, Hortensia !

LUCILE. – « Oh que si ! Il y en a de plus jolies que moi et quand elles seraient à moitié moins jolies, cela leur fait plus de profit qu'à moi d'être tout à fait belle. J'en vois ici de laides qui font si bien aller leur visage qu'on y est trompé. »

LA COMTESSE. – C'est Flaminia que vous regardez, ma petite fille. Je ne suis pas encore en scène. J'entre plus tard.

HORTENSIA. – « Oui mais le vôtre va tout seul et cela est charmant. »

LUCILE. – « Bon ! Moi ! Je ne parais rien. Je suis tout d'une pièce auprès d'elles. Je demeure là ; je ne vais ni ne viens. Au lieu qu'elles, je les vois toujours d'humeur joyeuse. Elles ont des yeux qui caressent tout le monde, elles ont une mine hardie, une beauté libre qui ne se gêne point, qui est sans façons. Cela plaît davantage que non pas une honteuse comme moi, qui n'ose regarder les gens et qui est confuse qu'on la trouve belle. »

LA COMTESSE. – Je trouve qu'elle devrait le dire avec plus de modestie. Vous ne le pensez pas Tigre ? Elle a l'air de vouloir attaquer à son tour.

LE COMTE. – Mais elle attaque, elle attaque ! Tout le monde commence à avoir envie qu'elle attaque !

LA COMTESSE. – Et puis enfin mademoiselle est charmante, nous le trouvons tous et je pense pour ma part que vous avez fort bien fait de lui donner le rôle. Mais enfin – je puis le dire devant elle car elle a de l'esprit – elle n'a pas un éclat qui justifie cette assurance de sa beauté qu'il y a dans le texte. Elle devrait dire cela plus simplement.

LE COMTE. – Je ne suis pas de votre avis. Je trouve qu'elle le dit fort bien. Continuez, Hortensia.

HORTENSIA. – « Et voilà justement ce qui touche le prince, voilà ce qu'il estime, c'est cette ingénuité, cette beauté simple ce sont ces grâces naturelles. Et croyez-moi, ne louez pas tant les femmes d'ici car elles ne vous louent guère. »

LUCILE. – « Qu'est-ce donc qu'elles disent ? »

HORTENSIA. – « Des impertinences. Elles se moquent de vous, raillent le prince, lui demandent comment se porte sa beauté rustique. Y a-t-il de visage plus commun ? disaient, l'autre jour, ces jalouses entre elles. De taille plus gauche ? Là-dessus l'une vous prenait par les yeux, l'autre par la bouche. Il n'y avait pas jusqu'aux hommes qui ne vous trouvaient pas trop jolie. J'étais dans une colère ! »

LUCILE. – « Pardi ! Voilà de vilains hommes de trahir comme cela leur pensée pour plaire à ces sottes-là. »

LE COMTE. – Ah ! qu'elle est drôle ! Vous ne trouvez pas qu'elle est drôle quand elle dit cela ? J'adore ce petit personnage.

HORTENSIA. – « Sans difficulté. » Ne coupez pas toujours Tigre, c'est agaçant ! « Sans difficulté. »

LUCILE. – « Que je hais ces femmes-là ! Mais puisque je suis si peu agréable à leur compte, pourquoi donc est-ce que le prince m'aime et qu'il les laisse là ? »

HORTENSIA. – « Oh ! elles sont persuadées qu'il ne vous aimera pas longtemps ; que c'est un caprice qui lui passera et qu'il s'en ira tout le premier. »

LE COMTE. – Dieu, que vous l'avez bien dite celle-là, Hortensia ! Vous y êtes, ma chère, vous y êtes, vous n'avez qu'à vous laisser aller. Laissons le reste et prenons mon entrée avec Éliane, c'est extrêmement important.

Il prend la Comtesse par le bras.

Venez Éliane, nous entrons.

LUCILE. – « Comment, vous voilà monsieur ? Vous saviez donc bien que j'étais ici ? »

LE COMTE. – « Oui mademoiselle, je le savais. Mais vous m'avez dit de ne plus vous voir et je n'aurais pas osé paraître sans madame, qui a souhaité que je l'accompagnasse et qui a obtenu du prince l'honneur de vous faire la révérence. »

LUCILE. – « Je ne suis pas fâchée de vous revoir et vous me trouvez bien triste. À l'égard de cette dame, je la remercie de la volonté qu'elle a de me faire une révérence. Je ne la mérite pas mais qu'elle me la fasse puisque c'est son désir. Je lui en rendrai une comme je pourrai. Elle m'excusera si je la fais mal. »

LA COMTESSE. – « Oui, ma mie, je vous excuserai de bon cœur. Je ne vous demande pas l'impossible. »

LUCILE. – « Je ne vous demande pas l'impossible ! Quelle façon de parler ! »

LA COMTESSE. – « Quel âge avez-vous ma fille ? »

LUCILE. – « Je l'ai oublié, ma mère. »

HORTENSIA, *à Lucile.* – « Bon ! »

LA COMTESSE. – « Elle se fâche, je pense ? »

LE COMTE. – « Mais, madame, que signifie ce discours-là ? Sous le prétexte de venir saluer Sylvia, vous lui faites une insulte ? »

LA COMTESSE. – « Ce n'est pas mon dessein. Mais j'avais la curiosité de voir cette petite fille qu'on aime tant, qui fait naître une si grande passion et je cherche ce qu'elle a de si aimable. On dit qu'elle est naïve, c'est un agrément campagnard qui doit rendre amusante. Priez-la de nous donner quelques traits de naïveté. Voyons son esprit. »

LUCILE. – « Hé non ! madame, ce n'est pas la peine. Il n'est pas si plaisant que le vôtre. »

LA COMTESSE. – « Ah ! Ah ! Vous demandez du naïf, en voilà ! »

LE COMTE, *à la Comtesse.* – « Allez-vous-en, madame. »

LA COMTESSE. – « Cela m'impatiente à la fin et, si elle ne s'en va pas, je m'en irai tout de bon. »

LE COMTE, *à la Comtesse.* – « Vous me répondrez de votre procédé. »

LA COMTESSE. – « Adieu ! Un pareil objet me venge assez de celui qui en fait le choix. »

LE COMTE. – Parfait. Scène III.

LA COMTESSE *enchaîne. C'est presque le même ton.* – Assez. Je suis fatiguée Tigre et j'aimerais avoir une conversation avec vous. Voulez-vous monter avec moi jusqu'à ma chambre ?

HORTENSIA. – C'est cela, arrêtons-nous un peu. Tigre trouve tout cela très drôle j'en suis sûre, nous moins. Nous avons besoin de souffler, mon cher.

LE COMTE. – C'est bon : repos. La répétition reprendra dans un quart d'heure.

Hortensia est sortie.

LE COMTE, *à Héro.* – Mon cher Héro, les femmes n'entendent rien au théâtre. Sorties de leur propre représentation, cela ne les amuse plus.

HÉRO. – Elles devraient boire, cela rend tous les jeux gracieux. Vous aussi Villebosse.

Villebosse se détourne, excédé.

VILLEBOSSE. – Un jour je vous proposerai un jeu qui sera moins gracieux, monsieur !

LA COMTESSE, *du seuil.* – Hé bien ! Tigre, venez-vous ?

VILLEBOSSE, *qui s'est levé, soupçonneux.* – Où vous retrouverai-je, Éliane ?

LA COMTESSE. – Je ne sais pas. Vous m'ennuyez, Villebosse.

Ils sont sortis, le Comte haussant les épaules, Villebosse les suivant, soucieux. Restent Lucile, Damiens et Héro.

HÉRO, *sortant avec son verre, va à Lucile.* – Mademoiselle, vous tenez votre rôle à ravir. C'est un ivrogne qui vous parle : je buvais vos paroles. J'en ai oublié de boire autre chose pendant tout ce temps-là. Je l'écrirai demain à mon médecin et il vous enverra sans doute un petit mot de remerciement... Je vais quitter aussi le Louis XV. Mon gilet est trop étroit. Et moi qui n'en ai jamais bu, il paraît que j'ai des litres d'eau dans le ventre... La vie est pleine de ces contradictions curieuses. Vous ne le saviez pas encore, mon petit cœur ?

Il s'est approché un peu trop près de Lucile en lui parlant, elle recule imperceptiblement.

Vous reculez ? Je sens mauvais peut-être ? Je sens l'alcool. Que voulez-vous donc que je sente ? Mais ce n'est pas une mauvaise odeur. On conserve précisément dans l'alcool le foie des grands alcooliques pour faire peur, après, aux bons petits jeunes gens. Est-ce que je vous fais peur ?

LUCILE. – Non.

HÉRO. – C'est parce que vous ne voyez pas mon foie. Il paraît que c'est une floraison effroyable. Une forêt vierge de fleurs de toutes les couleurs. Vous n'aimez pas les fleurs je vois. C'est bien. Je vous dégoûte sans doute ?

Elle ne répond pas, il est tout près d'elle, son verre à la main. Il sourit méchamment.

C'est bien aussi. Il faut que je dégoûte un peu. C'est dans mon rôle. Pas celui de la pièce de Marivaux, dans l'autre, – celle que je joue vraiment.

Se dirigeant vers la porte, il passe près de Damiens.

Elle est charmante votre filleule monsieur Damiens, mais si au lieu de m'appeler Héro de... – mon nom est trop long, je vous en fais grâce – je m'appelais tout bonnement M. Damiens, je vous jure que je la remmènerais.

Il sourit mystérieusement du seuil.

Serment d'ivrogne !

Il est enfin sorti. Lucile a comme un petit frisson de dégoût et va sortir. M. Damiens a un geste pour la retenir.

MONSIEUR DAMIENS. – Il faut que je vous parle, Lucile.

LUCILE, *fermée.* – Je vous écoute.

MONSIEUR DAMIENS. – Vous êtes jeune. Vous ne savez pas grand-chose du monde ni de la vie. À la mort de votre pauvre mère, vous avez voulu travailler pour être indépendante et cela partait d'un bon sentiment. Quoique, vous le saviez, vous n'y étiez pas obligée...

LUCILE. – Pas obligée ? Maman vivait de sa pension de veuve. À sa mort je suis restée avec une salle à manger Renaissance, trois fauteuils Régence qu'on avait toujours crus vrais, et qui étaient faux, mon phonographe et un vieux chat. Que pouvait-il me rester d'autre à faire ?

MONSIEUR DAMIENS. – J'étais là.

LUCILE. – Vous êtes mon parrain, c'est vrai. Et vous avez été très bon de vous occuper de moi, mais je ne voulais rien vous devoir.

MONSIEUR DAMIENS, *doucement.* – Pourquoi, Lucile ?

LUCILE. – Vous le savez.

MONSIEUR DAMIENS. – Cette offre que je vous ai faite vous a paru monstrueuse sur le coup. Dieu sait ce que rêve une petite fille de dix-huit ans !... C'est pourquoi je vous ai laissée faire. J'ai voulu que la vie et le travail vous apprennent un peu la triste sagesse, qu'ils vous montrent ce qu'ils ont, en réalité, à offrir. Je sais que ces deux ans ont été très durs pour vous.

LUCILE. – Me suis-je plainte ?

MONSIEUR DAMIENS. – Jamais, non, car vous avez aussi beaucoup d'orgueil. Mais croyez-vous que c'est avec plaisir que je vous ai vue vous débattre dans vos fins de mois, avec votre petit chapeau cent fois rafistolé ; vos gants toujours troués, vos bas sans âge ? Vous êtes jolie et je sais qu'à votre âge on a envie d'être coquette. J'aurais voulu vous donner un peu de douceur.

LUCILE. – J'aurais aimé en recevoir, bien sûr. Si vous croyez que je suis une héroïne !... Mais pas de vous.

MONSIEUR DAMIENS. – Vous n'avez personne au monde. J'avais bien ce droit il me semble – et même ce devoir.

LUCILE. – Vous savez que cette conversation m'est pénible. Ne la reprenons pas je vous en prie. J'ai reçu de vous des poupées et des boîtes de couture quand j'étais une petite fille – et puis vous m'avez trouvé cette place. Vous avez rempli votre devoir envers moi. Je me débrouillerai très bien toute seule maintenant.

MONSIEUR DAMIENS. – Pourquoi ne me permettez-vous pas de vous donner la sécurité dont vous avez besoin ?

LUCILE. – Ce n'est pas de sécurité qu'on a besoin à mon âge.

MONSIEUR DAMIENS. – Je ne parle pas que de sécurité matérielle. Une affection sincère, des attentions, une protection aussi.

LUCILE *le regarde bien en face*. – Et contre qui pensiez-vous donc me protéger, si j'acceptais ce que vous m'avez proposé ? Contre les autres hommes qui pourraient me proposer la même chose que vous ?

MONSIEUR DAMIENS *se rapproche, un peu plus âpre.* – Contre d'autres hommes plus légers qui n'ont pas l'amour et le respect que j'ai pour vous. D'autres hommes qui ne pourraient penser qu'à prendre leur plaisir d'un soir avec vous.

LUCILE. – N'avez-vous pas appris que je savais me défendre ?

MONSIEUR DAMIENS. – Contre moi peut-être, qui ai eu l'honnêteté de vous dire ce que je vous offrais. Mais contre un autre plus jeune et plus brillant qui vous mentirait...

LUCILE. – S'il est plus jeune et plus brillant, de toute façon cela sera moins triste, même si cela dure moins longtemps. Surtout si cela dure moins longtemps. L'ignominie, il vaut tout de même mieux que ce ne soit pas un projet d'avenir... Et du moins ce plaisir d'un soir sera peut-être partagé.

MONSIEUR DAMIENS. – Je ne peux pas vous entendre parler avec ce cynisme ! Je regrette maintenant de vous avoir introduite dans cette maison !

LUCILE. – Parce qu'on m'y déguise et qu'on m'y fait aussi jouer la comédie pour le même prix ? Dans ma condition je sais qu'il faut accepter certaines choses... La directrice de la maison d'enfants où j'ai commencé à travailler m'a tout de suite fait comprendre cette loi, rassurez-vous. Et d'une façon plus sordide. J'ai eu mon petit lot d'humiliations en échange de mon assiette de soupe. Je suis au courant, maintenant. Et si c'est cela que vous souhaitiez que la vie m'apprenne, c'est fait.

MONSIEUR DAMIENS. – Ma petite fille, cet homme vous désire et il n'aura de cesse qu'il ne soit arrivé à ses fins. Et tout le monde ici a vu son manège. Vous les avez observés tout à l'heure pendant cette répétition ? La comtesse est une femme de tête, elle lui passe ses maîtresses comme il lui passe de son côté, ses amants, pourvu que le jeu se joue dans leur monde, avec des cartes qu'elle connaît. Elle n'acceptera jamais qu'il vous courtise. Elle va vous abreuver d'humiliations. Vous chasser.

LUCILE. – C'est cela qui vous fait si peur ? Que je perde ma place ? Je retournerai dans une autre maison d'enfants, voilà tout. Il y a une chose que vous ne savez pas, c'est comme on est riche quand on n'a rien à perdre. Les enfants sont tous pareils, ils braillent autant, font les mêmes petites saletés aux mêmes moments inattendus et exigent les mêmes baisers, le soir, de cette petite fille à peine plus grande qu'eux, qu'on paie pour faire semblant d'être leur mère.

MONSIEUR DAMIENS. – Vous ne pouvez pas être la maîtresse de cet homme !

LUCILE. – Je ne le serai pas, rassurez-vous. Mais pour d'autres raisons qui ne regardent que moi.

MONSIEUR DAMIENS. – Il se moque de vous ; c'est un coureur, c'est un...

Entre le Comte brusquement, il est un peu pâle.

LE COMTE. – Excusez-moi monsieur Damiens, je dois accaparer encore votre filleule. J'ai une scène à mettre au point avec elle avant la répétition de ce soir. Vous permettez ?

MONSIEUR DAMIENS, *raide*. – Je vous la confie monsieur le comte. Je la mettais justement en garde contre les tentations d'un milieu et d'une vie qui ne sont pas les siens. C'est charmant cette idée de l'avoir mise de la comédie et je vous remercie, ainsi que Mme la comtesse, d'avoir la bonté de la traiter comme votre égale, mais je ne voudrais pas qu'elle oublie qu'elle est là pour gagner sa vie, en somme, et garder des enfants.

LE COMTE. – Mon cher Damiens, j'espérais faire mon possible pour qu'elle l'oublie, au contraire. Ce n'est pas si drôle qu'il faille y penser tout le temps ! Et si je dois veiller à quelque chose, c'est à ce que personne ne s'avise de le lui rappeler. Mlle Lucile est mon invitée et si, en plus de la grâce qu'elle nous fait de jouer avec nous – et avec beaucoup plus de talent que nous – cette comédie de Marivaux, elle a le courage et la gentillesse de s'occuper des douze monstres de ma tante, au lieu de dormir jusqu'à midi comme les autres et de se pomponner devant sa glace, c'est une raison de plus que nous avons de la respecter. Je compte l'apprendre à tout le monde.

MONSIEUR DAMIENS. – Si vous voulez bien vous charger vous-même de ce soin, alors je vous laisse, monsieur le comte, complètement rassuré.

Il s'incline et sort.

LE COMTE *se retourne vers Lucile.* – Ne dites rien. D'abord, je vous demande pardon. Je suis entouré depuis toujours de mufles de bonne compagnie, et j'ai fini par m'y habituer jusqu'à en devenir peut-être un, moi aussi. Avant la représentation, il n'y a rien à faire... Une fête est une fête et celle-là doit être donnée... Elles vont vous rendre la vie intenable, mais je sais que vous êtes courageuse. Je sors d'une conversation avec ma femme – et, moi qui pensais tout savoir, je viens d'apprendre jusqu'où une femme d'esprit et de goût pouvait se laisser aller dans la sottise et la bassesse, lorsqu'elle sent quelque chose de dangereux et d'insolite dans l'air. Parce qu'ils ont compris, tous, que je vous aimais et que ce n'était pas un caprice. Alors voilà ce que je vous propose. Ne dites rien avant que j'aie fini. Vous pensez bien que je n'accepterai jamais de continuer à mener mon heureuse petite vie de plaisirs, pendant que vous serez en train de moucher et de nettoyer des moutards, qui ne sont même pas les vôtres, quelque part dans ce vaste monde... Vous valez mieux que cela et mieux aussi que tout ce que j'ai à vous offrir personnellement.

Il arrête d'un geste ce qu'elle allait dire et continue :

J'ai peu d'argent – que cela vous mette à l'aise – il y a belle lurette que j'ai croqué mes héritages mais, en vendant les bribes qui me restent, je puis réaliser de quoi vous faire partir à l'étranger. Vous y reprendrez vos études interrompues – sans être obligée à ce travail imbécile – vous serez libre et, dans quelques années ou dans quelques mois, je souhaite de tout mon cœur que vous trouviez le garçon de votre âge que vous méritez et qui bâtira une vraie vie avec vous. Je ne vous reverrai jamais.

Un petit temps. Il ajoute :

Je pense que l'argent vous gêne, mais c'est nécessaire et l'argent n'est rien pour les êtres libres – des jetons. Il ne faut pas être trop petite-bourgeoise avec lui, et je vous demande bien humblement de partager ce qui me reste avec moi. Vous partirez le lendemain de la fête.

Encore un petit temps, il conclut :

C'est une proposition d'égoïste. D'un égoïste qui ne vous a même pas tenue une fois dans ses bras et qui a beaucoup de peine.

Il lui demande humblement :

Acceptez-vous ?

LUCILE *le regarde et dit.* – Non. Bien sûr.

Il lève les yeux sur elle, désemparé, elle ajoute doucement :

Je préfère rester maintenant.

Il la regarde un instant, hésitant, puis il la prend soudain dans ses bras et l'embrasse.

LE COMTE. – Mon petit.

Elle murmure, dans ses bras, se blottissant.

LUCILE. – On est trop bien. Vous croyez que c'est cela qu'ils appellent la tendresse ? Je croyais que cela ne venait que beaucoup plus tard ?

LE COMTE. – Je le croyais aussi. Nous avons dû faire vite.

LUCILE. – Nous avons bien fait. C'est le meilleur.

Ils sont dans les bras l'un de l'autre, Lucile murmure soudain :

J'ai peur.

LE COMTE. – De quoi ?

LUCILE. – De ne pas vous amuser longtemps. Je ne suis pas belle.

LE COMTE. – Si.

LUCILE. – Pas comme Hortensia.

LE COMTE. – Non. Tant mieux.

LUCILE. – Je ne suis pas intelligente.

LE COMTE. – Êtes-vous assez sotte pour vouloir me faire dire « Si » ?

LUCILE. – En tout cas, je suis incapable de dire quelque chose de drôle au bon moment.

LE COMTE. – Je l'espère bien.

LUCILE. – Je suis pauvre. Et ce n'est pas l'état qui est grave, c'est l'habitude. Je m'habille mal et si j'avais de l'argent pour m'habiller, je risquerais de m'habiller plus mal encore. On ne peut pas ne pas voir sur mes mains que j'ai fait une grande quantité de petites lessives – sans doute même quelques vaisselles – et qu'en tout cas ce sont des mains qui ont servi... Qu'est-ce qui me reste pour que vous m'aimiez, une fois l'attrait de la nouveauté passé ?

LE COMTE, *doucement*. – De n'être pas belle comme les autres, d'être gauche, d'être pauvre et au lieu de griffes sanglantes, alourdies de cailloux, d'avoir deux petites mains nues, aux ongles courts – qui ont servi.

Il les prend et les embrasse.

Deux mains de vraie femme.

LUCILE *murmure*. – Si c'était le goût des bergères qui vous attire vers moi, j'aurais si honte que j'en mourrais.

LE COMTE. – Ce serait bien bête de ne pas comprendre, vous qui comprenez toujours tout. Pensez-vous que ce soit par hasard que tout au long des légendes les princes prisonniers aient cherché si avidement une fille pauvre qui les délivre ? Et pensez-vous que cela leur fut facile ? Le monde est plein de midinettes prêtes à adorer les princes quels qu'ils soient.

LUCILE. – Tout le monde croira que c'est pour cela que je vous aime !

LE COMTE. – Comptez qu'ils miseront là-dessus aussi, pour nous séparer. Le croirez-vous, vous ?

LUCILE. – Non.

LE COMTE. – Moi non plus. Alors, petite sotte, si nous ne le croyons ni l'un ni l'autre, qui est-ce « le monde » ? Vous me présenterez.

LUCILE, *doucement, montrant les autres qui entrent.* – C'est eux.

LE COMTE. – Des comparses. De tout petits rôles dans la pièce que nous allons jouer tous les deux.

Il enchaîne à voix haute :

« Oui Sylvia, je vous ai caché jusqu'ici mon rang pour essayer de ne devoir votre tendresse qu'à la mienne. Je ne voulais rien perdre du plaisir qu'elle pouvait me faire... À présent que vous me connaissez, vous êtes libre d'accepter ma main et mon cœur ou de refuser l'un et l'autre », etc., etc.

Il se retourne vers les autres.

Je vois que vous êtes exacts, merci... J'espère que vous vous êtes reposés. Si vous le voulez bien, avant de répéter encore une fois la pièce, nous allons nous occuper d'une chose capitale que les comédiens n'oublient jamais de régler la veille des générales. Ils y passent le temps qu'il faut, le texte lui-même ne fût-il pas au point. Je veux parler de l'ordre des saluts pour les acclamations finales... Je vous propose l'ordre suivant qui me paraît logique... Je donne la main à Lucile, Éliane à ma droite, puis Héro, Hortensia ; Damiens de l'autre côté et Villebosse...

Il le cherche.

Où est Villebosse ?

VILLEBOSSE *entre, furieux comme toujours.* – On m'avait dit qu'on répéterait sur la terrasse ! Il est 4 heures. Répétons-nous ou ne répétons-nous pas ?

LE COMTE. – Un instant Villebosse. Pour le moment, nous faisons une chose encore plus importante au théâtre : nous saluons...

Ils saluent tous le public dans l'ordre indiqué par le Comte.

LE RIDEAU TOMBE RAPIDEMENT.

TROISIÈME ACTE

Même décor.
La Comtesse et Hortensia en scène.
Hortensia est assise, la Comtesse, debout, marche nerveusement en silence. Entre Villebosse.

VILLEBOSSE. – Répétons-nous ou ne répétons-nous pas ?

LA COMTESSE. – Vous nous ennuyez, Villebosse.

HORTENSIA. – Tigre a exigé que nous soyons habillés pour 4 heures. Nous l'attendons.

VILLEBOSSE. – Enfin, qu'est-ce qui se passe depuis hier ? On répète sans donner le ton – ou bien, sur certaines répliques on en donne trop, tout à coup, comme si elles étaient chargées de sous-entendus qui m'échappent

– tout le monde ricane soudain on ne sait pas pourquoi ; tout le monde s'insulte ; cette petite pleure ; Tigre devient tout rouge et quitte la répétition... Aujourd'hui nous sommes en retard d'une heure. Nous passons dans trois jours que diable ! et j'ai un rôle écrasant. Je ne tiens pas à être ridicule.

LA COMTESSE. – Laissez-nous, Villebosse. J'ai à parler à Hortensia.

VILLEBOSSE. – Éliane, vous non plus, je ne vous comprends plus. Votre attitude avec moi est absolument déroutante. Enfin, que vous ai-je fait ?

LA COMTESSE. – Rien. Absolument rien. Et c'est là le drame. Laissez-nous.

VILLEBOSSE. – Mais je souffre, Éliane !

LA COMTESSE. – Allez souffrir un moment dans le jardin. J'ai à parler à Hortensia. Nous vous rappellerons.

VILLEBOSSE. – Je ne comprends vraiment pas comment j'ai pu vous déplaire depuis hier.

LA COMTESSE. – Mon pauvre ami, il n'est pas question de vous. Je vous demande de nous laisser un instant, c'est tout.

VILLEBOSSE. – Je vous laisse, mais je suis à bout. J'attends que vous me rappeliez sur la terrasse. Vous me devez une explication.

LA COMTESSE. – Vous l'aurez. Nous l'aurons tous.

Villebosse sort.

Ma petite Hortensia je ne vous comprends pas. Enfin ! il courtise cette fille ; il est épris d'elle, cela crève les yeux. Il ne pense même plus à sa fête et c'est bien la première fois de ma vie que je vois Tigre négliger un plaisir. Et vous restez là, sans rien faire.

HORTENSIA. – Je le trouve odieux !

LA COMTESSE. – Il ne s'agit pas de le trouver odieux sans lever le petit doigt ; il s'agit de vous défendre. Enfin, si j'étais la maîtresse de Tigre, je ne me laisserais pas moquer de cette façon. Hortensia, vous me décevez !

HORTENSIA. – Vous savez, comme moi, qu'une scène entre nous n'arrangera rien.

LA COMTESSE. – Vous ne voulez tout de même pas que ce soit moi qui la lui fasse ? Je ne lui en ai pas fait pour vous, je n'ai aucune raison de lui en faire une pour cette fille.

HORTENSIA. – Laissons-le faire. Il réussira à monter dans sa chambre ce soir et demain il n'y pensera plus.

LA COMTESSE. – Vous êtes aveugle. Tigre n'est plus le même. Quelque chose a été touché en lui, que rien n'avait atteint jusqu'ici. Je le regardais hier, pendant le dîner, il ressemblait à une petite photographie de lui qu'un camarade avait prise pendant la guerre, le matin de l'offensive allemande : ce petit garçon grave et parfaitement heureux à côté de son canon. Je ne pensais pas qu'autre chose que la mort pouvait faire remonter ce visage-là du fond de lui.

HORTENSIA. – Vous l'observez mieux que moi, ma chère. J'ai trouvé qu'il avait l'air absent pendant le dîner, voilà tout.

LA COMTESSE. – Et vous lui tolérez des absences ? Je n'ai jamais été la maîtresse de Tigre, mais je l'eusse été que, je vous jure bien, je ne l'eusse jamais laissé s'absenter.

HORTENSIA. – Vous avez déjà vu Tigre parler dix minutes, sans absences ? Il commence une phrase, sa voix continue exactement pareille ; ce qu'il dit est quelquefois très amusant – mais lui n'est plus là. Il n'y a qu'à répondre, il répond à son tour comme un somnambule, un somnambule plein d'à-propos, et puis tout d'un coup, au moment où on s'y attend le moins, il revient.

LA COMTESSE. – Tigre est un distrait et un instable. Sa mère était la même, mais comme elle avait moins d'imagination que lui, elle, elle sortait vraiment. Quand vous lui rendiez visite, elle quittait douze fois son salon en dix minutes, sous des prétextes. Une fois je l'ai observée par une baie vitrée, elle allait simplement derrière la porte et elle revenait. J'ai toujours toléré ces petites escapades à Tigre. Mais il y a absence et absence. Qu'il sorte, soit, mais je demande à savoir avec qui. Je vous dis qu'il l'aime, Hortensia.

HORTENSIA. – Tigre ne peut pas aimer !

LA COMTESSE. – Je vous dis qu'il est en train de l'apprendre ! Faites ce que bon vous semble, moi je ne le tolérerai jamais. Enfin, les choses n'allaient plus physiquement entre vous ?

HORTENSIA. – Vous me gênez, Éliane.

LA COMTESSE. – Ma petite Hortensia, ce n'est pas l'heure de faire les mijaurées, toutes les deux ! Nous avons à nous défendre. Il était toujours très amoureux ?

HORTENSIA. – Tigre est un amant merveilleux.

LA COMTESSE. – C'est ce qu'elles m'ont toutes dit. Mais enfin il y a des degrés dans la réussite... Tigre prend feu, en un instant, à la vue d'une taille souple. Le port d'un buste droit sur une taille souple et de vraies hanches dessous, il prétend que c'est le seul secret de la beauté. Je lui ai vu suivre pendant des heures, dans les rues, des gitanes qui sentaient la chèvre et le vieux mégot, des filles qui déambulaient pieds nus dans la crotte ou sur des talons de carnaval. Il prétendait que c'était des princesses, les seules femmes qui sachent marcher. Il s'est fait voler, je ne sais combien de montres, en essayant de lier connaissance et j'ignore par quel miracle il ne s'est pas fait suriner dix fois par leurs souteneurs. Tout cela pour vous dire qu'il a le désir vif. Mais je le connais, il n'est pas homme à vivre de considérations esthétiques. Et il a trop horreur de tout ce qui n'est pas parfaitement réussi pour ne pas exiger que ce jeu-là, aussi, soit bien joué. Mettons cartes sur table, Hortensia. Je dois savoir si je peux compter sur vous. C'était une réussite, entre vous, sur ce plan-là ?

HORTENSIA. – Chère Éliane, voulez-vous des détails ?

LA COMTESSE. – Merci. Cette activité de Tigre m'intéresse au même titre que sa passion pour le polo. Mais enfin, quand il rentre de Bagatelle, je peux lui demander franchement si son cheval ne l'a pas déçu... Pour l'amour je m'en tenais jusqu'ici aux conjectures. Aujourd'hui j'ai besoin de savoir.

HORTENSIA. – Je crois que son cheval ne le déçoit pas.

LA COMTESSE. – Bien. C'est important. Il n'a pas encore touché cette petite. Elle est vierge, cela se sent d'une lieue, vraisemblablement maladroite et sans dispositions spéciales. Le trouble du cœur qu'il ressent – cela ne fait pas de doute – ne risque cependant pas de s'étayer sur quelque chose de très positif. S'il fait une incursion dans l'aile gauche vous avez raison, il se peut qu'il nous en revienne subitement défrisé. Il hait maladivement tout ce qui est raté.

HORTENSIA. – Éliane, c'est moi qui vous trouve sommaire à mon tour. L'amour, même borné à cela, est un jeu infiniment plus subtil que le polo. Le cœur peut très bien se mêler au plaisir des épidermes d'une façon inattendue. Je ne parle que par ouï-dire, mais j'imagine qu'un sentiment tendre pour un petit être neuf qui se donne maladroitement peut enseigner de nouvelles joies à Tigre – au-delà du désir peut-être – ou subtilement mêlées au désir.

LA COMTESSE. – Je n'aime pas qu'une femme puisse comprendre trop bien ce que son amant peut ressentir avec une autre. Je vous croyais plus saine, Hortensia. Sur mon terrain à moi, où je sais que je suis restée la femme de Tigre, le terrain de l'intelligence et de notre goût commun de la vie, je sens qu'il risque de m'échapper. C'est assez. Je vais agir. Avec ou sans vous.

HORTENSIA. – Avec moi, bien sûr ! Pour qui me prenez-vous ? Vous pensez bien que je n'ai d'autre souci pour l'instant que de reconquérir Tigre, quitte à le quitter le lendemain.

LA COMTESSE. – Faites les deux ma chère, vous m'obligerez ! Dans ces intervalles entre deux maîtresses, Tigre est un mari délicieux. Il éprouve généralement le besoin de m'emmener en voyage et de me faire une discrète cour – toute platonique, d'ailleurs – mais je n'ai jamais été une affamée. J'en profiterai pour quitter Villebosse qui commence à m'ennuyer. Ce sera divin.

HORTENSIA. – Ravie de participer dans la mesure de mes modestes moyens à votre voyage de noces, Éliane ! Irez-vous en Italie ?

LA COMTESSE. – C'est bien surfait. Et la première fois, quand je croyais encore à la lune, c'est là que Tigre m'a emmenée. Cela me rappellerait des déceptions. Tigre meurt d'envie d'aller en Chine. Lui qui bâille partout, il dit que c'est le seul pays pour lequel il ait un peu de curiosité.

HORTENSIA. – La Chine est un pays charmant ! Travaillons donc à votre voyage en Chine. Comment allons-nous nous y prendre, Éliane ?

LA COMTESSE. – Chère petite Hortensia ! que je vous embrasse encore !

Elle le fait.

Mais dites-moi si vous tenez, au fond, si peu à lui ; vous n'allez pas me jouer le bon tour de le laisser se coiffer de cette petite ? J'ai l'impression que je me suis un peu découverte en vous parlant.

HORTENSIA, *qui l'embrasse aussi.* – Chère Éliane ! Je serais, bien sûr, ravie de vous faire cette méchanceté. – Je ne vous pardonnerai jamais d'être restée l'amie de Tigre, pendant qu'il était mon amant. – Mais mon amour-propre est le plus fort, rassurez-vous. Je ne peux pas permettre qu'il me quitte pour cette petite guenon. Je veux le quitter moi-même. Je vous réserve – pour une autre occasion.

LA COMTESSE, *qui l'embrasse encore.* – Comme elle est gentille et qu'elle sent bon ! C'est toujours « Plaisir d'une Nuit » ? Autrefois je trouvais que cela sentait le loukoum. Je m'y fais. C'est dommage, quand je m'y serai tout à fait faite, Tigre ne l'empestera plus. Venez dans ma chambre ma chère. J'ai une idée toute simple que je vais vous dire. Cette petite bécasse doit être bourrée de complexes et de dignité blessée. Je dis qu'on m'a volé un bijou, j'exige qu'on fouille les chambres de tout le personnel – la sienne comprise. Après on retrouve le bijou n'importe où, dans le gravier d'une allée ou dans le coussin d'un fauteuil, c'est un détail. Mais cela peut suffire à la faire fuir. C'est fou, ma chère, ce que les pauvres peuvent être susceptibles !...

Elles sortent. Par une autre porte entrent le Comte et Héro.

HÉRO. – Répétons-nous ou ne répétons-nous pas, comme dit Villebosse ? Je peux tenir dans mon gilet la durée de trois actes, pas davantage. Heureusement que les pièces classiques sont courtes. Tu nous aurais fait donner un drame de Victor Hugo, j'explosais avant la fin, répandant mon foie comme des fleurs empoisonnées sur les convives. Quelle belle sortie pour un ivrogne !

LE COMTE *s'assoit.* – Héro, cela ne m'amuse plus !

HÉRO. – Tu n'aimes plus Marivaux ? Bon. Tu ne vas tout de même pas nous faire changer de pièce ? Moi, j'étais ravi de mon rôle. Un seigneur. Que jouez-vous, cher Héro ? Un seigneur. C'est discret et mystérieux et il n'y avait pas trop de lignes à retenir.

LE COMTE. – Cela ne m'amuse plus de m'amuser.

HÉRO. – Tu y as mis le temps.

Il se sert et présente un verre à Tigre.

Bois donc. Il y a vingt ans que j'ai compris.

LE COMTE. – Cela ne m'amuserait pas d'être ivre.

HÉRO. – Crois-tu qu'on s'enivre pour s'amuser ? Être ivrogne ce n'est pas une sinécure... Si tu savais l'attention et la persévérance qu'il faut ! Toujours à remplir des verres et à les vider. On vous prend pour un riche oisif, en fait c'est un travail de plongeur. J'ai une idée, travaille.

LE COMTE. – C'est une mauvaise habitude qu'il faut avoir prise très jeune. Je crois d'ailleurs que cela ne m'amusait pas.

HÉRO. – Fais comme moi, fais l'amour. Change de femmes. Ce n'est pas que cela soit drôle, mais cela entretient l'espoir.

LE COMTE. – Je l'ai fait. Moins que toi, mais je l'ai fait. Je vais te dire, tout bien pesé, je crois que ce n'est pas une activité pour un homme.

HÉRO. – Tu deviens triste. Quel âge as-tu ?

LE COMTE. – Un an de plus que toi. Tu le sais depuis la sixième où je suis entré avec un an de retard. C'est à une scarlatine que nous devons notre amitié.

HÉRO. – Tu n'as tout de même pas le désir inavoué de te consacrer à quelque chose d'utile ?

LE COMTE. – Certes non. Je sais ce que cela veut dire aussi.

HÉRO. – Ni celui de te mettre à gagner de l'argent ? Avec la fortune d'Éliane, ce serait d'ailleurs immoral et de mauvais goût.

LE COMTE. – Je hais l'argent.

HÉRO. – Pas de grands mots. Méprise-le, c'est suffisant. Il ne te reste plus qu'une issue, deviens neurasthénique. C'est un état. Tout ce que tu diras paraîtra profond. Et surtout, tes journées te suffiront à peine pour te soigner. Les médecins ont remis au goût du jour des méthodes vieilles comme le monde. Autrefois les confessionnaux étaient inconfortables, ils te feront parler de toi tous les jours, pendant une heure, étendu sur un divan. C'est toujours passionnant de parler de soi, c'est un sujet sur lequel on est inépuisable. Cela te coûtera une fortune, et, au bout d'un an, tu apprendras que tu avais plaisir à téter ta nourrice et que tout vient, sans doute, de là... Il faudra que tu te résignes à être guéri et à trouver autre chose. Mais cela te fera toujours un an de passé.

LE COMTE. – Imagine, Héro, qu'un jour tout se mette en place autour de toi. Que tout devienne simple et paisible ; mais, en même temps, inaccessible.

HÉRO. – J'imagine mal. Attends que je transpose... L'alcool m'est soudain recommandé par les médecins comme un élixir de longue vie, mais tous les bars que je connais sont fermés.

LE COMTE. – C'est cela. Non. Il y a un bar d'ouvert, un seul. Un pauvre petit café de province où tu n'aurais jamais eu l'idée d'entrer.

HÉRO. – Il n'y a pas de cafés où je n'ai jamais eu l'idée d'entrer.

LE COMTE. – Tu entres tout de même, par accident ou par surprise, et le seuil passé, tu découvres que vivre c'était au fond beaucoup plus simple, beaucoup plus grave – et bien meilleur que tu ne le pensais.

HÉRO. – Ces comparaisons prises dans la limonade sont obscures et d'un goût douteux. Et puis j'ai peur que cela me donne soif. Trêve de paraboles. Tu es amoureux ?

LE COMTE. – Oui.

HÉRO. – Bon. Ce n'est pas grave. Tu me l'as déjà dit dix fois.

LE COMTE. – C'est vrai. Alors, je ne suis pas amoureux.

HÉRO. – Tu aimes ? Tu me l'as déjà dit au moins trois fois, dont deux avec des larmes.

LE COMTE. – Alors c'est que cette fois je n'aime pas. Parce que cela ne ressemble à rien de ce que j'ai connu.

HÉRO *se lève, le regarde en se servant et dit soudain, d'un autre ton.* – Tu me dégoûtes.

LE COMTE. – Pourquoi ?

HÉRO, *doucement.* – Je n'aime pas que tu aies ce visage-là.

LE COMTE. – Je suis laid ?

HÉRO. – Non. Tu es beau. Tu es redevenu beau. Pas comme elles aiment toutes, comme je sais seul que tu as été. Tu as le visage que tu avais à Sainte-Barbe, avant le jour que nous avons sauté le mur à quinze ans pour aller dans une maison de femmes, tous les deux. Tu as le visage que tu avais quand nous revenions du football, l'hiver, tout rouges, crottés, suants et heureux et que nous nous moquions des filles ensemble. Le visage de cette nuit dans le dortoir où nous avons juré de nous aimer toujours et où nous nous sommes tailladé le bras pour échanger notre sang, avec un petit couteau rouillé.

Il dit sourdement :

Ne me joue pas ce tour-là, Tigre, je ne te le pardonnerais pas.

LE COMTE. – Nous avons mis une heure à nous entailler. Ce que nous pouvions être froussards tous les deux malgré notre noble exaltation ! Mais nous l'avons fait tout de même. Tu te rappelles la formule ?

HÉRO, *brutalement.* – Non !

LE COMTE. – Je peux te la redire, je l'ai retrouvée par hasard, hier soir.

HÉRO. – Non ! Je ne veux plus la savoir. Ne me fais pas cela, Tigre. Tu vois, ma main tremble, je suis une loque, dans un an, dans deux au plus tard on me poussera dans une petite voiture ou je serai mort. Je ne supporterai pas que tu le redeviennes toi, maintenant. Ce serait trop facile.

LE COMTE. – Que je redevienne qui ?

HÉRO, *brutalement.* – Tu m'as compris !

Il serrait son verre dans sa main, le verre se casse. Ils regardent le verre tous deux dans la main de Héro qui dit doucement :

Excuse-moi, mon vieux. J'aime casser.

LE COMTE. – Tu es fou. Tu saignes. Prends mon mouchoir. Tu as le vin lugubre, aujourd'hui.

HÉRO, *se bandant la main.* – Le vin est toujours lugubre, apprends-le.

Il lui tend un morceau de verre.

Coupe-toi aussi et jurons.

LE COMTE. – Quoi ?

HÉRO. – Que nous sommes contents de nous tous les deux et que nous continuerons ensemble à nous amuser courageusement, jusqu'au bout... Si Hortensia ne te plaît plus, prends-en une autre. Si tu manques d'argent, je t'en donnerai. Si tu veux oublier je t'apprendrai à boire. Mais amuse-toi comme moi je t'en supplie. Et ne prends plus ce visage-là.

LE COMTE. – C'est le mien maintenant. Qu'y puis-je ?

HÉRO. – Il faut choisir, Tigre. Et nous avons choisi. C'est trop tard.

Il a été se resservir, il ajoute d'un autre ton :

D'abord, cela me ferait de la peine mon vieux, de te voir ridicule... Et beaucoup plus de peine encore de te voir heureux de cette façon-là...

LE COMTE, *après un silence.* – Tu ne m'as pas pardonné Évangéline, n'est-ce pas ?

HÉRO. – Non.

LE COMTE. – Ce n'était pas un mariage pour toi. Tu avais dix-neuf ans. Tu allais t'enterrer, tu...

Il s'arrête.

Je te demande pardon. Aujourd'hui, pour la première fois, je pense que j'ai peut-être eu tort de t'empêcher d'épouser cette jeune fille.

HÉRO. – Ce qui est fait est fait. Et tu n'as pas eu tort. Nous nous sommes beaucoup amusés depuis, tous les deux. Pas de remords ! Entre mes six enfants, ma femme et mes chiens de chasse, dans un petit château de province, j'aurais vraisemblablement fait la même fin, en moins brillant, voilà tout. On est ivrogne de père en fils chez nous, comme d'autres sont tapissiers. Mais, un conseil en vaut un autre, laisse ce qu'ils appellent l'amour, ce n'est pas pour nous.

LE COMTE. – Si tu m'aimes, tu devrais me souhaiter d'être heureux.

HÉRO. – Plus maintenant. Pas comme cela. D'ailleurs il ne faut pas nous faire d'illusions ni l'un ni l'autre, il y a vingt ans que nous ne nous aimons plus, depuis nos premiers pantalons longs. Cela n'empêche pas d'être bons amis.

Il le sert.

Trinquons, Tigre. Et amuse-toi comme tu voudras, tu es libre après tout. Mais pas de confidences... D'ailleurs, pas trop d'espoir, non plus. La vie se charge de mettre les choses en ordre et de les y laisser. Elle a beaucoup d'ordre, la vie.

LE COMTE. – Nous verrons.

HÉRO. – Nous verrons. On voit toujours. C'est cela qui est merveilleux dans la condition humaine. On crie

« Eurêka » cinq minutes avant de mourir et le rideau tombe sur ce mot réconfortant.

La Comtesse est entrée avec Hortensia.

Bonjour, Éliane !

LA COMTESSE. – Bonjour Héro. Tigre, je suis très ennuyée. Il faut que je vous parle. Mon émeraude a disparu.

LE COMTE. – Demandez à votre femme de chambre de la chercher, ma chère. Pas à moi, j'ai horreur de cela. On se pique les doigts dans les coussins d'une bergère, on se remplit les ongles de poussière et on retrouve une vieille lettre dont la lecture est toujours désagréable – quand ce n'est pas une facture.

LA COMTESSE. – On cherche depuis ce matin. Je l'avais hier. Ici même. Je l'avais laissée dans le vestibule où nous posons tous nos costumes, car je trouvais que le vert n'allait pas avec ma robe. Je suis très ennuyée. Je crains l'indélicatesse de quelqu'un.

LE COMTE. – Pas de roman. Faites chercher encore dans le vestiaire.

LA COMTESSE. – Bien entendu. Mais si je ne la retrouve pas je devrai avertir l'assurance. Ils enverront quelqu'un enquêter ici. Cela sera odieux.

LE COMTE. – Après le Bal, ma chère, après le Bal ! Vous n'allez pas me forcer à costumer vos argousins en Louis XV, dans l'espoir qu'ils passeront inaperçus. Après le Bal je vous dis.

LA COMTESSE. – Je regrette, Tigre, mais l'assurance doit être prévenue dans le délai d'un jour. Je vais chercher encore. Vous venez m'aider, Héro ?

HÉRO. – Ravi de me rendre utile, enfin ! Voilà trente-sept ans que j'attends une occasion.

LE COMTE *lui crie comme elle sort avec Héro.* – Mais pas de roman, je vous en supplie !

À Hortensia :

Ma chère, on empoisonne sa vie à avoir peur des voleurs et des naufrages et, questionnez les gens autour de vous, en fait, on n'est jamais volé, et le bateau ne coule jamais. N'avez-vous pas remarqué cette curieuse chose, la vie, la vraie vie, avec meurtres, passions farouches, catastrophes ou héritages fabuleux, se passe presque exclusivement dans les journaux. C'est tout juste si, au moment des guerres, on vous demande de participer personnellement au texte des communiqués. Et encore, cela impressionne parce que cela fait beaucoup de bruit ; mais, tout compte fait, je suis sûr que c'est la maladie qui tue le moins de monde.

HORTENSIA. – C'est bien ennuyeux l'histoire de cette bague.

LE COMTE. – C'est bien ennuyeux, mais Éliane a assez de bijoux pour en perdre un de temps à autre. Après tout, il serait immoral que ce soit toujours les mêmes femmes qui les portent.

HORTENSIA. – Je suis sûre qu'Éliane prend l'aventure moins gaîment. C'était une pierre admirable. Elle a l'intention de faire fouiller les chambres de tout le personnel.

LE COMTE. – Il y a vingt ans que tous ces gens sont au service de la famille. Avouez qu'ils auraient mis du temps à se décider. Sa femme de chambre est plus jeune, c'est vrai, mais c'est sa filleule ; elle est née dans la cuisine, comme les petits chats. Et c'est une fille qui passe son temps à la messe. À moins que ce ne soit pour acheter des cierges, je ne vois pas en quoi ce bijou aurait pu l'intéresser.

HORTENSIA. – Enfin, Éliane est décidée à faire fouiller partout. Cela me paraît d'ailleurs une précaution élémentaire. En somme qu'y a-t-il ici, en dehors des domestiques... Villebosse, Héro, M. Damiens, moi...

LE COMTE *la coupe.* – Ma chère, j'ai horreur des romans policiers. Je trouve que c'est le genre le plus niais du monde. Se torturer à embrouiller artificiellement une histoire pour se donner la fausse élégance de la dénouer en trois pages à la fin, c'est une activité de plaisantin. Quand il m'arrive d'en ouvrir un, un soir de découragement, dans mon lit, je m'endors toujours avant la découverte du coupable. Et je n'ai jamais eu la curiosité de rouvrir le livre le lendemain. Il y a comme cela une quantité de crimes ténébreux dont je ne saurai jamais les auteurs. Et je m'en porte fort bien. Dans la vie non plus il ne faut pas trop chercher les coupables. C'est le jeu le plus vain du monde. Tout le monde est coupable ou personne ne l'est.

HORTENSIA. – Votre goût du paradoxe risque de vous mener loin, Tigre. Je ne pense pas qu'Éliane l'ait aussi développé que vous. Ou je la connais mal, ou elle fera fouiller toutes les chambres de l'aile gauche, comme elle l'a dit.

LE COMTE, *un peu sec.* – Si Éliane fait fouiller l'aile gauche, j'exige qu'on fouille aussi l'aile droite. Je perds ma montre, ma chère, et je la cache chez vous !

Il la regarde, dur.

Vous avez trouvé cette petite fable ensemble ? Mes compliments !

HORTENSIA, *soudain transparente.* – Quelle fable, Tigre ?

LE COMTE *lui prend les coudes et lui dit en face.* – Ma petite Hortensia, je vous ai aimée. Le mot est bien grand, mais il y a si peu de mots qu'il faut bien mettre plusieurs sentiments sous la même étiquette. Mes mains, en tout cas, vous ont aimée. À chacune de nos rencontres, j'ai eu une sorte de joie, très pure – oui, c'est drôle, très pure – et très proche du bonheur à vous toucher.

HORTENSIA. – Merci, Tigre.

LE COMTE. – Ne me remerciez pas. Vous n'y êtes pour rien. Je vais vous faire un compliment, Hortensia, le premier et le dernier sans doute – vous êtes très belle. Je ne parle pas de votre visage ; il est charmant, mais je ne crois guère aux visages. Et puis, avec cette façon universelle de se farder, toutes les femmes qui ne sont pas trop laides se ressemblent, en fin de compte. Mais votre corps est très beau. Noble et beau comme celui d'une bête. Et la beauté, la vraie, c'est quelque chose de très grave. Si Dieu existe ce doit être un peu lui.

HORTENSIA. – Mon Dieu !

LE COMTE. – Oui, un drôle de mot dans ma bouche. J'ai conscience d'être cocasse, croyez-le bien, en le disant. Mais le souvenir du jour où je vous ai tenue pour la première fois dans mes bras est aussi clair, aussi éblouissant en moi qu'un souvenir de petit garçon : mon premier palais avec mon père en Italie. La même blessure et le même bonheur... Éliane est une femme de tête, mais je tiens l'intelligence pour peu, c'est l'arme des pauvres. Laissez l'intelligence mener son vilain petit jeu toute seule, se débattre comme une marchande. Vous, tenez-vous. Soyez digne de la beauté. C'est une grande dame.

HORTENSIA. – Ce doit être un jeu nouveau, Tigre, mais vous ne m'aviez pas habituée à tant de gravité dans nos propos. Vous me faites peur.

LE COMTE *la lâche et allume un cigare.* – Moi aussi, un peu. Vous croyez que cela m'amuse de naviguer à ces profondeurs ? Je ne suis pas entraîné, je m'attends à manquer d'air d'un moment à l'autre.

HORTENSIA. – Tigre, cette fille est à peine jolie. Elle est fine et souple, mais elle ne sait même pas se tenir. Elle vous fera honte, dans sa petite robe d'institutrice, la première fois que vous entrerez avec elle quelque part, et si vous essayez de la déguiser, elle vous fera bien plus honte encore : je vous connais.

LE COMTE. – Je suis assez bête pour avoir honte, c'est vrai. Mais cela n'a aucune importance.

HORTENSIA. – Vous êtes d'une autre race Tigre. La tête, le cœur font mille bêtises, les mains se trompent rarement. Je suis sûre que vous me désirez encore.

LE COMTE *la regarde souriant et dit doucement.* – Bien sûr, je suis capable de tout. Seulement je l'aime, voilà...

HORTENSIA. – Enfin c'est ridicule, Tigre ! Elle est le contraire de ce que vous pouvez aimer !

LE COMTE. – Le contraire. Exactement. Et je l'aime. Croyez-vous que c'est comique ?

HORTENSIA *s'éloigne, éclatant de rire.* – Ah ! c'est trop bête ! C'est vraiment trop bête ! Pardonnez-moi, mais je vous assure que c'est trop bête !

LE COMTE. – Oui, c'est bête. Cette aventure me rend effectivement bête. Mais c'est délicieux. Je n'en pouvais plus de ne l'avoir jamais été.

MONSIEUR DAMIENS *entre.* – Monsieur le comte, Mme la comtesse, qui vient de découvrir qu'il lui manque un bijou, fait faire par son intendant et son maître d'hôtel, une fouille dans les chambres de l'aile gauche. Vous m'avez donné des assurances, tout à l'heure, sur le respect dont vous entendiez faire entourer ma filleule dans cette maison. Accepterez-vous que l'on fouille sa chambre ?

LE COMTE. – Certainement pas, monsieur. Suivez-moi. Nous allons mettre fin à cette mascarade.

Ils sortent. Entre Villebosse.

VILLEBOSSE. – Enfin, répétons-nous ou ne répétons-nous pas ? Voilà deux heures que nous sommes habillés !

HORTENSIA. – Nous jouons, Villebosse. Nous sommes en plein jeu. Vous ne vous en étiez pas encore aperçu ?

Elle sort.

VILLEBOSSE. – Ma parole, on se moque de moi ici !

À Héro qui entre :

Monsieur !

HÉRO. – Monsieur ?

VILLEBOSSE. – On se moque de moi dans cette maison !

HÉRO. – C'est bien possible.

VILLEBOSSE. – Monsieur, j'ai l'impression que vous êtes à l'origine de toutes ces manœuvres déplaisantes.

HÉRO. – C'est également possible, monsieur.

VILLEBOSSE. – Que diriez-vous, monsieur, si j'exigeais de vous une réparation ?

HÉRO. – Monsieur, j'aime casser, mais je ne répare jamais.

Il sort.

VILLEBOSSE, *le poursuivant.* – Monsieur c'est un refus ! Je vous ferai carencer, monsieur ! Je vous couvrirai de honte !

LA COMTESSE *entre, hors d'elle.* – Villebosse !

VILLEBOSSE. – Éliane, mon amour, vous semblez hors de vous.

LA COMTESSE. – Je suis hors de moi ! Tigre vient de me faire un affront insupportable. On m'a volé un bijou et comme j'avais chargé Foucault et Jasmin de fouiller les chambres de l'aile gauche, il leur a interdit l'accès de la chambre de cette fille qu'il nous impose à tous ici, depuis huit jours. Il a exigé, si l'on entrait chez elle, que l'on fouille ma chambre d'abord. Il prétend que je n'ai pas perdu ce bijou, qu'il est caché. C'est insultant ! Il a été de la dernière goujaterie avec moi.

VILLEBOSSE. – Je ne le tolérerai pas, Éliane ! Permettez-moi d'aller le provoquer.

LA COMTESSE. – Mais vous ne comprendrez jamais donc rien à rien, Villebosse ? Avez-vous le dessein de m'exaspérer davantage ? Il ne s'agit pas d'aller provoquer Tigre parce qu'il m'a manqué de respect. C'est son droit après tout, je suis sa femme ! Il s'agit de lui faire comprendre qu'il me ridiculise à s'afficher avec cette petite institutrice de rien du tout. Enfin, Villebosse, qu'il ait des maîtresses ! Hortensia est mon amie et c'est une fille comme il faut. Mais qu'ira-t-on dire si mon mari se toque d'un pou ! S'il la ramène à Paris, Villebosse, je ne sortirai pas de cet hiver. Positivement, je n'oserai plus me montrer.

VILLEBOSSE. – C'est inadmissible ! Je vais y mettre ordre. Comptez sur moi, Éliane !

Il sort, entre Lucile.

LUCILE. – Je viens vous apporter la clef de ma chambre, madame. Je veux qu'on la fouille comme les autres. Il se peut d'ailleurs qu'on y trouve ce bijou et ainsi tout le monde serait rassuré.

LA COMTESSE. – Je ne sais pas ce que vous voulez dire, ma petite fille. Ma femme de chambre cherche encore chez moi, avec mon mari. Il est possible, en effet, que j'aie rangé ce bijou autre part et que je l'aie oublié.

LUCILE. – Ce serait une bonne nouvelle.

LA COMTESSE. – Oui. C'est toujours désagréable, pour tout le monde, les soupçons. Je vous demande bien pardon si vous avez été blessée. C'était d'ailleurs une mesure générale qui concernait tout le personnel. Vous venez sans doute me dire que vous renoncez à jouer dans la pièce et peut-être même que vous n'allez plus pouvoir vous occuper de ces enfants ? Les pauvres petits, ils s'étaient déjà attachés à vous, me dit-on. Réfléchissez encore. Je suis sûre que cela va leur fendre le cœur. En tout cas, si votre décision était inébranlable, je pense que le mieux serait de faire aussi vite, aussi brutalement que possible. Avec les enfants, je ne vous l'apprends pas, il faut toujours adopter des solutions très nettes. Ils pleureront toute une nuit et puis le lendemain ils n'y penseront plus et ils se mettront à en aimer une autre. Il y a, je crois, un train dans une heure. La voiture pourrait vous mener à la gare dès que votre valise sera faite. Bien entendu, quoique la décision vienne de vous, – je sais dans quel embarras vous êtes – je vous ferai régler six mois.

Le Comte est entré, la Comtesse se tourne vers lui très à l'aise.

Mademoiselle nous dit qu'elle nous quitte. Je suis désolée, Tigre, pour votre représentation, mais en trois jours nous trouverons quelqu'un. Je lui disais que pour les enfants, si sa décision était prise, il valait mieux partir très vite, sans les revoir. Ils s'étaient beaucoup attachés à elle déjà, comme nous tous, mais ils risquent de manifester davantage leur chagrin.

LE COMTE. – Voici votre émeraude, Éliane.

LA COMTESSE *la passe à son doigt.* – Ah ! quel bonheur ! Où était-elle ?

LE COMTE. – Dans votre chambre. Sous l'un des chandeliers.

LA COMTESSE. – Vraiment ? Quelle idée ai-je donc eue d'aller la cacher là ?

LE COMTE. – Je vais vous demander maintenant de faire des excuses à mademoiselle.

LA COMTESSE. – Des excuses, mon Dieu ? Pourquoi ? Mais très volontiers... Je suis navrée de mon étourderie, mademoiselle. J'espère que vous me la pardonnerez et que vous n'emporterez pas un trop mauvais souvenir de cette maison. Je pense que vous êtes d'accord, Tigre, pour que Foucault règle six mois à cette petite. Je sais bien que c'est un coup de tête d'elle, mais enfin, si je n'avais pas égaré ce bijou, elle n'aurait pas songé à nous quitter.

LE COMTE. – Ma chère Éliane, vous savez que je n'ai pas pour habitude de laisser compromettre par des contretemps, quels qu'ils soient, une fête que j'ai décidé de donner. Nous ne pouvons ni décommander ni faire reprendre le rôle en trois jours. Je vous prie de bien vouloir faire en sorte pour que mademoiselle revienne sur sa décision.

LA COMTESSE. – Vraiment, je lui ai tout dit, Tigre. Elle est blessée. Elle s'obstine. Et je dois avouer que je la comprends.

LE COMTE. – Je suis sûr que vous ne lui avez pas tout dit. J'exige cette petite réussite diplomatique de vous, Éliane, ou vous me décevrez beaucoup. Je vous laisse ensemble. Nous répéterons dans une demi-heure.

Il est sorti. Lucile ne dit toujours rien. La Comtesse s'assoit, très à l'aise.

LA COMTESSE. – Allons bon ! Voilà qu'il faut que je vous convainque de rester maintenant, sous peine de me brouiller à mort avec Tigre. Avouez que cela est comique !... Mais je suis une faible, au fond, et les caprices de Tigre sont ma loi. Vous êtes bien jeune encore... Quand le moment sera venu de choisir, ne tombez surtout pas amoureuse d'un homme léger, mademoiselle.

LUCILE *demande doucement*. – Vous l'aimez ?

LA COMTESSE. – Quelle question, mademoiselle ! C'est mon mari.

LUCILE. – Pensez-vous qu'il soit tellement heureux à s'amuser toujours ?

LA COMTESSE. – Ma petite fille, ne comptez pas sur moi pour laisser notre entretien – puisqu'on exige que nous en ayons un – prendre ce ton-là. J'ai horreur de la familiarité et des questions personnelles. J'ai eu toute petite, une gouvernante anglaise qui m'a appris à ne jamais en poser. Puisque c'est votre métier d'éduquer les enfants, tâchez donc de leur inculquer très vite, que rien n'est plus mal élevé. Tigre m'a priée de vous demander de rester. Je vous le demande. Il ferait une maladie s'il devait renoncer à cette représentation. D'ailleurs, pourquoi partir ? Nous apprécions beaucoup vos services auprès de ces petits malheureux et nous ne prolongerons guère, d'autre part, notre séjour à Ferbroques. Tigre meurt d'ennui à la campagne. La fête donnée, nous retournerons tout de suite à Paris, pour la saison. Ainsi tout rentrera dans l'ordre, n'est-ce pas ? Quittons-nous donc bonnes amies et, encore une fois, pardonnez-moi ce petit incident. Tigre serait capable de me bouder une semaine entière s'il sentait que vous m'en tenez rigueur. Nous nous connaissons peu, au fond. Mais vous savez en quelle estime je tiens M. Damiens, votre parrain. J'ai parlé de vous, avec lui, ce matin. C'est un homme qui a une très grande affection pour vous.

LUCILE. – Oui. Il me le dit.

LA COMTESSE. – Quelqu'un qui a beaucoup souffert aussi, je crois. Il est depuis des années séparé de sa femme, n'est-ce pas ? et elle ne semble pas lui avoir apporté, au cours de leur vie commune, tout le réconfort qu'il pouvait en attendre. C'est un homme qui surprend par la sensibilité qu'il cache sous une apparence un peu austère. Il m'a très longuement parlé de vous.

LUCILE. – Vraiment ?

LA COMTESSE. – Oui. Ma petite fille, je me suis agacée un peu vite – c'est vrai ; Tigre me le répète chaque jour, les femmes sont des folles – pour un peu de sotte jalousie, elles compromettent, en une minute, tout ce que leurs vertus ont pu leur gagner d'estime en dix ans. Au fond, j'ai beaucoup de sympathie pour vous... Vous êtes si jeune après tout, si désarmée avec votre air de tout savoir. Je suis sûre que sous votre gravité de jeune quakeresse, vous êtes toute prête à vous brûler les ailes comme un petit insecte éphémère, à la première bougie venue... On se dit : comme cela sera beau ! Cela ressemblera, enfin, à la vie comme je l'ai rêvée... On vit le rêve une semaine et, après, il ne vous reste plus que les yeux pour pleurer. Damiens m'a dit que vous étiez fière et pauvre. C'est une grande qualité, avec un bien grand défaut. Vous pouvez rencontrer, bien sûr, un bon garçon dans votre milieu. Mais cela ne dure pas longtemps non plus, croyez-le. Le cavalier charmant des bals champêtres, le jeune homme rougissant qui vous cueillait des fleurs à Meudon, je ne vous donne pas deux ans pour qu'il se transforme en un petit tyran maussade et pointilleux, qui ne vous comblera plus que de chaussettes à repriser et se perdra dans son journal, en manches de chemise, tous les soirs... Vous valez mieux que les travaux forcés du ménage avec un vilain moutard, qui ressemblera à son père, pendu à votre jupon. C'est une grande tentation d'être folle ; d'être sage c'en est une, aussi – quelquefois aussi dangereuse que l'autre. Quand on est fine, jolie, intelligente et sans le sou, on est toujours un peu une déclassée. Il faut en prendre son parti. Damiens – qui est mon ami – et moi, nous nous faisions beaucoup de souci, pour vous, ce matin.

Un temps. Elle se lève. Elle a un geste négligent vers une petite table à ouvrage.

En somme, sa femme est aux mille diables, en province, elle est malade, plus âgée que lui, elle ne vivra pas toujours. Damiens a de l'honneur et il est encore fort bel homme. Je me le rappelle, il y a quinze ou vingt ans quand il venait chez ma mère, vous le dirais-je, ma chère ? – bien sûr, j'étais une gamine – mais j'ai été amoureuse de lui tout un hiver... Enfin, pensez-y. Je vous parle comme une femme qui a vécu, qui est de beaucoup votre aînée et qui serait désolée – désolée vraiment – de vous voir gâcher votre belle jeunesse pour une folie sans lendemain. Quand on n'a pas d'état, comme vous, et qu'on est seule au monde, il faut penser d'abord à son avenir. Mon Dieu, je sais que ce n'est pas drôle ! – on a envie d'autre chose à vingt ans – mais le monde est ainsi fait, ma chère, et nous n'y pouvons rien.

Un temps. Elle la regarde et soudain :

Tenez, Damiens nous a si longtemps et si fidèlement servis – et, pour moi, cela serait bien entendu, comme si vous deveniez sa femme – cette émeraude précisément ce sera mon cadeau de mariage.

Elle la lui tend.

LUCILE *la regarde un instant et lui rend la bague.* – C'est un trop beau cadeau pour la cérémonie que ce serait. Merci, madame.

LA COMTESSE *reprend sa bague.* – Vous avez tort. C'était de bon cœur.

LUCILE. – D'ailleurs, de cette façon ou d'une autre, je sais que je ne me marierai jamais. Je l'ai juré.

LA COMTESSE. – Comment peut-on savoir cela, à votre âge ? Il y a longtemps que vous avez fait ce serment téméraire ?

LUCILE, *doucement.* – Hier soir.

LA COMTESSE *se lève soudain.* – Hé bien ! dites à Tigre, du moins, quand vous le reverrez – que j'ai fait tout mon possible.

LUCILE. – Je le lui dirai. Merci, madame.

Elle sort.

La Comtesse fait quelques pas nerveux, jouant de l'éventail, comme si elle interprétait vraiment une pièce de Marivaux, puis elle ouvre la fenêtre et appelle.

LA COMTESSE. – Héro ! Non, pas vous, Villebosse ! Héro. Montez tout de suite, je voudrais vous parler.

Un instant de silence, quelques pas nerveux encore, quelques coups d'éventail et Héro paraît.

Héro. Il faut empêcher Tigre de faire une bêtise. Il aime cette petite. Elle est sa maîtresse depuis hier, elle lui a dit qu'elle l'aimait. C'est ridicule et c'est fou. Je ne sais pas si vous l'observez depuis huit jours ?...

HÉRO, *impénétrable, son verre à la main.* – Je l'observe.

LA COMTESSE. – C'est répugnant.

HÉRO. – Répugnant. Je le lui ai dit.

LA COMTESSE. – Vous êtes avec moi Héro ? Faites quelque chose. Vous seul pouvez faire quelque chose, j'en suis sûre.

HÉRO. – Sur lui ? Tigre est d'une gentillesse inaccessible...

LA COMTESSE. – Sur elle, peut-être.

HÉRO *déclame.*

« Et que m'ordonnez-vous seigneur, présentement ?
De plaire à cette femme et d'être son amant ! »

LA COMTESSE. – Vous le pouvez Héro, si vous le voulez. Cette petite est une folle, une romanesque, une midinette, si ce n'est pis. Tout Paris sait que vous êtes irrésistible. Séduisez-la. Tant pis si nous jouons *Ruy Blas* ! Après tout, à quinze ans, nous aimions cela.

HÉRO. – Il n'y a qu'un obstacle. Cette jeune fille ne fait pas partie du Tout-Paris. Elle ne sait pas que je suis irrésistible. Cela m'enlève la moitié de mes chances.

LA COMTESSE. – Sornettes ! Dans deux jours Tigre ou vous, tout s'embrouillera dans sa tête. Elle crèvera de vanité, tout comme une autre, que les deux hommes les plus brillants de ce château ne s'occupent que d'elle. Je les connais ces saintes-nitouches ! J'étais comme cela avant que Tigre m'épouse. Les femmes sont des femmes, mon cher, toujours, même quand elles se donnent les gants d'être des anges. Je n'ai pas à vous dire comment vous y prendre mon petit Héro. Faites-la boire un soir, jurez-lui que vous l'aimez. Avec un peu de lune et de musique, cette bécasse le croira. Assez du moins pour vous céder ce soir-là. Après, Tigre s'en détachera ou s'il accepte le partage, il n'y aura plus vraiment aucun danger.

HÉRO. – Vous me faites beaucoup d'honneur, Éliane, d'être aussi sûre qu'on ne me résiste pas. Je vous dirais oui, pour n'importe quelle femme, même ne faisant pas partie du Tout-Paris (après tout je suis un professionnel !), pour une jeune fille, non. Ce sont des animaux bien étranges et j'en ai fort peu approché.

LA COMTESSE. – Mais je vous dis que ce n'est plus une jeune fille ! Elle est sa maîtresse.

HÉRO. – Depuis hier. Elle gardera cet état de grâce encore quelque temps.

LA COMTESSE. – Alors vous allez laisser Tigre s'en toquer tout à fait ? S'abîmer dans le ridicule ? Il l'aime, Héro, il l'aime, j'en suis sûre. Cela vous est égal à vous qu'il l'aime comme un petit garçon ?

HÉRO, *dur soudain.* – Vous vous trompez. Cela ne m'est pas égal.

LA COMTESSE. – Vous avez peur de lui faire de la peine ? De briser leur cœur peut-être à tous les deux ?

HÉRO. – Non plus. Je vous l'ai dit : j'aime casser.

Un silence.

LA COMTESSE *se rapproche.* – Héro, elle couche seule, au bout de l'aile gauche. C'est peut-être incertain de la séduire, admettons qu'elle l'aime vraiment. Et Tigre peut intervenir et l'emmener, s'il l'aime aussi. Mais nous savons tous que vous êtes une brute. Vous la désirez comme un fou, cette fille... Vous avez bu, comme tous les soirs. Vous forcez sa porte. Sa serrure – j'ai un ouvrier de confiance – ne fonctionnera pas ce soir-là. Elle criera bien sûr, mais elle est au bout du monde là-bas – et puis, que peut une petite fille avec ses griffes, ses coups de poing maladroits et ses larmes, contre le désir d'un homme ? Si elle l'aime, elle fuira de honte, le lendemain.

HÉRO *dit doucement.* – Évangéline.

LA COMTESSE. – Qu'est-ce que vous dites ?

HÉRO. – Le nom d'une jeune fille. Mme Blumenstein. Vous avez dû la rencontrer. Elle a épousé un banquier juif. Elle était très belle. Elle n'a pas été très heureuse en ménage et elle est morte, il y a quelques années.

LA COMTESSE. – Une mince jeune femme blonde avec deux grands yeux ravissants ? L'air d'une biche sacrifiée ? Je me la rappelle très bien. On me l'a présentée chez les Rothschild. Mais quel rapport ?

HÉRO. – Un très vague et très lointain rapport. Je suis heureux que vous vous souveniez d'elle... Allons répéter maintenant, Éliane, on nous attend, et il faut tout de même que cette pièce soit bien jouée, quoi qu'il arrive. Comme toutes les choses qui n'ont aucune importance, cela en a beaucoup. Son mari était un mufle. On a même dit qu'il la battait...

LA COMTESSE, *sortant.* – J'ai une idée, je vais faire envoyer un télégramme à Tigre, l'appeler au-dehors ce soir... Gontaut-Biron me rendra ce service...

Ils sont sortis, le rideau tombe.

QUATRIÈME ACTE

Une petite chambre mansardée[1].

Devant un maigre feu de cheminée, Lucile, accroupie dans sa belle robe, rêve, vaguement éclairée par les flammes. La porte s'entrouvre doucement. Elle lève les yeux, étonnée. C'est Héro encore en costume, le jabot un peu défait, une bouteille et deux verres dans les bras.

HÉRO *sourit.* – N'ayez pas peur. Tigre vient de téléphoner qu'il ne pourra rentrer que très tard cette nuit. Il m'envoie vous le dire et vous tenir un peu compagnie.

Lucile s'est levée, surprise. Il entre.

1. À la représentation à Paris, cet acte se passe dans le salon, où Lucile tard dans la nuit attend le comte, accroupie devant le feu qui s'éteint. La pièce y gagne une certaine unité. On trouvera très facilement les quelques coupures qui adaptent la scène à ce décor. On pourra même en faire d'autres, il est trop long. Tout le monde dit d'ailleurs que cet acte est mauvais et qu'il n'a pas le ton des autres. Une troupe, un jour, pourrait essayer de ne pas le jouer. Peut-être que la pièce n'y perdait rien, au contraire.

On peut s'asseoir?

LUCILE *lui désigne l'unique chaise.* – Oui.

HÉRO *la prend.* – C'est curieux, il y a tant de fauteuils inutiles dans ce château... On n'a pas dû prévoir les visites dans l'aile gauche. Vous vous mettrez sur le lit, mon ange, vous serez mieux... Un petit verre avec moi?

LUCILE. – Non.

HÉRO. – Vous avez tort. Vous permettez tout de même que je me serve? Au point où j'en suis, il me serait imprudent d'arrêter. Je serais ivre tout d'un coup et je me conduirais mal. En buvant encore un peu je recule l'échéance... Cela né vous ennuie pas que je bavarde un moment avec vous? Quand les autres s'endorment, moi je commence seulement ma longue lutte solitaire jusqu'au petit matin, ou je le ferme enfin, l'œil. Sacré œil! Il est là, bien ouvert, il regarde. Tout l'embête, mais il veut regarder quand même, le petit obstiné! Même si je crève d'envie de dormir, moi, même si j'en ai trop vu depuis la veille. Le jour, je tiens. Je bois un peu, et je parle, je dis n'importe quoi, mais cela fait un bruit qui m'empêche de penser. Mais quand vous êtes tous montés vous coucher, je me mets à penser et c'est abominable. Est-ce que vous voulez bien m'empêcher de penser un moment? C'est d'ailleurs un ordre de Tigre. Il m'a dit: « Monte lui dire que je ne rentrerai pas et tiens-lui compagnie un moment. »

Un silence. Il ajoute, souriant:

Il avait dû espérer que vous me répondriez de temps en temps.

LUCILE. – Que voulez-vous que je vous dise?

HÉRO. – Je ne sais pas moi. Quelque chose de gentil. Que vous vous êtes trompée, que ce n'est pas Tigre que vous aimez, que c'est moi...

Lucile ne répond pas, souriante, pelotonnée sur le lit.

Alors, dites-moi que vous aimez Tigre... Cela me fera moins de plaisir bien sûr, mais cela sera tout de même mieux que rien.

LUCILE. – Je ne peux pas croire qu'il ait souhaité que nous parlions de cela tous les deux. Je ne peux pas croire qu'il vous ait parlé de moi.

HÉRO. – Ah ! mon enfant ! Vous ne connaissez pas les hommes. Des commères : on se dit tout.

LUCILE. – Vous l'aimez ?

HÉRO. – Nous lancions déjà des boules puantes aux filles tous les deux quand vous ne songiez pas encore à venir au monde, cher bébé. Nous avons même mélangé notre sang, en cinquième, une nuit, dans le dortoir. À la vie, à la mort ! L'occasion de mourir l'un pour l'autre ne s'est pas présentée tout de suite, voilà tout... Et depuis nous avons vécu... Vous savez Castor et Pollux, c'est une fable... En tout cas, nous nous aimions bien et il n'y a pas eu une histoire de femme dans notre vie qui ait réussi à nous séparer.

LUCILE *demande, comme une petite fille.* – Et il a eu beaucoup de femmes, lui ?

HÉRO *sourit.* – Cher bébé ! Il vous adore, c'est entendu et il a découvert avec vous quelque chose qu'il ignorait complètement ; mais avouez qu'il eût été imprudent de sa part et incertain de vous attendre... Cela vous fait beaucoup de peine qu'il ait vécu ?

LUCILE. – C'est mon secret.

HÉRO. – Gardez-le mon ange, avec votre petit mouchoir par-dessus ! Je m'intéresse assez peu, personnellement, aux confidences. C'est toujours à peu près la même chose et cela ne soulage que celui qui les fait. Vous êtes jeune, vous débarquez au pays de l'amour ; vous devez avoir l'impression d'être une exploratrice, de découvrir des continents... Ne protestez pas, c'est très gentil... Vous apprendrez bien assez vite que la pièce ne comporte que deux ou trois rôles, deux ou trois situations toujours les mêmes – et que, ce qui jaillit irrésistiblement du cœur dans les plus grands moments d'extase, ce n'est jamais qu'un vieux texte éculé, rabâché depuis l'aube du monde, par des bouches aujourd'hui sans dents. On n'invente guère. Jusqu'aux vices qui sont d'une banalité, d'une précision, désespérantes ! Un vrai catalogue, avec les prix courants dans la colonne de droite. Car tout se paie bien entendu. Sodomie : solitude et ulcère indiscret ; éthylisme : ascite et cirrhose ; passion : fatigue ; tendre amour : cher petit cœur brisé. On n'y coupe pas !

LUCILE, *gentiment, bien en face.* – C'est depuis hier que j'aime Tigre et j'ai vingt ans. Alors votre petit discours avec moi, c'est du temps perdu.

HÉRO *s'incline.* – Touché ! Compliments. Je vois que vous avez oublié d'être sotte. Vous n'aviez qu'une chose à répondre à mon désenchantement d'ivrogne et vous l'avez tout de suite trouvée. Quel chançard ce Tigre ! Il aura réussi cela aussi. Il réussit tout, que ce soit au Concours hippique ou en amour.

LUCILE. – Et qu'est-ce qu'il a réussi ?

HÉRO. – De vous trouver. De vous toucher. Je dois avouer que, lorsque je suis entré dans cette chambre tout à l'heure je vous prenais encore, comme tout le monde dans ce château, pour une petite midinette en rupture de courrier du cœur. Je me suis fait moucher. C'est bien. Cela m'apprendra à regarder un peu plus attentivement les jeunes filles, dorénavant. Nous pouvons traiter de puissance à puissance maintenant et bavarder comme de vrais amis ! Vous savez que c'est génial, en plus, de vous être arrangée pour vous faire prendre par tout le monde pour un petit cafard insignifiant ?

LUCILE. – Je suis un petit cafard insignifiant et qui ne sait pas dire trois mots. Je me demande bien comment il s'y est pris, lui, pour me découvrir sous ma carapace et pour me faire parler.

HÉRO. – Tigre a tous les talents ! Et je parie que vous étiez vierge comme pas une, que vous ne vous étiez jamais laissé toucher avant ?

Lucile ne répond pas.

Allons bon. Je la blesse ! On est entre amis ou on ne l'est pas ? Buvez donc un verre avec moi. S'il n'y a que moi qui bois, nous n'arriverons jamais à nous parler.

LUCILE. – Non merci, monsieur.

HÉRO *répète, riant.* – Non merci, monsieur ! Et bien polie, avec ça ! Bien nette, bien propre. Un beau petit caillou tout luisant que monsieur a trouvé sur la plage ; sans même chercher, en se baladant les mains dans les poches et le nez en l'air comme toujours. Je vous dis qu'il a trop de chance, c'est agaçant !

Son ton a un peu surpris Lucile, il rectifie :

Positivement : si je ne l'aimais pas tendrement comme je l'aime, cela m'agacerait. Mais il se trouve que je l'aime, pas de la même façon que vous, mais beaucoup tout de même, alors je lui pardonne tout. Parlons de lui ! Cela va être bon et peut-être que je dormirai tout à l'heure... Un petit verre tout de même ? Non ? Tant pis. On n'a pas souvent l'occasion d'être deux à parler d'un troisième qu'on aime, en trinquant. Cela fait beaucoup d'amour pour ce bas monde ! Comment avez-vous pu vous donner à lui tout de suite comme cela pour la première fois ? Après tout, vous ne le connaissiez pas hier ?

Lucile ne répond pas.

Je ne suis pas un voleur de secrets, mais, tout de même, c'est si joli tout d'un coup ; cela ressemble si peu à ce que j'ai connu, que cela serait capable de me convertir. Non ? Vous ne voulez rien me dire ? Je ne saurai jamais, même par ouï-dire, comment cela se déclenche l'amour ?

LUCILE, *tout doucement, comme pour elle, après un temps.* – Je n'avais jamais su supporter qu'on me touche. Et quand il m'a prise dans ses bras, j'ai senti que j'étais enfin arrivée quelque part... Voilà tout. Je n'étais plus cette pauvre fille éternellement ballottée avec sa valise et ayant peur de tout... Une propriétaire en quelque sorte, moi aussi... Que vouliez-vous que j'attende d'autre ? C'était un placement inespéré !

HÉRO. – Et s'il avait seulement voulu s'amuser de vous ?

LUCILE. – C'est le risque des filles. Elles n'ont qu'à savoir. Il ne faut pas trop s'attendrir non plus sur les idiotes.

HÉRO. – Mais tout de même, je le connais l'animal, quand il veut se faire aimer, avouez qu'il en a presque trop fait pour se rendre intéressant ?

LUCILE *sourit, complice pour la première fois avec lui.* – Un peu trop, oui. Mais je transposais.

HÉRO. – Qu'avez-vous donc pu espérer à première vue de ce plaisantin, de ce saltimbanque distingué ?

LUCILE. – Rien que d'être bien une minute dans ses bras comme je l'ai été tout de suite...

HÉRO. – Et après ?

LUCILE. – Après, s'il faut vivre l'autre vie, la vraie, celle qu'on doit tout simplement gagner... Hé bien il ne manque pas d'orphelins dans le monde et on a toujours besoin d'une fille pour s'occuper d'eux. Cela ne fait rien. J'aurai eu ma part.

HÉRO *lève les bras.* – Même pas collante ! Sacré Tigre, il aura coupé à tout ce qui est un peu vulgaire sur cette terre. Arrivé au milieu d'une vie de fêtes : fatigue, inutilité, vague à l'âme. Monsieur lève un doigt. Paraît un ange, un ange qui se donne à lui tout de suite et pour toujours. Car vous, c'est pour toujours, n'est-ce pas ?

LUCILE. – Bien sûr.

HÉRO. – Et s'il se tue cette nuit en rentrant en automobile, vous mourrez dans la journée de demain. Juste le temps de faire vos petits paquets ? Daphnis et Chloé, Énée et Didon, Cadmus et Hermione, que sais-je ? Tristan et Yseult sans même le roi Marc et l'épée gênante entre vous. Monsieur se sent un jour porté à l'idylle. L'idylle ? Mais la voilà, monsieur le comte, sur un plateau ! Elle est à vous. Il suffisait d'en formuler le désir. Une jeune fille secrète, invisible, intouchable, soigneusement gardée pour vous ? Elle est là. Elle vous attendait.

LUCILE. – C'est vrai. Je l'attendais...

HÉRO. – Il n'avait plus qu'à paraître ! Et c'est garanti sans taches et éternel ! Que d'autres se contentent de ces femmes qui se prêtent à tout le monde dans la journée avant de se donner à vous le soir ; de ces femmes qui sourient éternellement à la vitrine comme des mannequins de coiffeur, qui passent leur vie à faire plaisir... Car je suis sûr que vous n'apprendrez jamais, que vous serez toujours aussi désagréable, même quand il vous aura acheté des robes et que tout le monde vous dira que vous êtes jolie...

LUCILE. – Il ne m'achètera jamais de robes, n'y comptez pas.

HÉRO. – Pourquoi ?

LUCILE. – Parce que je n'en veux pas. J'ai pris la bonne habitude de m'en acheter une de temps en temps toute seule, je veux la garder.

HÉRO. – Tout ! tout ! Il aura tout ! Le désintéressement en prime, l'intelligence et la sagesse. Vous êtes riche ; je suis pauvre et fière. Votre argent peut nous jouer un vilain tour. Je le supprime d'un geste. Il ne compte pas. Monsieur n'aura même pas à être gêné. Je parie que vous exigerez aussi de continuer à garder, bien sagement, les douze orphelins de la tante et de vous contenter de lui entrebâiller la porte de votre mansarde le soir ?

LUCILE. – Non tout de même. Mais je chercherai une autre maison d'enfants pas loin de Paris et il viendra me voir quand il voudra.

HÉRO. – Ce sera trop gentil ! Il vous demandera bien poliment au parloir et vous tremblerez tous les deux que la directrice ne vous fasse des réflexions. Il rougira comme un petit jeune homme. Il va tout s'offrir une seconde fois ! Mais il y a une ombre ; vous ne connaissez pas monsieur, il va rugir comme un lion. C'est du bon gentilhomme français, bien élevé, depuis des siècles. Il n'acceptera jamais de vous laisser travailler.

LUCILE. – Il faudra bien. On ne vous a donc jamais appris à tous les deux, quand vous étiez petits, qu'il fallait que chacun gagne son pain à la sueur de son front ?

HÉRO. – Non. Nous avons été dans des écoles très distinguées, où cela ne faisait pas partie du programme... Qu'on vous commande, qu'on vous parle mal, qu'on vous oblige à arriver à l'heure, mais monsieur en mourra de honte ma bonne, tout simplement ! Je le connais !

LUCILE. – On ne meurt pas si facilement de honte, croyez-m'en. Et puis ce n'est pas ennuyeux de travailler, pas beaucoup plus que de ne rien faire. En tout cas cela demande beaucoup moins d'imagination. Quand on voit tout le mal que vous vous donnez pour tuer le temps tous les deux !

HÉRO. – C'est vrai. Nous avons durement sué toute notre vie... Il nous en a fallu du cran et de l'ambition ! Regardez les pauvres, leur dimanche, ce qu'ils en font. Ils traînent les rues, ils bâillent, ils n'en peuvent plus d'essayer d'atteindre le lundi. Nous, nous en avons eu sept par semaine, des dimanches, depuis que nous sommes tout petits ! Oh, nous n'avons pas été gâtés ! Mais nous avons tenu bon. Maintenant, le plus dur est passé. Tigre est un homme qui arrive à s'amuser douze à quinze heures par jour sans fatigue... Laissez-vous donc faire. Il vous apprendra.

LUCILE. – Non.

HÉRO. – Mais si vous passez votre vie dans une maison d'enfants et lui aux courses, cela sera comme la femme de journée qui avait épousé un veilleur de nuit.

Vous n'arriverez jamais à vous rencontrer. Il faut être raisonnable aussi, que diable !

LUCILE. – Je ne veux pas être raisonnable. C'est le premier mot qu'on emploie quand on va faire quelque chose de vilain.

HÉRO. – Quelque chose de vilain ! Quelque chose de « vilain » ! C'est un terme dont personne ne connaît exactement la définition. En tout cas il y a plus grave, ma petite fille, c'est de faire quelque chose de bête.

LUCILE. – Je veux être bête ! C'est ma façon de l'aimer à moi. Vous me voyez l'attendant dans un bel appartement où il m'aurait installée et lui, venant me voir, avec un petit paquet, tenu au bout d'une faveur ?... Je le détesterais au bout de huit jours ! C'est cela qui serait bête !

HÉRO. – Petit Chinois !

LUCILE. – Pourquoi petit Chinois ?

HÉRO. – Parce que vous savez tout. Vous allez lui éviter un horrible faux pas à ce balourd. Et il va accepter bien sûr, l'hypocrite ! Trop heureux de jouer le petit jeu ! Il va se faire faire un costume de bon petit jeune homme à la Samaritaine et venir vous attendre à la sortie de votre bureau à 6 heures avec un bouquet de violettes de deux sous. Il va avoir vingt ans comme un rien et toute la candeur, tout l'avenir devant lui ! S'offrir cela à quarante quand on commence à avoir assez bu !

Il s'est levé, il crie :

Ah ! non ! c'est trop ! Je vous dis que c'est trop !

LUCILE. – Mais qu'est-ce que vous avez ?

HÉRO *se ressaisit, il explique calmé avec un sourire méchant.* – Je veux dire que c'est trop beau, tout simplement. C'est un vrai conte de fées.

Un silence : ils se regardent.

LUCILE *s'est levée.* – Monsieur, nous avons bavardé un moment comme il le désirait. Vous feriez peut-être mieux de me laisser me coucher maintenant. Je dois me lever tôt demain pour les enfants.

HÉRO *reste assis.* – Nous n'avons pas bavardé cinq minutes, asseyez-vous donc mon petit, donnez-moi encore un petit délai. De toute façon je vous assure que je dormirai moins que vous. Vous voyez bien que je m'accroche et que je meurs d'angoisse de me retrouver seul. Ne seriez-vous pas charitable, mademoiselle ?

Lucile se rassied sur le bord du lit, il se verse un verre.

D'ailleurs, je ne suis pas compromettant. Une jeune fille peut sans danger me tolérer assez tard dans la nuit, dans sa chambre. Pas très ragoûtant non plus, j'en conviens. Une loque. Et j'ai un an de moins que Tigre. C'est ce qu'on appelle une vie de plaisirs...

LUCILE, *doucement.* – Pourquoi n'essayez-vous pas de boire moins ?

HÉRO. – Pourquoi l'essayerais-je ? Il faudrait que je rencontre un ange comme monsieur qui me mette l'aile sous le bras. Les anges sont rares.

LUCILE, *doucement.* – Vous le rencontrerez peut-être...

HÉRO *ricane.* – Ce verre à la main ? Avec ma gueule d'ivrogne, mon odeur ? En qualité d'ange, avouez que si c'était moi qui vous avais fait la cour, vous auriez probablement remis ma conversion à une date ultérieure ?

Il la regarde en souriant.

Encore une question indiscrète ! Je suis un peu lourd décidément. Mais pourtant... Quand vous avez débarqué dans ce château il y a quelques jours, le premier soir à table, si j'excepte Villebosse qui compte pour du beurre, tous les hommes présents n'ont regardé que vous. Cela veut dire quelque chose tout de même.

LUCILE *demande, un peu étonnée.* – Tous les hommes ?

HÉRO. – Comme elle est gentille ! Elle ne s'en est même pas aperçue. Oui ma chère, nous étions trois – le maître d'hôtel est trop vieux, mais le valet de chambre de Tigre en mélangeait les fourchettes en servant. C'est un garçon qui brûlait également d'être converti. Cela crevait les yeux.

LUCILE. – Taisez-vous, maintenant.

HÉRO. – Pourquoi ? Je vous blesse ? Auriez-vous des idées arrêtées sur les castes, mon cœur ? Ce garçon couche aussi dans l'aile gauche, – à votre place je verrouillerais ma porte le soir. – C'est entendu, c'est le fils du premier valet de pied du grand-père, mais tout de même il était parachutiste pendant la guerre et c'est une aventure qui a beaucoup dégourdi ces gens-là. Qu'auriez-vous fait ? si c'était lui – ou moi – au lieu de Tigre qui vous avait dit : Vous me plaisez ?

LUCILE *lui répond, lumineuse.* – Mais lui, je l'aime, monsieur.

HÉRO, *après un temps.* – Vous avez des réponses désarmantes. Que voulez-vous que j'ajoute ?

LUCILE, *gentiment.* – Rien.

HÉRO. – On ne peut pas s'amuser avec vous. Jouons le jeu une minute pour rire, pour tuer ce soir qui me fait peur. Tigre ne vous a pas parlé ; vous n'aimez pas Tigre. Voilà huit jours que je vous regarde en silence à table et ce soir je suis monté sous un prétexte dans votre chambre pour vous dire, comme lui, que j'ai très envie de vous.

Il s'est levé lourdement en parlant. Lucile s'est levée aussi.

LUCILE. – C'est un jeu que je ne veux pas jouer. Il serait laid. Comment pouvez-vous ne pas le comprendre ? Vous êtes son ami ; s'il apprenait que vous vous amusez ainsi ce soir, que penserait-il ?

HÉRO. – Vous pensez bien que nous nous sommes déjà soufflé quelques maîtresses, tous les deux, comme tous les bons amis. Et puis, cela ne serait jamais qu'une revanche... Il y a eu un ange dans ma vie, mademoiselle, je mentais ; il y a bien longtemps. J'avais dix-neuf ans et j'avais encore très peu bu.

LUCILE *balbutie.* – Et il vous a...

HÉRO. – Non. Il ne me l'a pas prise. Mais il me l'a fait quitter pour des prétextes que j'ai crus valables à l'époque. Elle a épousé un autre homme qui l'a rendue malheureuse et elle est morte maintenant. C'est à cet insignifiant épisode, de courtes fiançailles rompues, que je dois d'être ce que je suis.

LUCILE, *doucement.* – C'est affreux...

HÉRO, *froid.* – Oui. C'est affreux comme vous dites. Mais Tigre me doit une jeune fille maintenant, en échange. Et c'est pour cela que je suis dans votre chambre ce soir.

LUCILE *recule, pâle.* – Sortez ou je vais appeler.

HÉRO. – Il n'y a personne encore à l'étage et d'ailleurs si c'est cela qui vous fait peur, rassurez-vous. Je ne vous toucherai pas. Je veux seulement vous parler.

Ils se regardent, debout l'un en face de l'autre. Lucile crie soudain.

LUCILE. – Je l'aime. Je ne vous écouterai pas !

HÉRO, *doucement.* – Si, mon cœur.

LUCILE. – Je me boucherai les oreilles !

HÉRO. – Je crierai assez fort pour que vous m'entendiez. Et d'ailleurs vous desserrerez vos mains de vous-même pour m'entendre. C'est trop bon les mots qui vous condamnent ; on n'y résiste pas.

LUCILE. – Cela ne m'intéresse pas, vos complications de névrosé et d'ivrogne ! Je suis jeune, je suis saine et je l'aime. Depuis huit jours je me débats et j'ai réussi à vaincre toute seule tout ce qui nous sépare. Vous perdez votre temps et vous aurez honte demain de cette vilaine scène. Rentrez chez vous.

HÉRO, *doucement.* – Je n'ai jamais honte, ma chère...

LUCILE. – Êtes-vous à ce point l'ami de sa femme ? Et d'ailleurs, vous savez bien qu'elle ne l'aime pas ! Alors, qu'est-ce que cela peut bien vous faire, que nous nous aimions ? Je ne lui demande pas de m'épouser, même pas de se charger de moi – je serai invisible, je travaillerai, il pourra continuer à mener sa même vie dans son monde, si c'est cela qui vous fait peur à tous. Je demande seulement qu'on ne nous empêche pas de nous aimer.

HÉRO *ricane.* – Sa vie, son monde ? Vous me prenez pour le père Duval avec son haut-de-forme, ma petite fille, dans *La Dame aux camélias.* Vous pensez bien que cela m'est tout à fait égal à moi.

LUCILE. – Alors, pourquoi vous acharner depuis que vous êtes entré dans cette chambre ? Vous croyez que je n'ai pas compris ce qu'il y avait sous chacun de vos mots, même quand vous faisiez semblant de l'aimer et de vous attendrir sur moi ? Pourquoi vous donner tant de mal pour essayer de compromettre quelque chose qui est peut-être vrai et bon et qui ne demande qu'à vivre ? Parce que vous le haïssez ?

HÉRO. – Même pas.

LUCILE. – Pourquoi alors ?

HÉRO, *dans un murmure.* – J'aime casser.

Elle le regarde, toute droite et claire. Il essaie de soutenir son regard un long moment, puis soudain il se verse un verre nerveusement et le vide d'un trait.

LUCILE, *doucement.* – Pauvre Héro. Pauvre petit monstre. Vous ne me faites plus peur maintenant. Comme vous devez être malheureux avec ce poids sur votre dos.

HÉRO *hurle soudain.* – C'est mon affaire, mademoiselle si je suis malheureux ! Veuillez vous occuper de ce qui vous regarde !

LUCILE. – Cela me regarde. Vous essayez de me faire du mal en ce moment. Et j'ai seulement pitié de vous.

HÉRO *crie, révulsé.* – Je vous défends d'avoir pitié ! Pauvre petite institutrice de rien du tout ! Pauvre petite larve bien-pensante ; avec son sang de navet, ses petites mains et ses petits pieds bien propres, dans sa robe de quatre sous. Pauvre petite musaraigne à principes, à bons sentiments et à économies ! Vous êtes ce que je hais le plus au monde ! Ce que je trouve de plus niais et de plus bête. J'aime mieux une putain avec son ventre offert entre ses jambes, j'aime mieux une garce qui se fait payer à chaque fois et qui vous trompe tout de même ; j'aime mieux une vicieuse qui se fourre de la poudre dans le nez, une clocharde cuvant son vin rouge sous un pont, dans sa crasse. Je vous hais ! Et je vous défends de me regarder comme ça !

Il se verse encore un verre hâtivement et le vide d'un trait. Il se rapproche, dissimulant mal sa joie méchante.

Vous savez où est Tigre ce soir en fin de compte ? Vous savez ce qu'il y avait sur ce télégramme qui l'a appelé brusquement ? Vous savez de quelle commission il m'a chargé pour vous ?

LUCILE *recule et crie.* – Ce n'est pas vrai !

HÉRO. – Qu'est-ce qui n'est pas vrai, petite dinde ? Je n'ai encore rien dit.

Il la regarde, narquois.

Même pas de courage alors ? Vous devez crier comme cela chez le dentiste, je vous vois, avant même qu'il ait pris ses instruments. Cela vous toise de haut, cela vous joue les Jeanne d'Arc, Antigone et *tutti quanti*, tout ce que cela a lu dans ses bons petits livres à l'école, et puis quand le moment est venu, le petit mouchoir, les petits cris, les petites larmes comme les autres. Cela ne sait même pas se tenir. Et cela veut se permettre de vous juger, d'avoir pitié de vous !

LUCILE. – Vous êtes un monstre.

HÉRO. – Qu'est-ce que je vous disais ? Soyez délicat. Prenez des formes. Ingéniez-vous à les mettre en confiance avant de leur porter le coup fatal. Tuez-vous à leur dire qu'elles sont gentilles tout de même, désirables et que vous êtes tout prêt à les consoler, vous ou le valet de chambre... Voilà comment elles vous récompensent.

Il crie soudain :

Allons, la petite crise de nerfs, la petite crise de nerfs, vite ! Je ne parlerai que lorsque vous aurez fini.

LUCILE *se raidit.* – Je ne pleurerai pas.

HÉRO. – Bon. Le mépris. J'aime mieux cela. J'ai horreur des larmes. C'est dégoûtant.

Il se rapproche.

C'est vrai que vous êtes très belle en ce moment, toute dure, toute crispée. Une petite bête forcée dans un coin par les chiens et qui fait face, adossée au mur. Il faut être idiot comme ces deux pauvres perruches pour ne pas vouloir en convenir. Le petit poison du château, la petite intruse qu'il faut mettre à la porte. La petite empêcheuse de danser en rond !

LUCILE *crie.* – Mais parlez donc enfin !

HÉRO *sourit.* – Vous voyez qu'il vous tarde maintenant ? Nous avons le temps... Nous sommes seuls à l'étage, le maître d'hôtel se saoule avec la cuisinière à l'office et j'ai envoyé le parachutiste en faire autant au village voisin. Et les autres sont enfermés dans leurs chambres, là-bas dans l'autre aile, se demandant ce que tout cela va donner. Je les vois se retourner dans leur lit. M. Damiens noir et velu comme un gros corbeau qui a perdu son fromage, Hortensia et la comtesse dans leurs dentelles avec leurs romans policiers et leurs cachets pour dormir à portée de la main... Mais le sommeil ne veut pas venir ! Il y a cette petite intrigante qui mijote Dieu sait quoi, contre le repos des familles et des liaisons honorables là-haut, dans sa mansarde tout au bout de l'aile gauche... Va-t-on enfin pouvoir nous en débarrasser?

Il fait un pas.

Tigre, ma chère, s'est aperçu, trop tard, qu'il avait fait une bêtise. Une bêtise grosse comme lui. S'il m'avait demandé conseil avant, je lui aurais dit de vous éviter cette peine. Vous étiez vierge, c'était votre petit capital, il n'aurait pas dû y toucher. Et puis vous avez de la qualité... Qu'on fasse cela avec une petite chambrière, passe: si ce n'est pas vous, un jour ou l'autre c'est le garçon d'étage qui se l'offrira. Vous valez mieux, je le reconnais... Mais ne lui en veuillez pas trop tout de même; il n'est pas méchant. C'est un tendre, un tendre incurable et il se monte un peu vite la tête, voilà tout. Et puis enfin, il a des excuses... C'est si gentil un petit être neuf qui se blottit dans vos bras et qui vous dit qu'il vous aime, qu'il est à vous pour toujours. Toujours: c'est cette nuit, c'est tout de suite. C'est ce plaisir nouveau qu'on ne connaissait pas. Il faudrait vraiment être un sage pour desserrer ses bras, dire non! Et puis, vous l'avez dit tout à l'heure, c'est le risque des filles. Après tout, si elles veulent bien... L'ennui, c'est que le lendemain la petite vous aime encore. Toujours, pour elle, cela ne fait que commencer avec le petit déjeuner. C'est qu'il va falloir s'occuper d'elle maintenant! Et elle est en confiance tout de suite, la petite chérie, la tête sur votre épaule, elle se met déjà à vous parler de sa vieille maman qui est si seule et avec qui il faudra être bien gentil, des petits plats qu'elle sait si bien faire, du prénom qu'aura son bébé. Ce n'est plus le plaisir rare, la petite biche sacrifiée de la veille: c'est le caca des familles qu'on a tout d'un coup sur son dos. On se voit déjà poussant la petite voiture... Je transpose bien entendu. Je sais que vous avez été discrète et raisonnable. Je travaillerai tout de même ; il ne m'achètera jamais rien, nous serons libres, notre amour seul... Vous dirai-je toute la vérité, ma chère ? Oui. Vous êtes assez forte maintenant. C'est cela qui a fait peur à Tigre. Il aurait préféré que vous lui demandiez une fourrure et un petit appartement gentiment meublé. Une petite amie, dans une vie comme la sienne, cela se case. Un grand amour désintéressé : c'est hors de prix. Et comme il sent obscurément qu'il tient à vous tout de même, que, dans quelque temps, tout cela sera encore plus dur, il a pensé – mettez-vous à sa place – qu'il valait mieux trancher dans le vif et se comprendre tout de suite...

LUCILE. – Pourquoi ne m'a-t-il pas parlé lui-même ?

HÉRO. – Pourquoi voulez-vous que cet aimable fêtard soit un héros ? Il sait comme tout le monde, depuis que Napoléon a pris soin de nous en avertir, qu'il n'y a qu'un remède à l'amour : la fuite. Il a fui. Il ne se sentait pas de taille à ne pas se laisser engluer. Vous lui avez prêté beaucoup de qualités imaginaires à ce gentil farceur, vous savez ma petite...

LUCILE *balbutie encore.* – Pourquoi alors m'a-t-il dit qu'il m'aimait ?

HÉRO. – L'émotion, l'entraînement, la contagion ; l'amour se prend comme la grippe. Une certaine facilité de parole aussi... Vous êtes jeune. Vous en verrez d'autres. Méfiez-vous des sentimentaux, ma biche, ce sont les pires.

LUCILE, *après un silence, toute raide.* – C'est tout ce qu'il vous a dit pour moi ?

HÉRO. – Non bien sûr. C'est un gentleman. D'abord un chèque...

Il a mis la main à sa poche, il s'arrête devant le geste de recul de Lucile.

Que vous allez refuser bien entendu. Là, j'en conviens avec vous, je le trouve lourd. Je n'en aurais même pas parlé, mais enfin je ne suis qu'un commissionnaire... Ensuite, comme je vous l'ai dit tout à l'heure, il m'a dit : « Bavarde avec elle. Tâche donc de la consoler... »

Lucile résiste un moment, toute raide, et puis soudain elle tombe sanglotante sur le lit. Héro s'approche d'elle.

Là. Ma petite héroïne de carton. Laissez-vous donc aller. C'est mieux, les larmes...

Il s'est assis sur le rebord du lit et lui parle doucement, maternellement presque :

Cela se raidit, cela fait la fière, cela veut se conduire comme une vraie dame, prendre des responsabilités et cela jouait à la poupée hier encore et au premier chagrin cela courait se jeter dans les jupes de sa maman. Seulement voilà : il n'y a plus de maman. On est grand maintenant, on est tout seul. Rien que le vilain parrain qui sent la vieille poussière de notaire et qui s'est mis un gentil bonnet de mère-grand sur son horrible tête de loup pour mieux vous croquer mon enfant... Ah ! ce qu'on peut être seul au monde, n'est-ce pas mon petit chat ? J'en sais quelque chose... Vous qui aviez déjà un peu pitié de moi tout à l'heure, vous comprenez maintenant ?...

Il attrape son verre sur la commode sans se lever du lit.

Là. Elle va le boire maintenant son petit verre d'alcool. Bien sagement.

Il la fait boire, lui tenant la tête.

Et puis après elle en boira un autre, et puis un autre. Elle aura compris, elle aussi.

Il la tient contre son épaule, il ne joue plus, il pleure aussi, il murmure :

Évangéline...

Un silence. Il la serre contre lui, il la caresse doucement, il murmure, regardant au loin :

Mon pauvre petit. Mon pauvre petit. Comme c'est laid, n'est-ce pas, de vivre ? Cela piaffait d'impatience, cela croyait tout et cela se trouve tout seul tout d'un coup avec la vie devant soi, comme un gouffre. Cela ne dit rien, cela se cache pour pleurer bien convenablement et puis cela épouse un vilain banquier présenté par la famille qui en a assez, elle, d'attendre. Une espèce de brute dans son lit le soir et la corvée tout le jour, couverte de bijoux, à parader pour lui. Alors cela pleure encore deux ou trois ans en se cachant, bien modeste, et puis un beau jour, quand c'est trop fatigué, cela meurt, voilà tout, sans rien dire, sans avoir laissé plus de traces sur la terre qu'un passage d'oiseau.

Il pleure, il la caresse, elle est sur son épaule, il murmure, le visage baigné de larmes :

Mon enfant. Mon tendre enfant. Mon pauvre petit enfant perdu.

Il la tient tout à fait dans ses bras maintenant. Elle se laisse aller, le rideau tombe.

CINQUIÈME ACTE

Même décor.

C'est le matin. Villebosse est seul en scène, costumé, furieux et décidé, on ne sait encore à quoi.

Le Comte entre, achevant de mettre la veste de son costume de scène.

LE COMTE. – Vous êtes déjà là, Villebosse ? Je suis en retard, je suis rentré au milieu de la nuit. Excusez-moi, mon cher, de vous avoir imposé à tous une répétition matinale, mais nous passons après-demain et cet après-midi j'ai l'orchestre sur les bras, il faut que je règle la musique.

VILLEBOSSE. – Monsieur, je vous attends depuis une heure déjà. Il m'a été impossible de vous parler hier, seul à seul, et j'ai une grave conversation à avoir avec vous. Vous me semblez très gai, monsieur et très heureux.

LE COMTE. – Très gai, Villebosse et très heureux. Comme je ne l'ai jamais été.

VILLEBOSSE. – Vous avez de la chance. D'autres le sont moins, monsieur, d'autres souffrent. D'autres n'ont pas les mêmes motifs que vous de se réjouir.

LE COMTE. – Je l'espère bien. Ce sont des motifs qui me sont très personnels, pour une fois. Jusqu'ici, j'avais eu la faiblesse de ne me divertir qu'en commun. Je m'aperçois que le bonheur est un exercice solitaire.

VILLEBOSSE. – Y aurait-il quelque allusion, monsieur, sous vos paroles ?

LE COMTE. – Depuis l'invention du langage il y a toujours eu quelque allusion Villebosse, sous les mots prononcés. On ne les a même inventés que pour cela.

VILLEBOSSE. – S'il y avait une allusion, monsieur, elle serait déplacée. Notre situation à tous deux est délicate, ne l'oubliez jamais.

LE COMTE. – Mon cher, elle ne m'a jamais empêché de dormir, mais, depuis ce matin, vous tombez mal, je suis justement décidé à l'oublier complètement.

VILLEBOSSE. – Que voulez-vous dire par là, monsieur ?

LE COMTE. – Que je suis ravi que vous soyez l'amant de ma femme. Je vous trouve un jeune homme extrêmement distingué.

VILLEBOSSE *bondit.* – Sachez monsieur, que je vous interdis de plaisanter avec l'honneur de la comtesse ! Rentrez le mot, monsieur ! Rentrez ! Ou vous m'en rendrez raison !

LE COMTE. – Quel mot, monsieur ?

VILLEBOSSE. – Celui que vous venez de prononcer, monsieur. Votre cynisme est une pose odieuse. Je ne souffrirai pas qu'il éclabousse un être qui a droit à notre respect à tous deux. La comtesse, monsieur, est au-dessus de tout soupçon !

LE COMTE. – Mais diable, quel soupçon, Villebosse ?

VILLEBOSSE. – Vous m'avez fort bien entendu, monsieur. N'essayez pas de me faire répéter une expression que je juge blessante. Si vous vous croyez autorisé à colporter partout que votre femme a une aventure, vous aurez affaire à moi, monsieur.

LE COMTE. – Villebosse vous êtes adorable ! Je ne me lasse pas de vous entendre et de vous voir évoluer. Vous êtes l'homme le plus drôle que j'aie jamais connu.

VILLEBOSSE, *démonté.* – Je souffre, monsieur, tout simplement. Je suis un sincère.

LE COMTE. – Je le vois.

VILLEBOSSE. – J'aurai beau faire, je ne me ferai jamais à la corruption du petit monde frelaté où vous vivez. J'arrive de Carcassonne. Nous y sommes de petits hobereaux. La maison de ma famille a gardé ses fossés et son pont-levis depuis le XIIIe siècle. Nous n'en avons jamais bougé, nous n'y avons jamais fait mettre le chauffage central et nous n'y avons jamais badiné avec l'honneur des femmes. Rentrez le mot, monsieur ! Quand j'ai su que j'aimais la comtesse, je suis venu vous proposer de nous battre à outrance. C'était clair. J'épousais la veuve ou je disparaissais. Vous avez refusé.

LE COMTE. – Je n'étais pas décidé à mourir ce jour-là. Ni à vous tuer non plus. Moi, je vous aime bien, Villebosse.

VILLEBOSSE. – Vous avez voulu cette situation compliquée et dégradante.

LE COMTE. – J'ai voulu vivre. C'est toujours compliqué et dégradant.

VILLEBOSSE. – C'est fait, maintenant. L'honneur et le bonheur de la comtesse me concernent personnellement. Alors voilà ce que j'ai à vous dire : je ne supporterai pas que vous trompiez votre femme, monsieur.

LE COMTE. – Comment ?

VILLEBOSSE. – Vous m'avez fort bien compris. Je n'accepterai pas que vous la ridiculisiez, comme vous le faites, avec n'importe qui. Vous vous tiendrez, monsieur, dorénavant. Vous vous tiendrez convenablement ou vous aurez affaire à moi.

LE COMTE. – Qu'exigez-vous, Villebosse ?

VILLEBOSSE. – La rupture immédiate avec cette jeune personne. Le retour au foyer conjugal. La comtesse consent à passer l'éponge, elle oubliera.

LE COMTE. – Dois-je quitter aussi Hortensia ?

VILLEBOSSE. – Elle la tolère. C'est une faiblesse de sa part. Elle a toujours eu pour vous des indulgences que je ne comprends pas. Veillez seulement à être discret, à lui marquer toujours plus d'attentions qu'à cette dame, à lui donner le pas, toujours. Enfin que diable ! il est étrange que ce soit à moi à vous le rappeler : c'est votre femme, monsieur.

LE COMTE. – Je vous aime de plus en plus, Villebosse. Embrassez-moi !

VILLEBOSSE. – Non !

LE COMTE. – Pourquoi ? Je suis sûr qu'au fond vous m'aimez bien aussi.

VILLEBOSSE. – Cela ne serait pas convenable. Gardons nos distances, monsieur. Notre situation est trop délicate. Mais n'oubliez jamais que j'ai l'œil sur vous !

LA COMTESSE *entre.* – Quand je pense, Tigre, que vous avez réussi à nous faire lever à 10 heures... Mais c'est ravissant, cette aube !... On a tort de ne pas se lever plus tôt. Quel délicieux matin ! Vous avez passé une bonne nuit ?

LE COMTE. – Oui, Éliane. J'aimerais vous dire deux mots.

LA COMTESSE. – Villebosse ?

VILLEBOSSE *accourt aussitôt.* – Chère Éliane ?

LA COMTESSE. – Voulez-vous vous rendre utile ?

VILLEBOSSE, *ivre de dévouement.* – Toujours !

LA COMTESSE. – Courez dans toutes les chambres et ramenez les retardataires. Dans dix minutes, il faut que nous répétions.

VILLEBOSSE. – Comptez sur moi, Éliane, dans dix minutes tout le monde sera là !

Quand il est sorti, la Comtesse se retourne vers Tigre.

LA COMTESSE. – Je vous écoute.

LE COMTE. – Je vais être bref. Mais vous êtes une femme d'esprit, Éliane, et je sais que vous comprendrez vite.

LA COMTESSE. – Quel air grave !

LE COMTE. – Oui. J'aime cette jeune fille.

LA COMTESSE. – Bien.

LE COMTE. – Nous avons vécu très intelligemment tous les deux, Éliane, avec la même horreur du drame. Ce n'est pas qu'il nous faisait peur, mais il nous paraissait de mauvais goût. Vous m'avez passé mes maîtresses, je ne vous ai jamais demandé avec qui vous preniez le thé ; nous avons donné quelques belles fêtes, notre maison est une de celles où l'on a plaisir à venir et, étant donné ce qu'on fait ordinairement du mariage – le nôtre, en somme, a été délicieux.

LA COMTESSE. – Merci, Tigre.

LE COMTE. – Non. C'est moi qui vous remercie. J'ai été impossible souvent : un petit jeune homme trop gâté. Cette réussite, nous la devons à votre merveilleuse intelligence de la vie. Dans un monde où l'on vocifère, où l'on exhibe volontiers son sexe, où l'on se tape de plus en plus sur le cœur, nous avons su garder le sourire tous les deux. Nous avons vécu comme on danse, en musique, sur des pas réglés, et avec grâce.

LA COMTESSE, *qui ne le regarde pas.* – Et tout cela ne vous séduit plus ?

LE COMTE. – Tout cela continuera à me paraître, toujours, la seule façon intelligente de vivre, d'échapper au désordre et à la vulgarité. Seulement...

Il s'arrête.

LA COMTESSE. – Seulement ?

LE COMTE. – Cette ligne de ma vie si gracieuse et si nette, depuis mon premier cotillon réussi jusqu'à ma présidence probable du Jockey, dans vingt ans, et à mes obsèques, avec tout Paris en haut-de-forme à la Madeleine ; je viens de m'apercevoir que ce serait sans doute un joli souvenir pour les autres, un joli thème d'article pour *Le Figaro* – et rien pour moi. Je ne savais pas pourquoi j'étais si gai toujours : je m'ennuyais.

LA COMTESSE. – Et c'est cette petite fille qui vous l'a fait comprendre dans sa mansarde ?

LE COMTE. – Oui. Vous avez trop de goût, Éliane, je le sais, pour ne pas me dispenser de vous décrire mes sentiments. Je l'aime. Je ne savais absolument pas ce que c'était. C'est tout bête, sans brio, sans grâce, sans drôlerie, sans rien de ce que je croyais aimer, mais cela est.

LA COMTESSE. – Est-ce si nouveau, Tigre ? Je vous ai vu au bord du suicide deux ou trois fois parce que des filles vous résistaient.

LE COMTE. – Mon désir contrarié m'était insupportable. Il me fallait tout de suite ce que je voulais très fort. Il y a aussi des petits garçons qui se tuent parce qu'on leur refuse une bicyclette. Ce n'est jamais très intéressant. Je n'ai même pas cette hâte cette fois. Ma plus grande joie est d'être avec elle – rien d'autre ne m'amuse plus – mais si, pour une raison ou pour une autre, vous me demandiez d'attendre, Éliane, je pourrais attendre très longtemps – sans me lasser.

LA COMTESSE. – Je ne vous prendrai pas au mot. Ce serait trop triste que vous perdiez cette belle confiance toute neuve en l'essayant. Vous savez que je ne vous ai jamais refusé de prendre un plaisir.

LE COMTE. – Ma pauvre Éliane, mais nous parlons maintenant d'un monde à l'autre. C'est bien cela qui me fait peur. Il ne s'agit pas de prendre cette fois.

LA COMTESSE. – Bon. De quoi s'agit-il donc ?

LE COMTE, *doucement*. – De donner.

LA COMTESSE. – Vous avez du temps, de l'argent en poche. Donnez, mon ami, donnez. Qui vous empêche ? Faites un petit voyage avec elle, achetez-lui des robes. Vous dites depuis dix ans que vous voulez aller en Chine. Allez à Barbizon y cacher vos amours, je dirai à nos amis que vous êtes à Pékin.

LE COMTE. – Ma pauvre Éliane, c'est beaucoup plus loin que la Chine que je vais partir.

LA COMTESSE. – Voilà deux fois que vous dites ce mot, dont j'ai horreur. Je ne suis pas votre pauvre Éliane. Tout cela m'amuse beaucoup au fond. Vous voulez notre séparation, Tigre ; l'épouser ?

LE COMTE. – Pourquoi faire de la peine à votre oncle le monsignore avec un divorce, mêler une nouvelle fois un officier d'état civil à nos affaires ? Cela me paraît tout à fait inutile.

LA COMTESSE. – Elle ne vous l'a pas encore demandé ? Elle vous le demandera dans huit jours. Ces petites personnes qui se donnent au premier venu, dans des mansardes, ont un très grand souci de respectabilité.

LE COMTE. – Voilà la seule séparation que je crains entre nous, Éliane. Que votre colère et votre dépit vous fassent dire un mot malheureux. Je vous ai toujours estimée et admirée. Il y a déjà une émeraude entre nous ; n'y rajoutez rien.

LA COMTESSE. – Résumons-nous. Nous donnons cette fête tout de même. Et vous partez le lendemain pour tout le temps que vous aimerez cette petite, pour tout le temps qu'elle vous aimera ? Eh bien ! je suis d'accord avec vous. Et sans trop d'inquiétude, vous voyez. Amusez-vous bien, Tigre. Vous me raconterez au retour.

Entrent Villebosse avec Hortensia et Héro un verre à la main, l'air absent. La Comtesse va soudain à Hortensia et l'embrasse.

Ma chère petite Hortensia ! Si bonne, si tendre, si confiante ! Ah ! les hommes ne valent pas cher. Je l'aime beaucoup maintenant votre parfum. Héro, mon petit Héro, vous êtes tout sombre... Héro, vous n'avez pas été raisonnable encore une fois. Héro, posez ce verre, il est trop tôt pour boire.

HÉRO. – Non.

Il s'assoit à l'écart.

VILLEBOSSE, *à la Comtesse.* – Il est affreusement ivre. Il ne peut même pas articuler un mot. Je vous défie de répéter avec lui. Quant à la jeune fille et à Damiens, ils ne sont pas dans leurs chambres.

LA COMTESSE. – Tigre, vous seul pourrez les retrouver. Voulez-vous monter et la ramener ?

Entre Damiens en costume de ville, noir et étrange, soudain, au milieu d'eux.

MONSIEUR DAMIENS. – Je m'excuse, madame la comtesse. Mais je vais être au regret de rendre mon rôle à M. le comte et de quitter le château.

LA COMTESSE. – Que nous chantez-vous, monsieur Damiens ? Nous passons après-demain.

MONSIEUR DAMIENS. – Ma filleule est partie au petit matin, seule, à pied pour la gare. Ce coup de tête ne peut être qu'une conséquence de la malheureuse affaire d'hier. Après cet incident pénible, je ne crois pas devoir rester non plus.

LE COMTE *va à lui tout pâle.* – Comment avez-vous su qu'elle était partie ? Elle est peut-être au village ?

MONSIEUR DAMIENS. – En montant la prendre dans sa chambre tout à l'heure, j'y ai trouvé cette lettre pour vous, monsieur le comte, sur sa commode. Et une autre pour moi.

LA COMTESSE, *pendant que le Comte décachette la lettre.* – Mais enfin, Damiens, vous rêvez ! Nous avons eu hier soir une conversation très amicale toutes les deux, l'incident était tout à fait clos.

HÉRO, *qu'on a oublié dans son coin, avec son verre, demande soudain de sa voix d'ivrogne.* – Qu'est-ce qu'elle dit sur cette lettre ?

LE COMTE, *qui est figé, son papier à la main, murmure comme dans un songe.* – « Vous avez raison. C'était impossible. Je suis partie. Je ne vous reverrai jamais. »

Un petit temps sur tout le monde. Héro demande encore.

HÉRO. – C'est tout ?

On regarde le Comte qui ne répond pas, regardant au loin, tout pâle.

LA COMTESSE. – C'est vraiment extraordinaire. Damiens, vous qui la connaissez ?

MONSIEUR DAMIENS. – Madame excusez-moi, mon train part dans quelques instants, je n'ai que le temps de rejoindre la gare. Sa lettre ne me dit rien d'autre, sinon sa détermination de ne pas me revoir non plus. Elle a été blessée sans doute et plus gravement que nous le supposons. La voilà partie Dieu sait où, toute seule, avec sa blessure. Sans appui, sans argent, sans rien.

LA COMTESSE. – Mon Dieu ! Si au moins on lui avait fait régler ses six mois !

Le Comte qui ne disait rien, immobile, comme frappé par la foudre, sort soudain en courant.

HORTENSIA *crie.* – Tigre, où allez-vous ?

LA COMTESSE. – Prendre sa voiture sans doute et courir les routes. Mais quelles routes ? Rattrapez-le donc, Damiens. Il vous déposera à la gare.

MONSIEUR DAMIENS, *sortant rapidement.* – Adieu, madame.

LA COMTESSE, *à Hortensia, quand il est sorti.* – Cette petite a dû prendre l'omnibus de 5 heures qui se dirige sur Alençon. Elle a déjà fait son changement là-bas, Tigre ne saura jamais pour quelle direction. Il n'a aucune chance de la retrouver.

HORTENSIA. – Elle peut se raviser, lui écrire...

LA COMTESSE. – Ne le croyez pas. Maintenant nous pouvons bien le dire, c'est une fille qui avait de la qualité. Son départ même le prouve. Elle l'aimait – certainement. C'est pourquoi il faut être sans inquiétude. Après ce qui s'est passé, elle ne tentera plus jamais de le revoir.

HORTENSIA *demande soudain gentiment.* – Mais que va faire Tigre ?

LA COMTESSE *la regarde, sincèrement étonnée.* – Comme vous êtes bonne, Hortensia ! Décidément, il y a une faille chez vous. Il sera triste un mois ou deux et puis il recommencera à s'amuser. D'ailleurs je le connais ; c'est un homme qui a le plus grand sens du devoir mondain. Nos premiers invités seront là ce soir. Pendant deux jours, si malheureux qu'il soit, il ne pourra penser qu'à sa fête. Venez ma chère, allons déjeuner. Tout cela creuse.

Elle l'entraîne.

HORTENSIA. – Mais pour le rôle ?

LA COMTESSE. – J'avais prévu cette défection. Léonor à qui Tigre avait d'abord donné le rôle et qui l'avait entièrement appris, consent à oublier le vilain tour qu'il lui a joué. Elle a pris l'avion pour Le Mans où j'ai envoyé la voiture. Elle sera là dans une heure. Et je vais téléphoner à Gontaut-Biron, je suis sûre qu'il n'est plus grippé.

HORTENSIA. – Comment ? Vous avez fait venir Léonor ? Après ce que vous m'avez dit sur Tigre et elle ?

LA COMTESSE. – Ma petite amie, je vous aime beaucoup, mais j'ai craint, tout compte fait, que vous ne soyez pas de taille. Que voulez-vous, il s'agit de consoler Tigre avant tout. Et, ou bien je ne le connais pas, ou bien dans huit jours il ne pensera plus qu'à Léonor. Il a horreur qu'on lui résiste ! Venez donc prendre un peu de café. Nous en avons besoin toutes les deux.

Elles sont sorties. Villebosse les rattrape en criant.

VILLEBOSSE. – Éliane, je n'ai pas déjeuné non plus !

HÉRO, *l'air toujours absent, son verre à la main, le rappelle comme il le voit sortir, d'une voix pâteuse.* – Monsieur !

VILLEBOSSE *s'arrête.* – Monsieur ?

HÉRO. – Un instant, je vous prie.

Villebosse se retourne, surpris.

Je crois que vous êtes un fin tireur, monsieur ?

VILLEBOSSE. – Que voulez-vous dire par là, monsieur ?

HÉRO. – Je me suis même laissé dire que vous aviez gagné plusieurs championnats importants, au pistolet.

VILLEBOSSE. – C'est exact.

HÉRO. – Eh bien ! monsieur, je veux vous dire que vous n'êtes pas aimé comme vous pouvez le croire.

VILLEBOSSE. – Comment, monsieur ?

HÉRO. – On n'est jamais aimé comme on peut le croire, c'est une vérité générale. Mais pour vous, il y a une vérité plus particulière. Depuis hier soir, pour employer un mot qui me répugne, monsieur, vous êtes cocu.

VILLEBOSSE *bondit.* – Vous êtes ivre, monsieur, retirez le mot !

HÉRO. – Je suis ivre, mais c'est quand je suis ivre que j'ai toute ma tête. Je maintiens le mot. Il est exact. Je n'étais pas dans ma chambre cette nuit. J'étais dans une autre chambre. Vous m'avez compris ?

VILLEBOSSE *se rapproche, terrible.* – Comment ? Savez-vous bien ce que vous osez insinuer là, monsieur ?

HÉRO. – Il me semble que c'est clair. Ne me faites pas répéter un gros mot.

VILLEBOSSE. – Fort bien, monsieur. Vous avez au moins le mérite de la franchise. Je me doutais depuis longtemps que vous disposiez vos batteries. Nous nous battrons. Le temps matériel de faire venir deux de mes amis.

HÉRO, *toujours assis.* – Faites vite. Je veux que ce soit demain matin.

VILLEBOSSE. – À vos ordres, monsieur. J'ai la même hâte que vous.

Il va sortir. Héro le rappelle.

HÉRO. – Monsieur !

VILLEBOSSE. – Monsieur ?

HÉRO. – Pour que tout soit parfaitement régulier, giflez-moi.

VILLEBOSSE. – Monsieur, ce n'est pas nécessaire.

HÉRO. – Si, monsieur. Si vous ne me giflez pas, je ne me bats pas.

VILLEBOSSE. – Mais puisque nous sommes décidés à la rencontre, monsieur. Je vous laisse le choix des armes, si c'est cela qui vous inquiète.

HÉRO. – Je ne l'aurai que si vous me giflez. Je connais les règles. Giflez-moi, monsieur, tout de suite.

Il crie, se levant :

Tout de suite bon Dieu ! ou je vous flanque mon verre au visage ! Allons, puisque je vous le demande. Et fort. Je veux le sentir. Allons ! Allons, sale cocu ! Il le faut, je vous dis !

VILLEBOSSE. – Après tout, vous l'aurez voulu, grossier personnage !

Il le gifle.

C'est absurde.

HÉRO, *giflé, tout pâle, immobile, debout.* – Non. C'est très bien.

Il lève un doigt.

Je choisis le pistolet.

Villebosse s'incline, raide, un peu étonné de ce choix et il sort.

Héro reste seul, immobile, l'œil perdu. Il retombe avachi dans son fauteuil. Il vide lentement son verre. Il murmure :

Évangéline...

Et le rideau tombe.

FIN DE « LA RÉPÉTITION ».

CÉCILE
ou l'École des pères

[1949]

PERSONNAGES

MONSIEUR ORLAS	*Henri Guisol*
CÉCILE, sa fille	*Catherine Anouilh*
ARAMINTHE, gouvernante de Cécile	*Catherine Le Couey*
LE CHEVALIER	*Clément Thierry*
MONSIEUR DAMIENS, père d'Araminthe	*Maurice Méric*
VALETS, SPADASSINS	*Roger Lauran* *Guy Descaux*

La pièce a été créée à la Comédie des Champs-Élysées en décembre 1957, dans une mise en scène de Jean Anouilh et Roland Piétri, et des décors de Jean-Denis Malclès.

Un jardin de caisses d'orangers. La maison à gauche, à droite un petit pavillon chinois.

En scène, M. Orlas assis dans le pavillon et Araminthe debout près de lui. Costumes Louis XV bourgeois ou Louis XVI peut-être – mais aussi faux que possible.

MONSIEUR ORLAS. – Araminthe, je suis très inquiet. J'ai toujours pensé que vous étiez trop jeune et trop charmante pour vous occuper de ma fille.

ARAMINTHE. – Nous étions quatre candidates à ce poste de gouvernante. Les trois autres étaient vieilles ou laides à souhait. Pourquoi m'avoir choisie, monsieur ?

MONSIEUR ORLAS. – Parce que vous étiez jeune et belle précisément. Mais j'ai peur quelquefois de ne vous avoir choisie que pour moi-même. Avoir un pou chaque jour à ma table m'a paru au-dessus de mes forces. Je crains cependant d'avoir été un mauvais père. J'aurais dû confier Cécile à un vieux dragon et le subir moi-même stoïquement. J'aurais pu prendre mes repas à part ou bien lire les gazettes à table.

ARAMINTHE. – Entre autres choses, vous m'avez demandé d'apprendre à Mlle Cécile que rien n'était plus déplacé que de lire en mangeant.

MONSIEUR ORLAS. – J'ai été un fou ! D'abord vous avez le même âge.

ARAMINTHE. – Mlle Cécile a dix-sept ans et j'en ai bientôt vingt-trois.

MONSIEUR ORLAS. – C'est la même chose.

ARAMINTHE. – Permettez-moi de vous contredire, monsieur. J'ai le sentiment d'avoir appris beaucoup de choses en cinq ans. Et d'abord à me méfier des hommes.

MONSIEUR ORLAS, *soudain.* – Pourquoi me dites-vous cela ?

ARAMINTHE. – Pour répondre à ce qui semble vous inquiéter. Je suis très capable de protéger Mlle Cécile dont la jeunesse et l'inexpérience pourraient se laisser abuser, en effet, par de belles paroles. Vous devez me rendre cette justice, monsieur, je ne m'en laisse pas conter.

MONSIEUR ORLAS. – Je me demande pourquoi vous vous ingéniez à être désagréable avec moi, Araminthe ?

ARAMINTHE. – Qu'ai-je dit de désagréable ?

MONSIEUR ORLAS. – « Je ne m'en laisse pas conter. » Qu'est-ce que cela veut dire ? Que je vous en conte ? Cette rhétorique de jeunes oiselles a toujours été de l'hébreu pour moi. Je vous ai fait quelques compliments ? La belle affaire ! Vous n'êtes plus une enfant, vous avez vingt-trois ans. Je suis un homme pour qui l'amour a toujours été le grand souci et quoique père de Cécile je n'ai pas passé l'âge d'aimer, Dieu merci ! Croyez-vous que cela soit facile de vivre dans l'intimité d'une fille ravissante ? Je vous ai chaque jour en face de moi à table, me souriant pendant que Cécile rêve à je ne sais quoi... Le soir nous montons tous les trois aux étages et votre chambre est à deux pas de la mienne. Je suis un fou ! J'aurais dû choisir un dragon.

ARAMINTHE. – Il est encore temps.

MONSIEUR ORLAS. – Il est toujours temps de se rendre malheureux pour rien. Je ne parle pas de la peine qu'aurait Cécile qui s'est beaucoup attachée à vous. Ma propre vie en sera tout assombrie. J'expédierai mes repas pour abréger le supplice et j'aurai des maux d'estomac – ce qui aigrit toujours le caractère. D'ailleurs je ne supporterais pas de vous savoir dans une autre maison en proie à la convoitise des hommes. Vous êtes une enfant. Vous avez vingt-trois ans, ne l'oubliez pas ! Que savez-vous de la vie, ma chère ? Vous êtes tombée ici sur un homme bien éduqué, qui vous respecte. Allez vous placer chez le baron pour élever sa fille, comme je sais qu'on vous l'a proposé récemment. Je ne vous donne pas deux jours pour qu'il vienne gratter à la porte de votre chambre !

ARAMINTHE. – Il faut vous rendre cette justice à votre tour, monsieur ; vous avez attendu toute une longue semaine pour le faire.

MONSIEUR ORLAS. – Je suis un homme bien éduqué. D'ailleurs vous ne m'avez pas ouvert.

ARAMINTHE. – Comme je n'ouvrirais pas au baron si j'avais le malheur de perdre votre confiance et que je dusse un jour aller me placer chez lui.

MONSIEUR ORLAS. – Vous n'allez tout de même pas me comparer à ce barbon ?

ARAMINTHE. – Je crois avoir entendu dire que vous étiez condisciples chez les Pères et qu'à un an près, vous avez le même âge.

MONSIEUR ORLAS. – Oui, mais lui, il le porte. D'ailleurs, laissons cette question. Si je ne vous avais pas remarquée d'une façon ou d'une autre, j'ai l'expérience des contradictions féminines, vous auriez été la première à vous en offenser.

Il se lève, soucieux.

Je suis très inquiet Araminthe, ce petit chevalier est beaucoup trop à la maison.

ARAMINTHE. – Il aime Mlle Cécile et Mlle Cécile l'aime.

MONSIEUR ORLAS. – Qu'en savent-ils à leur âge ? D'abord c'est un garçon qui n'a pas d'état. Son père est un peu serré et il a déjà les deux aînés sur les bras et, même s'il faisait les trois filles religieuses, il ne l'établirait pas. Il en fera peut-être un Chevalier de Malte, si le grand-oncle décède à temps. C'est tout ce qu'il peut espérer. Donc, de toute façon, le mariage est exclu pour lui. Il faut que leur intimité cesse !

ARAMINTHE. – Ils se verront en cachette.

MONSIEUR ORLAS. – Mille diables, mademoiselle, est-ce à vous de me dire cela ? Vous serez là pour l'empêcher.

ARAMINTHE. – Le voudrais-je que ce serait au-dessus de mes forces. Leur passion vaincra tous les obstacles. Et je ne le voudrais pas, monsieur. Je ne puis pas voir souffrir d'amour.

MONSIEUR ORLAS. – Ah vraiment ? Les souffrances de ce blanc-bec si je lui interdisais de voir Cécile vous seraient insupportables – et les miennes depuis six mois que je me dessèche à votre porte, vous les supportez fort bien ?

ARAMINTHE. – Si je vous avais ouvert, monsieur, croyez-vous que j'aurais pu continuer à mériter votre confiance auprès de Mlle Cécile ?

MONSIEUR ORLAS. – N'embrouillez pas la question. Je vous demande certes d'être très stricte pour Cécile qui est encore une enfant, mais...

ARAMINTHE. – Nous avons le même âge.

MONSIEUR ORLAS. – Vous avez vingt-trois ans que diable ! et elle en a dix-sept. En cinq ans une fille a le temps d'apprendre à connaître le monde, à juger de la qualité d'un homme et de la sincérité d'un sentiment. Je ne vous comprends pas, Araminthe. Vous ne pouvez pas pourtant ne pas voir que je suis amoureux de vous.

ARAMINTHE. – Je crois, en effet, qu'on ne peut pas ne pas le voir, monsieur. Vous y mettez toute l'indiscrétion possible. Je dois faire des prodiges d'habileté pour que Mlle Cécile ne s'en aperçoive pas. Si vous ne cessez pas d'essayer d'atteindre mon genou sous la table, un jour vous atteindrez le sien.

MONSIEUR ORLAS. – Une caresse amicale de son père ne peut en rien étonner cette enfant. Je la baise cent fois par jour.

ARAMINTHE. – S'il lui venait le soupçon que cette caresse amicale de son père était destinée à un autre genou, je craindrais que cela ne la blesse, monsieur. Et plus gravement que votre légèreté ne peut l'imaginer.

MONSIEUR ORLAS *bougonne, un peu rêveur.* – Ma légèreté... ma légèreté...

Il demande soudain d'un autre ton :

Je suis donc un mauvais père, Araminthe, selon vous ? Je ne m'en consolerais pas.

ARAMINTHE. – Vous avez le désir d'être le meilleur père du monde, monsieur ; mais je pense que c'est à moi de veiller à ce que celui-là, au moins, de vos désirs se trouve réalisé. C'est pourquoi je range mes genoux sous ma chaise dans une position très incommode je vous l'assure, et je ne vous entends jamais gratter à ma porte le soir.

MONSIEUR ORLAS *se rapproche, un peu ignoble.* – Et si je mettais Cécile au couvent (un couvent très gai, des vacances en quelque sorte) – ou si je l'envoyais passer quelque temps chez sa tante la chanoinesse ? Elle aurait là-bas une quantité de petits cousins pour l'amuser...

ARAMINTHE. – Vous ne voudriez pas lui faire cette peine et la séparer de son petit chevalier ? Et d'ailleurs Mlle Cécile absente, ma place ne serait plus dans cette maison. Je la garde, monsieur, mais elle me garde aussi. Nous ne saurions nous passer l'une de l'autre au milieu des dangers que nous courons.

MONSIEUR ORLAS *soupire.* – La vie est un abîme de contradictions, Araminthe ! Je passe dans mon cabinet pour réfléchir à tout cela. Je ne peux pas croire qu'il n'existe pas une solution où le devoir et le bonheur se concilient.

ARAMINTHE. – Je crois que c'est la grande recherche des hommes, monsieur, depuis qu'ils sont sortis de leurs cavernes pour essayer de vivre en société. Ils n'ont inventé que le mariage pour essayer de concilier, pour un temps, ces deux notions.

MONSIEUR ORLAS. – Pour un temps très court, Araminthe. Croyez-en un homme qui a tenté l'aventure. Après, c'est comme dans ces expériences de chimie où se complaît notre voisin M. de Voltaire. Le mélange pétille au début ; puis le bonheur qui est volatil s'évapore et il ne reste dans la cornue que le gros caillou gris du devoir.

Il demande, soucieux :

Le chevalier vient encore aujourd'hui ?

ARAMINTHE. – Ainsi que chaque après-midi.

MONSIEUR ORLAS. – Ne les laissez pas seuls une minute ! Ces enfants se caressent et s'embrassent dès que vous avez le dos tourné.

ARAMINTHE. – C'est de leur âge.

MONSIEUR ORLAS, *un peu sec.* – C'est aussi du mien et je m'en passe pourtant.

Il va sortir, il se ravise, va à elle.

Araminthe, c'est trop cruel. Laissez-moi vous prendre une fois dans mes bras ?

ARAMINTHE *le repousse, ferme et souriante.* – Non, monsieur. Pas la plus petite fois.

MONSIEUR ORLAS, *sortant dépité.* – Soyez impitoyable avec eux ! Que leurs chaises même ne se touchent pas ! Et s'ils collationnent, surveillez la nappe. C'est trop facile d'étendre la jambe par-dessous. Tenez ! Apprenez donc à ma fille comment il faut se tenir sur sa chaise pour qu'un genou ne vous atteigne pas !

ARAMINTHE *sourit.* – J'ai peur que cet exercice de gymnastique lui paraisse moins nécessaire qu'à moi, monsieur.

MONSIEUR ORLAS *sort, soupirant.* – Je suis un homme bien malheureux Araminthe !

Entre le Chevalier.

LE CHEVALIER. – Araminthe !

ARAMINTHE. – Monsieur ?

LE CHEVALIER. – Croyez-vous que j'arrive trop tôt ?

ARAMINTHE. – Vous arrivez toujours trop tôt, monsieur le chevalier. Nous sortons tout juste de table.

LE CHEVALIER. – J'ai pourtant attendu plus d'une heure dans la rue avant de me faire annoncer. Que de temps perdu, Araminthe ! On voit que vous n'avez jamais aimé. Ah ! Araminthe, quand vous aurez mon âge...

ARAMINTHE. – J'ai peur que cela ne m'arrive plus jamais, monsieur.

LE CHEVALIER *s'exclame.* – D'aimer et d'être aimée, belle comme vous êtes ?

Il lui prend les mains et les baise.

ARAMINTHE *lui retire ses mains, riant.* – Non, monsieur, d'avoir votre âge. C'est une aventure qui m'est déjà arrivée il y a trois ans. On dit qu'elle ne se renouvelle pas.

LE CHEVALIER. – C'est affreux d'avoir vingt ans, Araminthe, depuis trois jours.

ARAMINTHE. – On s'y fait, vous verrez. Et à peine a-t-on eu le temps de s'y faire, on ne les a plus.

LE CHEVALIER. – Je serai bientôt vieux, Araminthe et je n'ai pas encore vécu. Tu dis que tu es arrivée à ton âge sans aimer. Cela ne te serre pas le cœur d'avoir gâché ta vie ?

ARAMINTHE. – À vous dire vrai, monsieur le chevalier, j'espère encore.

LE CHEVALIER. – Tu as raison. Jolie comme tu l'es, rien n'est perdu pour toi. Sais-tu que si je n'aimais pas Cécile, je mourrais d'envie d'embrasser tes mains. Cela ne te blesse pas que je te tutoie ? Tu es ma sœur.

ARAMINTHE *retire ses mains.* – Tutoyez-moi si cela vous amuse, mais ne tutoyez pas mes mains s'il vous plaît.

LE CHEVALIER, *soudain.* – Tu sais que je suis désespéré, Araminthe ?

ARAMINTHE. – Voilà du nouveau ! Autant qu'hier ?

LE CHEVALIER. – Bien davantage. J'ai eu une explication extrêmement orageuse avec mon père ce matin. Il m'interdit de revoir Cécile. Il m'a fait jurer que je passais ce seuil pour la dernière fois.

ARAMINTHE. – Et vous avez juré ?

LE CHEVALIER. – Avec toutes sortes de restrictions mentales. Mais enfin, j'y ai été contraint.

ARAMINTHE. – C'est un homme qui n'a pas de cœur !

LE CHEVALIER. – Je crois surtout qu'il n'a pas d'argent. Le bien de Cécile est mince. (Les pères sont les êtres les plus extraordinaires que je connaisse, Araminthe ; je n'avais pas encore obtenu un seul baiser de Cécile qu'il avait déjà obtenu, lui, du notaire de M. Orlas, les renseignements les plus exacts sur ses biens.) Il dit qu'il ne veut que mon bonheur et je le crois, mais il doit d'abord établir mes deux frères aînés : je n'aurai rien. J'ai le choix entre deux états. Attendre la mort de mon oncle et être Chevalier de Malte, ce qui exclut Cécile puisqu'on exige le célibat – ou épouser un sac d'écus, ce qui exclut également Cécile.

ARAMINTHE. – Et il l'a trouvé ?

LE CHEVALIER. – Qui ?

ARAMINTHE. – Le sac.

LE CHEVALIER. – Oui. Il est gros. Mais elle est maigre, laide à faire peur et vieille par surcroît. C'est une fille qui a près de vingt-cinq ans !

ARAMINTHE. – Dans deux ans je serai donc vieille ! Vous n'êtes guère aimable monsieur le chevalier...

LE CHEVALIER *lui baise les mains.* – Tu ne me comprends pas. Bien sûr s'il s'agissait de toi, Araminthe, l'âge ne compterait pas...

Il s'arrête.

Non, tu vois, même s'il s'agissait de toi, j'aime Cécile... et pourtant j'aime embrasser tes mains. Toi qui as connu la vie, crois-tu que tout reste toujours aussi embrouillé dans le cœur ?

ARAMINTHE. – Toujours.

LE CHEVALIER. – Tu ne nous quitteras pas, au moins, si j'épouse Cécile ! tu es sa sœur en somme, je veux t'épouser aussi – comme sœur.

ARAMINTHE, *riant.* – La main de Cécile et mes deux mains, n'est-ce pas, de temps en temps ? Monsieur le chevalier pour n'avoir vingt ans que depuis trois jours vous conduisez déjà fort bien vos petites affaires. Mais je vous vois parti pour n'avoir ni l'une, ni les autres. Comment voulez-vous épouser Cécile puisque son bien est trop mince et que vous n'avez rien du tout ?

LE CHEVALIER. – Ah ? Je ne t'ai pas dit encore ? J'ai pris une décision.

ARAMINTHE. – Voyons cela.

LE CHEVALIER. – Je l'enlève ce soir même. J'y suis contraint pour la revoir puisque j'ai juré de ne point revenir ici. Je l'enlève avec toi, bien entendu.

ARAMINTHE. – Je ne devrais pas vous le dire : je crois Mlle Cécile assez folle pour vous suivre. Mais je suis là pour l'en dissuader.

LE CHEVALIER. – Tu aurais le cœur de nous empêcher de nous aimer ?

ARAMINTHE. – De vous empêcher de faire une folie, certes oui. Avez-vous seulement songé aux conséquences de ce que vous avez projeté ?

LE CHEVALIER. – Les conséquences sont toutes simples. La mode est aux pères sensibles, Dieu merci, depuis M. Rousseau. Quand nous serons mariés Araminthe, il faudra leur passer un petit éclat pour la forme – et puis ils n'auront plus qu'à nous bénir.

ARAMINTHE. – Vous bénir ils s'y résoudront peut-être, cela ne coûte rien ; mais vous donner de l'argent, sûrement pas.

LE CHEVALIER. – Crois-tu qu'en faisant mes trois sœurs religieuses, mon père ne pourrait pas faire un petit quelque chose pour moi ?

ARAMINTHE. – Je ne connais pas l'état des affaires de monsieur votre père, mais je trouve que vous en décidez un peu facilement avec la vocation de vos sœurs !

LE CHEVALIER. – Bah ! Araminthe, elles sont laides. Elles ne trouveront jamais un époux plus indulgent que Jésus-Christ. Et puis c'est leur vie éternelle assurée. Ici-bas cela passe si vite ! Regarde, tu le dis toi-même, il n'y a que trois ans que tu as eu vingt ans et tu es déjà désabusée. En les condamnant au Ciel nous leur évitons je ne sais combien d'occasions d'amertume et de tentations de péché. Et puis, moi, j'aime tant Cécile !

ARAMINTHE *lui met un doigt sur la poitrine.* – Ce beau petit cœur tout neuf et qui bat, pour tout, à tout rompre, m'a tout l'air d'être un joli petit caillou, monsieur le chevalier.

LE CHEVALIER. – Détrompe-toi, je suis sensible. Il m'arrive de verser des torrents de larmes. Mais on ne peut pas en verser sur tout le monde. C'est au-dessus des forces humaines. Il faut choisir.

ARAMINTHE. – D'ailleurs, laissons vos sœurs. Vous en serez quitte pour une mauvaise pensée. Même si les circonstances l'obligeaient à vous marier à Cécile, je suis sûr que M. votre père n'aurait pas le cœur de les sacrifier toutes les trois. Il vous faut pourtant peser les conséquences de votre acte. Saurez-vous vivre pauvre ?

LE CHEVALIER. – Qu'entends-tu par là Araminthe ? Je pourrais tout de même me faire faire un habit nouveau de temps en temps ?

ARAMINTHE. – Oui. Si petit que soit le bien de M. Orlas, je suis sûre qu'il ne laissera ni Cécile ni vous, dépourvus de rubans. Mais vous êtes beau garçon, chevalier, de fort bonne maison. Vous n'avez donc jamais rêvé d'un grand établissement ? L'existence à la cour, les fêtes, la faveur du roi, un beau régiment peut-être à commander ?

LE CHEVALIER *s'exclame, malheureux.* – Je ne rêve que de cela depuis que j'ai quinze ans, tu l'imagines ! Mais j'aime Cécile. Tu es cruelle, Araminthe, pourquoi jouer à retourner le fer dans la plaie ?

ARAMINTHE. – Pour savoir si, moi, je peux vous donner mon consentement.

LE CHEVALIER. – Je donnerais tout au monde pour être à cheval devant mes hommes et pour charger ! L'odeur de la poudre, l'éclat des lames nues au soleil, la mort... Ah ! la merveilleuse vie !

ARAMINTHE. – Alors, mon petit cavalier, il ne faut pas prendre Cécile en croupe. On ne charge pas bien avec une femme qu'on aime derrière soi. Ne baissez pas la tête. Regardez-moi.

Elle lui relève la tête. Il prend ses mains et les embrasse.

LE CHEVALIER. – Oh ! tes mains, tes mains ! J'adore tes mains, Araminthe.

ARAMINTHE. – Vous adorez mes mains ; vous adorez charger, vous adorez Cécile et au fond j'ai peur que vous n'adoriez que vous-même. Je vous refuse mon consentement, monsieur. Vous n'enlèverez pas mon élève.

LE CHEVALIER. – Y penses-tu, Araminthe ? Je me tuerais.

ARAMINTHE. – Mon petit doigt me dit que non.

LE CHEVALIER. – Et tu le crois ? Montre-le-moi que je le confonde.

Il lui prend le petit doigt et l'embrasse. Entre M. Orlas.

MONSIEUR ORLAS. – Chevalier !

LE CHEVALIER *le salue.* – Je vous baise les mains, monsieur.

MONSIEUR ORLAS. – Les miennes aussi ? Vous paraît-il naturel, chevalier, que je ne puisse ouvrir une porte sans vous trouver en train d'embrasser quelqu'un, dans cette maison ?

LE CHEVALIER. – Je saluais Araminthe.

MONSIEUR ORLAS. – Et tout à l'heure vous saluerez ma fille. Vous êtes un garçon qui saluez beaucoup trop, chevalier. Mes affaires m'obligent à aller et venir chez moi. Faites en sorte que, dorénavant, je puisse ouvrir les portes sans crainte.

LE CHEVALIER *s'incline gravement.* – Je vous promets d'y veiller, monsieur.

M. Orlas est sorti.

Lui ai-je parlé assez respectueusement ? Il me semble que j'ai été parfait avec lui.

ARAMINTHE. – Parfait. Seulement il vient de vous trouver embrassant les mains d'une personne qu'il courtise et vous devez enlever sa fille ce soir.

LE CHEVALIER. – Que me dis-tu ? M. Orlas te courtise ? Je ne le souffrirai pas !

ARAMINTHE. – Vraiment ? À quel titre ?

LE CHEVALIER. – Ne te l'ai-je pas dit ? tu es ma sœur. Je vais aller le trouver sur-le-champ et lui demander raison de sa conduite. Sache, Araminthe, que je ne permettrai à personne de t'importuner !

ARAMINTHE. – Qui vous dit, d'abord, qu'il m'importune ? Et quant à lui demander raison de sa conduite, attendez demain. Comme il aura à vous demander raison de la vôtre, cela ne fera qu'une seule explication.

LE CHEVALIER. – Ce serait folie d'attendre demain, c'est lui qui le prendra de haut et j'aurai, par la force des choses, perdu la moitié de mes arguments. J'y vais de ce pas !

ARAMINTHE *l'arrête*. – Et si je vous défends, moi, d'y aller ?

LE CHEVALIER. – Tu es donc flattée de ses avances ? Un homme de près de quarante ans, qui a déjà un pied dans la tombe ? Tu m'épouvantes, Araminthe. Tu ne sais pas lire dans ton cœur. Tu ne peux pas aimer ce vieillard !

ARAMINTHE. – Qui vous a dit que je l'aimais ?

LE CHEVALIER. – C'est moi que tu aimes Araminthe. Comme un frère, parce que j'aime Cécile, mais c'est moi.

ARAMINTHE. – Voilà du nouveau maintenant !

Entre Cécile, toute rouge de colère.

CÉCILE. – Monsieur, je vous attends à l'endroit convenu depuis une heure. Je sais qu'il y a longtemps qu'on vous a introduit : j'ai entendu sonner la grille. Et c'est à Araminthe que vous parlez !

LE CHEVALIER *va à elle.* – Cécile, mon amour, je mettais au point avec elle les dernières dispositions pour ce soir. Mon père m'a contraint à jurer que je ne viendrais plus ici ; les choses se précipitent : il faut que je vous enlève dès la nuit.

CÉCILE. – Monsieur, si vous avez si peu de hâte à me voir lorsque vous venez ici, que sera-ce quand nous serons mariés et que vous pourrez me voir tout le temps ? Il faut que je réfléchisse encore, je ne sais plus si je me laisse enlever.

LE CHEVALIER *veut lui prendre les mains.* – Cécile, mon amour !

CÉCILE. – Non, monsieur. Dites-les à d'autres ces mots que vous dites si bien, embrassez d'autres mains, monsieur.

LE CHEVALIER. – C'est infâme ! Qui a osé vous dire ? C'est votre père, n'est-ce pas.

CÉCILE. – Je n'ai pas revu mon père depuis le déjeuner et il ne m'a rien dit du tout. Mais je connais depuis assez longtemps les hommes pour avoir tout compris pendant que je vous attendais.

LE CHEVALIER. – Qui a été assez vil pour vous rapporter cela, Cécile ? Il est vrai que j'ai baisé les mains d'Araminthe, mais je la remerciais d'accepter d'aider notre amour...

CÉCILE. – Que dites-vous, monsieur ? Ai-je bien entendu ? Vous avez baisé les mains d'Araminthe ? Ah ! vraiment je tombe des nues !...

LE CHEVALIER. – Mais vous venez de me dire vous-même qu'on vous avait dit qu'on m'avait vu !

CÉCILE. – Je vous ai dit que personne ne m'avait rien dit, monsieur ! Vous avez voulu vous charger vous-même de me faire cette révélation, voilà qui est au moins loyal de votre part. Allez ! vous gardez mon estime, pour cet aveu, si cruel qu'il soit, si vous avez perdu mon amour. Adieu, monsieur. Tenez le serment que vous avez fait à monsieur votre père. Ne reparaissez plus jamais.

Elle sort.

LE CHEVALIER *se jette aux pieds d'Araminthe.* – Araminthe, je meurs à tes yeux à l'instant même ! Rattrape-la, dis-lui que je l'aime, dis-lui que je ne t'aime pas. Tes mains sont douces sous mes lèvres, c'est vrai, mais c'est le plaisir d'un instant. Que Cécile se détourne et il fait noir sur ce jardin ! Cours, fais-lui comprendre que je n'aime qu'elle, Araminthe, et je te jure de t'aimer toujours !

ARAMINTHE. – C'est bien, monsieur. Le temps passe. Je ne veux pas jouer à relever vos contradictions et je vais tâcher d'arranger vos affaires. Vous, préparez tout pour ce soir.

LE CHEVALIER. – Tu consens donc à ce que je l'enlève ?

ARAMINTHE. – Je verrai le moment venu si je dois laisser aller les choses jusqu'au bout. Je consens du moins à ce que vous fassiez semblant de l'enlever. Vous avez raison, c'est peut-être un moyen de décider vos pères.

LE CHEVALIER. – Merci ! Je t'adore, Araminthe ! Donne-moi tes mains !

ARAMINTHE. – Monsieur, vous êtes l'inconscience même !

LE CHEVALIER. – C'est vrai, j'oubliais. Je ne le ferai plus. Ou seulement quand j'aurai épousé Cécile et que je ne risquerai plus de la perdre.

ARAMINTHE *sort en riant.* – Comptez-y, prévoyant jeune homme !

LE CHEVALIER, *resté seul.* – Ah ! que c'est amusant de vivre ! Je cours prévenir mes spadassins, nous serons peut-être obligés d'employer la force cette nuit. J'adore Cécile, j'adore Araminthe, je les enlève toutes deux et il n'y a que trois jours que j'ai vingt ans !

Il sort.

La scène reste vide un instant. Une toute petite musique peut-être, puis entrent M. Orlas et Cécile, se promenant.

MONSIEUR ORLAS. – Cécile, il faut que je vous parle. Voilà longtemps que je le désire – nous ne faisons pas grand-chose ni l'un ni l'autre de nos journées et je n'en ai positivement pas trouvé le temps. Les petits soucis de cette maison m'accablent. Vous êtes très jeune Cécile, vous apprendrez en grandissant que c'est toute une affaire de vivre. En fait, me direz-vous, il suffit de se lever le matin et de se coucher le soir et, avec un peu de patience, le jour passe... Pour peu qu'on prenne goût aux plaisirs de la table et qu'un ami ou deux vienne bavarder avec vous l'après-midi, le tour est joué. Il est l'heure de retourner au lit et d'oublier. Malheureusement la tête travaille.

CÉCILE. – Oui, papa.

MONSIEUR ORLAS. – Oui, papa ! cela ne veut rien dire. Je ne vous demande pas de m'écouter bien poliment en pensant à autre chose, Cécile. Je vous demande de faire un effort pour comprendre ce que je vous dis. C'est trop facile d'être une enfant, de penser : « Les pères sont bêtes, bornés par définition ; ils vivent avec leurs préjugés d'un autre âge, ils ne savent rien de ce qui est bon. Écoutons-les bien respectueusement, puisque c'est l'usage. – Oui papa. Je vous le promets papa, – et n'en faisons qu'à notre tête, une fois qu'ils ont le dos tourné. »

CÉCILE. – Non, papa.

MONSIEUR ORLAS. – Non, papa ! c'est la même chose. Je vous demande un peu moins de respect, Cécile, et une petite lumière dans vos yeux qui me montre que vous m'écoutez. Si je vous parle comme un père et vous comme une petite fille, nous nous quitterons tout à l'heure, vous avec une révérence, moi une petite tape amicale sur votre joue, et nous n'aurons pas avancé d'un pas. J'aimerais que vous renonciez aux privilèges de votre âge et que vous m'accordiez, pour un moment, l'attention et la considération que vous auriez pour un autre enfant.

CÉCILE. – Vous savez que je vous obéis toujours respectueusement en tout, papa.

MONSIEUR ORLAS. – Bon ! vous faites la sotte maintenant. Ce n'est pas là ce que je vous demande, vous le savez fort bien. Mais enfin quelque chose dans votre regard vous a trahie et je pense que vous m'avez compris. Vous êtes un petit être vif, rusé, sage comme un vieux Chinois avec vos airs de folie, mais des conventions millénaires ont dressé une barrière infranchissable entre nous. Parce que je suis votre père et que vous êtes ma fille, nous nous croyons obligés l'un et l'autre de jouer des rôles tout faits. Ce que je vais vous dire est d'avance marqué dans votre esprit de banalité, de conformisme, d'ennui. Vous êtes injuste, Cécile... Imaginez un instant que je ne suis pas votre père, je vous assure que je suis un homme drôle et charmant.

CÉCILE. – Oui, papa.

MONSIEUR ORLAS, *amer.* – Oui, papa ! Ne me répondez rien du tout, je crois que nous avancerons plus vite. Je vais d'abord vous faire un aveu Cécile, j'ai à peu de chose près le même âge que vous.

Il la regarde, satisfait.

Ah ! j'ai réussi à vous étonner, tout de même ! Mais vous vous méfiez encore, je le vois bien. Vous vous dites que c'est un début inhabituel ; mais restons tout de même sur nos gardes. Tout cela va se transformer en interdictions et en morale comme d'habitude. Rien d'autre ne peut sortir de la bouche d'un père, c'est connu. Vous savez de quoi vous avez l'air en ce moment, Cécile ? D'un petit prisonnier que l'état-major ennemi interroge... Pourtant vous êtes grande et belle ; dans un an, dans un mois, qui sait, demain peut-être, vous serez passée dans l'autre camp, vous aussi : vous serez une femme. Nous pourrons nous comprendre alors, mais il sera peut-être trop tard. J'aurais voulu trouver le chemin de votre cœur avant.

CÉCILE. – Mais mon cœur est à vous, papa.

MONSIEUR ORLAS. – Comme une petite boîte fermée dont on a égaré la clef. Je ne saurai jamais ce qu'il y a dedans.

CÉCILE, *après un temps.* – Je ne sais pas ce que vous voulez dire, monsieur.

MONSIEUR ORLAS. – Ah ! vous n'avez pas dit papa, cette fois. C'est un progrès. Je vais vous faire un second aveu, Cécile ; non seulement nous avons le même âge, mais encore vous me plaisez beaucoup. C'est une chance que nous avons tous deux de nous dépêtrer des conventions. Vous eussiez été un vilain petit pou, une bigote ou une sotte, tout simplement, il ne me serait même pas venu à l'idée d'essayer de me faire remarquer de vous. Voilà dix bonnes minutes que je fais de l'esprit pour vous plaire et je ne suis même pas sûr de vous avoir un peu étonnée. C'est bien triste, Cécile ! Vous verrez en vieillissant un peu qu'il n'y a pas tant d'hommes intéressants dans ce monde. Vous en aviez un sous la main. Il est navrant, sous prétexte qu'il était votre père, que vous ne lui eussiez pas accordé d'attention.

CÉCILE, *après un temps.* – Vous me forcez peut-être un peu vite, monsieur. C'est notre première rencontre. Il faudra que nous nous revoyions.

MONSIEUR ORLAS. – Merci, Cécile ! Vous êtes une fille d'esprit, Dieu merci je ne m'étais pas trompé. Et vous êtes la sagesse même. J'ai un peu brusqué les choses en effet. Il faut être resté un bien petit jeune homme pour croire qu'on force les cœurs... Nous y mettrons tout le temps qu'il faudra. (Vous voyez, pour certaines choses, vous en savez plus long que moi.) Laissez-moi vous baiser la main comme à une dame. Je note que vous m'avez promis un autre rendez-vous. Voulez-vous que nous disions ce soir, après dîner, dans le jardin ? Nous ferons semblant tous deux de monter dans nos chambres et quand tout le monde dormira nous nous retrouverons ici. Il vaut mieux que personne ne soit au courant de nos rencontres.

CÉCILE *balbutie, désemparée.* – Ce soir, monsieur ?

MONSIEUR ORLAS. – Oui. Cela vous paraît trop vite ? Vous voulez réfléchir un peu ?

Cécile ne dit rien.

Hé bien ! répondez, qu'est-ce qui vous embarrasse ?

CÉCILE, *soudain.* – Puisque vous voulez que nous parlions franchement : monsieur, ce soir, je serai prise.

MONSIEUR ORLAS *sursaute.* – Vous serez prise ? Après le dîner ? Que voulez-vous dire par là ? J'ai peur de mal vous entendre.

CÉCILE. – Je serai prise. Je ne peux pas vous en dire davantage, monsieur.

MONSIEUR ORLAS, *soudain, hors de lui.* – Vous ne pouvez pas m'en dire davantage, mademoiselle ? Savez-vous bien que vous êtes en train de vous moquer de moi en ce moment ? Et que je ne le tolérerai pas ! Vous avez un autre rendez-vous peut-être ? Répondez !

Cécile se tait.

Cécile, je suis votre père et j'exige que vous me répondiez ! Voilà qui est un peu fort par exemple ! « Monsieur, ce soir je serai prise. » Avoir le front de venir me dire cela, à moi, à son propre père, à dix-sept ans ! Pensez-vous me faire le complice de vos dévergondages, malheureuse enfant ? Que faites-vous du respect que vous me devez en tout état de cause ? Oubliez-vous donc qui je suis et faudra-t-il que je vous le rappelle ? Ah ! je regrette, je vous l'assure, ma crédulité et ma confiance ; mais je saurai vous traiter comme vous le méritez dorénavant. Montez dans votre chambre, mademoiselle.

Cécile va parler.

Et sans un mot ! Je vous y consigne jusqu'à nouvel ordre et je vous jure bien que je ferai en sorte que vous n'en bougiez pas ce soir ! Allez !

Cécile lui fait une révérence et rentre dans la maison.

Sur le seuil elle se retourne et lui dit simplement, navrée.

CÉCILE. – Vous voyez comme c'est difficile, monsieur.

MONSIEUR ORLAS, *quand elle est sortie.* – « Vous voyez comme c'est difficile, monsieur ! » Quelle impudence ! À un père ! Mais il n'y a donc plus rien de sacré !

À Araminthe qui entre :

Araminthe, je suis hors de moi !

ARAMINTHE. – Que se passe-t-il donc, monsieur ?

MONSIEUR ORLAS. – J'avais formé le dessein de parler de cœur à cœur à Cécile. Je m'étais ingénié à la mettre en confiance, à lui faire comprendre que ce n'était pas le père, mais l'ami qui lui parlait. Je croyais percer ce petit mystère et m'en faire entendre encore une fois : je lui propose un rendez-vous dans le jardin la nuit tombée, pensant qu'un peu de romanesque faciliterait notre conversation, je lui avais demandé d'être franche avec moi et d'oublier qui j'étais et vous savez ce qu'elle me répond ?

ARAMINTHE, *riant.* – Qu'elle ne pouvait pas ce soir, qu'elle était prise ?

MONSIEUR ORLAS *sursaute.* – Mille diables, mademoiselle ! On se moque donc de moi dans cette maison ! Vous étiez déjà au courant ?

ARAMINTHE. – Monsieur, vous avez voulu que Cécile vous parle en amie et je trouve infiniment touchante la marque de confiance qu'elle vous a donnée en vous disant aussi simplement la vérité. C'est exact, ce soir elle est prise.

MONSIEUR ORLAS. – Ma fille est prise ce soir ! Et sa gouvernante elle-même me le confirme avec le plus grand sérieux ! Nous sommes dans un asile de déments. Est-ce qu'il ne serait pas indiscret de vous demander, mademoiselle, par qui ma fille est prise ce soir ?

ARAMINTHE. – Si, monsieur. Ce serait l'indiscrétion même. C'est un secret entre nous deux.

MONSIEUR ORLAS. – C'est un secret entre vous deux ! Voilà qui est admirable... Araminthe, je suis peiné. Cécile n'est qu'une petite tête sans cervelle, mais j'espérais que vous, du moins, vous ne vous moqueriez pas de moi. Je suis un homme très seul, Araminthe. J'ai l'air gai, je suis la plupart du temps au désespoir. Quand je m'enferme dans mon cabinet, vous croyez tous que je travaille ? (À quoi mon Dieu, je n'ai jamais rien fait de ma vie !) La maison entière marche sur la pointe des pieds pour ne pas me déranger. En fait, vous savez ce que j'y fais dans ce sanctuaire, je reste assis des heures à ma table et je regarde le mur en face de moi.

ARAMINTHE. – Il faut venir parler avec nous, monsieur. Nous serions, votre fille et moi, trop heureuses de vous distraire.

MONSIEUR ORLAS. – Je ne me sens pas en confiance avec vous. Je devine que vous avez toujours quelque petit secret qui n'appartient qu'à vous. Vous riez comme deux folles au-dessus de vos tapisseries en vous chuchotant Dieu sait quoi à l'oreille ; j'arrive et vous cessez aussitôt. On dirait positivement que je vous glace.

ARAMINTHE. – C'est le respect que nous vous devons toutes deux, monsieur, qui nous arrête. Vous êtes le maître, vous avez de graves soucis ; nous pensons que vous devez avoir bien autre chose en tête que nos bêtises.

MONSIEUR ORLAS. – C'est une erreur. Je n'ai rien en tête, apprenez-le, Araminthe, que mon ennui. Mon bien est modeste, mais il s'administre tout seul, et je n'ai jamais eu le bonheur, comme la plupart des hommes de mon âge, de prendre au sérieux la politique. Quand j'avais vingt ans, je vivais de bêtises comme vous et le temps me filait entre les doigts. J'ai cru qu'il fallait prendre une attitude pour me donner de l'importance en mûrissant. Chaque jour qui passe m'enferme un peu plus dans cette prison ridicule où je suis mon seul geôlier. Pourquoi ne voulez-vous pas m'en sortir en m'aimant, Araminthe ? Ce serait un acte de charité.

ARAMINTHE. – Je crois qu'on n'a jamais aimé personne pour autre chose que pour son plaisir, monsieur. Mais vous êtes jeune encore et séduisant. Pourquoi ne prenez-vous pas une maîtresse ? Cela occuperait vos journées.

MONSIEUR ORLAS *s'exclame.* – Par exemple ! La belle question ! C'est à moi de vous la poser.

ARAMINTHE. – Je connais, au moins, dans cette ville, deux ou trois femmes jeunes et belles qui seraient enchantées de le devenir.

MONSIEUR ORLAS. – Je les connais aussi. Je me soucie d'elles comme d'une guigne.

ARAMINTHE. – Pourtant, s'il faut vous guérir ?

MONSIEUR ORLAS. – L'amour n'est pas une médecine ! Le plaisir passé et cela passe vite, vous l'apprendrez un jour mon enfant, je ne saurais pas leur dire deux mots, je périrais d'ennui à leurs genoux. J'aime autant être seul en face de mon mur. Au moins, moi, je ne m'oblige pas à me parler.

ARAMINTHE. – Croyez-vous en toute franchise que vous en auriez beaucoup plus long à me dire, monsieur, si je vous entrouvrais ma porte ? Le plaisir passé et cela passe vite comme vous venez de me l'apprendre, ce serait exactement pareil.

MONSIEUR ORLAS. – Avec vous ?

ARAMINTHE. – Avec moi, monsieur, car vous ne m'aimez pas comme je veux qu'on m'aime un jour. Vous vous ennuyez : je suis jeune et fraîche, j'habite chez vous, voilà tout le mystère expliqué. Vous me parliez du baron tantôt ; dites-moi honnêtement quel homme, se trouvant dans votre situation, n'essayerait pas, à tout hasard, de gratter un peu à ma porte, le soir, en montant se coucher ? Vous vous conformez tout simplement au plus banal ordre des choses et moi de même, en ne vous ouvrant pas. Croyez bien, que lorsque je saurai que j'aime et qu'on m'aime – j'ai l'oreille fine – j'entendrai gratter.

MONSIEUR ORLAS, *sévèrement.* – Et le garçon qui vous baisait les mains tout à l'heure, mademoiselle, s'il grattait, l'entendriez-vous ? Je ne suis pas né d'hier, Araminthe : vous étiez encore une petite fille que d'autres femmes, qui l'avaient appris avant vous, me jouaient déjà le petit jeu. Ne me contez pas plus longtemps de sornettes ! C'est indigne de vous – et de moi. Mes yeux se dessillent enfin, petite masque. Cécile n'est qu'un paravent, ce qui explique toutes vos complaisances, c'est vous que ce garçon vient voir ici !

ARAMINTHE. – Et si cela était monsieur ? Je suis fille, je suis libre. Qui pourrait trouver à redire à cela ?

MONSIEUR ORLAS. – Moi, pardieu !

ARAMINTHE. – Vous, vraiment ? Et à quel titre ?

MONSIEUR ORLAS. – Au titre... Ne me mettez pas hors de moi ! Votre père vous a confiée à moi, Araminthe.

Je suis garant par-devers lui de votre honneur. Je suis confiant, peut-être même suis-je faible à force d'être débonnaire, mais je n'ai jamais badiné sur ce point-là. Si vous êtes assez folle pour entrouvrir votre porte à ce godelureau un jour ou l'autre, mon devoir sera d'avertir votre père. Et je le ferai, sachez-le bien.

ARAMINTHE. – Et si c'est à vous que je l'avais ouverte, qui donc se serait chargé de l'avertir, monsieur ?

MONSIEUR ORLAS, *un peu embarrassé.* – Mais dans ce cas... Cessez de plaisanter, Araminthe ! Vos plaisanteries ne font rire que vous.

ARAMINTHE. – Et vous, cessez de rêver tout haut, monsieur ! Ce n'est pas pour moi que le petit chevalier vient ici. C'est pour Cécile ; tout le monde le sait et vous tout le premier. Je vais même vous confier un secret si vous me jurez de ne le répéter à personne. Jurez d'abord. Je n'ai pas grande confiance en vous. Vous êtes un homme loyal, mais vous avez deux ou trois personnalités et vous vous embrouillez vous-même quelquefois.

MONSIEUR ORLAS. – Bon. Je jure. Mais du diable si je comprends !

ARAMINTHE. – Sur ce que vous avez de plus cher et que vous ne le redirez à personne. Allons ! Et crachez, il faut que cela soit dans les formes.

MONSIEUR ORLAS. – Araminthe, vous vous jouez de moi. Là, j'étends la main, je crache.

ARAMINTHE. – Hé ! bien ! le chevalier songe si peu à moi, monsieur, qu'il enlève votre fille ce soir.

MONSIEUR ORLAS, *d'abord ahuri, éclate de rire.* – Ah ! Ah ! la plaisanterie est drôle ! Vous me prenez donc pour un benêt ? Pour un père de comédie ? Vous imaginez que je vais mettre un manteau sombre et prendre un rhume dans le jardin pour voir si je n'y trouve point d'échelle ? À d'autres, mademoiselle !

ARAMINTHE. – Il me semble que ce serait prudent. Si Cécile vous a dit elle-même qu'elle était prise ce soir, ce ne doit pas être sans raison.

MONSIEUR ORLAS. – J'enfermerai Cécile à clef dans sa chambre, pour éviter à cette malheureuse enfant de venir jouer je ne sais trop quel pauvre rôle entre vous et votre amant, mademoiselle ! Et je dormirai sur mes deux oreilles, sachez-le. Après tout, cela ne me regarde pas si vous avez décidé de vous perdre !

ARAMINTHE. – Sans doute. Mais à votre place, moi, je ferais tout de même une petite ronde, pour voir si l'on n'enlève pas quelqu'un.

MONSIEUR ORLAS. – C'est bien, moquez-vous. Je vois maintenant que vous ne m'aimez point et que vous ne m'aimerez jamais. Je rentre dans mon cabinet y réfléchir aux moyens de ne pas souffrir davantage. Je suis trop vieux maintenant pour me désespérer. Je vous dirai demain ce que j'aurai décidé. Adieu Araminthe ! Je suis un homme profondément blessé.

Il fait un pas et se retourne.

Parce que je veux vous dire quelque chose. Je grattais à votre porte, c'est vrai ; mais je n'y mettais pas d'insistance. Et – Dieu sait pourtant si j'aime les plaisirs de l'amour – j'étais presque heureux que vous n'ouvriez point.

ARAMINTHE *balbutie, désemparée à son tour.* – Que dites-vous, monsieur ?

MONSIEUR ORLAS *continue.* – Oui. Vous êtes peut-être déjà la maîtresse de ce garçon et je me couvre de ridicule en vous parlant ainsi. Je n'ai pas le respect facile, Araminthe ; il y a dans une jupe flottant sur une taille souple quelque chose qui enlève de mon esprit jusqu'à la notion du respect – et pourtant, devant votre porte muette (le cœur a de ces contradictions inexplicables) il m'était presque doux, dans mon amertume d'homme, d'apprendre à vous respecter. Voilà. Demandez ce soir à ce petit jeune homme s'il comprend quelque chose à cela.

Il est sorti. Araminthe restée seule sourit, heureuse, et murmure.

ARAMINTHE. – Il n'était que de le dire, monsieur... Et vous qui vous donniez tant de mal !... Voilà que vous avez trouvé sans le vouloir, les mots qui ouvrent les portes des filles... Pauvres petits hommes, pauvres petits coqs ! Depuis qu'ils ont l'âge, ils gonflent leurs plumes pour être vainqueurs... S'ils savaient qu'il suffit d'être un tout petit peu blessé et triste pour obtenir tout sans combat... Mais ce n'est pourtant pas à nous à le leur apprendre !... Pour celui-là je suis tranquille, il sera dans le jardin dès la nuit : manteau couleur muraille, pistolets en poche et le goût du sang dans la bouche. Il se peut qu'il y prenne un rhume, il se peut qu'il y trouve l'amour... Ou bien les deux. On verra bien ! L'auteur ne le sait pas lui-même.

Elle sort, après une petite révérence. La scène reste vide et la nuit se met à tomber tout bonnement sur une ritournelle moqueuse. Quand elle est tout à fait tombée – assez vite pour la saison – paraît un homme enveloppé d'un manteau couleur muraille.

L'Homme au manteau couleur muraille avance avec circonspection. Il fait un signe. Deux hommes au manteau sombre sortent de l'ombre et le rejoignent.

L'HOMME. – Chut !

LES HOMMES. – Chut !

Une autre ombre en manteau sombre sort de la maison, le visage dissimulé dans les plis de son manteau. C'est M. Orlas. L'Homme au manteau couleur muraille fait signe à ses hommes de s'éloigner. M. Orlas et l'Homme au manteau tournent avec précaution l'un autour de l'autre. Enfin ils se décident à s'aborder.

MONSIEUR ORLAS, *bas*. – Monsieur Damiens ?

MONSIEUR DAMIENS, *même jeu*. – Monsieur Orlas ?

MONSIEUR ORLAS. – Soi-même.

Ils se saluent.

MONSIEUR DAMIENS. – Je vous remercie, monsieur, de m'avoir averti.

MONSIEUR ORLAS. – N'en faites rien, monsieur, ce n'était que mon devoir. Je suis un père comme vous, monsieur.

Il désigne les deux ombres qui attendent.

Ces messieurs sont-ils avec vous ?

MONSIEUR DAMIENS. – Deux hommes de main que j'ai pris la précaution d'emmener. J'ai pensé qu'il faudrait peut-être répondre à la force par la force.

MONSIEUR ORLAS. – Vous avez agi sagement, monsieur. Je me suis moi-même armé de pistolets.

Il les montre sous son manteau.

MONSIEUR DAMIENS. – Comment vous rendre grâces monsieur ?

MONSIEUR ORLAS. – C'est la chose la plus naturelle du monde, monsieur. Vous m'avez confié Araminthe, son honneur m'est aussi cher qu'à vous. Mais vous tremblez ? Ne craignez rien.

MONSIEUR DAMIENS. – Je suis un père, monsieur et puis je vous dirai sans fausse honte, monsieur (je suis un vieil homme de loi) que j'ai peu l'habitude des batailles.

MONSIEUR ORLAS. – Je ne suis pas plus belliqueux que vous, monsieur. Mais s'il s'agit de l'honneur de ma fille ou de celui de la vôtre (je les mets toutes les deux sur le même plan) je suis prêt à faire le coup de feu. D'ailleurs le bon droit est pour nous.

MONSIEUR DAMIENS. – Oui. Je ne vous cache pas, pourtant, que j'aurais préféré un bon procès. Placé comme je le suis et avec un flagrant délit, j'écrasais la partie adverse. Hélas ! cela risquait d'être trop tard. Les amoureux vont plus vite que nous, monsieur. Vous êtes père vous-même. Vous savez comme il est malaisé de protéger ses filles !

MONSIEUR ORLAS. – À qui le dites-vous, monsieur ! Avant de percer leur intrigue, j'ai craint moi-même un moment pour la mienne. Ces petits jeunes gens ne respectent plus rien. Il me semble que de notre temps nous étions plus soucieux de l'honneur des familles.

MONSIEUR DAMIENS. – Bah ! Nous avons été de rudes gaillards nous aussi. Je pourrais vous raconter cent affaires où j'ai été un peu imprudent. J'avais le sang vif à vingt ans.

MONSIEUR ORLAS. – On en parlait encore quand j'ai eu l'âge de comprendre. Vous fûtes un rude luron, monsieur !

MONSIEUR DAMIENS. – Hé ! Hé !

MONSIEUR ORLAS. – Les dames de ce pays en savent quelque chose. Elles ne prononçaient votre nom qu'en rougissant.

MONSIEUR DAMIENS. – Hé ! Hé !...

MONSIEUR ORLAS. – Je n'étais encore qu'un gamin, que je rêvais, monsieur, d'égaler un jour vos exploits.

MONSIEUR DAMIENS. – Hé ! Hé ! Mille grâces, monsieur ! Il est vrai que j'ai peu connu de cruelles sous le feu roi. Mais je crois que depuis, vous avez fait vous-même quelque bruit dans notre petite ville, monsieur ?

MONSIEUR ORLAS. – Bah ! J'ai brisé quelques cœurs qui me l'ont bien rendu. Voilà tout. Il faut bien que jeunesse se passe !

MONSIEUR DAMIENS. – Cependant, monsieur, nous y mettions des formes. Nous n'étions pas de ces petits jeunes gens...

MONSIEUR ORLAS. – Qui ne respectent rien, monsieur.

MONSIEUR DAMIENS. – Nous nous en tenions aux femmes mariées. Un cocu de plus ou de moins, après tout, ce n'est pas le diable !

MONSIEUR ORLAS. – Quelque servante au besoin, quelque paysanne facile... mais des demoiselles de condition, monsieur !...

MONSIEUR DAMIENS. – Sans souci de l'honneur des pères !...

MONSIEUR ORLAS. – Il faut que nous soyons impitoyables, monsieur ! Attention, dissimulons-nous. Il me semble apercevoir une ombre au bout de l'allée des tilleuls. Ce doit être notre aventurier.

MONSIEUR DAMIENS. – Pensez-vous qu'il soit homme à tirer l'épée ? Ces petits messieurs de la noblesse se croient volontiers tout permis.

MONSIEUR ORLAS. – Le droit est avec nous, monsieur, et d'ailleurs, avec vos spadassins, nous sommes quatre.

MONSIEUR DAMIENS. – Oui. Mais il ne faudrait tout de même pas s'exposer à quelque blessure. Dissimulons-nous assez loin. Au signal nous lancerons nos hommes.

MONSIEUR ORLAS. – N'ayez crainte, nous ferons honte à ce gamin avant qu'il songe à dégainer.

Le Chevalier entre, revêtu d'un manteau sombre. Il va à la maison, fait un signal. Araminthe paraît à la fenêtre.

LE CHEVALIER. – C'est toi, Araminthe ?

ARAMINTHE. – Oui, c'est moi.

Elle paraît à la porte, enveloppée d'un manteau et va à lui.

LE CHEVALIER. – Et Cécile ?

ARAMINTHE. – Elle vient. Mais il y a un petit contretemps que je vous dirai tout à l'heure. Il faut vous cacher un peu par ici.

Elle l'entraîne vers le petit pavillon chinois et l'y fait entrer.

Faites le mort jusqu'à ce que je revienne et, quoi que vous entendiez, ne bougez pas.

Elle l'enferme.

LE CHEVALIER, *dans le pavillon.* – Mais pourquoi m'enfermes-tu à clef ?

ARAMINTHE. – Pour être sûre de vous retrouver le temps venu. Silence. Ne soufflez mot. Tout va bien.

Elle retourne à la maison et fait un signal. Cécile paraît, dissimulée sous une mante.

CÉCILE. – C'est toi Araminthe ?

ARAMINTHE. – Oui. Vous pouvez venir maintenant ; tout se déroule comme prévu. Je monte prendre vos affaires. Attendez-moi là.

CÉCILE. – Où est le chevalier ? Tu sais bien que j'ai peur dans le noir.

ARAMINTHE. – On n'a pas peur le soir où on se fait enlever, mademoiselle !... Le chevalier vous rejoint à l'instant.

Elle fait encore un signal et disparaît dans la maison. M. Orlas, dissimulé sous sa cape, vient tourner autour de Cécile qui s'inquiète, hésitant à le reconnaître.

MONSIEUR ORLAS, *dans un souffle*. – C'est vous ?

CÉCILE, *de même*. – Oui. C'est vous ?

MONSIEUR ORLAS. – Oui.

À part :

L'oiselle est prise. Feignons d'être lui.

CÉCILE. – J'ai un peu peur.

MONSIEUR ORLAS. – Ne craignez rien mon enfant. Je suis là.

CÉCILE. – Vous êtes sûr au moins que vous m'aimez ? Sinon, il serait temps encore.

MONSIEUR ORLAS. – N'en doutez pas, ma belle. Je suis à vous pour toujours.

CÉCILE. – Comme vous parlez étrangement ! Je ne reconnais pas votre voix.

MONSIEUR ORLAS. – C'est que je parle bas, de peur qu'on ne nous entende...

CÉCILE. – Dès qu'elle sera là, nous nous sauverons vite. Vos chevaux et vos spadassins sont à la petite porte ?

MONSIEUR ORLAS. – Comme prévu.

À part :

Les chenapans. Ils enlevaient également ma fille.

CÉCILE. – Que dites-vous ?

MONSIEUR ORLAS. – Je dis : « Elle est gentille, mais pourquoi emmener cette enfant ? » Ne serions-nous pas mieux sans elle ?

CÉCILE. – Monsieur, je suis peut-être folle, mais je ne me laisse pas enlever sans chaperon.

MONSIEUR ORLAS. – Bon ! Un chaperon cette gamine ? Et que dira son père ?

CÉCILE. – Et que dira le mien ? Il faut se résoudre à quelque petit désagrément lorsque l'on se fait enlever.

MONSIEUR ORLAS, *à part.* – Quelque petit désagrément ! Comme elles prennent gaillardement les choses !

CÉCILE. – Que murmurez-vous donc toujours ? Je ne vois pas votre visage.

MONSIEUR ORLAS. – Je me disais qu'elle nous ennuiera et que nous eussions été mieux tout seuls, mon aimée.

CÉCILE. – Elle est ma sœur, monsieur, je ne fais rien sans elle. Du moins, il faut me jurer que vous ne lui baiserez plus les mains.

MONSIEUR ORLAS, *à part.* – Ha ! ha ! Nous y voilà.

CÉCILE. – Vous nous enlevez toutes les deux, mais c'est moi seule que vous épousez.

MONSIEUR ORLAS. – En douteriez-vous, mon amour ?

À part :

J'avais vu clair, le garnement faisait coup double.

À Cécile :

Mes assiduités auprès d'elle n'ont jamais été qu'un paravent commode. D'ailleurs, pourquoi parler mariage ? L'amour, l'amour seul n'est-il pas suffisant ?

CÉCILE. – Je vous aime, monsieur et c'est une raison suffisante en effet pour vous suivre, mais ne faut-il pas se conformer aux lois ?

MONSIEUR ORLAS. – Quel vilain mot dans cette jolie bouche ! Quelle autre loi que celle de nos cœurs ?

CÉCILE. – Mais enfin, mon père, monsieur ?

MONSIEUR ORLAS. – Qu'importe ce vieillard soupçonneux ! Nous voyagerons, ma belle. Nous serons ces personnages prestigieux et haïs des cœurs faibles qui n'ont pas osé tout donner à l'amour : les amants. Les amants ! As-tu déjà pu entendre prononcer ce mot sans te troubler, Araminthe ?

CÉCILE *se recule un peu, murmurant.* – Araminthe ?

MONSIEUR ORLAS. – N'est-ce pas mieux qu'un ménage, des enfants criards pendus à tes jupes, une servante et ses casseroles à gouverner ? L'amour s'enlise dans la vie de tous les jours. Notre amour sera chaque matin une chose nouvelle à conquérir et à défendre. Nous aurons des scènes affreuses, nous nous ferons atrocement mal ; nous déchirant toujours sans pouvoir jamais nous passer l'un de l'autre ; esclaves et tyrans tous deux. Les hommes te désireront tous dans les fêtes où nous passerons nos nuits, et leur désir te révélant à toi-même, tu joueras à me faire souffrir. Je ne saurai jamais si tu m'aimes vraiment et ce que cachent tes sourires ; et s'il t'advient de t'absenter une heure un jour, un ver me rongera le cœur à jamais. Car tu me mentiras toujours et tu seras pour moi un éternel mystère... C'est cela vivre, Araminthe ! C'est cela être femme et aimer !

CÉCILE, *qui a reconnu son père pendant qu'il parlait, a un petit sourire.* – Mon Dieu, monsieur, comme vous vous trompez. Je n'ai pas envie de vous quitter jamais, même une heure – je n'ai pas envie de vous mentir. Quant à vous faire du mal, quelle folie ! Je souffre bien trop à la plus petite ombre dans vos yeux. Je ne veux qu'être à vous tout bonnement et savoir que c'est pour toujours. Vous êtes bien jeune sans doute et vous ne connaissez pas les filles. Les plus folles ne souhaitent pas autre chose, monsieur.

MONSIEUR ORLAS. – Tu n'as donc pas lu la vie des amantes célèbres ? Elles n'aimaient qu'elles, ma pauvre enfant ! Les hommes n'étaient qu'une pâte qu'elles pétrissaient à leur gré. Un simple instrument de leur propre triomphe comme leurs fards et leurs bijoux. Cela ne te tente donc pas d'être une de ces monstrueuses déesses, de ravager les cœurs autour de toi ?

CÉCILE. – Pas le moins du monde, vraiment. N'aimer que soi, cela doit être bien monotone. Et toutes ces fameuses dames, croyez-vous que si elles avaient été heureuses avec un homme une bonne fois elles auraient tellement eu envie de changer ? Je ne me soucie pas d'elles, mais si je m'en souciais un jour, ce serait pour les plaindre de n'avoir pas trouvé l'amour, voilà tout.

MONSIEUR ORLAS. – L'amour, l'amour, que sais-tu de l'amour à ton âge ?

CÉCILE. – Tout ce qu'on n'en apprend pas, monsieur, c'est-à-dire presque tout.

MONSIEUR ORLAS *se rapproche.* – Hé bien, je t'apprendrai le reste...

CÉCILE *se recule.* – En vérité, monsieur, ce sont d'étranges paroles dans votre bouche et je suis confuse de les écouter. Baissez le masque maintenant. Vous savez bien que je vous ai reconnu malgré la nuit. Que dirait votre fille qui vous aime et vous respecte si elle savait que vous parlez ainsi à d'autres filles dans le noir ?

MONSIEUR ORLAS, *d'abord surpris, se découvre.* – Hé bien ! oui, c'est moi Araminthe, puisque tu m'as reconnu. C'est celui qui depuis si longtemps te désire. J'ai voulu prévenir cet enlèvement ridicule car je sais mieux que toi que tu ne peux pas aimer ce gamin. Quant à Cécile, ne crains pas pour elle. C'est une enfant qui ne sait rien. N'y pense plus, nous la mettrons dans un couvent ou chez sa tante, et cette nuit c'est moi que tu suivras. Car je t'aime, entends-tu Araminthe, je t'aime comme un fou et je ne peux plus me passer de toi !

CÉCILE, *de sa vraie voix.* – Il y a longtemps que je sais que vous aimez Araminthe, mais si vous l'aimez tant que vous dites, pourquoi ne pas l'épouser, papa ?

MONSIEUR ORLAS *sursaute et recule, s'écriant.* – Papa ! Qui êtes-vous donc ? Malheureuse enfant ! Est-il possible que vous ayez le cœur de vous jouer ainsi de votre père ?

CÉCILE. – Est-ce moi qui vous ai abordé, monsieur ? Est-ce moi qui ai pris l'initiative de cette conversation étrange ?

MONSIEUR ORLAS. – Petite malheureuse ! Oubliez sur-le-champ tout ce que je viens de vous dire. Rien n'était vrai !

CÉCILE, *doucement.* – Monsieur, je n'ai même pas entendu.

MONSIEUR ORLAS. – Sachez que je vous avais reconnue moi-même et que je ne voulais que vous faire honte !

CÉCILE. – Alors pourquoi toute cette comédie ? Il eût été si facile de dire bien haut à Araminthe que vous l'aimiez.

MONSIEUR ORLAS, *sévère.* – Mademoiselle, c'est à votre père à vous poser des questions et non à vous ! Que faisiez-vous dans ce jardin à cette heure avancée de la nuit dans une mante de voyage ? À qui croyiez-vous donc avoir affaire avant de m'avoir reconnu ?

ARAMINTHE, *qui paraît, souriante.* – Au chevalier, monsieur, qui l'aime et qui voulait l'enlever ce soir même pour l'épouser et faire son bonheur. Ne vous avais-je pas averti ?

MONSIEUR ORLAS. – Vous osez donc paraître, mademoiselle ! Apprenez qu'il y a des lois dans ce royaume pour protéger l'honneur des pères. Il appartiendra à d'autres qu'à moi d'apprécier votre rôle, car je compte aviser la Justice de tout cela. Vous alliez vous faire complice d'une vilenie, mademoiselle ! Le mariage est chose sacrée, apprenez-le de ma bouche. Lui seul peut sanctifier l'amour. Ne risquiez-vous pas en favorisant cet enlèvement nocturne, de faire de ma fille une de ces filles perdues qui se sont pour toujours rendues malheureuses en croyant placer l'amour avant le devoir ? Répondez !

ARAMINTHE. – Monsieur, j'étais à la fenêtre et je vous écoutais quand vous pensiez me convaincre du contraire tout à l'heure. Vous avez un trop mauvais rôle, il vaut mieux ne pas insister et ne pas brandir vos pistolets, au risque de blesser quelqu'un. N'avons-nous pas su l'une et l'autre, pauvres filles, garder notre honneur sans vous – et quelquefois même, contre vous ? Cécile a répondu pour moi à vos folies aussi bien que j'aurais pu le faire moi-même. Ne nous accorderez-vous pas un peu de respect et de confiance maintenant ?

MONSIEUR ORLAS. – Viens dans mes bras, charmante fille ! C'est Cécile qui a été sage, c'est vrai. Si je t'aimais, pourquoi ne pas te l'avouer et demander tout bonnement ta main ?... Je sais maintenant que tu m'aimais aussi.

CÉCILE. – Vous pouvez l'embrasser, monsieur, je me retourne.

MONSIEUR ORLAS. – Merci Cécile. Mais je le fais si tendrement que vous pouvez être notre témoin.

M. Damiens surgit avec ses hommes de main.

MONSIEUR DAMIENS. – Sus donc mes braves ! Nous le tenons !

Ils se précipitent sur Orlas.

Je vous y prends, monsieur, à embrasser ma fille ! Flagrant délit. Enlèvement avec violence. Vous ne coupez pas aux galères !

Il reconnaît Orlas.

Mais quoi ? Quelle est cette trahison ? C'est vous, monsieur, que je trouve de nuit en train d'embrasser Araminthe ?

MONSIEUR ORLAS. – Je vais vous expliquer, monsieur...

MONSIEUR DAMIENS. – Monsieur, je vous croyais un père et vous n'étiez qu'un suborneur ! Rêvais-je ou est-ce vous qui me juriez tantôt le pistolet en main de protéger l'honneur des demoiselles ?

MONSIEUR ORLAS, *commençant des explications embarrassées.* – Monsieur, l'amour est mon excuse. Ce sentiment plus fort que tout...

MONSIEUR DAMIENS. – À d'autres, monsieur, à d'autres ! Ce n'est pas moi qu'on paie de mots. Feriez-vous donc vous aussi bon marché des choses les plus sacrées, monsieur ? Seriez-vous un de ces hommes légers qui saccagent la réputation des dames ?

MONSIEUR ORLAS. – Non, monsieur. Mais il est parfois des circonstances où l'amour...

MONSIEUR DAMIENS. – Fariboles ! Vous parlez à un père, monsieur, prenez-y garde. C'est un mot qu'ils n'entendent pas ! J'ai eu grand tort de vous faire confiance, vous n'êtes après tout qu'un gamin.

MONSIEUR ORLAS. – Mais, monsieur...

MONSIEUR DAMIENS. – Respect à mes cheveux blancs ! Je pourrais être votre père, monsieur.

ARAMINTHE, *dans les bras de M. Orlas.* – Merci papa ! Vous avez eu un mot charmant qui me décide à l'aimer.

MONSIEUR DAMIENS. – L'aimer ! L'aimer ! Vous n'avez tous que ce mot à la bouche. Moi seul aurais donc passé l'âge ? Je vous le ferai payer très cher, jeunes gens !

MONSIEUR ORLAS. – Vous êtes injuste, monsieur. Vous avez aimé vous aussi, vous me l'avouâtes tout à l'heure et il y a dans le sentiment quelque chose qui triomphe de tout, et c'est pourquoi...

Il aperçoit le Chevalier que Cécile a été délivrer avec la clef d'Araminthe et qui est en train de l'embrasser.

Une minute, monsieur, voici notre godelureau !

Il va à eux, indigné.

Monsieur ! je ne rêve pas ? Vous êtes en train d'embrasser ma fille, dans mon propre jardin, la nuit, et moi présent ?

LE CHEVALIER. – Monsieur, je l'aime !

MONSIEUR ORLAS. – Faible excuse, monsieur !

LE CHEVALIER. – Mais vous venez de le dire vous-même, l'amour...

MONSIEUR ORLAS. – C'est un mot trop commode, jeune homme, et il a dans ma bouche un tout autre sens que dans la vôtre. Ah ! mon jeune libertin, je sais quel noir dessein vous aviez perpétré ; mais, Dieu merci, je suis intervenu à temps. Force restera à la loi. Et vous savez le prix de tout cela ? les galères, monsieur, les galères...

LE CHEVALIER. – Monsieur, vous n'aurez pas le cœur !...

MONSIEUR ORLAS. – Vous parlez à un père, monsieur, gardien de l'honneur de sa fille. Un père ! Il y a dans la majesté de ce mot-là quelque chose qui aurait dû vous arrêter.

MONSIEUR DAMIENS, *qui le rattrape*. – Vous nous la baillez belle ! J'en suis un autre, monsieur ! N'essayez pas de noyer le poisson avec l'honneur de votre fille quand c'est moi qui vous demande des comptes de l'honneur de la mienne !

MONSIEUR ORLAS. – Mais puisque je vous dis que je l'aime, monsieur !..

LE CHEVALIER, *à M. Orlas*. – Mais puisque je vous dis, moi aussi, que je l'aime !...

ARAMINTHE *s'avance*. – Cette petite comédie commence à se faire longue. Ne croyez-vous pas que nous l'avons tous assez dit ? Mon père, M. Orlas m'épouse ; monsieur, le chevalier a l'honneur de vous demander la main de votre fille. Ne pensez-vous pas que nous pouvons quitter nos manteaux sombres maintenant et discuter de tout cela autre part que dans le jardin ? La nuit est fraîche, nous risquons tous de prendre le serein et j'avais fait préparer un souper.

Elle tape dans ses mains. Deux valets paraissent avec des candélabres; d'autres bougies s'allument dans la maison.

Si vous voulez vous donner la peine d'entrer, la table est mise... Il y a même des musiciens que j'ai fait venir en cachette et pour dessert un gros gâteau de fiançailles avec nos quatre noms écrits en angélique.

MONSIEUR ORLAS. – Tu savais donc que tout se terminerait ainsi, précieuse fille?

ARAMINTHE. – J'étais dans le secret de la comédie, monsieur, et au théâtre, tout se termine toujours bien.

MONSIEUR ORLAS, *prenant le bras de M. Damiens.* – Monsieur Damiens, passons à table! C'est la fin naturelle en France. Noces, baptêmes, duels, enterrements, escroqueries, affaires d'État, tout est prétexte à cette fin-là. D'ailleurs ma cuisinière a du génie. À elle seule elle justifierait que vous souhaitiez entrer dans ma famille... Et dites donc à vos spadassins de venir boire à la cuisine.

Au Chevalier:

Aux vôtres aussi, monsieur, qui attendent, paraît-il, à la petite porte.

LE CHEVALIER. – Mille mercis, monsieur! Mais je me suis aperçu que c'était les mêmes.

MONSIEUR DAMIENS. – Comment cela? Je les ferai pendre!

MONSIEUR ORLAS, *l'entraînant.* – Faites-leur grâce, monsieur. Ce sont les deux seuls spadassins de notre petite ville et ils ont si peu de travail...

Ils passent tous en cortège dans la maison illuminée d'où viennent des bouffées de musique. Pendant qu'ils sortent, Cécile, restée en arrière, semble bouder. Le Chevalier va à elle.

LE CHEVALIER. – Hé bien ! Cécile, vous voilà devant le bonheur et vous ne voulez plus entrer ?

CÉCILE. – Je suis en train de prendre une décision capitale, monsieur.

LE CHEVALIER. – Je vous jure, mon amour, que je n'embrasserai plus les mains d'Araminthe !

CÉCILE. – J'y compte bien, monsieur. Mais j'ai bien réfléchi à tout ce que m'a dit mon père tout à l'heure... J'étais bien naïve en effet... Je crois, toutes réflexions faites, que c'est moi qui vous ferai souffrir.

Elle entre, le Chevalier la suit, inquiet et la musique se précise, allègre, pendant que le rideau tombe.

FIN DE « L'ÉCOLE DES PÈRES ».

JEAN ANOUILH
À LA TABLE RONDE

Antigone.
L'Alouette.
Ardèle ou la Marguerite.
Becket ou l'Honneur de Dieu.
Cécile ou l'École des pères.
La Foire d'empoigne.
La Grotte.
L'Hurluberlu ou le Réactionnaire amoureux.
L'Invitation au château.
Le Bal des voleurs.
Médée.
Fables.
Ornifle ou le Courant d'air.
Pauvre Bitos ou le dîner de têtes.
Le Rendez-vous de Senlis.
La Valse des toréadors.
Le Boulanger, la Boulangère et le Petit Mitron.
Cher Antoine ou l'Amour raté.
Les Poissons rouges ou Mon père, ce héros.
Ne réveillez pas Madame.
Le Directeur de l'Opéra.
Tu étais si gentil quand tu étais petit.
Monsieur Barnett *suivi de* l'Orchestre.
L'Arrestation.
Le Scénario.
Chers Zoiseaux.
La Culotte.
La Belle Vie *suivi de* Épisode de la vie d'un auteur.
Le Nombril.
Œdipe ou le Roi boiteux.
Vive Henri IV ! ou la Galigaï.

☆

Pièces brillantes.
Pièces costumées.
Pièces grinçantes.
Nouvelles Pièces grinçantes.
Pièces noires.
Nouvelles Pièces noires.
Pièces roses.
Pièces baroques.
Pièces secrètes.
Pièces farceuses.

☆

La Vicomtesse d'Éristal n'a pas reçu son balai mécanique *(souvenirs d'un jeune homme)*.

☆

En marge du théâtre *(articles, préfaces, etc.)*.

la petite vermillon

DERNIÈRES PARUTIONS

213.	Xavier Darcos	*Mérimée*
214.	Jacques Ellul	*L'Illusion politique*
215.	José Sarney	*Capitaine de la mer océane*
216.	François Taillandier	*Les Nuits Racine*
217.	Michel Adam	*Essai sur la bêtise*
218.	Pol Vandromme	*Les Gradins du Heysel*
219.	Régis Debray	*Journal d'un petit bourgeois entre deux feux et quatre murs*
220.	André Dhôtel	*Rimbaud et la révolte moderne*
221.	Chantal Delsol	*Le Souci contemporain*
222.	Gabriel Matzneff	*Mamma, li Turchi !*
223.	Jean-Paul Caracalla	*Petite anthologie de la poésie ferrovaire*
224.	Andrés Trapiello	*D'un vaisseau fantôme*
225.	Angélique de Saint Jean Arnaud d'Andilly	*Aux portes des ténèbres*
226.	G.-E. Clancier	*L'Éternité plus un jour*
227.	Ferdinand Alquié	*Leçons sur Descartes*
228.	Ferdinand Alquié	*Leçons sur Kant*
229.	Jacques Perret	*Articles de sport*
230.	Richard Millet	*Un balcon à Beyrouth*
231.	José Sarney	*Au-delà des fleuves*
232.	Denis Tillinac	*L'Été anglais*
233.	Jean-Paul Caracalla	*Montparnasse. L'âge d'or*
234.	René Schérer	*Zeus hospitalier*
235.	Georges Gusdorf	*Les révolutions de France et d'Amérique*
236.	Ferdinand Alquié	*Qu'est-ce que comprendre un philosophe*
237.	Michel Maffesoli	*Éloge de la raison sensible*
238.	Gemma Salem	*Thomas Bernhard et les siens*
239.	Gabriel Matzneff	*L'Archimandrite*
240.	Balzac	*Sur Catherine de Médicis*
241.	Raymond Dumay	*La Mort du vin*
242.	Alexandre Najjar	*L'École de la guerre*
243.	Frédéric H. Fajardie	*Un pont sur la Loire*
244.	Jean Baechler	*Les Phénomènes révolutionnaires*

245. Sainte-Beuve	*Mes poisons*
246. Jacques Ellul	*L'Idéologie marxiste chrétienne*
247. Vladimir Dimitrijevic	*La vie est un ballon rond*
248. Patrice Delbourg & Benoît Heimermann	*Plumes et crampons*
249. Robert Margerit	*Mont-Dragon*
250. Denis Lalanne	*Rue du Bac*
251. Hélène Strohl	*Un amour menaçant*
252. Lucien Becker	*Rien que l'amour*
253. Gabriel Matzneff	*Boulevard Saint-Germain*
254. Pierre Rey	*Bleu Ritz*
255. Pierre Magnard	*Le Dieu des philosophes*
256. Hervé Gaymard	*Pour Malraux*
257. Michel Maffesoli	*Au creux des apparences*
258. Balzac	*Adieu. Les Marana. Le Réquisitionnaire*
259. Jean-Paul Caracalla	*Montmartre. Gens et légendes*
260. Jean-Paul Kauffmann	*Raymond Guérin, 31, allées Damour*
261. France Quéré	*La Famille*
262. Olivier Frébourg	*Roger Nimier, trafiquant d'insolence*
263. Richard Millet	*L'Amour mendiant*
264. Pierre Gripari	*Pierrot la lune*
265. Françoise de Maulde	*Petits États d'Amérique*
266. Marc-Édouard Nabe	*L'Âme de Billie Holiday*
267. Jean Cau	*Croquis de mémoire*
268. Antoine Blondin	*Les Enfants du bon Dieu*
269. Denis Tillinac	*Elvis, balade sudiste*
270. Jean-Baptiste Baronian	*Panorama de la littérature fantastique de langue française*
271. Jean-Henri Fabre	*Le Scarabée*
272. Olivier Barrot	*Je ne suis pas là*
273. Chantal Delsol	*Éloge de la singularité*
274. Philippe Lacoche	*Le Pêcheur de nuages*
275. Dominique de Roux	*La Mort de L.-F. Céline*
276. Alexandre Najjar	*Le Silence du ténor*
277. Pol Vandromme	*Bivouacs d'un hussard*
278. Jean-Paul Caracalla	*Saint-Germain-des-Prés*
279. Stéphane Martinez	*Slam entre les mots*
280. Patrice Lelorain	*La Légende de Muhammad Ali*
281. Alain Saint-Ogan	*Je me souviens de Zig et Puce*
282. Gabriel Matzneff	*Comme le feu mêlé d'aromates*

283.	Pierre Joannon	*Michael Collins. Une biographie*
284.	Jean Freustié	*Ne délivrer que sur ordonnance. L'Entracte algérien*
285.	Jean Anouilh	*Pièces brillantes*
286.	Jean Anouilh	*Pièces grinçantes*
287.	Jean Anouilh	*Pièces roses*
288.	Jean Anouilh	*Pièces noires*
289.	Jean Anouilh	*Pièces costumées*
290.	Jean Anouilh	*Nouvelles Pièces grinçantes*
291.	Jean Anouilh	*Pièces baroques*
292.	Jean Anouilh	*Pièces secrètes*
293.	Jean Anouilh	*Pièces farceuses*
294.	Jean-Luc Coatalem	*Suite indochinoise*
295.	Sébastien Lapaque	*Court Voyage équinoxial*
296.	Olivier Frébourg	*Souviens-toi de Lisbonne*
297.	Francis Huger	*Les Fadas de la pétanque*
298.	Michel Bernanos	*La Montagne morte de la vie*
299.	Louis Nucéra	*Le Roi René*
300.	Jean Anouilh	*Antigone*
301.	Charles Le Quintrec	*Poètes de Bretagne*
302.	Frédéric Musso	*Un pékin en Chine*
303.	Pierre-Louis Basse	*Séville 82*
304.	François Bott	*Gina*
305.	M. Constantin-Weyer	*L'Âme du vin*
306.	Kilien Stengel	*Poètes de la bonne chère*
307.	Patrice Franceschi	*La Dernière Manche*
308.	Jean-Pierre Martinet	*L'Ombre des forêts*
309.	Jacques Sternberg	*La Boîte à guenilles*
310.	John Steinbeck	*Il était une fois une guerre*
311.	Jacques Ellul	*Ellul par lui-même*
312.	Jacques Ellul	*Autopsie de la révolution*
313.	Xavier Patier	*La Foire aux célibataires*
314.	John Tittensor	*La Croisade de Carmody*
315.	William Cliff	*Autobiographie* suivi de *Conrad Detrez*
316.	Kléber Haedens	*Poésie française*
317.	Jean Cau	*Proust, le chat et moi* précédé de *L'Enfance de l'art*
318.	Jean-Paul Caracalla	*Champs-Élysées. Une histoire*
319.	Jérôme Leroy	*Monnaie bleue*
320.	Hervé Prudon	*Banquise*

321. Olivier Barrot	*Je ne suis pas là* (2)
322. Jean-Luc Coatalem	*Mission au Paraguay*
323. Georges Bernanos	*Brésil, terre d'amitié*
324. Tom Neale	*Robinson des mers du Sud*
325. Julia Strachey	*Drôle de temps pour un mariage*
326. Alberto Arbasino	*Les Petites Vacances*
327. Raymond Dumay	*De la gastronomie française*
328. Claudine Brécourt-Villars	*Mots de table, mots de bouche*
329. Guy Dupré	*Les fiancées sont froides*
330. Jean-Claude Perrier	*Le rap. Dix ans après*
331. Valérie Rouzeau	*Pas revoir* suivi de *Neige rien*
332. François Bott	*Écrivains en robe de chambre*
333. Maurice Genevoix	*Roû*
334. Jean Rolin	*La Ligne de front*
335. Jean Rolin	*Journal de Gand aux Aléoutiennes*
336. Jack London	*La Croisière du Snark*
337. Alain Dugrand	*Belize*
338. Michel Erman	*Le Bottin proustien*
339. Robert Giraud	*L'Argot du bistrot*
340. Sébastien Lapaque	*Chez Marcel Lapierre*
341. Frédéric Berthet	*Daimler s'en va*
342. Alexandre Najjar	*Le Censeur de Baudelaire*
343. Curzio Malaparte	*Monsieur Caméléon*
344. Maurizio Serra	*Les Frères séparés*
345. Jacques Ellul	*De la révolution aux révoltes*
346. Béatrice Fontanel	*Tentacules et Manivelles*
347. Marcel Thiry	*Tous les grands ports ont des jardins zoologiques*
348. Jorge Gimeno	*Mon âme, il faut partir*
349. Jean Rolin	*Campagnes*
350. F. E. Raynal	*Les Naufragés des Auckland*
351. Michel Déon	*Tout l'amour du monde*
352. John Hopkins	*Carnets de Tanger (1962-1979)*
353. Frédéric H. Fajardie	*Des petites fleurs rouges devant les yeux*
354. Robert Giraud	*L'Argot d'Éros*
355. Michel Erman	*Le Bottin des lieux proustiens*
356. Soth Polin	*L'Anarchiste*

Cet ouvrage a été achevé d'imprimer
par CPI Bussière à Saint-Amand-Montrond (Cher)
pour le compte des Éditions de La Table Ronde
en juillet 2011.

Dépôt légal : mars 2008.
N° d'édition : 236927.
N° d'impression : 112318/4.

[R]

Imprimé en France.